古典文獻研究輯刊

二 編

曾 永 義 主編

第 16 冊

《西遊記》敘事研究

呂 素 端 著

國家圖書館出版品預行編目資料

《西遊記》敘事研究／呂素端 著 — 初版 — 新北市：花木蘭文
化出版社，2011〔民100〕
目 6+290 面；19×26 公分
（古典文學研究輯刊　二編：第16冊）
ISBN：978-986-254-503-4（精裝）
1. 西遊記 2. 敘事文學 3. 研究考訂

820.8　　　　　　　　　　　　　　　　　100001056

ISBN-978-986-254-503-4

9 789862 545034

古典文學研究輯刊
二 編 第十六冊　　　　　　　ISBN：978-986-254-503-4

《西遊記》敘事研究

作　　　者　呂素端
主　　　編　曾永義
總 編 輯　杜潔祥
出　　　版　花木蘭文化出版社
發 行 所　花木蘭文化出版社
發 行 人　高小娟
聯絡地址　新北市永和區中正路五九五號七樓之三
　　　　　　電話：02-2923-1455／傳眞：02-2923-1452
網　　　址　http://www.huamulan.tw 信箱 sut81518@ms59.hinet.net
印　　　刷　普羅文化出版廣告事業
初　　　版　2011年3月
定　　　價　二編30冊（精裝）新台幣 48,000 元　　版權所有・請勿翻印

《西遊記》敘事研究

呂素端　著

作者簡介

呂素端，彰化人，現居臺北市南港區；1990 年畢業於淡江大學，獲學士學位；1994 年畢業於中央大學，獲碩士學位；2002 年畢業於臺灣大學，獲博士學位；現為靜宜大學中國文學系副教授；研究興趣為小說、文學理論及批評，現致力於中西敘事理論、古典與現代小說之研究。

提　　要

　　儘管百回本《西遊記》的研究，為數已多，它是中國的敘事經典，卻缺乏敘事角度的專門考察，故本文從敘事的角度，藉由敘事理論之助，對學界給予較多關注的結構、人物與主題等議題，進行了更細密及深化的考察；同時亦藉以擴展新的研究面相，關注學界較少注意之敘事成分：敘事聚焦、時間及空間等要素。

　　敘事結構方面，《西遊記》可分為三大故事段落，每個段落皆有獨特的結構脈絡，本文藉由敘事角度及理論的思考，深化了各「局部結構」的理解及詮釋，並以語意統一性來進行「整體結構」的統整及貫通；敘事人物方面，深化討論了人物「複雜性」、「發展性」及「刻畫手法」的問題，關注人物之複雜性及發展性的程度高下及遲速的差異問題，闡釋了《西遊記》人物之「性格複雜軸線」及「性格發展軸線」，同時討論了《西遊記》所獨具或他書亦有的各種人物刻畫手法；敘事主題方面，是在結構與人物的討論基礎上，尋繹出《西遊記》的主題是：主人公為追求不朽的「心性修煉」、「成長發展」及「求道返聖」（如何歷經求道，與犯罪受懲再求返聖）過程，最後正果成真。

　　敘事聚焦方面，《西遊記》是「全知聚焦」（或稱全知視角），有時《西遊記》敘事者會故意選擇以不同的方式來限制自己的觀察範圍及能力時，便產生了具有文學性的各種聚焦手法，本文對《西遊記》各種限制與不限制全知權限的聚焦手法的運用及表現效果作出詮釋，同時附帶討論了「被聚焦者」各種被聚焦形式的可能運用。敘事時間方面，書面文學敘事可分為「故事」與「話語」兩層，依此本文討論了各種「故事時間」（偏內容性）及「敘事時間」（偏形式性）的運用；敘事空間方面，因《西遊記》為一奇幻敘事及其精神性的主題，故其空間敘事非常豐富多元，本文以「整體空間」、「個別空間」及空間刻畫手法，來詮釋各種空間刻畫方式，豐富多變的各種空間表現，包括內在與外在的空間詮釋。

目次

第一章　緒　論

第一節　「敘事」界義

　　本論文的「敘事研究」，是以《西遊記》為研究對象，所以應屬於「小說敘事學」領域。小說敘事學是西方很晚近才發展起來的新學科，大約勃興於七十年代左右。小說學的發展是伴隨著小說創作的繁榮景象而崛起的，西方的十九世紀是小說的時代，直到現代，小說的熱力還持續存在，但小說的理論和研究，在歷史上一直未得到作者和讀者的真正重視。就現有的理論，概括而言，可分為兩個方向的研究：一是寫作學方向；再是審美學方向，這兩個方向都有弱點。

　　從寫作學角度言，這個角度是對小說的創作技巧作出分析，往往由於缺乏更為內在的本體性把握，而流於瑣碎和膚淺；從審美學角度言，對小說功能特質、社會價值及藝術性闡發時，又往往缺乏具體文本的觀照而流於空洞。〔註1〕直到敘事學勃興，小說研究因而成為文藝學家族中獨領風騷的一門學科，小說之所以為小說，敘事是其重要的形態學規定要件，敘事理論所以能取代現有的小說理論而成為文學研究主要關心的論題，也是由於這個敘事的要素。〔註2〕

　　什麼是「敘事學」？顧名思義是對「敘事現象的理論研究」。〔註3〕什麼是「敘事」？可以說至今尚未有一個學界公認的定義出來，馬丁曾說：理解

〔註1〕　本節對「敘事」界義，主要根據徐岱的說法，請參考《小說敘事學》（北京：中國社會科學出版社，1992年），頁1～25。

〔註2〕　華萊士·馬丁（W.Martin），伍曉明譯，《當代敘事學》（北京：北京大學出版社，1990年），頁1。

〔註3〕　參徐岱，《小說敘事學·緒論》，頁5。

敘事是未來的計劃。〔註4〕或許對一門正在發展的學科來說，定義並不是很重要。〔註5〕但是，我們至少可以爲「敘事」作一個純屬文學範疇的界定：即敘述故事。意即採用某種特定語言的表達方式，來表達一個故事，這其中包括「說的行爲」及「說出來的內容」兩個重點，即「敘述」與「故事」。敘述與故事是兩個相依而不可分的要素，因爲「敘述」需要述一個「內容」，而「內容」需要被「敘述」出來，所以兩者是不可分的。有的現代小說，儘管強調人物心理活動的表現，例如意識流小說，但脫離了事件，人物的意識活動依然無法展開，因而古典小說與現代小說的區分，並不在於是否敘事，而在於敘些什麼事，用什麼手法來敘述。〔註6〕

所謂「故事」，是指從文本中抽繹出來按時間先後順序排列的一系列事件，因爲小說是虛構的故事，所以故事應由一系列虛構事件所組成。〔註7〕所謂「敘述」，一方面，它是一種書面語的表達，不同於「敘說」，敘說是屬於口頭語的行爲，這種區分將小說從一些具有口頭語活動性質的文化形式區隔開來，如神話、傳說及史詩等。〔註8〕《西遊記》雖然帶有傳統說書文學的影響成分，但其基本上仍屬於書面語的創作形式；這種創作形式，除了與「說」的文學形式區隔，也與「演」的戲劇形式有別，戲劇是「視覺藝術」，其重視空間（畫面）表現過於時間，而小說是「語言藝術」，因爲語言藝術所具有的線性特質，所以時間因素比空間更爲重要；另方面，敘述不等於「自白」，也不等於「對話」。「對話」是屬於戲劇的表達形式，戲劇是由演員直接表演出來的，沒有超然的獨白，皆是人物對話，故缺乏敘述；而「自白」是最純粹的獨白，可以不設定任何對話者，屬於抒情詩的形式；敘述則是介於對話與自白之間，或說是兩者的混合，它是一種「以獨白形式出現的潛對話」，亦即敘述是不純粹獨白，需要設定對話者的複合形式。所以小說需要故事，也需要敘述，兩者皆是小說敘事不可缺少的要素。〔註9〕

敘事理論的建構，一般包含「敘述」及「故事」兩個層次，即通過這兩

〔註4〕　華萊士·馬丁（W.Martin），伍曉明譯，《當代敘事學》，頁242。
〔註5〕　羅鋼，《敘事學導論·引言》（昆明：雲南人民出版社，1994年），頁3。
〔註6〕　參徐岱，《小說敘事學·緒論》，頁5～9。
〔註7〕　里蒙·凱南（S.Rimmon-Kenan）著，姚錦清等譯，《敘事虛構作品》（北京：三聯書店，1989年），頁5～6。
〔註8〕　參徐岱，《小說敘事學·緒論》，頁13。
〔註9〕　參徐岱，《小說敘事學·緒論》，頁17～19。

個層次關係的把握，對作品中所表達的人生經驗，作更客觀深入的觀照，這或許就是這門學科的意義所在。由此，所謂「小說敘事學」，也就是「對小說家在具體的創作活動中，如何通過各種敘述行爲來說好一個故事，從而成功地創作出一個被我們約定俗成地稱之爲『小說』的這麼一種言語作品的整個活動，作出洞幽燭微的把握。」〔註 10〕本論文樂意採用此一寬泛得多的界定，因爲聯繫敘事於《西遊記》研究，必然涉及中西敘事差異問題，如果要使西方敘事觀念爲中國古典小說之詮釋所用，自然需要更具包容性界定，此一界定不僅能涵蓋各種敘事要素關係體系性的把握，而且涉入了價值意義及審美層次把握，同時也強調小說敘事學的應用性質。前者爲西方敘事學所強調的層次，後三者爲中國敘事理論的關注點，因此，此一界義實兼容中西之小說敘事研究之可能性。

小說敘事結構之諸構成要素，至今仍有許多的紛歧，術語使用也不見統一，然研究者只要掌握了敘事問題，配合相關的理論，愼選敘事觀念以爲運用，這些紛歧其實並不會造成太大的困擾，反而是敘事學依然充滿生命力的表現。現今著名的西方敘事論著，較具理論體系代表性者有里蒙・凱南及巴爾兩人。里蒙・凱南（S.Rimmon-Kenan）敘事理論是以熱奈特（G.Genette）的理論爲基礎，再融合當時各家各派的小說研究成果發展而成，他在一九八三年出版《敘事虛構作品》裏，將小說敘事作品的結構區分爲「故事」層（包括事件、人物）；「文本」層（包括時間、人物刻劃及聚焦）；「敘述」層（包括層次及聲音、言語再現），另外加入「文本及其閱讀」層面探究。〔註 11〕

巴爾（M.Bal）敘事理論之區分亦爲三層，所使用術語則互有差異，其一九八五年出版《敘述學：敘事理論導論》一書，將敘事活動分爲「素材」層（包括事件、行爲者、時間及場所），相當於凱南「故事」層；「故事」層（包括順序、頻率、節奏、及聚焦等），相當於凱南「文本」層；及「文本」層（包括敘述者、非敘述評論、描寫及敘述層次），〔註 12〕相當於凱南「敘述」層，兩者相對應各層次所關注的敘事問題，時有相通，亦有互補者。另外，王靖宇先生〈中國敘事文的特性——方法論初探〉一文，曾以《左傳》爲分析材

〔註 10〕參徐岱，《小說敘事學・緒論》，頁 6。
〔註 11〕里蒙・凱南（S.Rimmon-Kenan）著，姚錦清等譯，《敘事虛構作品》。
〔註 12〕巴爾（M.Bal），譚君強譯，《敘述學：敘事理論導論》（北京：中國社會科學出版社，1995 年）。

料，分別列舉「情節」、「人物」、「觀點」及「意義」等四項敘事成分。〔註13〕本文亦嘗試針對《西遊記》，選擇適當的理論觀念，設計分析框架從事特定敘事文本的具體分析。

第二節　研究取向與研究方法

　　《西遊記》為明清長篇章回的古典名著「五大奇書」之一，向來為學界小說研究一個值得關注的對象。從二十世紀初，胡適、魯迅、及鄭振鐸等人以新的觀念重新詮釋《西遊記》，將《西遊記》研究從明清的教義派觀點解放出來，重新開關研究局面以來，至二十一世紀的今天，《西遊記》的研究取向，大體上可區分為四個研究路向：一為文獻研究：即對《西遊記》作者、版本流變、故事來源、史料編輯、人物原型等方面進行闡釋，取得相當豐碩的研究成果。二為文化或社會研究：即由神話心理、寓言、象徵、宗教文化、人性、政治、歷史、社會等等相當多元化的角度，來詮釋《西遊記》，大陸方面在 1957 年作家出版社出版《西游記研究論文集》，可明顯看出純從階段鬥爭及農民起義的角度來詮釋《西遊記》成果的集中表現。

　　三為文本研究：針對《西遊記》之情節結構、人物形象、主題思想、韻文等方面，進行富有意義的研究。敘事課題，近年來才陸續為國內外的學者所注意，大陸學者對敘事議題的關注比臺灣來得多，然而他們對《西遊記》敘事研究與其他古典名著的敘事學研究相比，如《三國演義》、《水滸傳》、《金瓶梅》、《儒林外史》、《紅樓夢》等，明顯地薄弱，為何會造成這種現象呢？實在令人不解。不過，顯見地這是《西遊記》研究的一片處女地，值得研究者努力的一個方向。另外，大陸在敘事研究的成果展現，大都屬於一般原則性的說明方式，類乎敘事學觀念的例證說明，缺乏對特定作品較為細緻、深入、全面的具體面貌的分析。

　　小說研究因當代敘事學的勃興而炙手可熱，因此，敘事角度必然成為當代小說研究一個備受關注的重點，西方不少學者對中國小說的敘事方法很感興趣，現今已漸漸有人嘗試從敘事角度研究中國古典小說。《西遊記》是中國「四大奇書」之一，至今尚未見到敘事研究的專門著述，故本文打算從敘事

〔註13〕參王靖宇著，《中國早期敘事文論集》（臺北南港：中央研究院中國文哲研究所，1999 年），頁 1～22。

角度切入來研究《西遊記》。敘事角度的研究可幫助認識《西遊記》敘事現象，進一步理解其意義及掌握敘事特色；許多的西方學者對中國的敘事方法很感興趣，若從敘事角度切入，可以製造學術交流的機會與空間；另外，從敘事切入也可以增進以前所沒有的理解，以及西方敘事學有沒有可能用到非西方文學作品來解讀，其理論的有效性如何等問題。

　　本文的研究方法，一方面將借用中、西敘事理論，幫助認識《西遊記》敘事成分及成分間的組合關係，並理解其意義及掌握敘事特色，另方面傾向將《西遊記》作爲一般文類來處理，並不特別從某一特定文類角度切入，再加入歷史發生學觀照，來掌握《西遊記》在故事演變歷史中的地位及特點，即探討《西遊記》如何用嶄新、巧妙的方式，在現有的基礎上改寫西遊故事，而這某種程度上說明了《西遊記》何以能名列「四大奇書」之一而歷久不衰。

　　聯繫敘事於中國古典小說名著的研究，必然涉及中西不同敘事理論的問題，所以我們須對中西方的小說敘事理論的形成發展有所把握，藉以釐清如何較爲相應地處理《西遊記》的敘事現象所引發的諸多難題。

一、中國古代敘事理論

（一）主史派與主詩派

　　中國古代敘事理論，一開始主要是表現在「筆記」及「序跋」之中，筆記的性質駁雜，序跋是伴隨書籍問世而有，兩者皆非專論，所關注的問題則較側重於本體論及功能論兩方面，其理論主要分爲兩派，一爲主史派，一爲主詩派。

　　主史派是承中國源遠流長的「史傳」傳統而來，以小說爲「裨史之闕」，其作用在於助補正史之闕，要求敘事文要如實紀事，因而眞實與否成爲考量的價值標準。這派的論調，從漢代班固、西晉葛洪以降，至清代紀昀都還有類似的說法。〔註14〕從南宋鄭樵提出小說虛構的性質：

> 虞舜之父、杞梁之妻，于經傳所言者，數十言耳，彼則演成萬千言。

〔註15〕

〔註14〕參康來新，《晚清小說理論研究・緒論》（臺北：大安出版社，1999年，第二版），頁4～5。

〔註15〕見《通志・樂略》（臺北：新興書局，1965年，新一版），卷四十九，「琴操五十七曲」。

再經明代李贄（號卓吾）的思想鼓吹，「此其虛實，不必深辯」，自此小說的虛構性成爲論者之常識，〔註16〕李贄是思想領袖，他的鼓吹自然引起小說讀者的普遍注意。到了明末清初時，金聖歎則更進一步提出史書與小說這兩種體類寫作上的本質差異，認爲《史記》是「以文運事」，《水滸傳》是「因文生事」。所謂「以文運事」，是指「先有事生成如此如此，卻要算計出一篇文字來」，意即先有事的存在，再借文字表現出來，重點在事，不在於文；所謂「因文生事」，是指「順著筆性去，削高補低都由我」，〔註17〕換言之，「蓋事則家家家中之事也，文乃一人手下之文也，借家家家中之事，寫吾一人手下之文者，意在于文，意不在于事也」。〔註18〕

金聖歎在理論上區分了這兩種文類寫作的本質差異，並正視了小說這種虛構文類的寫作特質，應在文章「怎麼寫」，而不在所寫之事是否屬實。後來毛宗崗評點《三國演義》時，於「讀法」中則提及：「讀《三國》勝讀《西游記》，《西游》捏造妖魔之事，誕而不經，不若《三國》實敘帝王之事，眞而可考也」，〔註19〕所持者依然是小說的實錄觀點，因爲中國是個重史的國家，所以小說與歷史的關係，勢必不斷地被人提出。

主詩派，乃源自中國的「詩騷」傳統，中國自來是個詩的國度，有源遠流長的抒情傳統，敘事文之寫作自亦不免被抒情傳統所影響。〔註20〕南宋鄭樵正視了小說抒發宣洩之功，「顧彼亦豈欲爲此誣罔之事？正爲彼之意向如此，不得不如此，不說無以暢其胸中也」，〔註21〕其說正與抒情言志傳統一脈相承。至明清時，評點家們探求作者敘述意圖時，往往也有類似的論調，最明顯者如張竹坡之評點，提出《金瓶梅》爲作者「泄憤」之作的觀點：

〔註16〕 參陳洪，《中國小說理論史》（合肥：安徽文藝出版社，1992年，第一版），第三章「群星燦爛」，頁76。

〔註17〕 參金聖歎「讀第五才子書法」，陳曦鍾、侯忠義、魯玉川輯校，《水滸傳會評本》（北京：北京大學出版社，1998年），上冊，頁16。以下凡有引用金氏評點文字，皆以此書爲據，不再詳註出處，只註頁碼。

〔註18〕 參《西廂記·酬簡》，見林乾主編，《金聖歎評點才子全書》（北京：光明日報出版社，1997年8月，第一版），第二卷卷之七，頁192。

〔註19〕 參「讀三國志法」，陳曦鍾、宋祥瑞、魯玉川輯校，《三國演義會評本》（北京：北京大學出版社，1998年），上冊，頁18。以下凡有引用毛宗崗評點文字，皆以此書爲據，不再詳註出處，只註頁碼。

〔註20〕 參高友工，〈中國敘述傳統的抒情境界〉，附錄於浦安迪講演，《中國敘事學》（北京：北京大學出版社，1996年3月，第一版），頁201～219。

〔註21〕 見《通志·樂略》中論述《琴操》寓意時，談及小說有關之問題。

《金瓶梅》何爲而有此書哉？曰：此仁人志士、孝子悌弟不得于時，
上不能問諸天，下不能告諸人，悲憤嗚唈，而作穢言以泄其憤也。
〔註22〕

這「作者意向」的問題，一直是中國小說批評的基本關懷，追本溯源應與中
國抒情言志的傳統密切相關。主史派與主詩派，這兩股勢力一直並存於小說
批評理論中。

（二）小說評點

　　中國古代的敘事理論，大多散見於「筆記」、「序跋」及「評點」中，直
到清末，因受西學影響，才出現「專題論文」及「叢話體」專門批評形式。
〔註23〕「評點」是中國一種獨特的文學批評形式，初興於宋代，對象主要是
詩文，宋末文學家然劉辰翁（1232～1297）已開創了小說評點這種嶄新的理
論形式，也對小說批評的內容作了許多的探索，但是，他的許多見解還頗爲
質樸，有的僅僅提出論點而未展開論述。〔註24〕至明朝中葉，小說的評點在
前後幾位大家的推展下，後來居上，成爲評點學的主流。陳萬益先生認爲，
所謂「評點學」，是指對文學作品本身進行精研細讀的批注，批注的類型包
括一部書「總綱」、「讀法」、回前或回末「總評」、回中之「眉批」、「旁批」
及「夾批」、對重要及精彩句子的「圈點」等謂之。〔註25〕明清之際，對評
點之學貢獻卓著的評點家，有李贄及「評點四大家」等，所謂評點四大家，
指金聖歎（評點《水滸傳》）、毛宗崗（評點《三國演義》）、張竹坡（評點《金
瓶梅》），及脂硯齋（評點《紅樓夢》）等四家。〔註26〕

　　李贄是第一個重視小說戲曲的文人，明代社會富裕，城市經濟繁榮，是

〔註22〕見「竹坡閒話」，秦修容整理，《金瓶梅會評本校本》（北京：中華書局，1998
　　　　年3月，第一版），中冊，頁1480。以下凡有引用張竹坡評點文字，悉以此書
　　　　爲據，不再詳註出處，只註頁碼。

〔註23〕所謂「叢話體」，指彙集眾人隨筆，統攝於一篇長文之中謂之。參康來新，《晚
　　　　清小說理論研究・緒論》，頁2,9。

〔註24〕參劉良明，《中國小說理論批評史》（臺北：洪葉文化事業有限公司，1997年
　　　　1月，初版），第五章第三點「劉辰翁開創小說評點」，頁105～108。

〔註25〕關於金聖歎部分，本文主要的資料根據，爲陳萬益，《金聖歎的文學批評法》
　　　　（臺北：國立臺灣大學文學院，1976年，國立臺灣大學文史叢刊），頁39，
　　　　以下凡有引用者，不另行加註，只在文末加頁碼，便於檢閱。

〔註26〕這「四大評點」之說，見康來新撰，《晚清小說理論研究》，第一章「評點對
　　　　小說實用批評的建樹」，頁35～39。

小說戲曲的黃金時代，但一般小說讀者以此爲消遣，李贄獨排眾議對小說的文學價值給予肯定，他將《水滸傳》提到與《史記》及《杜詩》等書並列的地位，又批點《水滸傳》與《西廂記》，其書大行，影響所及，帶動整個評點小說及戲曲的風氣，於是許多人模仿其評書之法，甚而托其名印行，所以至今仍有不少署名李卓吾評點的著作（頁 42～43），《西遊記》亦有一種署名「李卓吾先生批評西遊記」的明刊本，但不被證實確爲其人之作，李贄以其評點的成功及帶動風氣，允爲明代小說評點學之開創者，明末清初的金聖歎，則爲承先啓後的代表人物，他一方面綜貫前人評點看法，一方面開創一套更具體精細的批書方法，後來小說評點家毛宗崗、張竹坡及脂硯齋等，都蒙受其影響（頁 44）。

1、金聖歎評點

金聖歎（1608～1661）生於明末，本名「金采」，明亡後更名爲「人瑞」，聖歎是他的字。其評點之學的發生，因不滿塾師，動輒以「詩在可解與不可解之間」之說護短，所以發展了獨特的一套批書方法。他在評點《水滸傳》及《西廂記》時，都附了一篇很長的「讀法」，諄諄告誡讀者如何探觸作品的神髓，由此可見金批的動機及功用（頁 87）。他並認爲，小說讀者不會看書，只看故事，「將作者之意盡沒」，實有負作者苦心；爲了不負作者苦心孤詣，金聖歎要以「金針度人」，使作者一番苦心更清晰地顯現出來；但是，作者已逝，讀者無能於九泉之下叩其著書之旨，只好「在筆尖頭上追出當時神理來」，因此，金聖歎主張致力於作品本文的推敲（頁 88）。金聖歎認爲，凡可以藏之名山，傳之後世的作品，都具有一個共通性質是「精嚴」，意即具有一個相當緊密的作品結構，所有的字法、句法、章法都服役於結構下，共同烘托出作品的中心內涵來（頁 50）。這種看法可能來自八股文的影響，八股文最明顯的特質是具有一個非常緊密的結構，從破題到結語，就像一個嚴謹的邏輯命題般（頁 46）。金聖歎的批點比較著意於對作品本身的精研細讀，相對地，就容易忽視了作品的外在考察，而斤斤於作品中見出作者之意（頁 88）。

中國文論向有指導寫作與閱讀的意圖，小說評點之學亦不例外，金聖歎也強調「親動心」之說，提到施耐庵之創作《水滸傳》：

> 于三寸之筆，一幅之紙之間，實親動心而爲淫婦，親動心而爲偷兒，既已動心則均矣，又安辯泚筆點墨之非入馬通奸，泚筆點墨之非飛簷走壁耶？（《水滸傳》第五十五回評）

此處「動心」之說，主要針對作者而言，於讀者或批評家也需要有設身處地的藝術想像，方能與作者契合，故能歷歷指繪潘金蓮的色誘武松，這亦需兩者都有豐富的生活閱歷，才能真正地「動心」，這個看法即明顯地表現金聖歎理論作為閱讀與創作指導之用心。

金聖歎評點亦重視敘事觀點及讀者心理反應，尤其敘事觀點之發明，實為金聖歎之創見。金聖歎雖沒有明確地使用這個概念，但從其批書意見中，可看出他對敘事觀點的自覺與重視，〔註27〕如第十二回描寫楊志和索超校場比武，金聖歎評道：

> 一段寫滿教場眼睛都在兩人身上，卻不知作者眼睛乃在滿教場人身
> 上也。作者眼睛在滿教場人身上，遂使讀者眼睛不覺在兩人身上，
> 真是自有筆墨未有此文也。（頁252）

然其著眼點最終仍落實於對讀者接受心理的重視，中國說書藝術因有市場的考量，故一向重視聽眾的反應，評點也是面向讀者的實用批評，加以閱讀指導的基本心態，自然也會重視讀者接受效果的問題，其實都是相通的。

金聖歎還有對敘事變化的看法，也是基於對讀者接受的考量，他在《水滸傳》第廿三回回前總論評道：「上篇寫武二遇虎，真乃山搖地撼，使人毛髮倒卓。忽然接入此篇，寫武二遇嫂，真又柳絲花朵，使人心魂蕩漾也」（頁431）。

2、毛宗崗評點

毛宗崗和金聖歎是同鄉，彼此還有書信往返，其字序始，生卒年不詳。〔註28〕他的敘事理論，見於《三國演義》的批點中，主要包括兩個部分：一重結構上有機整合；一重敘事行文之變化。首先，結構上有機整合方面，他認為《三國演義》與《水滸傳》之不同，在於《三國演義》結構上的有機性，於第九十四回的回前總評云：

> 讀《三國》者，讀至此卷，而知文之彼此相伏，前後相因，殆合十
> 數卷而只如一篇，只如一句也。……文如常山率然，擊首則尾應，
> 擊尾則首應，擊中則首尾皆應，豈非結構之至妙者哉！（頁1145）

其中，「常山率然」語出漢人之《神異經・西荒經》，謂會稽常山有大蛇，名

〔註27〕參陳洪，《中國小說理論史》，第四章「大哉聖歎」，頁189～193。關於金聖歎
敘述觀點的看法，還可參看本論文第三章「前言」部分的討論。

〔註28〕參陳洪，《中國小說理論史》，第五章「峰迴路轉」，頁206。

曰率然，擊頭則尾至，擊尾則頭至，擊腰則頭尾並至，〔註29〕取其相互聯絡照應之意，以喻結構之有機整合；又「彼此相伏，前後相因」之語，則指敘事中的伏筆與照應，誠如「讀三國志法」所云：

> 《三國》一書，有隔年下種，先時伏著之妙。善圃者投種于地，待時而發。……于玄德破黃巾時，並敘曹操，帶敘董卓，早爲董卓亂國，曹操專權伏下一筆。……凡伏筆之處，指不勝屈，每見近世稗官家一到捏扭不來之時，便平空生出一人，無端造出一事，覺後文與前文隔斷，更不相涉。（頁 15～16）

毛宗崗的「讀法」中，又有主線及副線之說，即所謂「總起總結之中，又有六起六結」之言（頁 8）；有所謂「巧收幻結」之妙（頁 9）；又有「以賓襯主」之妙（頁 9）；亦有所謂「追本窮源」之說，其云：

> 黃巾未作，則有上天垂災異以警戒之，更有忠謀智計之士，直言極諫以預料之。使當時爲之君者，體天心之仁愛，納良臣之讜論，斷然舉十常侍而迸斥焉，則黃巾可以不作，草澤英雄可以不起，諸鎮之兵革可以不修，而三國可以不分矣，故敘三國而追本于桓靈。（頁 9）

以上諸法，則可收緊密結構的組織效果。

其次，毛宗崗亦重視敘事的行文變化之法，有所謂「善避善犯」之說，「讀法」云：

> 作文者以善避爲能，又以善犯爲能。不犯之而求避之，無所見其避也；惟犯之而後避之，乃見其能避也。如……呂布有兩番弒父，而前動于財，後動于色；前則以私滅公，後則假公濟私，此又其不同者矣。……甚者孟獲之擒有七，祁山之出有六，中原之伐有九，求其一字之相犯而不可得。（頁 11～12）

其意殆爲善避者以善犯爲能，求其異必先合其同，乃能於同中見異，知其參差之妙，而後行文之變化可見。又提出行文需掌握何時當連，何時當斷之法，「讀法」云：

> 《三國》一書，有橫雲斷嶺，橫橋鎖溪之妙。文有宜于連者，有宜于斷者，如五關斬將，三顧草廬，七擒孟獲，此文之妙于連者也；如三氣周瑜，六出祁山，九伐中原，此文之妙于斷者也。蓋文之短

〔註29〕參《筆記小說大觀》，（臺北：新興書局有限公司，1981 年 12 月），十三編第一冊，頁 35。

者，不連敘則不貫串；文之長者，連敘則懼其累墜，故必敘別事以
間之，而後文勢乃錯綜盡變。（頁 13）

毛宗崗亦講究敘事節奏之調度，「讀法」云：

《三國》一書，有寒冰破熱，涼風掃塵之妙，如關公五關斬將之時，
忽有鎮國寺內遇普靜長老一段文字；……或僧或道，或隱士或高人，
俱于極喧鬧中求之，真足令人躁思頓清，煩襟盡滌。（頁 14）

以一剛一柔，緊中有緩來調度敘事節奏，能使讀者始終保持一種閱讀熱度，
又不至太高亢，營造出一種適於閱讀的和諧情緒。關於這一點，其實前此金
聖歎評武松之遇虎及潘金蓮，與之後張竹坡評《金瓶梅》的「百忙中極閑之
筆」，皆有同致之妙，張竹坡「批評第一奇書《金瓶梅》讀法」云：

《金瓶》每于極忙時偏夾敘他事入內，如正未娶金蓮，先插娶孟玉
樓；娶玉樓時，即夾敘嫁大姐；生子時，即夾敘吳典恩借債；官哥
臨危時，乃有謝希大借銀；……皆于百忙中，故作消閑之筆。（頁
1503）

上列三點皆是行文講究變異，忌雷同之法。綜言之，毛宗崗之特重結構本身
的有機性及敘事變化的闡釋，並重讀者接受心理的照應，諸端亦皆為中國敘
事理論中經常關注的要點。

3、張竹坡評點

張竹坡，原名道深，竹坡為其字，一生清貧，據推算，他生於康熙八年
（1669）左右。〔註 30〕他對敘事藝術規律做了卓有見地的補充，本文主要針
對兩點來看，一為敘事時間之說，一為敘事空間之說。首先，論敘事時間，
張竹坡評點《金瓶梅》時注意到了這部小說的時間安排：

《史記》中有年表，《金瓶》中亦有時日也。開口云西門慶二十七歲，
吳神仙相面則二十九，至臨死則三十三歲。……看其三四年間，卻
是一日一時推著數去，無論春秋冷熱，即某人生日，某人某日來請
酒，某月某日請某人，某日是某節令，齊齊整整捱去。若再將三五
年間甲子次序，排得一絲不亂，是真個與西門計賬簿，有如世之無
月者所云者也。故特特錯亂其年譜，大約三五年間，其繁華如此，
則內云某日某節，皆歷歷生動，不是死板一串鈴，可以排頭數去，

〔註 30〕參陳洪，《中國小說理論史》，第五章「峰迴路轉」，頁 224～225。

而偏又能使看者五色眯目，眞有如捱著一日日過去也，此爲神妙之筆。嘻，技至此亦化矣哉！（「讀法」，頁1502）

《金瓶梅》表現的是西門慶的「傳記時間」，自然必須涉及其生活時間的描寫，但作者不用年譜的方式，二十七歲時西門慶做了什麼事，二十八歲時做了什麼事，三十三歲時做的事，呆板地逐年寫去，而是以某日某節某人來請酒等之人際酬酢生活爲經，再穿插每日的生活瑣細，即能營造出目迷五色的生活時間感，而不是死板的一串鈴。

《金瓶梅》這樣寫時間，是爲了表現主人公幾年間的繁榮與日後之敗落形成對比，意義即從這種時間的對比中呈現出來，則高樓之起，高樓之塌讀者歷歷在目，很能營造出人生的無常感慨。

次論敘事空間。時間與空間，皆是中國古代敘事理論經常被忽略的兩個層面，張竹坡卻甚有見地洞識了《金瓶梅》這兩個方面的精彩表現。在環境描寫上，他提出「大間架法」云：

讀《金瓶》須看其大間架處。其大間架處，則分金、梅在一處，分瓶兒在一處，又必合金、瓶、梅在前院一處。金、梅合而瓶兒孤，前院近而金、瓶妬，月娘遠而敬濟得以下手也。（「讀法」，頁1493）

又張竹坡「雜錄小引」中亦論及此法云：

凡看一書必看其立架處，如《金瓶梅》內，房屋花園以及使用人等，皆其立架處也。何則？既要寫他六房妻小，不得不派他六房居住。然全分開，既難使諸人連合；全合攏，又難使各人的事實入來，且何以見西門豪富？看他妙在將月、樓寫在一處；嬌兒在隱現之間……雪娥在後院，近廚房；特特將金、瓶、梅三人，放在前邊花園內，見得三人雖爲侍妾，卻似外室，名分不正，贅居其家，反不若李嬌兒以娼家娶來，猶爲名正言順。則殺夫奪妻之事，斷斷非千金買妾之目。而金瓶合，又分出瓶兒爲一院。分者，理勢必然，必緊鄰一墻者，爲妬寵相爭地步。而大姐住前廂，花園在儀門外，又爲敬濟偷情地步。〔註31〕

《三國》、《水滸》及《西遊》的故事，皆於一廣闊的背景下開展，《金瓶梅》則集中場景於一個家庭內表現，故其環境的描寫顯然集中得多。既較集中於固定的場景，很多情節發展勢必皆與環境佈局相關，而環境佈局又與人物的

〔註31〕 「雜錄小引」亦收於《金瓶梅會評會校本》內之「附錄」，頁1514。

身分、人際關係直接關聯，如金、瓶、梅三人住在前院，遠離正房，正反映他們在家庭中的地位，「雖爲侍妾，卻似外室」作註腳；金、梅住在一起，與瓶兒只隔一牆，則潘金蓮與李瓶兒很多的矛盾衝突，皆因近鄰的關係而起；而潘金蓮與陳敬濟之偷情，則與潘金蓮之居處遠離正房有關，如果不這樣住，很多的事端便生不出，因此，劇情的開展實與環境描寫密切相關。《紅樓夢》裏的寧榮二府及大觀園的描寫，亦是集中場景的描寫，應可體現此一大間架的看法。〔註32〕

關於環境的描寫，金聖歎亦曾主張環境描寫應服務於人物塑造，其於《水滸傳》第六十二回「宋公明雪天擒索超」中，有一段回前總評道：

> 寫雪天擒索超，略寫索超而勤寫雪天者，寫得雪天精神，便令索超精神，此畫家所謂襯染之法，不可不一用也。（頁1160）

這一回中，其勤寫雪天語如：「梁中書在城中，正與索超起病飲酒，是日，日無晶光，朔風亂吼」，「連日大風，天地變色，馬蹄冰合，鐵甲如冰。索超出席提斧，直至飛虎峪下寨」，「次日彤雲壓城，天慘地裂，索超獨引一支軍馬出城衝突」，「那雪降了一夜，平明看時，約已沒過馬膝。卻說索超策馬上城」等等，〔註33〕愈寫雪天的嚴烈，就愈能表現索超的威猛，可歸之於人物形象的間接描寫法，金聖歎名之曰「襯染之法」，即用環境場景來襯托烘染人物形象的描寫手法。

4、脂硯齋評點

脂硯齋，是《紅樓夢》最主要的評點家，脂評中有很多透露本事及創作背景的內情文字，這是中國小說評點中少見的情況。〔註34〕關於脂評，本文主要針對他的「人物描寫」一點來論，因其人物描寫理論，比較前此數家可謂後出轉精。所以有此成就，除脂硯齋的燭照洞識外，亦與《紅樓夢》本身人物描寫成就息息相關。

人物描寫，是中國古代敘事理論的一個重點，金聖歎的人物論已提出「個性化」描寫的問題，「《水滸》所敘，敘一百八人，人有其性情，人有其氣質，人有其形狀，人有其聲口」，〔註35〕「《水滸傳》寫一百八個人性格，眞是一

〔註32〕參陳洪，《中國小說理論史》，第五章「峰迴路轉」，頁250。
〔註33〕參陳洪著，《中國小說理論史》，第四章「大哉聖歎」，頁180。
〔註34〕參陳洪著，《中國小說理論史》，第五章「峰迴路轉」，頁253～254。
〔註35〕見金聖歎之「序三」，亦收錄於《水滸傳》會評本，上冊，頁9。

百八樣」，〔註36〕金聖歎認爲，性格是人物描寫的中心，要到寫出性格來，才算成功，而現實人生沒有兩個人是相同的。〔註37〕金聖歎也關注「如何刻劃」人物性格的問題，他認爲，《水滸傳》主要是藉鮮明的言語及行動來描寫性格，缺乏微妙的心理活動之描寫，其實這是中國小說的一個常見的特點，如《三國演義》多爲誇張的情感描寫，大喜、大哭等等這種強烈情緒描寫，缺乏微妙心理分析；《西遊記》雖有較爲深入的心理活動刻劃，大多數時候仍嫌不足。另外，金聖歎也關注人物性格的「一貫性」及「對比襯托」描寫，〔註38〕這兩個手法皆是中國小說的慣用手法，《水滸傳》的人物如此，《西遊記》、《金瓶樓》、《紅樓夢》又何嘗不如此。

至毛宗崗時，人物描寫的關注點落在「典型人物」之塑造上，他認爲《三國演義》中包括兩種典型人物的類型，首先，爲複雜型，如諸葛亮、關羽及曹操，分別爲賢相、名將及奸臣的典型，這一類人物在性格上又雜揉著多種特點，像賢相諸葛亮的「忠」、「智」及「雅」；名將關羽的「節」、「義」、「忠」及「勇」；奸臣曹操的「似乎忠」、「似乎順」、「似乎冤」及「似乎義」。

次爲簡單型，指僅突出某一方面的性格特點，如善於運籌帷幄、或善於應對等等。另外，毛宗崗也關注「如何刻劃」典型人物的問題，他認爲需要選擇獨特的典型情節來表現，如諸葛亮早就料到魏延日後必反，但他卻一直等到魏延眞反時才除掉他，這一系列情節，正寫諸葛亮之典型性格：「知其必叛，而不於未叛之時除之，于此見武侯之仁；不待其既叛，而早于未叛之先防之，于此可見武侯之智」。〔註39〕其實，《西遊記》的人物描寫，亦同時含蘊了這兩種類型，如孫悟空等五聖是複雜型的典型人物刻劃，眾多妖精則多爲簡單型的典型人物刻劃。

到了張竹坡的人物論，則以「情理說」代替「性格說」，其於「金瓶梅讀法」中云：

> 做文章，不過是情理二字。今做此一篇百回長文，亦只是情理二字。
> 于一個人心中，討出一個人的情理，則一個人的傳得矣。雖前後夾
> 雜眾人的話，而此一人開口，是此一人的情理，非其開口便得情理，

〔註36〕見金聖歎之「讀第五才子書法」，頁 15。
〔註37〕參陳萬益著，《金聖歎的文學批評法》，頁 72。
〔註38〕參陳萬益著，《金聖歎的文學批評法》，頁 46～47。
〔註39〕關於毛宗崗「人物塑造」看法，乃整理自康來新撰，《晚清小說理論研究》，第一章「評點對小說實用批評的建樹」，頁 51～52。

由于討出這一人的情理方開口耳。（四十三）

據陳洪的舉例分析，「第二回王婆對西門慶說勾引之技，作品寫得很細。西門慶四入茶坊，二人扯東拉西，終不言及潘金蓮，直到第五次反覆試探後才打開天窗說亮話。張竹坡批云：『實亦二人一時不得不然之情理也。』書中寫西門慶初見潘金蓮時，王婆在旁插嘴起哄，而西門慶聽如不聞，只顧向潘講話，張竹坡亦批云：『那人自向婦人說話，情理一時都盡』」，〔註40〕可見情理含有性格的考量，亦必須在一個具體的生活場域中展開，因此，在性格描寫的基礎上，能再加入生活情境的考量因素，俾能使人物描寫更貼近生活實況與生命的真實。

　　另外，他亦注意到長篇小說的人物描寫問題，關注人物描寫的主從關係的問題：

> 如耍獅子必拋一「毬」，射箭必立一「的」。欲寫金蓮而不寫一與之爭寵之人，將何以寫金蓮？故蕙蓮、瓶兒、如意，皆欲寫金蓮之毬、之的也。（六十五回回前總評，頁 889）

張竹坡在此提出「毬的說」，做為描寫金蓮之「毬」之「的」人物，即為陪襯金蓮而設的人物，如宋蕙蓮等，作者描寫這些陪襯人物時，雖極盡描寫之能事，一旦達到目的便令其風馳電掣地消失，半點不粘滯。〔註41〕

　　至脂硯齋時，其人物理論則又向前邁進一步，主要有三點：首先，人物出場之「畫家三染」法，第二回回前總評云：

> 其演說榮府一篇者，蓋因族大人多，若從作者筆下一一取出，盡一二回不能得明，則成何文字，故借用冷子興一人略出其大半，使閱者心中，已有一榮府隱隱在心，然後用黛玉寶釵等兩三次皴染，則耀然于心中眼中矣，此即畫家三染法也。（甲戌本，頁 35）

例如，《紅樓夢》中賈寶玉之出場，便經過如此的三染，冷子興在閑談中略及，稱為「色鬼」；賈雨村的評論，稱他為「正邪雙秉」；王夫人對黛玉做介紹，稱為「混世魔王」；最後賈寶玉出現在黛玉面前是「面若中秋之月，色如春曉之花」，如前此淡淡的幾筆，襯得賈寶玉更光彩照人。此法意在避免對人物做呆板的正面介紹，適合於對中心人物的出場作介紹。〔註42〕張竹坡也有類似

〔註40〕參《中國小說理論史》第五章，頁 243。
〔註41〕參陳洪，《中國小說理論史》，頁 252。
〔註42〕參陳洪，《中國小說理論史》，頁 275。

的人物理論，稱為「入笋」法，其「金瓶梅讀法」云：

> 讀《金瓶》，須看其入笋處。……借上墳插入李衙內；借拿皮襖插入
> 玳安、小玉，諸如此類，不可勝數，蓋其用筆不露痕迹處也。其所
> 以不露痕迹處，總之善用曲筆、逆筆，不肯另起頭緒用直筆、順筆
> 也。夫此書頭緒何限？若一一起之，是必不能之數也。我執筆時，
> 亦必想用曲筆、逆筆，但不能如他曲得無迹，逆得不覺耳，此所以
> 妙也。（十三）

《金瓶梅》與《紅樓夢》一樣，都是人物眾多，頭緒繁雜，若一一起之，介
紹出場，勢必不成文字，《金瓶梅》作者便不肯另起頭緒，而是得空便入，盡
量穿插；但他穿插技巧極好，善用「曲筆」或「逆筆」，或直說、或帶出、或
敘及、或暗示，讓人物不知不覺亮相到讀者眼前，達到「曲得無迹，逆得不
覺」，自然無痕的效果。〔註43〕

其次，為「反常描寫」。因脂硯齋對前人程式化的寫法，不以為然，故自
占地步，往往出之以「反常」描寫，庚辰本四十三回有這樣一段夾批云：

> 尤氏亦可謂有才矣。論有德比阿鳳高十倍，惜乎不能諫夫治家，所
> 謂人各有當也，此方是至理至情。最恨近之野史中，惡則無往不惡，
> 美則無一不美，何不近情理之如是耶。〔註44〕

零缺陷的絕對化描寫，實悖於情理，因之他寫美人形象，偏從一「陋處」著
手，例如他寫香菱學詩：

> 「獃頭獃腦的」，有趣之至。最恨野史中有一百個女子皆曰聰明伶
> 俐，究竟看來他行為也只平平。今以獃字為香菱定評，何等嫵媚之
> 至也。〔註45〕

香菱有點「獃」，即如湘雲的「咬舌」，更襯托得出美人的嫵媚與嬌憨。缺陷
美之描寫法，使人物的形象更覺可信。

第三，為「非理而入情處」的描寫手法。之前張竹坡論人物時曾云：「討
出一個人情理，則一個人的傳得矣」，脂硯齋在此偏探出《紅樓夢》中人物之
非理而入情處，如十八回黛玉和寶玉因荷包嘔氣，己卯本批注云：

〔註43〕參陳洪，《中國小說理論史》，頁248。
〔註44〕見陳慶浩編著，《新編石頭記脂硯齋評語輯校》（臺北：聯經出版事業公司，
　　　　1986年），增訂本，頁614。以下凡有引用脂硯齋評點，皆以此本為據，不再
　　　　詳註出處，只註明頁碼。
〔註45〕見第四十八回庚辰回批注，頁633。

> 按理論之，則是「天下本無事，庸人自擾之」。若以兒女子之情論之，
> 則事必有之事，必有之理，又係今古小説中不能寫到寫得，談情者
> 亦不能説出講出，情癡之至文也。（頁 328）

其非理之處，正是其入情之處，《紅樓夢》的人物描寫確實已達到某種深度。
又第十九回寶玉見寶琴生得好，便有「沒的我們這種濁物倒生在這裏」之嘆，
脂評己卯本云：

> 這皆寶玉意中心中確實之念，非前勉強之詞，所以謂今古未之一人
> 耳。聽其囫圇不解之言，察其幽微感觸之心，審其癡妄委婉之意，
> 皆今古未見之人，亦是未見之文字；説不得賢，説不得愚，説不得
> 不肖，説不得善，説不得惡，説不得正大光明，説不得混賬惡賴，
> 説不得聰明才俊，説不得庸俗平凡，説不得好色好淫，説不得情癡
> 情種，恰恰只有一顰兒可對，令他人徒加評論，總未摸著他二人終
> 是何等脱胎，何等心臆，何等骨肉。余閱此書亦愛其文字耳，實亦
> 不能評出此二人終是何等人物。（頁 367）

寶玉是何等人？讀者或評者無法以定型的概念來詮説他，他的「囫圇不解」
之語正是其非理而入情之文字，是可感的，正寫出人物至情至癡的形象，然
非至情至癡何以致此？寶玉及黛玉這樣兩個自古未見的人物形象，該用怎樣
的手段來描寫呢？作者出之以「囫圇語」，正可探觸到人物心靈深層的底蘊，
描繪出二人亦情亦癡亦呆，又彷彿不是「囫圇不解」之形象。

二、西方敘事理論

　　西方將結構主義的方法運用到敘事的分析上，創造了一門嶄新的文學科
學，即是「敘事學」。敘事學（法文 narratologie）一詞，是由法國國立科學研
究中心的研究員茲維坦・托鐸洛夫（T. Todorov）提出，他在一九六九年出版
的《〈十日談〉語法》一書中首次為這門學科正名，「這門著作屬於一門尚未
存在的科學，我們暫且將這門科學取名為敘事學，即關於敘事作品的科學。」
七十年代時，敘事學已成為當代西方文論普遍關注的領域。英美批評家將敘
事學譯為「narratology」，此詞遂被廣泛採用及流傳。〔註46〕

　　結構主義敘事學，濫觴於俄國形式主義（Russian Formalism），主要以雅

〔註46〕參胡亞敏，《敘事學》（武昌：華中師範大學出版社，1994 年），頁 2。

克慎（Roman Jakobson）、什克洛夫斯基（Viktor Shklovskij）、普洛普（Vladmir Propp）等為代表，後經法國結構主義文論批評家鼎力發展，主要以格雷馬斯（A.J. Greimas）、托鐸洛夫（Tzvetan Todorov）、布雷蒙（Claude Bremond）、熱奈特（Gérard Genette）等為代表，同時，英美語義修辭學派進一步弘揚，主要以布斯〔註47〕（Wayne C. Booth）、里蒙・凱南（Shlomith Rimmon-kenan）、巴爾（Mieke Bal）等推波助瀾，遂成為一門顯學。由於上述各派的學說各有不同的側重點，概括來看，主要可分為三大陣營。

（一）俄國形式主義〔註48〕

二十世紀初，俄國的文學界為載道觀念所籠罩，當時流行的象徵派詩人要求理論上的突破，形式學派遂應運而生，當時有兩個著名的文學研究團體，「莫斯科語言學會」及「歐伯亞茲文學語言研究會」相繼於一九一五、一九一六年成立，成員之中多人也是語言學家，他們針對當時文學研究的弊端而起，因而確立了原則性目標：以科學的方法研究文學內在的問題。他們嘗試以語言學的方法來研究文學，建立語言學與文學研究的密切關係，二十世紀文學批評的主流與趨勢，實定向於此（頁13～15）。

俄國形式學派成員所謂文學內在的研究，其根本的關注點不在「作品」，而在作品的「文學性」（literariness/literality），他們並非忽視個別作品，只是個別作品的研究不是他們最終的關懷，他們最終的目標是透過個別作品的探索而歸納出普遍的「文學特徵」。什麼是「文學特徵」，他們有一定的看法，他們認為藝術作品之所以為藝術作品的主要原因，是因為藝術手法的應用，即「以機杼為藝術」（art as devices）觀點。他們從事「文學性」研究時，假設「文學語言」及「非文學語言」有所分別，他們認為文學語言有其自主性，並不為「表達思想」、「發抒感情」而服務，主要功用在於增強讀者對文字經驗的感受與注意，故文學手法的運用在打破讀者對語言「視而不見」的習慣，

〔註47〕 布斯是受到「新亞里士多德學派」思想薰陶而成長起來的文學理論家，寫了不少有影響力的理論著作，早於一九六一年出版《小說修辭學》，已被列為西方現代小說理論的經典之作，《美國百科全書》（1980）將該書譽為「二十世紀小說美學的里程碑」。參《小說修辭學・譯序》（北京：北京大學出版社，1987年），頁2。

〔註48〕 本節所論關於俄國形式主義的發生背景及沿革，其理論目標及特色的闡述，乃是參考高辛勇著，《形名學與敘事理論》（臺北：聯經出版事業公司，1987年），第一章「俄國形式主義」。

讓文字本身「醒目」，取得「突出」的地位（頁 15～19）。

形式主義者所謂的「形式」，與一般理解不大一樣，他們認爲「形式」一詞包含作品的整體，所謂「內容」也是形式的一部分，內容與形式是不可分離的整體，內容是經過一定形式處理的內容，沒有沒有形式的內容，也沒有沒有內容的形式。換句話說，作品的原始材料，並非「形式」之一部分，經過作者的處理安排，這些材料也就成爲「形式」的一部分，而與其他因素結合成爲不可分離的整體，或許如愛森堡（Boris Ejxenbaum）所言：「藝術之所以爲藝術，並不在於所使用的材料性質，而在於其如何使用」，故形式學派的研究，等於對形式技巧的系統研究，而形式技巧便是文學性之所在（頁19～20）。

結構主義在文學分析上，實以敘事文爲主要對象，普洛普的《俄國童話形態學》（Morphology of the Folktale/Mofologija skazki，或譯爲「民間故事形態學」）對結構主義敘事學影響很大。這部書出版於一九二八年，至一九五八年才有英譯本，一九七0、一九七二年法德的譯本才相繼問世，其方法又被用於其他之民族民間故事或其他文類的研究。普洛普的研究以故事結構爲著眼點，重視結構中之組織單元及單元間的結合方式，分析一百則俄國童話，歸納出三十一個功能（function 或譯爲「事目」），這些功能爲故事之基本組成單元；這些功能的出現也有一定的秩序，如故事中的英雄在勝利前，必先得到扶助人所給予的神物；所有的俄國童話皆屬同一型態（頁30～33）。

又與「功能」結合最密切的因素是「人物」，人物與「功能」通常有一定的配屬關係，因而形成一種行動的分配領域，謂之「行動領域」（sphere of action），例如「反角」的「行動領域」，包括以下的「功能」：「挑釁」，與主角的「鬥爭」，最後的「追逐」等。俄國童話中的「角色」及其行動領域共有七類：「反角」、「主角」、「僞主角」、「資助人」、「助手」、「差遣人」、「公主與國王」等；這七種角色並不一定在每一故事中全部出現，有時一角色可擔任數重任務。將故事中之人物劃歸爲「角色」的過程，即是從具體到抽象化的過程，唯有抽象觀念才具普遍性，也因此才能構設一涵蓋各樣紛雜故事的共同結構型態，普洛普的理論後成爲敘事學科學性研究之先驅（頁33～34）。

（二）法國結構主義

經過兩次世界大戰，面對歐洲戰後的殘局，知識份子深感非理性實爲左右人類行爲的重要力量，於是產生非理性的哲學思潮，存在主義爲其代表，關注

主體的道德意識及文化價值的重建等問題。到了六十年代之際，巴黎新一代的學者思想家，對「存在」、「本質」的問題已逐漸失去切身感，於是研究轉向對文化體系的客觀探討，開始以整體性之了解爲研究的新目標。他們的思想一時匯合成歐美六、七十年代的新主流，這個主流即是結構主義。〔註49〕

　　結構主義是一種方法論，本身沒有設定特殊之研究對象，它可以被廣泛應用於各種學科的研究；應用於人類符號體系之研究，即爲「符號學」，應用於敘事文的研究，即爲「敘事學」。結構主義的基本概念及方法，大都得自語言學的啓發，綜合言之，大概有下列數點：首先，結構學者重視「整體」的研究，結構方法將其研究對象視爲一個「整體」現象，此一整體即是一個「結構體」，且設想它爲一圓滿自足的體系；其次，他們重視「關係」研究，即關注結構內部之組成單元間的關係組織及結構規律，這點與他們一向強調的「共時」序研究是密切相關的；再次，重視「深層結構」，結構學者對故事的「明顯的」意思，拒而不視，而竭力發掘故事中的「深層結構」；第四，他們重視「二元對立」的概念，此一概念表現於結構成分的基本關係上，結構學者在處理文化現象時，須在多元項目中找出基本的二元對立，以爲「意義」之來源，因意義來自「差異」；第五，任何文學作品都可以做爲他們的分析對象，亦即他們並不在乎對象的價值，這種批評是分析性的，不是評價性的。以上爲比較常見的共同概念，但並非每個結構學者都抱定這些概念，〔註50〕總的來說，結構學者較俄國形式主義者更系統、更科學、更揚棄價值層、更重視結構內部成分間的組成關係及構成規律。

　　結構主義敘事學的建立，即是將結構的方法應用於敘事文的研究，除了重視共通之科學性、系統性及內在結構規律的研究外，它的目標在於建立一普遍性的敘事文理論，而非在於個別作品的詮釋與分析。敘事學者也有關於具體作品的討論，譬如普洛普對俄國一百則童話的分析，熱奈特的理論是得自對普魯斯特（Proust）的小說閱讀心得，然他們最終的關懷仍然在於普遍性及系統性之文學規律的建立。〔註51〕

〔註49〕關於背景介紹，請參高辛勇著，《形名學與敘事理論》，第三章「結構主義與敘事理論」，頁117～118。

〔註50〕有關基本概念及方法，請參高辛勇著，《形名學與敘事理論》，第三章「結構主義與敘事理論」，頁118～121。

〔註51〕參高辛勇著，《形名學與敘事理論》，第三章「結構主義與敘事理論」，頁132～133。

　　格雷馬斯為結構主義敘事學的早期代表，他是最早接受普洛普觀點的學者之一。他的《結構語言學》（Sémantiquè structurale，1966）鑒於普洛普體系的經驗主義氣味太重，於是使用「行動者」（actants）這一概念來進一步概括普洛普的「角色」理論，即「主體」（subject）　與「客體」（object）、「授者」（destinateur）與「受者」（destinataire）、「副手」（adjuvant）與「對手」（opposant），以達到更為精鍊的程度。〔註52〕這種角色模式，正是以句子主謂語間各種可能的「名詞」形式為模式，每個故事有不同性格的人物，而且關係各異，這些構成敘事表層的林林總總，但格雷馬斯認為，這些都可看成是深層模式的表層化的結果，看似有無限變化卻皆由有限的基本型式變化衍生而成，〔註53〕可見他的理論重視「深層結構」及「普遍性」的建構。

　　布雷蒙與格雷馬斯的理論趨向很類似，他的「事綱」理論也是脫胎自普洛普，只是他是針對普洛普的「功能」理論而來。布雷蒙和普洛普一樣，也是將「功能」視為是敘述結構的基本單位，但是他質疑普洛普將雙重或多重功能視為變例或例外之作法，也反對普洛普將功能排列成直線發展的鏈條，〔註54〕於是他提出「事綱」觀念。事綱是敘事文組成的基本單位，一個基本的事綱由三個功能結合而成，即「可能」、「過程」及「結果」，由一個功能過渡到下一個功能，皆包含了兩種可能，即故事發展的兩個方向，如目標產生之後（可能），引發兩種可能的行動（過程），即「採取行動」實現目標或「不採取行動」等，採取行動的過程又會引發兩種可能的結果，即「成功」或「失敗」。每一個基本的事綱，都可以構成一完整的情節，但這只是最基本的情節，透過事綱的各種組合可以擴充及曲折情節，使情節複雜化。布雷蒙的理論顯然將普洛普的理論更抽象化、更強調內在的結構關係，普洛普早已意識到「功能」與「功能」之間存在著邏輯關係，但他只指出其時間座標上行動關係的接續性，對於所提出的三十一項功能間的內在關係也並未進一步闡釋，〔註55〕而布雷蒙以內在的邏輯關係為基礎，提出了事綱的觀念，重

〔註52〕參特里・伊格頓（Terry Eagleton）著，鍾嘉文譯，《當代文學理論》（臺北：南方叢書出版社，1989年），「結構主義與符號學」，頁134～135。
〔註53〕參高辛勇著，《形名學與敘事理論》，第三章「結構主義與敘事理論」，頁152～154。
〔註54〕參徐岱撰，《小說敘事學》，「緒論」，頁52。
〔註55〕關於布雷蒙的事綱理論及分析，請參高辛勇著，《形名學與敘事理論》，第三章「結構主義與敘事理論」，頁144～146。

新構設了一種敘述結構的模式，而這一模式「保證它適用於任何種類的敘事」，這是布雷蒙最主要的貢獻，然而也受到不少學者的批評，如俄國符號學家梅列金斯基指出：「布雷蒙的分析非常抽象，因為它犧牲著重研究體裁的方法（例如普洛普的方法）而企圖進行普遍分析」，〔註56〕正為結構主義的敘事學家重視普遍性研究的特點做了註腳。

熱奈特標誌著結構主義敘事學研究的一個高峰，他的看法主要表現在《敘事話語》（1972）一書中。首先劃清了三個層次：第一是敘事呈現的表層，熱奈特稱為「récit」，姑譯為「敘記」，其實際的敘述則稱為「discourse」或「敷演」；第二是未經敘述安排的故事內容層次，熱奈特稱為「histoire」或「故事」；第三是「敘述」行為，即指傳述的行動與過程，熱奈特稱為「narration」或「敘述」，通常與故事無關。其次，他又提出五種敘事分析的重要範疇：其一為「次序」（order），指敘述的時間次序，即敘述怎樣借預敘、倒敘、順敘或交錯敘述的方式來進行；其二為「延續」（duration），指敘述的久暫，即敘述對於各種情節採取怎樣的擴充、濃縮或省略等的方式來進行；其三為「頻率」（frequency），牽涉的問題是「故事」中只發生一次的事件，是否只敘述一次，或是敘述多次；若發生數次，是否敘述數次，或是只敘述一次。

其四為「方式」（mode），指敘事的方式，考慮的是敘事內容透過何種方式來呈現，其中涉及兩個主要概念：一是「間介」（distance，或譯為「距離」），一是「視角」（perspective）。間介是指敘事文中「再現」與「現實」的距離可分為三等：一為敘述人用自己的話來描述，稱為「敘事化」描述；二為敘述人引述人物的對白但不加引號的方式，稱為「引述性」描述；三為敘述人直接引述人物的對白並加括號，與戲劇裏的對白一樣的方式，稱為「模仿性」描述。這三式中，以第一種的再現與現實的距離最大，「引述」式次之，「模仿」式最接近直接呈現。還有「視角」的問題，或稱「觀點」，或稱「聚焦」，術語的不統一，是敘事學的普遍現象。可分為三種：一種是無一定焦點的敘述，即一般習稱之「敘述者全知觀點」；一為由某個人物的固定角度出發，或從幾個人物的角度來敘述，稱為「人物觀點」或「內部聚焦」；一為「外部聚焦」，近於攝影機式的客觀記錄，幾乎不涉及人物的內心活動的聚焦方式。

其五為「聲音」（voice），指敘述行為與所敘記故事之間的關係，可從四個方面來分析，第一是發聲的時間與故事時間的關係；第二是「敘事層次」，

〔註56〕 參徐岱撰，《小說敘事學》，「緒論」，頁52～53。

指敘記層次與聲音來源層次關係；第三是「敘述人」是否參與所述故事的問題；第四是「敘述對象」在各敘記層次中的地位問題等。熱奈特敘事理論的意義是多方面的，最主要的一個特點是它的全面性，而且更具實用性，這與英美修辭學派的理論趨向一致。

（三）英美修辭學派〔註 57〕

　　法國結構主義敘事學登陸英美學界，隨即產生了一支敘事學的新軍，即以二十世紀語義分析哲學及修辭學爲核心的英美修辭學派。它的早期代表者是韋恩・布斯（Wayne C. Booth），他是那本頗得好評的著作《小說修辭學》的作者，他在這部著作中，研究作者的對敘述技巧的選擇與作品的藝術效果之間的各種關係，而他論述的對象，主要針對現代小說中所產生的各種問題，而現代小說的創作主要是「對敘述技巧和程序的試驗」，這使得布斯的理論乃是以敘事活動的構成爲主幹，屬於敘事學的範疇。由於布斯的成功，使他的路子不乏後繼者，這支隊伍很快地成爲另一個敘事學派的重心，其中著名的代表著作，英國羅杰・福勒的《語言學和小說》、杰佛里・利奇的《小說文體分析》、美國斯克萊・卡洛《敘事作品的性質》以及以色列里蒙・凱南的《敘事虛構作品》等。

　　他們共同的特點是以現代語言修辭理論爲基礎，廣泛吸收各種新學科，從布斯所開創的技巧分析及文本透視入手，嘗試建立既具科學體系性，又具實踐應用價值的小說敘事理論；在結構學者中未受重視的諸如人物分類及主題思想等命題，重又回到理論家的視野；一度在熱奈特那裏已見出理論與實際批評的重修舊好，被修辭派進一步強化了。歸根結柢，修辭學派所重視的是作品的實際效果，這一點愛德華・科貝特曾提到：「修辭學批評是這樣一種內在的批評方式，它考慮的是作品、作者和讀者之間的相互作用，由此可見，它的興趣在於語言活動的產品、過程和效果，不管這種語言活動是屬於想像的還是功利的。」

三、中西敘事理論比較

　　中國小說的評點之學爲多元含攝的整體，同時融貫了創作論、閱讀論、作品論、本質論等四個層次，這種將多個層次同時融合於一個理論系統中，

〔註57〕關於英美修辭學派的評述，主要根據徐岱撰，《小說敘事學》，「緒論」，頁 63〜64。

是中國文學批評的一大特點，評點四大家的任何一家莫不如此，劉勰的《文心雕龍》雖然不是小說理論，其主要對象是詩文，然其理論體系亦含蓋了形上論、本體論、文體論、創作論及閱讀理論，同樣是多個層次融合，與西方那種從單一角度切入的理論系統構設很不一樣，像西方敘事學是一個包容性很強的學科，它一開始是從作品本身的形式角度入手，重視客觀體系的探討，後來才融入閱讀接受的理論，也關注作者技巧的運用，這與中國一開始就是整個的關注是不同的，故不能以西方的理論標準來衡準中國的文論，否則就會流入中國什麼都有，但都停留在幼稚階段譏評之中。中國文論是一人一宇宙，它自身就是一個整體的融貫，不可分割為一項一項的，每一項都自然相關，彼此相聯繫成為一個整體，這種整體感的揭示是中國理論家與西方不同的重要面相。

意義來自作者，是中國文論一向的特色，小說的評點是如此，以詩文為對象的《文心雕龍》也是如此。中國評點家金聖歎關注作者之意，故時有「不知心苦，實負良工，故不辭不敏，而有此批也」〔註58〕之嘆；《文心雕龍·序志》中所謂「夫文心者，言為文之用心也」，〈知音〉篇謂評文貴在「沿波討源」，所謂「世遠莫見其面，觀文輒見其心」，〔註59〕此「心」此「源」之說，皆是表明對作者之用心的重視。

西方敘事學重視客觀探討，其意義來自結構關係上的意義，這是結構學者的看法，到了英美修辭學派，儘管他們看重作品的藝術效果，但意義仍來自研究者的主觀賦予，而對作品形式的掌握仍是客觀的。英美修辭學派的前身即是新批評，英美修辭學派是針對新批評的極端發展所開展出來的一個新學派。自來學者咸將新批評與中國的小說評點學相提並論，實則兩者在探究文學的基本態度上是很接近的，他們都正視作品本身的權威性，都最關心作品本身，全力以赴如何對作品本身做最精確的分析與闡釋，也都部分針對文學教育的缺失而發，〔註60〕換言之，它們都有指導閱讀之意。然新批評所關注的仍是作品之意，他們認為作品的意義可以在作品的特殊架構中探尋出來，而且也只有在文本中探究出來的意義才是最精確的；但評點家孜孜求索的仍是作者之意，他們仍試圖「在筆尖頭上追出當時的神理來」，以不負作者

〔註58〕見《水滸傳》之「楔子」總批，頁39。
〔註59〕見范文瀾注，《文心雕龍注》（臺北：臺灣開明書店，1985年，十六版）。
〔註60〕參陳萬益，《金聖歎的文學批評法》，頁87～90。

苦心為最終關懷。然從研究立場言，實則意義的來源是多元的，從作者、或者作品、研究者（讀者）、或者結構關係都無所謂，只要有助於對作品的理解，皆可兼採而並容之。

再者，中國小說評點的實效性遠遠高於西方敘事文論，因為中國評點的主要關注點在於創作或閱讀的指導，從評點家隨文批點的體裁形式上、評點家要求「金針度人」的批點態度上、評點家具體指點創作及欣賞的法則上，凡此種種關懷皆可看出中國小說敘事理論的獨特關注，確實在於作為創作或閱讀的指導之用，而這一特色其實也是中國的文學批評，不管是小說或詩文的批評的一貫特色。正因為這種特質的存在，使中國的敘事理論更關注具體創作或閱讀法則的建立，及主觀評文標準的建立。而這些關注點在西方敘事理論的取向上，則是屬於次要的。他們會較重視人類文化的客觀探索，自然也會儘量避開主觀價值的介入，力圖通過一個客觀規律的發現，來取得某種程度大家可以一致認同的看法。客觀形式的探討，固然是文學研究所需要的，但文學的閱讀很難避免主觀意識的介入，所以這兩方面應都是文學研究必要的關注。

以《西遊記》的詮釋為例，研究《西遊記》的敘事，必然會遭遇到一個詰問，他那裏說得好的問題，這個問題在西方敘事理論中顯然很難顧及。又《西遊記》某段情節寫得好，試問作者是用什麼方法達到的？會產生什麼效果的問題，顯然亦無法經由西方的敘事理論來回應這個詰問。固然英美修辭學派也涉及了這方面的關注，即作者技巧的選擇與作品藝術效果的關係問題，但主要還是抽象理論的分析，這方面的效用還是十分有限。由於中國評點是具體針對幾部著名的章回小說所作的精細且精湛之研讀，所以有時可以與《西遊記》的敘事表現形成參照，進而把握其敘事特色。

西方敘事理論的發展重視「整體性」的了解，他們把目標擺在所有作品的整體把握，而非單一部作品的闡釋上。這種整體性的趨向，對於把握單一作品的敘事特色是頗難奏功的，但它的好處在於可以同時掌握許多敘事作品的共通性質。他們將所有的敘事作品看成是一相關的整體結構，然後致力於探究這個結構得以形成的內在普遍規律，這種內在規律的探討，因為要求普遍性，往往非常抽象，其實用性甚被文評家質疑。然而，這個部分西方敘事理論的建構，依然有助於《西遊記》某些內在結構規律的把握，例如布雷蒙的「事綱」觀念，應可以被應用於九九八十一難的結構分析。

再者，西方敘事學者重視「系統性」的建構，中國評點並沒有像西方理論那樣，具有體系嚴謹及包羅萬象的邏輯分類體系。但中國敘事理論所關注的層面，卻有許多與之相類之處，如主題思想、情節結構、人物類型、敘事觀點、敘事時間及空間等論題，不同之處在於，中國評點沒有他們那麼包羅宏富邏輯分類體系，如金聖歎也提到敘事觀點的問題，但他只談及《水滸傳》裏人物限制觀點的巧妙運用，不及西方對敘事觀點的探討，涉及觀點的空間及時間位置、意識型態、情感態度及感知型態等更多層面。所以借鑒西方的敘事體系，是必要的，一方面可作爲建立《西遊記》敘事層次的參照，另方面可以幫助研究者更多元地觀照《西遊記》敘事現象。

最後，西方的敘事思想由於歷經三個階段，理論系統的建立愈來愈全面，且愈來愈重視應用性的問題。英美修辭學派敘事理論，後來已發展成包容性很強的學科，各家理論體系的建構，大多能包容各種新的小說研究學科，如里蒙·凱南的《敘事虛構作品》，即同時運用英美新批評、俄國形式主義、法國結構主義、以色列特拉維夫派詩學、閱讀現象學等現代文學流派。〔註 61〕而且西方敘事學所建構起來的龐大豐富之分析性術語，可以用爲《西遊記》敘事現象的觀察及描述。

四、《西遊記》敘事特色之建立

明代的小說，有一大部分是屬於「世代累積型」的創作，如長篇章回的「四大奇書」——《三國演義》、《水滸傳》、《西遊記》及《金瓶梅》都經過一段或長或短的演變過程，最後在明代一一成書定型，〔註 62〕它們雖然都出自一個天才作家之手，但這個作家都是改寫自前人作品而成的。又如爲數不少結集成書的短篇平話，也都具有這種改寫前人的特質，如馮夢龍的「三言」，即《喻世明言》、《警世通言》及《醒世恆言》；繼之者，凌濛初的「兩拍」，即《拍案驚奇》及《二刻拍案驚奇》等，皆由作者部分編輯，部分改寫而成。這種改寫自前人作品的特質，是明代小說的一大特色，這個特色導致明代小說的文學傳統，在一定程度上是集體創作的反映，這在西遊故事的演化歷史中清楚地被顯示出來。

從唐代玄奘朝聖取經的歷史開始，漸漸地流傳開來，衍爲民間的傳說故

〔註61〕 見此書前面之「譯者前言」。
〔註62〕 見康來新，《晚清小說理論研究》，「緒論」，頁 1。

事；南宋時《大唐三藏取經詩話》取材於民間傳說的玄奘事蹟，南宋時已有劉克莊「取經煩猴行者」的詩句出現，猴行者這個歷史所無的虛構人物，便已進駐《取經詩話》中，並成爲小說中的要角；元末明初之際《西游記雜劇》，又在《取經詩話》基本規模上加工改寫而成；明初之前的平話《西遊記》殘文，包括《永樂大典》的「魏徵夢斬涇河龍」及《朴通事諺解》等，又在《雜劇》既有主題及情節上，進一步地加工；到了百回本《西遊記》，則又在所有西遊故事的現成規模上集大成之作。可見，這種改寫前人特質，當不僅止於明代小說，而是遠自宋元以來，即已如此。只是明代小說這個特質更加顯著，可能因爲古代沒有抄襲的觀念，也沒有對個人風格的強烈要求，所以當時的作家較現代小說家，更能自由地吸收傳統，因而形成一種集體創作特色，現代研究者稱之爲「世代累積型」的創作。

這種創作特色及取向，從明末到清代已有演變的趨勢，即漸漸從世代累積型，向個人的獨立創作演變，明代《金瓶梅》即體現了這種過渡現象，清代的《儒林外史》及《紅樓夢》則已是甚具獨創性的創作，相較之下，《西遊記》雖是出於一位天才作家之手，也必定做了完成整體風格的關鍵性改寫工作，但是，基本上他仍屬於道道地地的世代累積型創作，所以《西遊記》敘事傳統的探討有其必要。

同時，《西遊記》敘事傳統一直沒中斷過，發展過程中的每個歷史階段，都留下了以各種文化形式寫成的西遊作品，這些作品也都是參照前人現有規模改寫而成的，百回本《西遊記》的完成，也是參照世代累積的各木西遊故事而來，由是各本皆可成爲百回本的重要參照本。把握這些參照本並與百回本形成參照，應該可以幫助我們更爲相應地理解《西遊記》的敘事特色。

在本論文的第二章討論了《西遊記》的敘事傳統，其中通過各本的參照關係，我們大抵可以歸納出幾個主要的敘事層面的特色演變，即主題、結構布局、人物形象、時間、空間及觀點等六個成分，這六個成分彼此互相關聯，形成一個有機結構的整體。如南宋時《大唐三藏取經詩話》，這部西遊故事的中心意念，縮結於異域風情的描寫，即借玄奘取經故事，連綴奇聞軼事以驚聽。其故事敘述玄奘奉敕取經，一行六人，後來猴行者加入，途程百萬，經三十六國，多有禍難，全賴猴行者的法力及大梵天王所賜三件寶物的神力，得以渡過難關，順利取經回東土，最後七人皆成正果，唐太宗追封猴行者爲「銅筋鐵骨大聖」。

　　雖然多靠猴行者法力，但描寫的重點顯然並不在猴行者的法力，因為猴行者的法力並不很複雜高強，他有時還得靠大梵天王所賜法器的濟肋，才能通過險阻；顯然也不在寫唐僧的性格，因為唐僧並沒有什麼突出的表現，有時還表現出「不大老實」的樣子；也不在表現險情，因為他們所經過之地，有的只令人意外驚奇，並不危險，如「蛇子國」，大蛇小蛇，交雜無數，攘亂紛紛，卻是「皆有佛性，逢人不傷」，大蛇小蛇「見法師七人前來，其蛇盡皆避路，閉目低頭，人過一無所傷。」又如過「獅子林」，入「鬼子母國」，至「女人國」等也都沒有什麼險情，就連曾兩度吃唐僧的「深沙神」，也是憑唐僧罵他一句：「你最無知，此回若不改過，教你一門滅絕！」深沙神就降服了，並化作一道金橋，讓唐僧一行從橋上過去。這樣的故事並不驚險，既不表現人物的個性，也不表現險情或鬥法的神技，只是一則則的奇幻異事，或是充滿對域外的想像，偶爾也有神話故事，連綴起來，表現一路上可喜可驚、可怖可感的異域風情畫，我們或可名之為「取經奇遇記」。

　　元末明初之際的《西游記雜劇》，其主題則不在異域風情，轉為描寫唐僧的理想人格特質，所以故事一開始，敘述者就用了四齣戲的篇幅，來演述唐僧取經前的個人故事，包括其父陳光蕊的含冤負屈，及他的少年時代的傳說等。接著才描寫唐僧取經途程中所遇到的種種險情，皆是佛祖所化，為的是將唐僧理想品格考驗出來，一路上寫唐僧如何收服孫悟空、豬八戒、收沙和尚為徒、勸服鬼母皈依、折服貧婆問心等，皆憑對佛祖一片虔心及仁愛之心為之，如第十齣唐僧途經「花果山」，山神勸唐僧不可收孫悟空為徒，因他凡心不退，但唐僧說：「弘誓如深海，如何不救他」，又說：「小僧全仗佛世尊釋伽之威力」，孫悟空問唐僧：「愛弟子麼？」，唐僧回道：「愛者乃仁之根本，如何不愛物命」，孫悟空則說他愛的是沈香亭上的纖腰。這是陪襯法，襯托出唐僧理想的品格。所以，最後佛祖說唐僧「心堅念重，至公無私」，權威敘述者也說：「兆人賴一人有慶，忠心至誠」，這「一人」便是指唐僧。

　　唐僧的性格特質都是正面的，似乎沒什麼缺點，但其餘角色，孫行者、豬八戒及沙和尚皆有不少的劣根性，如孫悟空不但好色，而且經常口出穢言。三人成了唐僧徒弟後，除了孫行者外，其他二人都變得沒什麼表現，所以能成正果，正賴唐僧之力，所謂一人得道，雞犬升天，所以整個故事旨在表現唐僧正面的理想特質。

　　明初《永樂大典》保存的「魏徵夢斬涇河龍」，因為僅存一段殘文，無法

探知其西遊故事的全貌。同爲明初西遊故事的殘文，《朴通事諺解》只保存了故事大意，及一段「車遲國」的故事複述，畢竟並非原貌，所以也頗難確切把握其中敘事的主題重點。百回本《西遊記》的主題重點，並不爲描寫唐僧，而是從唐僧轉移到孫悟空身上，主要敘述英雄孫悟空追求不朽生命的「必經歷程」，以及人物在這個生命歷程中「性格的成長或發展」，這是《西遊記》的兩個敘事重點。

　　就人物性格的成長或發展言，《西遊記》描寫的重點，不像《雜劇》是放在唐僧身上，而是以孫悟空爲主軸，重點放在孫悟空身上，所以敘述者一開始用了前七回篇幅寫了一部「齊大大聖傳」，並由孫悟空貫串整個故事，這樣的寫法等同於寫一部孫悟空成佛的傳奇故事。但《西遊記》並不僅是一部英雄的傳奇或傳記，因爲它不像《雜劇》寫唐僧那樣來寫孫悟空，唐僧的性格顯然一開始就設定在那裏，然後從頭到尾一成不變。但是，孫悟空的性格描寫，卻是從頭到尾不斷地變化發展，隨著他的種種遭際及其與環境的戰鬥歷程而有所變化或成長，所以他並非一開始就被定型的靜態人物。同時，孫悟空也有一些負面性格，並不像《雜劇》中的唐僧那樣完美，孫悟空是正負面性格都具有的，是頗爲複雜的性格描寫。《西遊記》裏不僅孫悟空如此，其餘取經人，唐僧、豬八戒、沙和尚及龍馬的描寫亦然，皆具複雜性及發展性，差別只在程度不同而已，故可視爲《西遊記》人物描寫的兩個特色。

　　《西遊記》的另一個主題重點，是表現追求不朽的「必經歷程」。孫悟空的兩次「西遊」都爲了追求生命的不朽，第一次追求不朽，爲了長生，第二次爲成佛正果。而所謂「必經歷程」，主要表現爲九九八十一難，即孫悟空第二度西遊的內容。這八十一難並不見於《詩話》及《雜劇》，更兼這八十一難有一定型的結構模式，也是《西遊記》的新型式，即「遇難」、「戰鬥」、「解難」的序列。《西遊記》裏這八十一難是使「人物成長或發展」的「必經歷程」，通過這個歷程的磨練，主人公們才能正果成眞。《詩話》裏取經途程所經歷的各種奇人異事、奇風異俗以及所有的險情，旨在表現異域風情以驚聽。《雜劇》裏，因爲旨在表現主人公唐僧的理想性格，故所有的險情或事蹟都是試金石，都是爲了檢查或例證其優良性格而的。同爲險情，但在各本西遊故事中所起的作用，顯然各有不同。

　　在小說一開頭加入「齊天大聖」的故事，是《西遊記》一個新的方式。《雜劇》因爲主題在寫唐僧，所以故事一開頭就用了四齣的篇幅來交代唐僧取經

前的個人故事，至於其他取經人的前事，則用插曲的方式引入，篇幅也明顯不及。百回本《西遊記》的描寫重點轉移到孫悟空身上，所以起首即冠以孫悟空的個人傳奇故事，而其他取經人的事蹟，則借人物之口倒敘出來。齊天大聖的故事中，部分的情節已見於先前的《詩話》《雜劇》中，如孫悟空的偷桃、偷酒、偷金丹及犯罪被鎮壓等事件。然《西遊記》裏也增加了一些新的母題，並改用傳奇英雄的筆法來塑造孫悟空，如孫悟空的奇生，首次功蹟等等，可視爲《西遊記》事件結構上的第三個特色。

從第八回至第十二回中，所演述的關於取經的因緣及取經的人的種種故事，是屬於拼湊型的故事模式，因爲這些故事之間原本是不相干的，敘述者以一種新的銜接形式，將它們拼湊起來，成爲前後關聯的故事段。如佛祖傳經一事，始見於《雜劇》的起首，借由觀音之口道出個中原委。《西遊記》挪用了這段故事，並移置於第八回的起首，而與觀音尋找取經人的事件聯結起來。雖然這個聯結關係已見於《朴通事諺解》，然《諺解》裏觀音一路上只安排了孫悟空爲護法弟子，《西遊記》中則由西往東依序多安插了沙和尚、豬八戒、龍馬等非人，最後才是孫悟空；等唐僧出發取經時，再由東往西依序將取經人一一會合起來。可見《西遊記》的事件順序，是經過精心重整的結果。這新的銜接方式，是爲將拼湊而成的複雜故事線，收整成單線的順敘形式，明顯不同於《雜劇》裏時而夾雜平行，或時而倒敘的雙線形式，故應視爲《西遊記》結構佈局的第四個特色。

《西遊記》裏這三部分的故事中，隱含了一個內在的結構，即「求道成仙」、「犯罪受懲」、「贖罪歷難」及「正果成眞」等四個階段，這四個階段貫串了整個故事，不但適用於孫悟空，也適用於其他的取經人，《詩話》及《雜劇》裏皆無此結構模式，故可視爲《西遊記》的第五個結構特色。

《西遊記》以人物與結構爲兩大主題重點，而與時間、空間及觀點等要素彼此互相聯繫或制約。時間方面，《西遊記》中取經歷難的時間是以「傳奇時間」爲主調，與之前的《詩話》、《雜劇》相同，因爲演述的都是非常事件與非常境遇；差異處在於《詩話》中眞正的險情並不多，大多爲有驚無險，或只是令人稱奇的情節；《雜劇》裏搬演的幾乎都是驚險情節；《西遊記》除了大幅增加驚險情節及提高驚險程度外，還用新的方式來表現傳奇時間，即在傳奇時間中加入「圓形的循環時間」，意即取經人們不斷地「遇難」、「戰鬥」、「解難」，而九九八十一難就有這樣或大或小的八十一個循環時間，直到八十

一難滿，功成行滿之時，主人公們克服了循環時間而超升正果，變為「垂直上升的時間」形式，這兩點是《西遊記》不同於以往西遊故事的時間表現形式。

另外，《西遊記》的時間觀還有一個特色是：時間形式錯綜複雜的融合。除了上列兩種時間形式外，《西遊記》又加入「循環的自然時間」，四時的春夏秋冬，自然時間本身就有一個循環性質，正好與人物遇難、戰鬥、解難的行動侔合，可用為人物這種循環行動的隱喻；也加入「循環的宇宙時間」，故事一開頭時，描寫的宇宙時間也是循環不已的形式，正與人物歷難的行動互相呼應；又與「水平的歷史時間」頻繁聯繫，歷史時間具有水平延伸的性質，正好可以克服圓形的循環時間那種膠著不進的狀態感；又加入人物的「傳記成長時間」，《雜劇》的傳記時間並未涵攝此一時間形態，因為唐僧的性格是不發展的，事件只在例證人物性格特質。最後，大量注入「神話時間」，整個前七回齊天大聖的故事，幾乎都籠罩於神話時間之中，還有後面的取經歷難故事中，部分情節是利用正常時間的破壞為特色所構成，亦涵攝了「神話時間」的表現。以上數點，在各本的參照下，應可視為《西遊記》中值得注意的時間特色。

空間方面，《大唐三藏取經詩話》西遊之行的重點在呈現異域風情，所以在空間上的特點，表現為羅列排比各類異境之奇以驚聽，以表現取經途程中的所見所聞及所感為重點；《雜劇》的西遊各境主要為表現險境，用以考驗唐僧的理想性格；《西遊記》的西遊，象徵生命真理的追求之遊，而且還是「兩度西遊」，所以孫悟空在「獸界」時，雖然安樂無虞，仍然不滿足於現狀，立志要追求長生，這就表現出主人公追求不朽的雄心，於是有了第一度的西遊；後來孫悟空犯罪受懲，貶在「謫仙界」，第二度西遊，則讓他從東天的「謫仙界」，超升為西天的「佛境界」。

同時，《西遊記》也重視空間的分別，天上與地上，西方與東方，天上優於地上，而西方優於東方，《雜劇》裏就不特別強調這種分別，最後只說取經三徒「圓寂正果」。這種對空間價值觀的賦予，正與主人公們的不朽追求互相呼應，所以《西遊記》背後之世界圖式的構成，及主人公追求不朽的兩度西遊，應是探討《西遊記》空間特色的兩個重點。

觀點方面，《詩話》與《雜劇》的觀點運用，皆甚簡單。《詩話》為第三人稱敘述者觀點，這種觀點的知覺範圍甚廣，有權揭示任何人物的內心活動，但《詩話》的敘述者通常只會選擇某些特定人物的內心活動來揭發。最常見

的是唐僧，有時是猴行者，如「入香山寺第四」云：

> 猴行者曰：「請我師入寺內巡賞一回。」遂與行者同入殿內。寺內都
> 無一人，只見古殿巍峨，芳草連縣，清風颯颯。法師思惟：此中得
> 恁寂寞？猴行者知師意思，乃云：「我師莫訝，西路寂寥。此中別是
> 一天，前去路途盡是虎狼蛇兔之處，逢人不語，萬種栖惶。此去人
> 煙都是邪法。」法師聞語，冷笑低頭，看遍周回，相邀便出。

這段文字，敘述者只選擇唐僧及猴行者的內心活動來透視，並不及其他人物。
這種觀點運用，為《詩話》典型的觀點模式。

《雜劇》的觀點運用主要是第一人稱短暫人物觀點，幾乎每一個初次上
場的人物，都會有機會成為短暫視角人物，敘述者會將此視角人物的言行及
內心活動都予以揭露，第一齣「之官逢盜」中的盜賊劉洪，及陳光蕊的僕人
王安出場時云：

> （水手劉洪上云）自家姓劉名洪，專在江上打劫為活。我雖然如此，
> 不曾做歹勾當。不敢大街走，則向小巷闖。小心怕官府，不做歹勾
> 當。門外賣私鹽，院後合私醬，做些小經營，不做歹勾當。撐船載
> 商賈，江水正浩蕩，見財便生心，命向江中喪，只是這幾般，不做
> 歹勾當。算命買卦，合有一拳財分，有箇好媳婦分，不知這姻緣在
> 那裏。打當下船，看有甚人來。（王安上云）相公夫人著我覓一箇船，
> 我是第一箇仔細的，這江邊有一隻船，梢公在那裏。

中國的古代小說，大都是第三人稱敘述者觀點，這種不斷轉換第一人稱的人
物觀點不太可能會出現在小說中。

《西遊記》亦為第三人稱敘述者觀點，採用說書人的口吻來進行，這個
觀點人物，似乎儘量採用了說書人的某些特質來表現，如說書人會盡量提供
大量信息給聽眾，所以《西遊記》往往採用「鳥瞰聚焦」、「全知聚焦」等觀
點，為其聽眾鉅細靡遺地講述故事。為了幫助讀者或聽眾準確掌握其所傳達
之信息，往往《西遊記》敘述者會適時地介入說明或評論，以提供讀者或聽
眾可靠的信息來源，即採用所謂的「權威聚焦」。

為了幫助讀者或聽眾以冷靜清醒的態度，來觀省故事的前因後果，《西遊
記》敘述者往往會採用「泛時聚焦」（尤其是指對未來時的預告）轉移讀者或
聽眾對「後事如何」的興趣，進而將關注點放在「何以致此」上；並搭配大
量「現時聚焦」的細節描寫，這種聚焦方式頗能引導讀者或聽眾，清醒思考

生命當下的眞相，故《西遊記》很少倒敘，必須倒敘時，則往往採用口頭倒敘的形式，用意在儘量保持現時敘述的方式。以上幾種聚焦方式，經常可見於《西遊記》中，其所作成的效果也甚顯著，因而構成《西遊記》有特色的觀點運用。

五、研究架構

　　本文主要針對《西遊記》敘事現象的探究，基於這個研究目的，筆者在第一章首先討論了「敘事界義」，採用了較爲寬泛的界定，一方面呼應目前敘事學愈趨開放及包容的研究取向，另方面也有益於闡釋《西遊記》敘事現象之豐富內涵；其次，交代了中國敘事理論及西方敘事理論的發生背景，並比較異同。因中西理論發生背景之不同，其研究的角度及目也會不同，所重視的東西也不一樣，復由其差異之理解，有助於本文隨宜採用其理論優勢，作爲各種敘事現象之闡釋參照，以豐實敘事現象之詮釋可能；再次，以第二章中《西遊記》敘事傳統之討論爲基礎，將各本西遊故事與《西遊記》形成參照，以見《西遊記》之敘事，如何在各本的基礎上累積，並發展自身的敘事特色；從與各本的參照中，見出各本西遊故事表現重點之差異，復由主題思想之差異，關聯其各敘事層面之表現側重點亦有所不同，主要有聚焦、人物、結構、時間及空間等五個敘事層面，這五個層面以主題重點的表現爲原則，互相關聯成一個整體，爲《西遊記》敘事表現的幾個重點，本文根據這幾個組成要點，在下面各章中逐一討論其敘事現象的表現。

　　在緒論之後，本文列了一章，專門討論《西遊記》與傳統文化之關係，以作爲各章在討論敘事現象時，追溯其文化來源時的文化參照背景之用，包括四個部分，一爲《西遊記》與民間文學傳統關係的討論，其中介紹了《西遊記》作者、年代及版本等問題，以爲本文討論之基礎；及關於西遊故事的演化歷史中，以不同文化形式寫成的各本西遊故事的討論。二爲《西遊記》與神怪故事傳統關係的討論，包括明代神魔章回、道教仙傳故事及上古神話傳說、漢魏六朝志怪、唐代傳奇、宋元話本、明朝文言神怪小說等的介紹。三爲《西遊記》與說書傳統關係的討論，交代了《西遊記》敘事裏，模仿說書伎藝的一些成分。四爲《西遊記》與儒、釋、道三家思想及三教合一思想的討論。以上四個部分，將在本文第二章「《西遊記》與中國文化傳統」中討論。

　　第二章之後，本文探討了「敘事聚焦」的層面，主要闡釋了《西遊記》

的聚焦是採用第三人稱說書人聚焦模式。這個聚焦模式的構成，融攝了說書藝術的某些特點發展而成，包含了幾個聚焦側面的運用。這幾個側面共同構成說書人聚焦模式的主導模式，在這個主導模式下，《西遊記》又有多樣貌聚焦方式的表現，形成一個頗為複雜多變聚焦模式的操作，說明從《大唐三藏取經詩話》到《西游記雜劇》，再到《西遊記》的西遊故事演化史中，由簡單走向複雜聚焦的演變趨勢。因為敘事聚焦模式的構設，其內蘊之敘述意圖，與整個情節鋪陳的內容（如全知聚焦）、敘述的方式及讀者接受的態度（如現時及未來時聚焦）等密切相關，所以，我們將之置於各敘事層面之前，將在第三章中討論之。

第三章之後，本文第四章討論「敘事人物」層面。《西遊記》對人物的描寫，不像《西游記雜劇》及明代各種考驗型小說，將主人公描寫成一定型的理想人物形象；《西遊記》的主人公們的形象，則呈現非絕對化及非定型化的描寫方式；其中非定型化這一點，亦即人物性格的成長或發展的描寫方式，是《西遊記》與明代其他長篇章回不同之處，如《三國演義》、《水滸傳》等，應可視為《西遊記》人物形象表現的一大特點。

另外，人物性格愈趨複雜的描寫，則是《西遊記》與其他長篇章回同步發展的特色。因此，本章一方面，擬從人物刻劃角度，來探討「人物類型」的問題，亦即討論人物性格之發展性及複雜性的描寫問題；所討論的人物對象，除了主要人物五聖外，亦旁及神佛、妖精及凡人類型等，因為《西遊記》這些人物類型也寫得非常精彩，但學者大多將主力放在五聖的討論上，而忽略其他的人物類型，故亦討論之。另方面，本章也討論技巧層面之「人物刻劃」問題，嘗試藉由技巧的討論，多方地了解《西遊記》人物形象的塑造方式，及敘述者藉由怎樣的技巧和表現原則，來塑造人物發展形象及複雜形象之性格特質。

第四章之後，本文第五章討論「敘事結構」層面。所以放在「敘事人物」之後來討論，因為結構及人物的討論，其實是分別針對《西遊記》的兩大主題重點而來的，即主人公追求不朽的「必經歷程」，及主人公在此歷程中的「成長或發展」。復因「敘事結構」一章的討論，與下兩章時間及空間的討論關聯密切，故將「敘事結構」放在人物之後，置於時間及空間之前來討論之。

對於敘事結構的討論，因學界對「綴段性」結構問題之關注，故本章將關注焦點放在《西遊記》如何以新的方式表現舊有的西遊故事，等於回到中國自身的文化發展脈絡，來評量《西遊記》的價值及認識其結構的特色。整

體結構上貫串的新方式，為主人公的「求道成仙」、「犯罪受懲」、「贖罪歷難」及「正果成眞」的內在結構；局部結構上布局的新方式，前七回齊天大聖的故事，以孫悟空取代唐僧成為主角，並對孫悟空的出身給予詳細刻劃，即構成這七回的主體內容，同時敘述者「增添英雄情節」來刻劃孫悟空，令孫悟空的故事有不同以往的表現風貌。

中間第八回到十二回的故事，為眾多故事拼湊而成，《西遊記》展現了不同以往的拼湊方式，敘述者儘量用單線順敘的形式來敘述，讓複雜的故事變得有條不紊。敘述者先後安排了兩位串線人，這兩位串線人皆為次要角色，可見這個部分的故事性質，是為主要故事提供背景。第三部分是唐玄奘及其他四位取經人，由東往西，一路上所發生各種魔難故事敘述。《西遊記》敘述者運用兩個新方式來表現：即「八十一難」的框架結構，及不斷循環的「遇難」、「戰鬥」、「解難」的定型結構，人物的成長發展即在此圓形的循環結構實現，最後人物克服此模式而成「垂直超升模式」，以上所述皆是《西遊記》敘事結構新的表現方式。

第五章之後，本文第六章討論「敘事時間」層面。本章敘事時間的分析，分為兩層：一層為故事時間分析，《西遊記》故事時間的性質很錯綜多元，環繞其傳奇或神話世界而展開的多元時間成分，有「歷難時間」、「神話時間」、「傳記時間」、「宇宙時間」、「歷史時間」等。另一層為敘述時間的分析，包括時間跨度、刻度、速度、頻率、次序等成分的討論。

第六章之後，本文第七章討論「敘事空間」層面。《西遊記》較諸其他長篇章回如《三國演義》、《水滸傳》，有一更為遼闊深邃及多元變化的空間描寫，所以本章一方面討論其整體空間性質，包括作為人物活動背景之「橫向空間」、標記人物成長發展之「縱向空間」及冥冥未知之「天意空間」，三者一起構成這部小說的宇宙空間圖式，將於第二節「整體空間分析」中討論之。

另方面則討論其個別空間性質，包括主人公的兩度西遊及為何叫做「西遊記」、動態的空間觀、人物與世界的相互關係、及「由東入西」超升模式等，這幾點都是前此各本西遊故事所沒有的，幫助讀者理解《西遊記》如何以新的方式改寫西遊故事，將於第三節「個別空間分析」中討論之。《西遊記》對空間描寫有許多精彩手法及有特色的地方，譬如對比襯托手法、溯源式手法、五行相剋排列手法、道路相逢手法、災難空間手法、妖精形象化手法、及情節構成手法等，將於第四節「空間刻劃分析」中討論。

第二章 《西遊記》與中國文化傳統

考察《西遊記》形成的文化背景和歷史，其實它主要是在通俗文學的基礎上形成的。通俗文學傳統，包括中國的各種曲藝，如說書、鼓詞、彈詞等通俗藝人的口講作品傳統，也包括俗文學作品，如唐代變文、宋元平話、明清時期各種刊本和抄本鼓詞、彈詞、寶卷及雜劇等藝人的書面文學傳統等。第一節討論以書面文學傳統為主，包括與西遊故事的演化史極有關係的幾部通俗文學作品，即《大唐三藏取經詩話》、《西游記雜劇》、《永樂大典》殘文、《朴通事諺解》等；第二節討論《西遊記》與神怪故事傳統；第三節討論影響古典小說甚為深遠的傳統說書藝術的特色與《西遊記》的關係；第四節討論《西遊記》與儒釋道三教思想的關係。

第一節 《西遊記》與西遊故事傳統

一、《西遊記》的作者、年代與版本

這部分的論述，主要根據張靜二與夏志清兩位先生的說法整理而成。〔註1〕《西遊記》的作者是誰？一般都知道是吳承恩，但這個答案在學術研究上尚未成為定讞。目前現存最早《西遊記》版本，是金陵世德堂刻本，即華陽洞天主人的校本，前面有陳元之的「序」，序中說：「不知其何人所為」，〔註2〕表明連

〔註1〕 張靜二，《西遊記人物研究・緒論》（臺北：臺灣學生書局，1984 年），頁 11～17。夏志清著，胡益民等譯，《中國古典小說導論》（合肥：安徽文藝出版社，1988 年），第四章「《西游記》」，頁 127～136。
〔註2〕 《新刻出像官板大字西遊記》（金陵：世德堂，1592 年），頁 1～2。

現存最早的版本都不知撰者是誰，於是《西遊記》一書的作者便成了個謎。

　　後來在清代康熙年間（1662～1722）的《古本西游證道書》，由汪象旭整理評說，其前冠有一篇虞集的「序」，序中說：「此國初丘長春眞君所纂《西游記》也」，〔註3〕這個說法在清代頗爲流傳。但有人反對這個說法，錢大昕、俞樾都認爲不可能。〔註4〕吳玉搢（1698～1773）則根據天啓（1621～27）《淮安府志》卷十九藝文志一《淮賢文目》的資料：

　　　吳承恩：射陽集四冊，□卷；春秋列傳序；西游記。

據此推斷《西遊記》一書爲吳承恩（1506？～82？）所作。丁晏（1794～1875）則據《西遊記》中「多吾鄉方言，足徵其爲淮人作」，並引紀昀說法：「記中如祭賽國之錦衣衛；朱紫國之司禮監；滅法國之東城兵馬司；唐太宗之大學士、翰林院、中書科，皆明代官制。」〔註5〕以證爲吳承恩所作。

　　民國以來，魯迅最早提出這個說法，他在《中國小說史略》中認爲吳承恩才是《西遊記》的作者，〔註6〕此說後經胡適推衍，他在一九二三年所撰〈西遊記考證〉一文中，極力主張丘處機的《西遊記》是「一部地理學上的重要材料」，吳承恩才是小說《西遊記》的作者，〔註7〕胡適的說法得廣泛的接受與認同。

　　但是，當代有些學者對吳氏爲撰者之說表示質疑，其實認爲撰者爲吳氏的說法，其主要文獻根據爲天啓年間《淮安府志》，但是這是一條孤證，加上這條孤證本身不能充分證明撰者是吳承恩，如日人田中嚴認爲，《淮安府志》所載的《西游記》，難以確定即是百回本的故事；〔註8〕英人杜德橋（Glen Dudbridge）補充田中嚴的意見，說《淮賢文目》及《千頃堂書目》都將吳承恩名下的《西遊記》歸諸史部興地類，〔註9〕因此不僅孤證不立，連這條孤證

〔註3〕　黃永年、黃壽成點校，《黃周星定本西游證道書》（北京：中華書局，1998 年），頁 1～2。

〔註4〕　錢大昕，《潛研堂文集》（四部叢刊初編第九十七冊）頁 289 上。俞樾，《小浮梅閒話》，見孔另境編，《中國小說史料》（臺北：中華書局，1957 年），頁 51。

〔註5〕　丁晏，《石亭記事續編》，見孔另境編，《中國小說史料》（臺北：中華書局，1957 年），頁 48～49。

〔註6〕　參第十七篇「明之神魔小說（中）」，（臺北：谷風出版社，出版時間不詳），頁 164～165。

〔註7〕　見《西遊記考證》（臺北：遠流出版事業股份有限公司，1986 年），頁 39。

〔註8〕　田中嚴，〈西遊記□作者〉，《斯文》，新第八號，1953 年，頁 37。

〔註9〕　蘇正隆譯，〈百回本西遊記及其早期版本〉之「吳承恩與西遊記」，附錄於《西遊記》（臺北：桂冠出版社，1987 年），頁 1429～1431。

本身都有許多疑點無法被澄清，所以一般學者如杜德橋、余國藩、夏志清等，都寧可採取有所保留的存疑態度，除非有確切的直接證據出現，否則一切都只是推論。

　　夏志清先生認為，儘管判定撰者為吳承恩之說的文獻根據不充分，但是「任何人要提出一個更令人信服的侯選人，卻是極不可能的。所有的間接證據表現，吳承恩具有創作這部小說作品必需的閑暇、動機和才情。」吳承恩，乃淮安府山陰縣人（今江蘇北部），以其機智幽默及文學才情見譽於朋輩。〔註10〕天啓年間《淮安府志》卷十六人物志二說吳承恩「復善諧劇」，他在文學上曾自稱偏好神怪與域外奇譚，在其今日已佚的《禹鼎志》的「序」文裏道出自己的文學傾向。〔註11〕又說吳氏善寫詩「詩文下筆立成，清雅流麗，有秦少游之風。」這與《西游記》中大量的韻文作品，大概不無關係。

　　《西遊記》現存最早版本是萬曆二十年（1592）的世德堂刻本，這或許不是最初的本子，因為在世德堂本裏陳元之的「序」中提到「舊序」，杜德橋據此認為，在世德堂本刻印以前，一定已有一版或多版《西遊記》出現，〔註12〕所以《西遊記》的寫成與刊刻至晚都在這個時間以前。至於《西遊記》的版本，一直保持吳承恩原作的完整性，沒有很大的改動，大部分的版本問題圍繞在兩個焦點上：一為朱本、楊本與世本的節本與祖本的問題；二為百回本原本是否有「陳光蕊赴任逢災，江流僧復仇報本」這一回的故事。

　　這一回故事主要包含陳光蕊故事及玄奘少年時代傳說兩個部分內容，現存最早的版本金陵世德堂本中，並沒有這一回故事，它是出於後人所加。最早將它加入百回本中是康熙年間汪象旭評說《古本西游證道書》，但最早有這一回的是晚明廣東編者朱鼎臣的《唐三藏西游釋厄傳》，至於康熙本是否即據朱本補入第九回，兩者的關係至今無法確定。〔註13〕

　　問題在於這一回故事是否屬於《西遊記》原本的一部分，杜德橋認為，這一回故事無論就結構及戲劇性而言，與整部小說風格並不諧洽，而且對整個故事情節的推展沒有貢獻，因此，後來的《西遊記》刊本應當忠實保持世

〔註10〕 胡益民等譯，《中國古典小說導論》，第四章「《西游記》」，頁128。

〔註11〕 余國藩，〈源流、版本、史詩與寓言〉，《余國藩西遊記論集》（臺北：聯經出版事業公司，1989年），頁74～75。

〔註12〕 參蘇正隆譯，〈西游記祖本的再商榷〉，《新亞學報》第六卷第二期，1964年8月，頁513。

〔註13〕 參杜德橋撰，蘇正隆譯，〈西游記祖本的再商榷〉，頁508～513。

德堂本的原來面貌，因為它是現存最接近祖本的原貌的版本。〔註14〕余國藩
補充杜德橋說法認為，這一回故事是唯一缺詩的作品，與其餘九十九回散韻
夾雜形式殊為不類；雖然這麼說，余國藩先生仍然認為「陳光蕊故事不能自
外於《西遊記》的基本情節，應予補入。」〔註15〕所以他在英譯本《西遊記》
中便把這一回也譯了進去。張靜二先生也認為該放入，他說：「唐僧雖僅為取
經團體的名義領袖，但基本上，西遊記是唐僧的故事；他的身分實較書中其
他人物特殊。因此，他的生平雖已家喻戶曉，若不給以交代，必然變成全書
的一大闕漏。」〔註16〕

　　雖說玄奘取經是西遊故事一向的主題，但《西遊記》並不是唐僧的故事，
而是孫悟空的故事，重點在表現孫悟空從出生到正果的修持成長歷程，唐僧
及其他取經人的故事並非其主要關注點所在，故筆者也認為這一回故事是後
加的，非原本所有，有幾個小疑點：如玄奘的母親最後下場是「從容自盡」，
這與《西遊記》一向的喜劇精神相違，第卅一回寶象國公主「百花羞」，被

〔註14〕 蘇正隆譯，〈百回本西遊記及其早期版本〉之「陳光蕊故事的闕如」，附錄於
　　　　 《西遊記》，頁 1423～1424。
〔註15〕 參李奭學譯，〈《西遊記》的敘事結構與第九回的問題〉，《余國藩西遊記論集》，
　　　　 頁 29，70。
〔註16〕 參《西遊記人物研究‧緒論》，頁 37。其實《西遊記》對唐僧取經前的生平是
　　　　 有所交代的，只是他所採取的敘述策略與孫悟空不大一樣，因為孫悟空是主
　　　　 角，是作者主要表現的對象，而玄奘並不是，但作者也並不忽略對他生平的
　　　　 描寫，第十一回在玄奘出場前先安排一首長達二十四句的詩來引介他的生
　　　　 平，再借由其他人物的口來推介他說：「自幼為僧，出娘胎，就持齋受戒，他
　　　　 外公見是當朝一路總管殷開山。他父親陳光蕊，中狀元，官拜文淵殿大學士。
　　　　 一心不愛榮華，只喜修持寂滅。查得他根源又好，德行又高；千經萬典，無
　　　　 所不通；佛號仙音，無般不會。」這與對一般角色描寫又有區分，一般次要
　　　　 角色多在他們出場時有段長長的靜態肖像描寫，但作者對玄奘顯然不是這
　　　　 樣，而是在未出場時先來個先聲奪人，之後再採用動態地來描寫他，漸漸地，
　　　　 一次加進一點，隨著他每一次出現時加什麼生平細節、外貌特點等，最典型
　　　　 例子是第廿八回從黃袍怪的小妖們的眼中，讀者看出唐僧原來是個細皮嫩肉
　　　　 的胖和尚：「圓頭大面，兩耳垂肩；嫩刮刮的一身肉，細嬌嬌的一張皮，且是
　　　　 好個和尚！」讀者想不到唐僧竟像個養尊處優的人，完全不像個冒風瀝雪之
　　　　 行路人。又第九十三回唐僧在天竺國看拋繡毬時道：「我想著我俗家先母也是
　　　　 拋打繡毬遇舊姻緣，結了夫婦，此處亦有此等風俗。」這與現代描寫法已經
　　　　 非常接近了，一點一點告訴讀者，並不是一下子全說出來，而是要讀者一點
　　　　 一滴從小說各部分綜合得來，這種寫法在明代小說中很少見到。可見作者並
　　　　 不是沒有交代玄奘生平，而是交代的方式顯然不同於主角孫悟空的，也不同
　　　　 於一般其他次要人物而已，顯然他的確是一個身分特殊人物角色。

妖精所攝走，與妖精在一起生活了十三年，又有兩個孩子，孫悟空要收除她的妖精丈夫，則勸她說：「帶你回朝見駕，別尋個佳偶，侍奉雙親到老」，殷小姐的結局與玄奘母親的下場顯然相違；再者，這一回故事的最後說「玄奘自到金山寺中報答法明師父。不知后來事體若何，且聽下回分解。」玄奘如何報答他師父的，下面就沒下文了，而且他的師父在第十一回的詩中是「遷安和尚」，而非「法明師父」，這種前後矛盾幾乎很少會發生在小說中其餘的地方。

　　還有一點，用這樣一回篇幅交代了十八年故事時間的作法，亦不太符合《西遊記》的文體特色，即使如前七回的孫悟空故事，雖包含三、四百年的故事時間，作者都是精選代表性場景，配合對話及細節作細緻的描寫，讓讀者在心中留下深刻印象或感受，很少出現類似這種通篇的概述節奏，偶爾才點綴幾句對白一帶而過的行文形式，因此，若從百回本原貌角度而言，這一回故事應該原來不屬於百回本的一部分。

　　百回本《西遊記》有明刊木和清刊本。清代刊本土要有五種，依現存最早之刊本爲序，有康熙間（1662～1722）汪象旭評注《古本西游證道書》；乾隆己巳（1749）張書紳評注《新說西游記》；乾隆庚子（1780）陳士斌的《西游記眞詮》；嘉慶二十四年（1819）劉一明的《西游記原旨》；道光己亥（1839）張含章的《通易西游正旨》等。〔註 17〕明代出版的百回本《西遊記》共有四種，其中三種都題爲「華陽洞天主人校」，通稱爲華陽洞天主人校本，其中以金陵世德堂刻本爲現存最早的刻本，通稱爲「世本」。另一種明刊本爲李卓吾評本，通稱爲「李評本」。

　　現代版的標準本通常是以世本或李評本爲底本，再會校其他的清刊或明刊本子而成，本論文所使用現代版的標準本有二，一爲由香港中華書局印行的《西遊記》，這個本子是以世本爲底本再會校其他本子而成；另一爲臺灣里仁書局出版的《西遊記校注》本，則以李評本爲底本會校其他本子而成，兩者出版時間都在一九九六年。本論文原則上以里仁書局的校注本爲主，因爲取得便利之故，但在某些問題上涉及到版本的差異時，則視個別情況而定，或採取中華本抑或里仁木。

　　明刊本《西遊記》尚有二個版本是簡本，第一部簡本題爲《唐三藏西游

〔註17〕參劉蔭柏，《西遊記發微》（臺北：文津出版社，1995 年），第七章「《西遊記》明清兩代出版史考」，頁 221～223。

釋厄傳》，〔註 18〕通稱「朱本」，因爲編纂者爲朱鼎臣，這本書只有世本四分之一不到的篇幅，全部採用吳本前面部分的情節，而對唐三藏收了三個徒弟後路上的冒險故事大幅縮減，還加進一卷的陳光蕊故事；另一部簡本題爲《西游記傳》，通稱楊本，因撰者題爲楊致和，其篇幅與朱本差不多，此書與吳元泰撰的《東遊記》，余象斗撰的《南遊記》及《北遊記》，合併成一書，便形成我們通稱的《四遊記》。〔註 19〕

由於世本、朱本及楊本三種本子，其「成書時間無法考訂，現存各本初版的年代又相差無幾」，於是引發孰是祖本孰是節本的版本爭議，迄今無定論，須待新的證據出現，這個問題才能解決。〔註 20〕可見單憑內部的文理論證其實並不足以解決這樣的問題，必須等待可靠的直接證據出現才能有所定論，否則眾說紛紜都只是可能的推論。

二、西遊故事的演化

《西遊記》和《水滸傳》、《三國演義》一樣是屬於世代累積型的創作作品，在其最後的創作階段以前，都曾以多種不同的文藝形式在民間長期流傳。《西遊記》就在這些藝術形式及其故事材料基礎上，加以改寫並進行大量藝術性的創作，而成就目前所見西遊故事系列形式中最完整、最傑出作品成果。如果讀者想要了解《西遊記》的故事敘述是怎樣形成的？了解《西遊記》和形成它的通俗文學傳統之間的關聯，我們無法忽視西遊故事的形成過程和文化背景。在整個西遊故事的演化過程中，玄奘取經的主題一直沒變過，所以筆者考慮從玄奘取經的故事演變爲主軸，考察西遊故事的演化歷史及其背景。

玄奘（602～664）取經，之前已有人去過，之後也還有，據梁啓超的搜究，求法高僧從西漢甘露（西元前 53～50）中朱士行起，到唐代悟空爲止，有名可稽者就有一百零五人之多，其中安抵印度並學成歸國者亦有四十二人。〔註 21〕但在歷史上，唯獨玄奘因其獨特成就與個性而成爲朝聖取經的代表人物，其事蹟流傳於後世，其他則湮沒不聞。玄奘是他的法名，俗姓陳，

〔註18〕 朱鼎臣編纂，《唐三藏西游釋厄傳》，楊致和編纂，《西游記傳》合刊（北京：人民文學出版社，1999 年）。

〔註19〕 《四遊記》（臺北：世界書局，1982 年）。

〔註20〕 張靜二，《西遊記人物研究・緒論》，頁 33。

〔註21〕 梁啓超，〈中國印度之交通〉，《飲冰室合集》（上海：中華書局，1941 年），專集之五十七，頁 1～26。

名褘，洛州緱氏（今河南偃師緱氏鎮）人。玄奘是為「經義難明，異說難定，故發憤要求得原文的經典」。〔註22〕於唐太宗貞觀三年（629），他由長安出發，偷渡到天竺求取佛法。玄奘出國十七年，歷經五十多國，於貞觀十九年（645），攜回大小乘經、律、論共六百五十七部，受到唐太宗的禮遇，後來在長安弘福寺、慈恩寺與門人窺基、辯機等人，用十九年時間翻譯佛經（645～663），譯成重要經論七十三部，凡一千三百三十卷，並創立中土佛教法相宗。

貞觀二十年（646）大概根據玄奘口述或途中自己的記載，由其門徒辯機輯錄成《大唐西域記》十二卷；後來，他的門人慧立、釋彥悰又為玄奘法師作了傳記《大唐大慈恩寺三藏法師傳》十卷。之後，玄奘法師進入正史，後晉劉昫等撰《舊唐書·方伎傳》中對他有三四百字的傳記介紹。

《大唐西域記》還是一部比較質樸的地理著作，慧立等所作的《法師傳》裏所記載的玄奘，他常誦習《般若心經》，「至沙河間，逢諸惡鬼奇狀異類遶人前後；雖念觀音，不得全去；即誦此經，發聲皆散；在危獲濟，實所憑焉。」大約是這樣的描寫，促進了唐僧取經的神幻故事在民間的普遍流傳，雖含有奇幻色彩，然大抵「還合於宗教心理的經驗」，後來，取經故事在民間流傳開來，唐僧取經的故事就變得愈來愈神幻了，〔註23〕直到一五九二年出版的百回本《西游記》，與歷史上的玄奘的關係已經很淡薄了，其中充滿了文學奇幻的想像。從歷史記錄中的玄奘故事到現存最早百回本《西游記》的出版，其間大約經過了六個階段的演化：

（一）玄奘取經傳說

第一階段，宋朝初年（978）李昉等編輯《太平廣記》裏，也搜集了二則關乎玄奘取經的傳說，這二則傳說乃出自唐代李冗《獨異志》及劉肅《唐新語》的記載，記述雖然簡略，但已點出玄奘朝聖的主題，而且已經充滿了神異的幻想色彩。《太平廣記》卷九十二「異僧六」說：

> 沙門玄奘俗姓陳，偃師縣人也。幼聰慧，有操行。唐武德初，往西域取經。行至罽賓國，道險，虎豹不可過。奘不知為計，乃鎖房門而坐。至夕開門，見一老僧，頭面瘡痍，身體膿血，床上獨坐，莫知來由。奘乃禮拜勤求，僧口授《多心經》一卷，令奘誦之。遂得山川平易，道路開辟，虎豹藏形，魔鬼潛跡。遂至佛國，取經六百

〔註22〕 胡適，《西遊記考證》，頁69。
〔註23〕 胡適，《西遊記考證》，頁43～44。

—43—

餘部而歸，其《多心經》至今誦之。

在這則傳說中，已點出「心經」的母題，《法師傳》中的《般若心經》已改稱為《多心經》，實則其全名應為《般若波羅蜜多心經》。而其中來歷不明的老僧，出現在玄奘有困難時，皆類似於神話中老人對主人公超自然神力救助。另一則傳說裏記載了「摩頂松」事件，同卷云：

> 初，奘將往西域，於靈岩寺見有松一樹，奘立于庭，以手摩其枝曰：
> 「吾西去求佛教，汝可西長；若吾歸，即卻東回，使吾弟子知之。」
> 及去，其枝年年西指，約長數丈。一年忽東回，門人弟子曰：「教主
> 歸矣！」乃西迎之，奘果還。至今眾謂此松為摩頂松。

玄奘取經在這兩則傳說裏已是十足的神幻故事，摩頂松事件後來也屢屢出現於取經故事之中，表明玄奘取經故事在唐代民間傳說中，已是神話化的傳奇故事了。

第二階段，據北宋歐陽修（1007～1072）《于役志》裏記載，說他於景祐三年丙子七月（1036）曾與朋友夜飲於「壽靈寺」，寺中老僧說：「周世宗（955～959）入揚州時，以為行宮，盡杅壔之，惟經藏院畫玄奘取經一壁獨在」，可見玄奘取經故事於五代時已流傳很遠了。〔註24〕又南宋名詩人劉克莊《釋老六言十首》中第四首提到「取經煩猴行者」，可見猴行者此時已經進入了玄奘取經的故事，而且還似乎是個頗為重要的角色，這在其後的《大唐三藏取經詩話》中，可以看到具體化的成果，神幻故事再加上對域外超自然的離奇想像，足以形成後來在《取經詩話》中玄奘取經途中種種的奇幻冒險事跡。

（二）《大唐三藏取經詩話》

第三階段的《大唐三藏取經詩話》。〔註25〕此書凡三卷，日本「高山寺」藏本，由羅振玉和王國維影印行世，經王國維考證此書之年代，應在南宋，因為卷末有「中瓦子張家印」字樣，而「中瓦子」為宋臨安府街名，為倡優劇場之所在，故斷為南宋刻本。〔註26〕但據近人研究，它的體例和中晚唐五代的敦

〔註24〕 胡適，《西遊記考證》，頁45。

〔註25〕 傳世《取經詩話》有兩個版本，一為《新雕大唐三藏法師取經記》，一為《大唐三藏取經詩話》，二本皆原藏日本京都高山寺，內容相去無幾，僅有細微的文字差異。經過校勘，將兩書合為一書，題名仍用《大唐三藏取經詩話》。詳見《大唐三藏取經詩話校注·前言》（北京：中華書局，1997年），頁1。

〔註26〕 參〈王國維跋〉，附錄於李時人、蔡鏡浩校注，《大唐三藏取經詩話校注》，頁

煌俗講變文相類，故它的最後寫定的時間應不會晚於唐、五代之際。〔註27〕然因為缺乏直接證據的緣故，此書的年代斷限依然是眾說紛紜，故筆者在此仍採用王國維先生之舊說。〔註28〕

書中共分十七則，每則自有題目，頗似後世小說的分章回。其敘述方式均以散文為主，間雜韻文，因其有詩有話，故名「詩話」，「詩話」與「詞話」都屬於「宋元平話」的一種。〔註29〕所謂「平話」，依魯迅先生的解釋，即在宋元市井間，以俚語著書，敘述故事，謂之「平話」，即今所謂之「白話小說」。〔註30〕然將《取經詩話》與現存的宋代白話小說相比，如《京本通俗小說》及《也是園書目》裏著錄的宋人詞話，則並不相類，《取經詩話》顯然還更接近說話人的底本形式，因其故事敘述比較簡陋，類似說書人的故事大綱之故。然這部書究竟是否為說話人的底本，實亦不得而知，因為仍然缺乏直接證據。

其故事敘述三藏法師一行六人，西行取經，路遇一白衣秀士即猴行者，自願保法師前往取經，途中猴行者使神通帶法師等入大梵天王宮、過獅子林、樹人國、長坑大蛇嶺、九龍池、深沙河、鬼子母國、女人國、入王母池、波羅國、優缽羅國與天竺國等，最後法師在猴行者協助下，順利取得金經五千四十八卷，回程時在香林寺受《多心經》，在陝西王長者家，剖開一條大魚，從魚腹中救出王長者之子。返抵京畿時，皇帝排駕迎接，敕封法師為「三藏法師」，猴行者為「銅筋鐵骨大聖」，最後，定光佛降下採蓮舡，七人升天而去。

《取經詩話》雖然情節簡略，仍可視為《西遊記》的寫作籃本，對這個看法，有些研究者採取質疑或保留的態度，如魯迅先生在《中國小說史略》中云：吳承恩「於西遊故事亦採《西遊記雜劇》及《三藏取經詩話》（？）」，

55～56。

〔註27〕 參李時人、蔡鏡浩校注，〈大唐三藏取經詩話成書時代考辨〉，見《大唐三藏取經詩話校注》之附錄，頁 55～85。

〔註28〕 主張《大唐三藏取經詩話》應為唐五代俗講變文的說話底本，而非宋代平話者，他們證據主要是認為，《取經詩話》標明「……處」，乃是唐五代俗講「以圖配話」的殘留，並不見於宋元平話中；又《取經詩話》中人物有「以詩代話」情況，亦不見於宋元平話，以此推斷《取經詩話》應為唐五代俗講變文。然《取經詩話》這兩種文學現象，也可能受唐五代俗講變文的影響而有的，並沒有直接證據能證明它就是唐五代俗講變文的說話底本，所以筆者仍依王國維之推論，將此書定為「南宋刻本」或元刻，但成書可能更早，在沒有直接證據出土之前，依然將之劃歸為「宋元平話」範圍。

〔註29〕 胡適，《西遊記考證》，頁 45～46。

〔註30〕 參其《中國小說史略》，第十二篇「宋之話本」，頁 113。

〔註31〕於《取經詩話》後加上問號表示存疑；又鄭振鐸先生在〈《西游記》的演化〉一文，亦疑心「吳承恩未及見此書」，〔註 32〕此書指《取經詩話》。從《取經詩話》所表現的母題及基本結構看來，後來的西遊故事確是根據它擴充而來，就這一點而言，把它視爲後來西遊故事寫作的籃本，實不爲過。

《取經詩話》故事的基本結構：敘述玄奘奉敕西行取經，途中歷經各種奇難異事，最後取經回東土，並證果成眞，後來的《西游記雜劇》、《朴通事諺解》及百回本《西遊記》，皆是依據此一基本模式予以加工再擴展而來。其次，《取經詩話》所包含的主題或母題，我們將之整理臚列於下：

1、玄奘取經西土，途程中歷經各種禍難（後來百回本「八十一難」縮影）。〔註 33〕

2、一群人去取經，而非玄奘一人獨行。（第二則）

3、玄奘自道奉敕取經，以東土未有佛教之故。（第二則）

4、猴行者加入護駕行列，並已擔任指引者及開導者角色。（第二、十七則；百回本中的孫行者更是一個開「悟」唐僧的角色。）

5、猴行者自稱「花果山紫雲洞銅頭鐵額八萬四千彌猴王」。（第一則；紫雲洞後來在百回本中改爲「水濂洞」，彌猴王變爲「美猴王」。）

6、加入大梵天王的神祗保護的角色。（第三則；百回本中觀音、佛祖、玉帝外，還有隨行的護法神：六丁六甲、五方揭諦、四值功曹、一十八位護教伽藍，各輪流值日聽候差遣，參第十五回。）

7、大梵天王贈唐僧金環錫杖一條、缽盂一只。（第三則；百回本中「九環錫杖」由觀音代佛祖所贈，「紫金缽盂」由唐太宗所贈，參第十回。）

8、人物吟詩在故事中或作爲故事的結束形式。（百回本中有所繼承，造成散韻夾雜敘事形式，《西游記雜劇》中的韻文是唱詞，形式較爲不同。）

9、路遇各種禍難。（後成爲百回本基本情節功能，如路遇高山、路遇大水、路遇某個妖精的侵擾等。）

10、鄉遇大蛇很大，頭高丈六，怒眼如燈，張牙如劍；大蛇嶺，大蛇如龍。（第四、第六則；百回本中的「紅鱗大蟒」也是眼大如燈籠，舌似一柄長鎗亂舞，第六十七回）

〔註31〕 參第十七篇「明之神魔小說（中）」，頁 165。
〔註32〕 收錄於陸欽選編，《名家解讀西游記》（濟南：山東人民出版社，1998 年），頁 433。
〔註33〕 胡適，《西遊記考證》，頁 50。

11、火類坳，野火連天。（第六則；百回本「火燄山」有八百里火焰，四周寸草不生，第五十九回）。

12、路遇白虎精，化爲一白衣婦女，及白枯骨長四十餘里。（第六則；百回本中合爲屍魔白骨夫人，化爲一美婦人戲唐僧，第廿七回）

13、猴行者會施法術在妖怪的肚裏放東西，（第六則；百回本裏孫悟空最喜歡被敵人吞到肚子裏，然後在敵人肚裏作怪。）〔註34〕

14、路遇深沙神阻道，曾兩度吃唐僧。（第八則；可能爲百回本中「沙和尚」前身，〔註35〕沙和尚曾九次吃取經人，第八回。）

15、鬼子母國。（第九則；後來《西游記雜劇》中有鬼母皈依，而鬼子是紅孩兒；百回本中有「紅孩兒」之難，第四十回；有「子母河」，第五十三回。）

16、文殊及普賢菩薩化身「女人國」女王，要招唐僧爲丈夫。（第十則；百回本裏觀音、黎山老母、文殊及普賢點化山莊，試唐僧等，第廿三回；「西涼女國」女王欲招唐僧爲夫婿，第五十四回，百回本裏一分爲二。）

17、猴行者曾入王母池偷桃，所偷之桃形似孩兒，後在四川吐出，生出人參。（第十一則；百回本中孫行者是天宮偷桃，第五回；於「五庄觀」偷形似未滿三朝孩兒的「人參果」，第廿四回。）〔註36〕

18、從竺國到佛居地「雞足山」，中經一溪，溪水番浪，波瀾萬重。（第十五則；可能爲百回本中「凌雲渡」前身，其中滾浪飛流，爲到佛居地的中介地，第九十八回。）

19、唐僧取得一藏金經，有五千四十八卷。（第十五則，百回本亦承此而來。）

20、定光佛授唐僧《多心經》。（第十六則；百回本中變爲「烏巢禪師」授《多心經》，第十九回。）

21、唐太宗封唐僧爲「三藏法師」，封猴行者爲「銅筋鐵骨大聖」。（第十七則；百回本中唐太宗也指經取號封「三藏」，但在取經前非取經後；孫行者的「齊天大聖」是自己先擬，再請玉帝敕封的，第四回）。

這一系列母題顯示，西遊故事的基本模式已大體粗具，因爲敘述簡略，所以留下大量空間，提供後來的作者作進一步的擴增，不論在內容、篇幅與藝術經營上都還預留了很大改寫的可能性。但它基本上已是一個完全神幻的

〔註34〕 胡適，《西遊記考證》，頁52。
〔註35〕 胡適，《西遊記考證》，頁49～50。
〔註36〕 胡適，《西遊記考證》，頁48～49。

故事，與歷史上的玄奘故事之關係已經很淡薄了。最難能可貴的是，它已經是一個完整的玄奘取經的故事，已非片斷性的民間故事的流傳。

　　總得來說，《取經詩話》以玄奘法師朝聖取經爲題材，所寫成的一部通俗文學作品，可視爲百回本《西遊記》的藍本。《取經詩話》雖然記敍簡略，然而它已是一個完整的故事，而且是一個完全神化了的取經故事，不但具有基本的故事架構，連主要母題也都有了。可見，《西遊記》完成是在過去的基礎上，重新改寫前人作品而成的，絕非一部全新創造的作品。

（三）《西游記雜劇》

　　第四階段爲元明之際《西游記雜劇》。〔註37〕一說由楊景賢所作，一說由吳昌齡所作，〔註38〕不管作者是誰，重要的是它的長度及內容。它有六折廿四齣，是一部極完整的戲劇作品，而且讀者看百回本《西遊記》時，很容易認出裏面的主題及人物很多源自《雜劇》。第一至四齣敍述諸佛議論傳經、玄奘出身、及觀音顯象指示玄奘西行取經等故事；第五、六齣敍述百官祖帳送行及插入村姑演說的事件；第七至九齣敍述玄奘啓程，觀音爲玄奘準備龍馬、十方保官及孫悟空爲護法；第十至十二齣敍述孫悟空收服沙和尚，玄奘收爲護法弟子，孫悟空救出大姐，及唐僧勸鬼母皈依之經過；第十三至十六齣演黑豬精豬八戒被二郎神細犬所降，唐僧求情收爲護法弟子；第十七齣演「女人國」的女王逼婚於玄奘，韋馱尊者來解圍；第十八至二十齣演「火燄山」難過，孫悟空借扇於鐵扇公主不成，觀音派水部諸神來滅火；第廿一齣敍述來到「天竺國」，有一賣炊餅的貧婆，以心問難行者，行者被問倒，請玄奘來扳回一程；第廿二回演述玄奘一行，由給孤長者引見佛祖，得賜香茶及金經五千四十八卷，孫悟空、豬八戒及沙和尚三個非人先成正果；第廿三至廿四齣演述龍馬馱經回東土，松枝向東，尉遲敬德來相接朝見天子，玄奘開壇闡教，飛仙來引入靈山朝聖，唐僧功成行滿，正果西方。

　　我們將《西遊記》所擴增的主題與人物，整理起來臚列於後：

〔註37〕 隋樹森編，《元曲選外編》（臺北：臺灣中華書局，1967 年），第二冊，頁 633 ～694。

〔註38〕 這部戲劇作品，胡適原以爲吳昌齡之作，後孫楷第於 1939 年考證爲楊景賢之作（〈吳昌齡與雜劇西游記〉，《滄州集》），現代研究者普遍接受這個看法，但仍有人提出質疑（嚴敦易 1954 年發表〈西游記和古典戲曲的關係〉，《西遊記研究論文集》，北京：作家出版社，1957 年）。楊景賢還用了其他名字，包括楊景言及楊訥，隋樹森用了楊景賢這個名字。

1、如來欲傳經東土，要得個肉身幻軀的眞人闡揚，即日後的陳玄奘。（第一齣；百回本裏佛祖欲傳經東土，要尋個東土善信來取經，第八回。）

2、觀音是玄奘取經主要的護法神，他爲玄奘準備了龍馬、十方保官、孫悟空，並在玄奘被攝時，設法救回。（觀音取代了《詩話》中「大梵天王」的神明護法地位，正式進入取經故事中，百回本中的觀音依然是主要護法神，他爲玄奘準備了龍馬、隨行護法及隨行徒弟孫悟空、豬八戒、沙和尚。並在孫悟空也降服不了妖怪時，出力相助。）

3、陳玄奘乃西天降生來的佛子，前生爲西天毘盧伽尊轉世，長大出家爲僧，往西天取經闡教。（第一齣；百回本中玄奘乃佛祖第二大弟子，爲無心聽佛講，故轉托凡塵受苦難，第十一回。）

4、陳光蕊之官逢盜，盜賊劉洪強佔其妻殷氏，殷氏生下陳光蕊之子江流兒，滿月時劉洪逼迫投江，被金山寺「丹霞禪師」所救，十八年後禪師向玄奘說出眞相，玄奘認了親娘，虞世南擒賊正法了元兇，陳光蕊回到陽世，全家團圓。（第一至四齣；百回本中由第十一回韻文可知，救玄奘的人變爲「遷安和尚」擒賊者變爲玄奘的外公「殷開山」；殷開山在《雜劇》只是大將，百回本中變成「當朝長」；陳光蕊在《雜劇》中是考中明經甲名，百回本中變成狀元郎，提高了玄奘的家世背景。）

5、觀音顯象要陳玄奘西行取經。（第四齣）

6、虞世南奉觀音法旨薦陳玄奘於朝。（第五齣；百回本變爲由唐太宗身邊的朝臣所選薦，第十一回。）

7、唐太宗賜「金襴袈裟」。（第五齣；百回本變爲「錦襴袈裟」，由觀音代佛祖所贈，第十二回。）

8、唐太宗著百官設宴送行。（第五齣；百回本由唐太宗御駕親送至長安關外，第十二回。）

9、西海火龍三太子，因行雨差遲當斬，路遇觀音請求救援，觀音求情玉帝，托化爲白馬，隨唐僧西行馱經。（第七齣；百回本中變爲西海敖閏之子，因縱火燒殿上明珠，被其父告忤逆，不日當誅，觀音求情，爲唐僧一副腳力，第八回。）

10、觀音著木叉送龍馬給唐僧。（第七齣；百回本中變爲觀音將龍馬送在澗中，等待取經人經過時收爲腳力，第八、十五回。）

11、通天大聖入天宮盜了仙酒、老君金丹，煉成銅筋鐵骨、火眼金晴，還偷

了王母仙桃、仙衣與夫人穿著，作「慶仙衣會」。（第九齣；百回本中通天大聖變爲「孫悟空」，但「火眼金睛」變爲在老君八卦爐中煉成的；百回本中的孫悟空沒有夫人，只有一群猴子猴孫，他盜仙酒與猴子孫們共享，開「仙酒會」，第五、七回；第十七回熊羆怪偷了唐僧的袈裟，要開「慶佛衣會」，可見一分爲二。）

12、玉帝派李天王及那叱太子追捕竊賊，據報是通天大聖所偷，於是四方中央都派人圍定，通天大聖爲那叱所降。（第九齣；百回本中孫悟空爲玉帝輕賢反下天宮，玉帝派李天王、哪吒太子及巨靈神緝捕，但被孫悟空打敗，第四回，孫悟空的形象顯然英雄多了；百回本中孫悟空第一次爲二郎神所降，非哪吒太子。）

13、通天大聖被執當死，觀音抄化他，將他壓在「花果山」下，等唐僧來，隨唐僧取經西天。（第九齣；百回本中變爲「五行山」，孫悟空第一次大鬧天宮被捕當死，但眾神殺不死他，第二次大鬧天宮是如來佛才收服了他，把他壓在「五行山」，五百年後，才由觀音勸善他爲取經人徒弟，第七、八回。）

14、唐僧路經花果山，通天大聖請唐僧救他，唐僧救了他。（第十齣；百回本第十四回。）

15、觀音賜通天大聖法名「孫悟空」，又賜他鐵戒箍、皂直裰，又喚他作「孫行者」。（第十齣；百回本中孫悟空之名變爲須菩提祖師所賜，第一回；鐵戒箍變爲「緊箍兒」，乃佛祖給觀音收降妖精爲唐僧弟子用的，由觀音設計，唐僧哄騙孫悟空戴上的，第八、十四回；皂直裰變爲百回本的「虎皮裙」，乃孫悟空打虎自己掙來的，第十四回；孫行者在百回本中乃唐僧所取的混名，非觀音所賜之名，第十四回。）

16、觀音教唐僧「緊箍兒咒」以治孫悟空。（第十齣；百回本中又叫「定心真言」，第十四回。）

17、說孫悟空有「渾世的愆，迷天的罪，取經回後，正果圓寂」。（第十齣；百回本孫悟空所犯的亦是滔天大罪，《雜劇》中加入了贖罪正果主題，在《詩話》中並不明顯。）

18、沙和尚爲流沙河（又作恆沙河）上妖怪，曾九次吃了唐僧，有九個骷髏掛在脖子上。（第十一齣；第八回）

19、孫悟空勸善沙和尚隨唐僧西天取經去，都得正果朝元，沙和尚被降服。（第

十一齣；在百回本中勸善沙和尚變爲觀音，第八回。）

20、沙和尚自道乃「玉皇殿前捲簾大將軍，帶酒思凡，罰在此河，推沙受罪」。
（第十一齣；百回本中變爲是因在蟠桃會上，失手打碎玻璃盞，玉帝罰
打八百，貶下界來，變成這般模樣，又教七日一次，教飛劍來穿脅百餘
下，第八回，可見沙和尚在百回本中苦難得多了，沙和尚亦是爲了贖罪
正果。）

21、孫悟空自道「若不從呵，我耳朵裏取出生金棍，打得你稀爛」（第十一齣；
百回本中生金棍變爲「如意金箍棒」，也是放在耳朵裏，可長短隨心，第
三回。）

22、唐僧收沙和尚爲弟子。（第十一齣；沙和尚正式進入取經隊伍，第廿二回。）

23、「黃風山」銀額將軍攝走劉太公之女。（第十一齣，百回本中變爲「黃風
嶺」，乃黃風大王之領地，第廿回；百回本中亦多妖精攝人事件。）

24、「紅孩兒」扮迷路小孩，唐僧念「出家人見死不救，當破戒行」，要孫悟
空背他，孫悟空告訴唐僧山裏妖怪極多，不要多管，但唐僧定要孫悟空
背他，孫悟空背他不起，知是妖怪，就用戒刀砍下澗裏，此時唐僧就被
妖怪攝走了。（第十二齣；與百回本中「紅孩兒」之難已極爲雷同，只是
百回本中將背他不起的「太重」，變爲嫌他「太輕」，七歲小孩怎麼只有
三斤十來兩重；也不是用戒刀砍他，而變爲將他往石頭上一摜，摜得像
個肉餅，又將他的四肢扯下，丟在路兩邊，第四十回，描寫得更爲誇張。）

25、孫悟空等見紅孩兒攝走了唐僧，就去找觀音解難，最後由如來佛將他壓
在缽盂下。（第十二齣；百回本中變爲孫悟空經過一番幾乎傷生的戰鬥
後，才去找觀音幫忙，而觀音降服了他，第四十二回；如來佛用缽盂壓
紅孩兒情節，在百回本中轉爲壓「六耳獼猴」的假悟空，第五十八回。）

26、黑豬精「豬八戒」常自稱「魔利支天御車將軍，又號黑風大王，諸佛不
怕，只怕二郎細犬」，生得喙長鬃剛，潛藏於「黑風洞」。（第十三、十四
齣：豬八戒第一次進入取經故事，而且還有關於豬八戒的肖像描寫，其
中「鬃剛」一項還成爲百回本中豬八戒的名字之一，「俗名喚作豬剛鬃」，
第十九回；百回本中他是天上「天蓬元帥」因犯罪被貶下界，第十九回；
《雜劇》裏豬八戒「黑」的特質，轉移給百回本中「熊羆怪」，他是黑熊
成精，住在「黑風山」的「黑風洞」，自號「黑風大王」，又拿一桿「黑
纓鎗」，第十七回。）

27、孫悟空救了裴女，自扮作裴女在房裏等豬八戒，豬八戒來了，當下在房裏，有一場忸怩。（第十五齣；百回本中孫悟空收降豬八戒時也有類似情節，第十八回。）

28、二郎神細犬咬住豬八戒，降了他。（第十六齣；百回本是孫悟空收服豬八戒的，被二郎細犬咬的情節在百回中轉移給孫悟空，第十九、第六回；二郎神第一次加入西遊故事中。）

29、豬八戒被執，唐僧求情爲護法弟子。（第十六齣）

30、女人國是無性生殖，一國無男子，每月滿時照井而生。（第十七齣；百回本中無性生殖變爲喝「子母河」水成孕，第五十三回。）

31、女人國女王強逼唐僧成婚。（第十七齣；這種強迫成婚情節，百回本中轉移到琵琶洞妖精「蠍子精」身上，第五十五回。）

32、路阻「火燄山」。（第十八齣）

33、「鐵扇公主」住在「鐵鎈峰」，有一柄「鐵扇子」重一千多斤，上有二十四骨，按一年二十四氣，一扇起風，二扇下雨，三扇滅火可過。（第十八齣；百回本中鐵扇公主又叫「羅刹女」，鐵鎈峰變爲「翠雲山」；鐵扇子變爲「芭蕉扇」，亦是如意寶，可念個咒擒在口裏；一扇起風，二扇下雨，三扇滅火，變爲一扇息火，二扇生風，三扇下雨，連搧四十九下才能斷絕火根，第五十九、六十、六十一回。）

34、佛祖派給孤長者接引唐僧一行。（第廿二齣；百回本中給孤長者變爲「玉眞觀金頂大仙」，置換爲一個道教人物，第九十八回；給孤長者的傳說尚見於百回本中之「布金禪寺」，第九十三回。）

35、佛祖賜茶取經人，得飲此茶必成正果。（第廿二齣；百回本變爲佛賜齋宴，此乃正壽長生，脫胎換骨之饌，第九十八回。）

36、唐僧西行十七年，松枝向東時，取經回東土。（第廿三齣；百回本中變爲十四年，五千四十八天正合經卷之數，第九十九回。）

37、三個非人的徒弟先正果圓寂，唐僧送經回東土，開壇闡教後，再由飛仙引入靈山朝聖正果。（第廿二至廿四齣；百回本中五聖是一起送經回東土，然後一起回西，朝聖正果的；「飛仙」變爲「八大金剛」，第一百回。）

《雜劇》將《詩話》中的主題與人物大大地擴增了，增添了許多具體化的細節，像「紅孩兒」計攝唐僧的細節描寫已經與百回本的很接近（如上24點），又如孫悟空變成裴女在房裏等豬八戒的細節，也與百回本的近似（如上27點）。

百回本中「五聖取經」的人物角色，其規模在《雜劇》中已形成，《雜劇》中唐僧不僅已有「龍馬」駄經，還收了孫悟空、沙和尚及豬八戒等三個非人的徒弟，形成五聖取經的組合。《雜劇》中參與護法的諸神，由《詩話》中佛教「大梵天王」，擴大爲佛教與道教共同合作的組合，除「十方保官」〔註39〕外，連佛祖和玉帝都來共襄盛舉，必要時還助一臂之力。

　　許多在《詩話》中來歷不明的人物及故事事蹟，《雜劇》中多有所交代，如《詩話》中來歷不明的猴行者，《雜劇》裏已有所交代，連同他爲何加入取經行列的動機與過程都做了說明；《詩話》中對唐僧取經的前因與唐王敕命的緣由皆莫明所以，《雜劇》中也都有所交代；《雜劇》裏加進了佛祖傳經及觀音爲主要取經護法神的故事線，後來的百回本故事即本於此；《雜劇》裏陳光蕊故事及玄奘少年時代傳說，百回本中雖非主要故事線，但亦有所涉及。還有神魔鬥法場面增加了，妖精人物也遠較《詩話》多得多，而爲百回本所本，所以《雜劇》這一步的擴增對西遊故事的發展而言，其實是很重要的。

　　《雜劇》已是一部完整的文藝作品，它的整個藝術組織與人物塑造，皆可與後來的百回本互相參照，所以《雜劇》一方面是西遊故事演化歷史中的一個重要階段，一方面它又是後來百回本的參照本。《雜劇》本本身自有其藝術觀照，很不同於後來的百回本，劇中人名或地名出現多種稱呼的現象，如用「紅孩兒」，也用「愛奴兒」；用「流沙河」，也用「恆沙河」等，這可能是《雜劇》直接取材自民間傳說或民間故事，而經常會發生的現象。另外，我們也發現《雜劇》的語言，因爲帶有色情插科打諢的緣故，而顯得較爲庸俗下流。總得來說，經由《雜劇》我們似乎更能了解百回本《西遊記》是如何在前面的基礎上被建構起來的。

（四）《永樂大典》殘文

　　第五階段爲《永樂大典》本（1403～1408）。北平圖書館藏有殘存的《永樂大典》一冊，在第一萬三千一百三十九卷的「送」字韻中，許多「夢」的條文裏，發現一條「魏徵夢斬涇河龍」的文字，〔註40〕文長約一千二百字，

〔註39〕這些保官中，有的後來成爲百回本中護法神祇，而不曾見於《詩話》中的，如觀音、李天王、那吒三太子、灌口二郎神、九曜星辰、木叉行者等，他們第一次加入西游故事中。

〔註40〕這段佚文可見於劉蔭柏編，《西游記研究資料》（上海：上海古籍出版社，1990年），頁230～233。其後注明是轉錄鄭振鐸，《中國文學研究》（北京：作家出版社，1957年）。此文在鄭著〈西游記演化〉一文中亦有全文轉錄，《名家解

引書標題爲「西游記」，和百回本《西遊記》的第九回「袁守誠妙算無私曲，老龍王拙計犯天條」，無論在文字或情節內容都極爲相近。〔註41〕《永樂大典》由 明成祖敕命編纂，編定於明初，這是一段非常可貴的佚文，許多研究者據此推測可能有一部古本《西遊記》，至遲當產生於元代。〔註42〕這一古本《西遊記》是否包含了百回本的全部情節，我們則無法斷定，但據此一佚文可知，魏徵斬龍的傳說已經被當作取經緣由的一部分吸收到西遊故事中了。〔註43〕

「魏徵夢斬涇河龍」的故事一開始敘述兩個漁夫張稍和李定在涇河邊說話，水裏有個巡水夜叉，聽到他們說長安城裏有個賣卦先生，能推算出魚群的方向，百下百著，於是急轉報與龍王知道。龍王聞之大怒，扮作白衣秀士，入到城中，要磨難袁守成，問他何日下雨之事，兩人因此設下賭約。龍王回到水晶宮後接到玉帝降雨之旨，正與袁守成之推算同，龍王爲贏得賭局，決定少下些雨。次日，龍王下完雨，便進到城中，袁守成直接說破他是龍王，並且已干犯天條，來日定當一斬，龍王悔過，要求先生指點明路救他，袁守成告知斬他的人是魏徵，可找唐王幫忙。龍王於夜半入唐王夢中求救，唐王答應救他，次日，下旨留魏徵下棋到午時，孰知魏徵卻在午時出神，斬了涇河龍，唐王本欲救之，豈期有此，於是罷棋。

我們試將此則佚文，拿來與百回本第九回「袁守誠妙算無私曲，老龍王拙計犯天條」比較，可以發現百回本以下幾個特點：

1、《大典》本描寫兩個漁夫的問答，百回本裏變成「漁樵唱答」，運用大量的詩詞一唱一答，論辯各自職業的利弊，保留了張稍的漁夫身分，將李定變成「樵夫」，兩個都是有學問的人，各人皆有五詞二詩，頗有炫耀詩才之嫌。〔註44〕這種一來一往唱和形式，可能來自明代文言小說之影響，〔註45〕而大

讀西游記》，頁 408～410。

〔註41〕趙聰，《中國五大小說之研究》（臺北：時報文化出版企業有限公司，1980 年），頁 127。

〔註42〕如鄭振鐸，〈西遊記的演化〉，《名家解讀西游記》，頁 422；余國藩，〈源流、版本、史詩與寓言〉，《余國藩西遊記論集》，頁 65。

〔註43〕趙聰，《中國五大小說之研究》，頁 127。

〔註44〕參見夏志清撰，胡益民等譯，《中國古典小說導論》，第四章「《西游記》」，頁 131。

〔註45〕例如明初瞿佑的《剪燈新話》，往往採用小說人物互相聯句唱和的方式，發展情節或炫耀詩才，這種文言小說不斷出現，形成一股風氣，孫楷第先生曾稱之爲「詩文小說」。此說詳見程毅中、程有慶合著，〈西游記版本探索〉，《名家解讀西游記》，頁 437。

量的詩詞韻文進入西遊故事中，其數量遠遠超過其他長篇章回，亦應視爲百回本西遊故事的特點，這個特點可能承自《詩話》或通俗說唱藝術的影響。詩詞中顯露的隱逸思想，殊不類漁、樵之口吻，百回本似乎有較濃厚之文人化特質，與《詩話》和《雜劇》的創作性質大不相同。

2、比較巡水夜叉聽了話回來報與龍王知悉的事件，《大典》本記敘：

> 忽然夜叉來到言：「岸邊有二人都是漁翁。說西門裏有一賣卦先生，能知河中之事。若依著他籌，打盡河中水族。」龍王聞之大怒。扮作白衣秀士，入城中。

百回本裏寫道：

> 聽見了百下百著之言，急轉水晶宮，慌忙報與龍王道：「禍事了！禍事了！」龍王問：「有甚禍事？」夜叉道：「臣巡水去到河邊，只聽得兩個漁樵攀話。相別時，言語甚是利害。那漁翁說：長安城裏，西門街上，有個賣卦先生，算得最準；他每日送他鯉魚一尾，他就袖傳一課，教他百下百著。若依此等算準，卻不將水族盡情打了？何以壯觀水府，何以躍浪翻波，輔助大王威力？」龍王甚怒，急提了劍，就要上長安城，誅滅這賣卦的。旁邊閃過龍子、龍孫、蝦臣、蟹士、鱘軍師、鱖少卿、鯉太宰、一齊啓奏道：「大王且息怒。常言道：『過耳之言，不可聽信。』大王此去，必有雲從，必有雨助，恐驚了長安黎庶，上天見責。大王隱顯莫測，變化無方，但只變一秀士，到長安城内，訪問一番。果有此輩，容加誅滅不遲；若無此輩，可不是妄害他人也？」龍王依奏，遂棄寶劍，也不興雲雨，出岸上，搖身一變，變作一個白衣秀士。

兩相比較，可見百回本作者較擅於使用對話來推動情節，而且加很多進細節性場景描寫，使得篇幅大量膨脹。如百回本中加入夜叉作張作致的言語描繪激怒了龍王，龍王的衝動，當時眾多水族的提議，龍王的接納建議，龍王上岸變作一個白衣秀士等等細節的描寫，皆可令篇幅無限擴增。若據《大典》本推測古本《西遊記》的存在，則古本在運用對話推動情節的表現上，在細節描寫與篇幅長度上，肯定不及百回本《西遊記》，比不上它那麼精彩與純熟。

3、較論兩本關於人物出場的描寫，《大典》本只寫道：

> 扮作白衣秀士，入城中。見一道布額，寫道：「神翁袁守成于斯備命。」老龍見之，就對先生坐了。

百回本則增入一段龍王變白衣秀士之「人物肖像」描寫：

> 丰姿英偉，聲鏜昂霄。步履端祥，循規蹈矩。語言遵孔孟，禮貌體
> 周文。身穿玉色羅襴服，頭戴逍遙一字巾。

此類似說書藝人對秀才一類人物的常套描寫，包括人物的形容、舉止及外在打扮等，較為程式化，像國劇人物的臉譜，較具典型性。

接著，百回本介紹袁守成及其賣卜處，也有一段場景描寫：

> 四壁珠璣，滿堂綺繡。寶鴨香無斷，瓷瓶水恁清。兩邊羅列王維畫，
> 座上高懸鬼谷形。端溪硯，金煙墨，相襯著霜毫大筆；火珠林，郭
> 璞數，謹對了臺政新經。六爻熟諳，八卦精通。能知天地理，善曉
> 鬼神情。一槃子午安排定，滿腹星辰布列清。真個那未來事，過去
> 事，觀如月鏡；幾家興，幾家敗，鑑若神明。知凶定吉，斷死言生。
> 開談風雨迅，下筆鬼神驚。招牌有字書名姓，神課先生袁守誠。

一半從龍王的觀點來看，如「四壁珠璣……」等描繪；一半從敘述者的眼光來看，如說他「六爻熟諳，八卦精通，能知……」等敘述。這則描述應是作者針對上下文特定內容所寫的，並非僅是一般程式化的套用描寫，這也是西遊記的韻文描寫與一般章回小說不同之處。《大典》本少了這類關於人物肖像及環境地理或職業的描寫，對比之下可算是百回本寫作上的一個特點。

這種描寫手法應是受《詩話》或說書藝術的影響，說書藝術中經常有這種對人物肖像的常套描寫，《詩話》中也有次要人物，如美女或妖精等的肖像描寫。如《詩話》中第六則描述「白虎精」變身為一白衣婦人：「身掛白羅衣，腰繫白羅裙，手把白牡丹花一朵，面似白蓮，十指如玉。」較具有個性特徵的描寫；第十則描寫「女人國」中女人云：「年方二八，美貌輕盈，星眼柳眉，朱唇榴齒，桃臉蟬髮，衣服光鮮，語話柔和，世間無此。」寫出了某種美人的類型，比較類型化的描寫。

4、較論兩本，還可發現百回本善於運用先揚後抑的敘述手法，《大典》本裏描述龍王從袁守誠處回到水晶宮，之後，力士來下玉帝聖旨的情節為：

> 辭退，直回到水晶宮。須臾，一個黃巾力士言曰：「玉帝聖旨道：你
> 是八河都總涇河龍。教來日辰時布雲，午時升雷，未時下雨，申時
> 雨足。」力士隨去。

百回本裏描寫這一段採用先揚後抑手法：

> 龍王辭別，出長安，回水府。大小水神接著，問曰：「大王訪那賣卦

的如何？」龍王道：「有，有，有！但是一個掉嘴口，討春的先生。
我問他幾時下雨，他就說明日下雨，問他甚麼時辰，甚麼雨數，他
就說辰時布雲，巳時發雷，午時下雨，未時雨足，得水三尺三寸零
四十八點。我與他打了個賭賽：若果如他言，送他謝金五十兩；如
略差些，就打破他門面，趕他起身，不許在長安惑眾。」眾水族笑
曰：「大王是八河都總管，司雨大龍神，有雨無雨，惟大王知之；他
怎敢這等胡言？那賣卦的定是輸了！定是輸了！」此時龍子、龍孫
與那魚卿、蟹士正歡笑談此事未畢，只聽得半空中叫：「涇河龍王接
旨。」眾抬頭上看，是一個金衣力士，手擎玉帝敕旨，徑投水府而
來。慌得龍王整衣端肅，焚香接了旨。金衣力士回空而去。龍王謝
恩，拆封看時，上寫著：「敕命八河總，驅雷掣電行；明朝施雨澤，
普濟長安城。」旨意上時辰、數目，與那先生判斷者毫髮不差。

百回本的這段描寫，除了先揚（眾水族認定他們必贏）後抑（玉帝降旨證明
他們是輸的）手法外，還有「重述前情的人物對話」描寫，這種手法在百回
本中經常出現，讀者可能覺得累贅，卻是百回本聯接時空、推動劇情的慣用
手法。

　　5、較論兩本，龍王對降雨事件的反應，可看出兩本作者對人物性格塑造
的差異表現，《大典》本寫道：

力士隨去。老龍言：「不想都應著先生謬說。到了時辰，少下些雨，
便是向先生要了罰錢。」

百回本的寫法不同：

讀得那龍王魂飛魄散。少頃甦醒，對眾水族曰：「塵世上有此靈人！
真個是能通天地理，卻不輸與他呵！」鱖軍師奏云：「大王放心。
要贏他有何難處？臣有小計，管教滅那廝的口嘴。」龍王問計，軍
師道：「行雨差了時辰，少些點數，就是那廝斷卦不準，怕不贏他？
那時捽碎招牌，趕他跑路，果何難也？」龍王依他所奏，果不擔憂。

《大典》本裏人物往往自己拿主意，獨斷獨行，難免給讀者剛愎自用的印象；
百回本中往往是旁人出的主意，主意時好時壞，人物卻往往輕信，顯得缺乏
主見與辨別是非的能力，也容易受到驚嚇，尤其集團中領導人物更是如此，
唐僧與龍王都是這種性格的典型代表人物。兩本的情節極為相近，但人物性
格的塑造卻也可以這麼不同。

6、如果仔細比對這兩本的描寫，還可發現若干細節的差異，如《大典》本的「黃巾力士」變爲「金衣力士」；《大典》本裏寫龍王降雨完畢，逕往卦鋪，向袁守成示威，被袁守成道破龍王下雨不準干犯天條之罪，龍王登時「惱羞成怒」要傷袁守成；百回本裏龍王卻撞入卦鋪，不容分說，就把他招牌、筆、硯等一齊摔碎，顯得「急躁莽撞」；當袁守成說出龍王的死罪時，《大典》本裏龍王「大驚悔過」求袁守成指點明路；百回本裏的龍王則「心驚膽戰」要袁守誠救他，並且還語帶威脅說「不然，我死也不放你」；百回本裏的龍王顯得更村魯下流而無禮。

唐王答應救龍王，《大典》本裏第二日唐王便自己拿主意，要召魏徵下棋，下到晚上才放出；但在百回本中是唐王屬下出主意。最後魏徵還是斬了涇河龍王，《大典》本裏說魏徵下棋到一半，「合眼一霎，斬了此龍」；百回本裏說魏徵下棋到一半，忽然伏在案邊，「鼾鼾盹睡」，因而斬了那龍，可見百回本不是對前人的照單全收，而是有自己的敘述邏輯及人物塑造想法。

總得說來，基於上述討論，我們較論兩本後發現百回本《西遊記》的某些創作特點：一、大量詩詞韻文的介入；二、針對上下文內容需要特意創造的詩詞韻文的描寫；三、對話性描寫與細節性描寫的大量移入，造成更具體化的細膩描寫；四、篇幅大量膨漲；五、擅用先揚後抑的敘述手法；六、經常出現重述前情的對話描寫等。可見百回本《西遊記》的創造，是在前人基礎上特意加工完成的，並非創造一個原則上全新的情節或形象，他的特意加工是對眾所周知的情節，進行高明技巧的處理，對熟悉的形象進行嶄新、巧妙及細膩的描繪。

（五）朴通事諺解

第六階段爲元末明初的「朴通事諺解」。這本書相當於元末明初時期，朝鮮人學習漢語的教科書。所謂「朴通事」，是指姓「朴」的通事；「諺解」，是指「韓文注解」，即韓國人學習中國話的教科書。〔註46〕據丁邦新先生的說法，朝鮮王朝世宗五年（1423，相當於明初永樂廿一年）之前，此書已在朝鮮流行，到 1434 年正式頒行，到 1515 年左右，李朝中宗時的中國語學者崔世珍，就把「老、朴」兩書翻譯成韓國語，同時用訓民正音給漢字注音，可見其中所引錄《西遊記》故事內容的文字，應在 1423 年之前的元末明初時期就已流

〔註46〕見崔世珍譯注，《老乞大諺解、朴通事諺解》（臺北：聯經出版事業公司，1978年 6 月，奎章閣叢書第八，京城帝國大學法文學部），頁 2～25 上。

傳。〔註47〕

　　這部書裏關於西遊故事的記載，包括了幾段故事大意撮述及「車遲國」故事的轉述等。《諺解》中轉述的這則「車遲國」鬥法的故事，已經有細膩的描繪，文字情節與百回本的非常接近。故意大意是說有一個道士叫「伯眼大仙」，來到車遲國，他能點瓦成金，國王敬畏他拜爲國師。他見國王敬重佛法，便起黑心，要滅佛法。有一天，這道士做羅天大醮，唐僧師徒二人正到此國，孫行者便去偷吃了祭星茶果，還打了伯眼兩鐵棒。伯眼去告國王，要求在國王面前鬥法；鬥了靜坐、櫃中猜物、滾油洗澡及割頭再接等四項，前兩場已是孫行者贏了，第三場鬥滾油洗澡時，伯眼的徒弟「鹿皮」先下鍋洗澡，被孫行者作法弄死了，換孫行者下鍋，還故意裝死，唐僧痛哭時，才跳出來要肥皂洗澡，引得眾人喝彩；第四場鬥割頭再接，孫行者先割頭，然後拿來再接上，接著換伯眼割頭，卻被孫行者作法變作一隻大黑狗叼去了，伯眼死了現出本像，是一隻虎精。最後國王賜唐僧金錢三百貫，金鉢盂一個；賜孫行者金錢三百貫打發了。

　　另外，有幾段故事的撮述，聯接起來正好是一完整西遊故事的概述。根據《諺解》所撮述的內容來看，《大典》本與《諺解》本可能不是同一個本子的東西，因爲故事恰有出入。根據《諺解》的內容摘述，它是以觀音奉佛旨往東土尋找取經人爲主線，一路上由西往東，途中觀音安排孫悟空爲唐僧的護法弟子，把他壓在花果山，等唐僧經過時收爲弟子。之後，觀音便到了長安城，「此時」唐太宗正會聚天下僧尼設無遮大會。唐太宗爲何要設無遮大會？在摘述中沒有表明出來，因此很難推知這部書是否包括了《大典》本那段「魏徵夢斬涇河龍」的故事。〔註48〕

　　後來，觀音找到唐玄奘爲取經人，順利完成任務後，就騰空而去。接著，唐太宗敕命唐玄奘往西天取經，由此展開另一條玄奘取經的故事線。玄奘取經途中，遇到了許多妖怪禍難，「初到師陀國界，遇猛虎毒蛇之害，次遇黑熊精、黃風怪、地湧夫人、蜘蛛精、獅子怪、多目怪、紅孩兒怪，幾死僅免。又過棘鉤洞、火炎山、薄屎洞、女人國及諸惡山險水，怪害串苦，不知其幾」。

〔註47〕參丁邦新爲其書所寫之「序」，崔世珍譯注，《老乞大諺解、朴通事諺解》，頁
　　　　1～6。
〔註48〕因「魏徵夢斬涇河龍」的故事，向作爲唐太宗取經緣由的一部分被吸收到西
　　　　遊故事中。

行了六年，取經六百卷東還，最後正果，唐僧封為栴檀佛如來，孫行者證果大力王菩薩，朱八戒證果香華會上淨壇使者。

《諺解》本中未提及龍馬，裏頭似乎只有唐僧、孫行者、朱八戒及沙和尚。孫行者還有個名字叫「孫吾空」，豬八戒是黑豬精「朱八戒」，朱八戒和沙和尚加入取經行列比較晚。除此之外，《諺解》本裏有些情節，可以看出它承上（《雜劇》本）啟下，更接近百回本的幾點構思：

1、加入佛祖在西天雷音寺欲傳經東土，觀音自願領命往東土尋取經人情節，因而形成觀音往東土尋找取經人的故事線。（百回本第八回同此。）

2、觀音由西往東，途中托化了孫行者為取經人護法弟子。（百回本第八回擴大了這個架構，觀音不僅勸善了孫悟空，還勸善了沙和尚、豬八戒、龍馬等。）

3、觀音來到長安城，在「無遮大會」上找到玄奘法師為取經人，之後，唐太宗敕命法師前往西土取經。（百回本第八回，第十二回演述類似情節，無遮大會在百回本中變為「水陸大會」。）

4、玄奘往西天時，「初到師陀國界，遇猛虎毒蛇之害，次遇黑熊精、黃風怪、地湧夫人、蜘蛛精、獅子怪、多目怪、紅孩兒怪，幾死僅免。又過棘鈎洞、火炎山、薄屎洞、女人國及諸惡山險水，怪害串苦，不知其幾」。
（除了紅孩兒、火燄山、女人國曾見於《雜劇》本，其餘諸怪皆《諺解》本新加入之禍難；師陀國百回本裏變為「獅駝國」，第七十四回；棘鈎洞變為「荊棘嶺」，第六十四回；薄屎洞變為「稀柿衕」，第六十七回；另外在出現的次序上亦與百回本的安排有些出入，百回本裏的次序為遇猛虎毒蛇之害，次遇黑熊精、黃風怪、紅孩兒怪、車遲國、女人國、火燄山、荊棘嶺、稀柿衕、蜘蛛精、多目怪、地湧夫人、獅子怪。）

5、孫悟空住在花果山的「水簾洞」，洞前有「鐵板橋」。（水簾洞及鐵板橋都不曾見於《雜劇》，可見百回本乃承《諺解》本而來，第一回。）

6、孫悟空入天宮偷仙桃、仙丹，偷王母的仙衣來設慶仙衣會，玉帝派李天王領十萬天兵捉拿，至花果山與孫悟空大戰失利。（孫悟空入天宮偷盜一事，顯是承《雜劇》而來；李天王領十萬天兵相戰失利，是《諺解》本新加，而為百回本所本者。）

7、巡天十力鬼上告天王，推薦灌江口二郎神來降。（巡天十力鬼百回本變成「觀音」向「玉帝」推薦二郎神來降孫悟空，第六回。）

8、二郎神領兵圍花果山，眾猴出戰皆敗，孫悟空被執當死。（百回本依此再加入太上老君使金剛琢暗助，第六回。）

9、正果情節中，新加入個別分封的情況，法師證果「栴檀佛如來」，孫行者證果「大力王菩薩」，朱八戒證果香華會上「淨壇使者」；但未提及沙和尚的證果情況。（百回本裏擴大分封情節：玄奘封為「旃檀功德佛」，孫悟空封為「鬥戰勝佛」，豬八戒封號不變，沙和尚封為「金身羅漢」，龍馬封為「八部天龍」，第一百回。）

10、由《諺解》本引錄之車遲國鬥法場面的描寫，可知神魔的鬥法已成為西遊故事的描寫重點之一。

11、「在路降妖去怪，救師脫難，皆是孫行者神通之力也」，由這段撮述可知，孫悟空已為唐僧之主要保護人，車遲國鬥法情節亦可印證此說。（此與百回本的寫法已經非常接近了；《雜劇》本裏唐僧被攝，救唐僧脫難者皆賴觀音或佛祖之力；故百回本更接近《諺解》本的寫法。）

由上列論述可知，《諺解》本更接近百回本了。《諺解》本裏說在路降妖去怪，救師脫難，皆賴孫行者之力，又將孫悟空描寫得更為英雄化，不像《雜劇》本裏孫悟空不但好色，且時常口出穢言，一遇唐僧被攝，就立即去找觀音幫忙，他之被哪吒太子收服，是由於搜山並沒有經過激烈打鬥，頗缺乏英雄氣概；《諺解》本裏新建立一條觀音奉佛旨尋取經人的故事線，這條故事線後亦被吸收到百回本中，用來貫串佛祖、孫悟空及唐太宗三條取經因緣線；《諺解》本裏新增的妖怪難及險阻，亦皆被百回本吸收，雖然這些禍難出現的次序與百回本不太相同，但經過比對可以發現，百回本作者顯然刻意要將某些故事關連起來，如蜘蛛精與多目怪在百回本裏是同門師兄妹，又如「紅孩兒」的母親是火燄山的「羅剎女」，而「西涼女國」的如意仙，是羅剎女丈夫「牛魔王」的兄弟；《諺解》本裏「神魔鬥法」的場面已是描繪的重點，百回本裏則更變本加厲：就鬥法陣容言，《諺解》本只有唐僧師徒二人，與伯眼及他的弟子鹿力鬥法，百回本裏變為唐僧師徒五人，與虎力、鹿力及羊力三兄弟鬥法。《諺解》本裏只鬥靜坐、櫃中猜物、滾油洗澡及割頭再接四項，百回本裏先鬥三項不傷生的鬥法：祈雨、雲梯坐禪、隔板猜物；其次再鬥三項傷生的鬥法：割頭再接（虎力）、剖腹剜心（鹿力）、滾油洗澡（羊力），以為後來的情節加力，結果是孫悟空大顯神通，大敗那三個妖精。

然《諺解》本與百回本亦多有不同之處，百回本裏將孫悟空寫得更英雄、

更有神通。拿車遲國鬥法來說，在百回本裏，每一項鬥法都被寫到極致，孫悟空都不是簡單地贏了對手而已，連國王都說：「我國師求雨雖靈，若要晴，細雨兒還下半日，便不清爽；怎麼這和尚要晴就晴，頃刻間杲杲日出，萬里就無雲也。」（第四十五回）。又之後那國師不服，說那龍原是他請來的，於是又賭請龍現身，國師不能，孫悟空輕易就呼喚四龍而至。

又《諺解》本裏寫鬥法，鬥滾油洗澡時，對手先下鍋，孫悟空就作法將對方害了，鬥割頭再接時，孫悟空先割頭，輪到對方割頭時，孫悟空又作法致他於死地。雖說妖精都死有餘辜，但百回本裏，妖精的死都是咎由自取，都是對方先下手為不仁之事，顯然更符合正義原則，這樣寫孫悟空才是一個完整的、道道地地的英雄人物形象。

第二節　《西遊記》與神怪故事傳統

一、《西遊記》與明代神魔章回小說

玄奘朝聖取經，一路上歷經許多的惡山險水和禍難。所有的艱難困苦都化為妖魔，克服妖魔的力量即為神的力量，從此一角度言，《西遊記》應是一部描寫神魔對抗的小說，所以歷來有「神魔小說」代表作之譽。「神魔小說」一詞，由魯迅先生在《中國小說史略》中提出，認為產生明代神魔小說的主因，是明代中葉國君對道教羽流的崇信，由此「妖妄之說自盛，而影響且及於文章」。〔註49〕

表現在小說創作上，造成明代神魔章回小說的盛行，《西遊記》為個中翹楚，之前尚有明初《三遂平妖傳》，署名羅貫中（約 1315～？）所撰，描寫貝州王則變亂的故事。同時代或稍晚一些則有《四遊記》的彙合成集，及許仲琳《封神演義》，描寫商周的易代之事。在《西遊記》掀起寫作熱潮之後，羅懋登《三寶太監西洋記通俗演義》，描述太監鄭和奉命出使西洋，尋找傳國玉璽的故事；鄧志謨《咒棗記》、《飛劍記》及《鐵樹記》等道教仙傳小說相繼出現；還有《西遊記》的續書，在明代者有《續西遊記》，寫玄奘師徒朝聖取經後，護經回東土的故事，及明末董說《西遊補》，敘孫悟空三調芭蕉扇後，為鯖魚精所迷，進入夢境，在夢境中因勘破情根而悟道的故事等。

〔註49〕參第十六篇「明之神魔小說（上）」，頁 157。

　　文評家們對這些小說的評價，一般而言，均不及《西遊記》，其中的抑揚差距頗大。不過，我們的重點並不在評價這些小說，而在討論這些小說與《西遊記》的關係。除了《三遂平妖傳》外，其餘小說能確定成書於《西遊記》之前的很少，所以我們不能藉以看出它們對《西遊記》寫作上的影響，僅能說是同時代彼此之間推波助瀾的關係，或者作爲衡量《西遊記》寫作特色的參照座標。

　　《三遂平妖傳》〔註50〕敘述妖魔作亂，最後被平定的故事。這些妖魔是由原本不相關的四股勢力，即妖狐家族聖姑姑、左黜及胡永兒，與蛋子和尚、及張鸞、王則等所組成的叛亂集團。他們都會妖法，而他們的叛亂卻是「上應天數，合當發跡」，等到他們已成氣候稍見功蹟時，爲首的王則卻變成一個新的虐民者腐化起來，他身邊的人張鸞見王則不仁，自先離去；蛋子和尚則奉九天玄女之命，化作老僧諸葛遂智，會同馬遂、李遂一起平定了妖亂，故名「三遂平妖」。

　　其中蛋子和尚，他的出生是由蛋殼中迸出來的，與孫悟空由石頭裏迸生如出一轍，皆由異物所化生。這個故事除神魔對抗之外，還暗含亂自上作的主題，即宋眞宗崇道擾民，及知州張德的虐政。《西遊記》裏前七回寫孫悟空兩次大鬧天宮，玉帝輕賢之過，總是難辭其咎。然孫悟空的失敗被擒，亦有自作不善之罪，他偷桃在先，後又偷仙酒及老君的金丹等，一如王則的兵敗，是自先貪淫美色，墮了進取之志所致。〔註51〕最後妖亂的平定，亦皆有神明力量的介入干預，由於神明介入打擊王則，讓王則成爲非正義的一方，最後王則伏誅；但孫悟空雖然敗給如來佛，後來卻沒有死，還有一個將功贖罪的機會，保唐僧西天取經，終於成了正果。同爲亂黨，下場卻截然不同。

　　《西遊記》表面上描寫神魔對抗，但實際上是孫悟空的英雄傳奇。孫悟空的傳奇故事是藉由他的求道成仙、犯罪受懲、贖罪歷劫、朝聖正果等一連串生命歷程來表現的。而這些主題也正是道教仙傳小說裏經常出現的主題，

〔註50〕《三遂平妖傳》，又稱《平妖傳》，有兩個版本，一爲二十回本，歷來被視爲羅貫中原本；一爲四十回木，則被當作馮夢龍增補本。據《宋史·明鎬傳》，王則本涿州人，歲飢，自賣爲人牧羊。慶曆七年（1047），僭號東平郡王，以張鸞爲宰相，卜吉爲樞密史，朝廷命文彥博討之，六十六日而平。王則的故事，早在宋代已成爲說話人的題材。參歐陽健，《中國神怪小說通史》（江蘇：江蘇教育出版社，1997年），頁366～370。

〔註51〕參歐陽健，《中國神怪小說通史》，頁374。

明代鄧志謨《咒棗記》、《飛劍記》及《鐵樹記》等，即或多或少地包含了上述各主題。以《飛劍記》〔註52〕為例來說明，這個故事描寫呂洞賓的成仙事蹟。呂洞賓本是神仙鍾離權身邊的一個小童，名叫慧童。他因思凡而背師下凡投生，年六十四才舉進士，其師鍾離權設法來度脫他，呂洞賓受其點化而開悟，一心求道。鍾離權七試之而其道心不動，於是授他黃白秘術，要他濟世利人，待「三千功滿，八百行圓」，才能飛升成仙。呂洞賓發下宏願，要渡盡眾生，才願上升成仙。後來呂洞賓到處度人，但眾生竟無一可度，最後才度得一個何惠娘，兩人一起朝元正果。

幾乎包含了所有的主題，求道成仙、下凡歷劫、朝聖正果等，似乎比較缺乏神魔對抗的情節表現，然此一主題在《鐵樹記》裏有極為鮮明。《鐵樹記》〔註53〕描寫道教仙真許遜的成仙故事，他本是天上的神，奉派轉世為人，為了平伏若干年後的蛟亂，故事重心多放在他與蛟黨的爭鬥，最後他擒了孽龍，鎖在鐵樹上，並將其永鎮洪州，為「鐵樹記」得名之由。

這些仙傳人物們皆身懷異術，遨遊宇內，四處濟世利人。與《西遊記》不同的是，他們的行程沒有任何的特定方向或負有什麼特殊任務，他們只是毫無目的地的漫遊。《西遊記》的方向及目標皆很明確，他們的方向是前往西天大雷音寺的佛陀所居處，任務或目標則是取得大乘真經，然後送回東土，最後可得正果成真。羅懋登《三寶太監西洋記通俗演義》〔註54〕一書，亦是方向與目標很明確，而與《西遊記》異曲同工。這本小說描寫明成祖派三寶太監鄭和下西洋，尋回失落番邦的傳國玉璽，同行者還有金碧峰長老及張天師等。他們歷經三十九國，帶回各國貢品，最終傳國玉璽卻未尋回，永樂帝大喜仍論功頒賞。

傳國玉璽代表國家的權威和秩序，雖然沒有尋回，已將聲威遠播番邦且及於天曹地府，其實等於已取得國家的權威和秩序，所以任務圓滿達成，每個人都受到封賞。除此之外，下西洋的這一群，名義上雖以鄭和為首，但真

〔註52〕鄧志謨，《飛劍記》，國立政治大學古典小說研究中心主編，《明清善本小說叢刊初編》（臺北：天一出版社，1985年）。

〔註53〕鄧志謨，《鐵樹記》，國立政治大學古典小說研究中心主編，《明清善本小說叢刊初編》（臺北：天一出版社，1985年）。

〔註54〕此書題為「二南里人」所撰，二南里人即羅懋登，明萬曆間陝西人，並有萬曆丁酉（1597）年羅懋登的序，所以作者大約就是羅懋登了。參侯健，〈三寶太監西洋記通俗演義——一個方法的實驗〉，《中國小說比較研究》（臺北：東大圖書有限公司，1983年），頁9。

正的主角卻是金碧峰長老,「書中詳細刻劃出身的,只有他一人,而在寶船行進中,只有他能夠解決一切問題。」〔註 55〕這與《西遊記》的描寫很類似,唐僧只是名義上的領袖,而取經難題的解決只靠孫悟空,亦只有孫悟空有詳細的出身刻劃,前七回即是他的傳。

　　所不同者,孫悟空並非一開始即是個完美無缺的傳奇英雄,他不像道教仙真們,一開始就擁有完美與理想的品格,也不像《西洋記》裏的金碧峰是一個完全正派的人物;孫悟空有時做好事,有時也做一些壞事,性格並不是一開始就那麼合乎理想的,他的理想性格是漸漸形成的,就像他超人的神通一樣,也是慢慢地增強而來的。因此,與其說《西遊記》是一部傳奇英雄的傳記小說,還不如說是主人公的成長小說來得恰當。

二、《西遊記》與歷代神怪故事

　　神魔章回小說的風行,除了君王的崇道奉玄外,神幻靈異的故事在中國小說史上一直受到普遍的喜愛。從上古時代的神話傳說,到漢魏六朝的志怪小說,唐代的傳奇,〔註 56〕再到宋元平話及明代文言神怪小說等,已經累積了極為豐富的題材,足夠發展為長篇章回的體裁了。

　　神話,是流行於上古時代的民間故事,為原始人民信仰和生活的混合表現,記敘超乎人類能力以上神們的行為。然並非所有荒唐怪誕言神仙之事者皆可稱為神話,如《列仙傳》及《神仙傳》裏所記載神仙們的奇行異跡,則屬於道教方士的東西,非中國的原始神話。〔註 57〕《西遊記》裏論及關於天地開闢的神話、人物變形的神話、及天神與惡魔作戰的英雄神話等,或許可透過這三方面,稍探《西遊記》與古代神話的關係。

　　從天地開闢的神話來看,《西遊記》的卷首詩云:

　　　混沌未分天地亂,茫茫渺渺無人見;自從盤古破鴻濛,開闢從茲清

〔註 55〕　參侯健,〈三寶太監西洋記通俗演義──一個方法的實驗〉,《中國小說比較研究》,頁 22～26。

〔註 56〕　「唐代傳奇」這一名稱,經王夢鷗先生考察認為不妥,「傳奇」這名稱原只是一木書的名字,並不代表唐人其他作品,所以他認為用「唐人小說」一詞較適當,這個名稱大概是宋人所定的名稱,至少北宋沈括撰《夢溪筆談》曾使用這個名稱。我們這裏採取學界一般流行的用法。參李豐楙整理,〈唐人小說概述〉,《中國古典小說研究專集 3》(臺北:聯經出版事業公司,1981年)。

〔註 57〕　參茅盾,《神話研究》(天津:百花文藝出版社,1981 年),頁 3,82,67。

濁辨。覆載群生仰至仁，發明萬物皆成善。欲知造化會元功，須看
西遊釋厄傳。（第一回）

詩中提到盤古開闢天地的神話，徐整《三五歷紀》記載盤古氏之神話云：

天地混沌如雞子，盤古生其中，萬八千歲；天地開闢，陽清爲天，
陰濁爲地；盤古在其中，一日九變，神于天，聖于地，天日高一丈，
地日厚一丈，盤古日長一丈，如此萬八千歲，天數極高，地數極深，
盤古極長，后乃有三皇。（玉函本輯自《藝文類聚》）

任昉《述異記》亦有記載：

昔盤古氏之死也，頭爲四岳，目爲日月，脂膏爲江海，毛髮爲草木。

這兩則神話皆被視爲歷史材料而保留下來，但亦無妨看作古代天地開闢神話
的遺留。〔註58〕其意爲宇宙原本一片混沌如雞子，後來盤古生其中，長了一
萬八千歲後，天地分裂，清者上揚爲天，濁者下沈爲地，盤古日長一丈，又
一萬八千歲後，於是天極高，地也極厚。後來盤古死了，其身化爲天地萬物。

然《西遊記》關於天地生成的宇宙觀並不純粹，除了神話至少還雜揉了
北宋象數學家邵雍《皇極經世》裏的說法，〔註59〕及佛教四大部洲之說，第
一回云：「感盤古開闢，三皇治世，五帝定倫，世界之間，遂分爲四大部洲：
曰東勝神洲，曰西牛賀洲，曰南贍部洲，曰北俱蘆洲。」可見《西遊記》的
宇宙觀頗不單純，至少由三種成分所構成。

變形神話，起於原始初民對生命的本能熱愛，在變形中化一切不可能者
爲可能，一切不相關者爲相關，於是人可以化魚，魚可以化爲鳥，鳥可以化
爲大鵬。神話變形的世界，可以歸納爲兩種類型，一爲力動的，一爲靜態的，
「所謂力動的變形，指從某種形象蛻化爲另一種形象，包括人、動植物、和
無生物之間的互變」。所謂靜態變形，指像《山海經》裏許多「人獸同體互生」
的神話，蛇身人面，或鳥首人身等，爲靜態形象的呈現。〔註60〕

從變形神話的角度來看，《西遊記》裏有靜態形象的描寫，如孫悟空的人
身猴形，豬八戒的人身豬形等，可溯自上古時代的變形神話描寫；也有力動

〔註58〕 參茅盾，《神話研究》，頁71。
〔註59〕 邵氏將宇宙的時間歷程分爲元、會、運、世四個單位，《西遊記》裏也說：「蓋
聞天地之數，有十二萬九千六百歲爲一元。將一元分爲十二會」。參楊義，《中
國敘事學》（北京：人民出版社，1997），頁134～135。
〔註60〕 參樂蘅軍，〈中國原始變形神話試探〉，《古典小說散論》（臺北：純文學出版
社，1976年），頁4～7。

的變形描寫，孫悟空可以變成任何動植物，松樹、蟭蟟蟲、長腳蚊子、啄木鳥，又可以變成一只包袱、或一間廟宇等，這種變法最引人入勝，也最具驚奇效果。不過，原始神話的變形描寫非常簡陋，沒有任何過程，只是一抽象的概念描述，女娃「為」精衛鳥，蛇「化為」魚，沒有能引起讀者彷彿可以看見或碰觸得到的具體景象描寫。〔註61〕

　　《西遊記》寫人物的變形過程就非常細膩，如孫悟空與二郎神鬥變化，孫悟空變成一座土地廟：

> 那大聖趁著機會，滾下山崖，伏在那裏又變，變一座土地廟兒：大
> 張著口，似個廟門；牙齒變做門扇，舌頭變做菩薩，眼睛變做窗櫺。
> 只有尾巴不好收拾，豎在後面，變做一根旗竿。（第六回）

這種變形過程，是經過作者藝術修飾的製作，已非原始初民的素樸形式，然其源頭仍來自原初神話的影響。

　　從天神與惡魔作戰的英雄神話來看，降妖伏魔或神與魔的對抗，為《西遊記》主要母題之一。〔註62〕比較歷來其他的西遊故事本子，神魔作戰的場景描寫應為百回本的創新特點，因為其他本子都沒有百回本描寫得那麼細致。它的影響亦可溯自上古時代的神話，例如：

> 黃帝攝政前，有蚩尤兄弟八十一人，並獸身人語，銅頭鐵額，食沙
> 石子，造立兵杖刀戟大弩，威振天下。誅殺無道，不仁不慈。萬民
> 欲令黃帝行天子事，黃帝仁義，不能禁止蚩尤，遂不敵，仍仰天而
> 嘆。天遣玄女下授黃帝兵信神符，制服蚩尤，以制八方。（《太平御
> 覽》卷七十九引《龍魚河圖》）

已隱含神魔交戰的情節色彩，代表仁義的黃帝，有天神下降為之助力，象徵為魔蚩尤兄弟八十一人，其形象皆為獸身人語、銅頭鐵額，食沙石子。又如：

> 堯之時，十日並出，焦禾稼，殺草木，而民無所食。猰、鑿齒、九
> 嬰、大風、封豨、脩蛇皆為民害。堯乃使羿誅鑿齒於疇華之野，殺
> 九嬰於凶水之上，繳大風於青丘之澤，上射十日而下殺猰㺄，斷脩
> 蛇於洞庭，擒封豨於桑林，萬民皆喜，置堯以為天子。《淮南子·本
> 經篇》

〔註61〕參樂蘅軍，〈中國原始變形神話試探〉，《古典小說散論》，頁 5。

〔註62〕關乎「降妖伏魔」的部分的討論，主要整理自劉勇強，《西遊記論要》（臺北：文
　　　津出版社，1991 年），第四章「趣味化諧謔因素與奇幻色彩的結合」，頁 177～185。

十日並出，妖魔作怪，而羿斬妖殺怪，正與孫悟空同，殆遠承於此。〔註63〕

　　《西遊記》裏降妖伏魔故事，應該還有兩個源頭：即來自道教系統的魔法故事，及來自佛教系統的降妖伏魔故事。道教主要分丹鼎和符籙兩派，其中符籙一派，能畫符念咒、遣神驅鬼、鎮魔壓邪。在道教小說中的主人公，往往被描繪成法力高強，且會使用法術來降妖除魔以救世濟民的人物形象。例如敦煌話本《葉淨能話》，是唐代道教民間故事的集合物，亦是道教魔法故事的總匯。〔註64〕故事敘述主人公葉淨能從小入道，得神人之助，學得一身本領，法術高強。能推五岳，喝大海海水，令其逆流，能夠上天宮，下通地理，天下鬼神無不供其驅使，他的符籙最絕，宇宙之內無過葉淨能者。他曾使用法術斬殺孤狸精，救了一個女孩，還助唐玄宗採仙藥、求長生、祈雨等。

　　佛教的降妖伏魔可分為兩種類型：一類指能戰勝一切妨礙修行的煩惱者，「魔」在梵文裏有「擾亂」、「破壞」、「障礙」修法的意思，具象化為妖魔阻礙修行人修道之情節。佛典中耳熟能詳的故事是佛祖在菩提樹下修煉，魔王波旬派美女來擾亂他，但佛祖不為所動。〔註65〕《西遊記》中對取經的考驗，除了眾多美色、富貴與權勢外，還有象徵眼耳鼻舌身意六根之六個毛賊的騷擾（第十四回），孫悟空一棒打殺，正為「心猿歸正，六賊無蹤」的寓意所寄。另一類為佛教與外道的爭鬥，在唐代《降魔變文》裏可見這種故事的描寫，〔註66〕其文敘寫舍利佛和六師的鬥法，《西遊記》裏有著名的孫悟空與二郎神的賭鬥，及孫悟空與牛魔王的賭鬥，這些鬥法可能在一定程度上受到《降魔變文》裏這種神異描寫的影響。

　　唐代傳奇與六朝志怪的寫法很不一樣，是在志怪基礎上再與歷史及詩歌合流。唐朝是一個詩歌很輝煌的時代，影響及於小說的創作，小說中貫穿著詩人的情感，如陳鴻〈長恨歌傳〉、元稹〈鶯鶯傳〉等；甚至是邊寫動作邊

〔註63〕 參劉勇強，《西遊記論要》，第四章「趣味化諧謔因素與奇幻色彩的結合」，頁177～178。

〔註64〕 這些故事在《朝野僉載》、《河東記》、《開天傳信記》、《集異記》、《仙傳拾遺》、《廣德神異錄》等唐代小說中都有記載。參《中國通俗小說總目提要》（北京：中國文聯出版公司，1990年），頁6～7。

〔註65〕 參劉勇強，《西遊記論要》，第四章「趣味化諧謔因素與奇幻色彩的結合」，頁179。

〔註66〕 參劉勇強，《西遊記論要》，第四章「趣味化諧謔因素與奇幻色彩的結合」，頁180。至於《降魔變文》可見《西游記研究資料》，劉蔭柏編，（上海：上海古籍出版社，1990年），頁145～150。

有詩歌，如〈鶯鶯傳〉，張文成的〈遊仙窟〉等，或許也受到唐代俗講推波助瀾的影響。俗講寫定的變文形式，也是一段動作一段詩歌的韻散夾雜形式，〔註67〕如唐無名氏《降魔變文》、《大目連變文》等例。〔註68〕

　　明清小說家對散文和韻文結合的敘述形式，有普遍性使用，涉及各種韻文形式的靈活運用，但是，很少作家是《西遊記》作者的對手。《西遊記》作者擅長運用各種韻文形式，如絕句、律詩、歌詞、賦、古詩等，從主人公出生到成為孫悟空中間的十七首詩，已實現所有的韻文形式。《西遊記》作者擅長運用韻文來分擔敘事功能，如描述場景、戰役、景物及人物出場等；或者，運用韻文呈現人物對話，及對人物行為及戰況進行評論等，尤其後者，對宗教及寓言有重要的作用。讀者會一再地看到這類詩歌韻文的描寫，而且寫得很精巧詳細，若以傳統中國抒情詩的標準來看這些詩歌，它們並不算好的創作，因為不夠含蓄，隱喻性也不夠的緣故。〔註69〕

　　《西遊記》第九回開頭一段「漁樵答問」，第六十四回《木仙庵三藏談詩》裏一大段幾個人物一起聯吟唱和的情節，這種情節可遠溯於唐人傳奇，如《瀟湘錄》的〈賈秘〉一篇（《太平廣記》卷四一五）敘書生賈秘與松、柳、槐等七個樹精一起吟詩唱和；近則借徑於明代短篇小說，例如《古今清談萬選》卷四有〈常山怪木〉一篇，講的是臧頤正與梧、楓等「山庄五逸」聯床吟詠。

　　《西遊記》可能多少受到了唐人小說與明代文言小說的影響，不但唐三藏會吟詩，連孫悟空、豬八戒、沙和尚都會吟詩，如第卅六回唐僧一行投宿「寶林寺」，夜裏唐三藏「對月懷歸，口占一首古風長篇」，孫悟空三人也有詩。人物這種賦詩言志行為，與中國文人賦詩言志的抒情傳統，應是血脈相連的，早在《取經詩話》中就經常出現。〔註70〕

第三節　《西遊記》與中國說書傳統

　　《取經詩話》是百回本《西遊記》的直接藍本，《西游記雜劇》則是《取

〔註67〕參王夢鷗著，李豐楙整理，〈唐人小說概述〉，《中國古典小說研究專集3》，頁41～43。

〔註68〕見劉蔭柏編，《西游記研究資料》，頁145～153。

〔註69〕Lattimore , Richmond （ed.）, "Introduction", pp.21-9 ,The Journey to The West（Chicago & London：The University of Chicago Press，1977）. 臺灣版（臺北：敦煌書局公司，1978年）。

〔註70〕參程毅中、程有慶合著，〈西游記版本探索〉，《名家解讀西游記》，頁437～440。

經詩話》的進一步擴充。《詩話》、《雜劇》及《西遊記》都含有口頭說話的成分，他們都與說話藝術關係密切。

「說話」是唐宋人的習慣用語，相當於後世的「說書」。〔註71〕職業說話人最早大約出現在唐代，可能有更早的職業說話人，但不能確證。如建安時曹植就曾扮藝人，講了千字的「俳優小說」，並伴隨演出胡舞五椎鍛、跳丸及擊劍等伎藝，顯然曹植並非職業說話人，這些伎藝可能是他從民間藝人那裏學來的。〔註72〕唐代的說話，從當時資料顯示，已包括寺院、宮廷及民間說話三種；〔註73〕而寺院俗講的內容，可以從變文反映出來，大概包括三類：即向俗眾演說佛經故事、民間故事及時事等三類。〔註74〕

這些口頭俗講的內容，所以能保存在變文的著作形式中，推測可能因為當時演說者不只一位，因而事先將內容寫定，而非口頭即興演說之故。〔註75〕研究者認為，變文的形式可能受佛經影響，這點可以從佛經結構上的特點得到解釋。佛經都是先用散文講一遍，然後再用韻文講一遍，這種散韻結合的形式，正是變文結構的基本要素之一。

變文中韻文形式的描寫，不僅帶有對話功能，也有敘事的功能，〔註76〕這在《西遊記》也是一樣，只是《西遊記》將韻文形式的變化，作更多元、巧妙的運用，包括解釋、預告、總結、評論事件、描寫景物、戰況、人物等多種作用。以韻文「敘事」功能為例，常見《西遊記》作者運用韻文描繪戰況，如第十七回，孫悟空與黑風怪作戰，即有這段韻文之描繪：

> 如意棒，黑纓鎗，二人洞口逞剛強。分心劈臉刺，著臂照頭傷。這個橫丟陰棍手，那個直搠急三鎗。白虎爬山來探爪，黃龍臥道轉身忙。噴彩霧，吐毫光，兩個妖仙不可量：一個是修正齊天聖，一個是成精黑大王。這場山裏相爭處，只為袈裟各不良。

〔註71〕 參胡士瑩，《話本小說概論》（臺北：坊間翻印本，1979年），第一章「說話的起源和演變」，頁1。
〔註72〕 參胡士瑩，《話本小說概論》，第一章「說話的起源和演變」，頁10。
〔註73〕 參胡士瑩，《話本小說概論》，第一章「說話的起源和演變」，頁13～23。
〔註74〕 參寧宗一主編，《中國小說學通論》（合肥：安徽教育出版社，1995年），第一節「說話藝術的近源——唐代俗講及民間說書」，頁371～372。
〔註75〕 此據李福清之推測。 參〈三國演義的源流‧唐代變文〉，李福清，尹錫康、田大畏譯，《三國演義與民間文學傳統》（上海：上海古籍出版社，1997年），頁2。
〔註76〕 參〈三國演義的源流‧唐代變文〉，李福清，尹錫康、田大畏譯，《三國演義與民間文學傳統》，頁2。

這一來一往的動作，都是有時間的，並非靜態描寫，所以敘述者接著就說：「那怪與行者鬥了十數回合，不分勝負」，所以這段描寫戰況的韻文，其作用就相當十數回合的時間長度，故具有敘事作用。

　　十一世紀初，到了宋代，寺院說唱被官方禁止，民間百戲包括說話伎藝卻未停歇，據那時資料顯示，反而得到蓬勃的發展。〔註77〕依現存相關宋元說話活動狀況的記載來看，當時說話人隸屬於行會，有嚴格行規的限制，他們是職業的說話人，靠此謀生；他們說話的地點主要在酒樓茶肆及瓦舍（或瓦肆），有時也在寺廟、私人府第、露天空地或下鄉去說等；說話人中有以書面著作為基礎，再予以擴演的情況，如有說《漢書》的說話人。當時的說話分類頗為複雜，據胡士瑩先生之說，可概括為四家：講小說、說鐵騎兒、說經、講史等四家之數。〔註78〕

　　讀者可以看出《西遊記》裏一些模仿說話伎藝的成分。首先，說話人常使用的一些口頭套語，如「卻說」、「且說」、「話分兩頭」、「話表」、「按下不題」等，也經常出現於《西遊記》裏，如第七回一開頭即云：「話表」齊天大聖被押玉斬妖臺的情節；第九回一開頭的一首詩後便接著說：「此單表」，講了長安城的背景，講完了長安城後另起一線，「且不說」唐太宗在長安城怎樣，「卻說」長安城外的涇河邊二個賢人，一為樵子，一為漁人的互相唱答，這些套語在《西遊記》裏經常可見，通常運用於從一故事線轉到另一故事線，或從一個人物轉至另一個人物的時候。又如小說一開頭的詩，可能也是說話人等待客人入場或講完以便先收錢的「入場詩」或「定場詩」的遺留及模仿。

　　其次，據孫楷第考證，把標題放在故事後面，是十至十四世紀說唱藝術一個有代表性的特點。元雜劇的劇名都寫在戲文裏，由某個劇中人物在終場時說出。〔註79〕在《西遊記》也有類似的情況，尤其前七回出現的最頻繁，如第一回末尾云：「正是：鴻濛初闢原無姓，打破頑空須悟空」，第二回末尾亦云：「咦！貫通一姓身歸本，只待榮遷仙籙名」，第三回末尾又云：「正是那：

〔註77〕歌舞、傀儡戲、影戲等等諸色藝人，在北宋京城開封的相國寺，每月舉行五次的廟會上獻藝。參（俄）李福清，尹錫康、田大畏譯，《三國演義與民間文學傳統》，頁39。

〔註78〕參胡士瑩，《話本小說概論》，第二章「宋代的說話」及第四章「話本的家數」，頁38～61，102。

〔註79〕參〈三國演義的源流〉，李福清著，尹錫康、田大畏譯，《三國演義與民間文學傳統》，頁154。

高遷上品天仙位，名刊雲班寶籙中」。又最後的結尾形式：「畢竟不知授個甚麼官爵，且聽下回分解」，也是說話伎藝另一特點的模仿，職業說話人爲了讓聽眾下次再來聽，往往在最有趣的地方中斷敘述，以便保持聽眾聽書的熱度，所以會產生這種結尾的語言形式：「欲知後事如何，且聽下回分解」。

再次，《西遊記》也模仿說話人一些修辭性用語，例如「畢竟是誰？乃……」這種「設問自答」形式，明顯的例子出現於第九回，描述涇河龍變成一白衣秀士，來到長安街頭找袁守誠麻煩，敘述者先透過龍王的眼睛來看賣卜處及賣卜人，然後才說：「此人是誰？原來是當朝欽天監臺正先生袁天罡的叔父，袁守誠是也」；第十二回敘述觀音與木叉見江流兒和尚，正是他要找的取經人，於是變化爲疥癩和尚，將佛賜的寶貝，捧上長安街頭販賣，此時敘述者插入云：「你道他是何寶貝？有一件錦襴異寶袈裟、九環錫杖。」等例，皆是設問自答的形式。

最後，敘述中插入新的人物，所採用的手法是先讓讀者知道某個陌生人的行動，然後才道出其人姓什名誰，有什麼背景及動機等，這種手法很能引起聽眾的興趣，是擅說謎語的說話人特質的表現，﹝註80﹞《西遊記》也常見這種介紹人物出場的手法，如第十三回唐僧路遇猛虎長蛇，正在那不得命時，敘述者介紹一個新人物出場救他：

> 忽然見毒蟲奔走，妖獸飛逃；猛虎潛蹤，長蛇隱跡。三藏抬頭看時，
>
> 只見一人，手執鋼叉，腰懸弓箭，自那山坡前轉出，果然是一條好漢。

接著敘述者用韻文描寫了這位新出場的人物，然後是唐僧向他求救，攀談之間，讀者才知道這個新人物的出身來歷，他是山中的獵戶「姓劉名伯欽」。所以讀者是先看到這個人物的動作，然後才知道這個人物的出身來歷及姓名等。而這種介紹人物出場的方式，照例是用一「忽」字開始，如十四回唐僧師徒上路，走了多時：

> 忽見路旁唿哨一聲，闖出六個人來，各執長鎗短劍，利刃強弓，大
>
> 咤 一聲道：「那和尚！那裏走！趕早留下馬匹，放下行李，饒你性
>
> 命過去！」。

也是用一「忽」字開始，之後孫悟空上前與他們打話，讀者才知道這些盜賊的名字與動機，這種人物出場的突然性，亦能夠加強情節的緊張程度。

﹝註80﹞ 參〈三國演義的源流〉，李福清著，尹錫康、田大畏譯，《三國演義與民間文學傳統》，頁 152～153。

第四節　《西遊記》與儒釋道三教思想

　　《西遊記》中含有儒釋道三教的思想成分，然而這三教又緊緊地結合在一起，這個「教」是指思想教化的意思，而不是宗教信仰。討論《西遊記》與儒釋道三教思想的關係，不可避免地與當代思潮發生密切關聯，佛教的南禪派、王陽明及其後學泰州學派、與道教中全眞派等學派都重視心性的修鍊，就這點而言，三教思想與西遊記是相通的，都關注「心性修鍊」的主題。晚明盛行三教合一思想，當時文學風氣之開創者，如三袁、徐渭、屠隆等人，皆持三教合一思想，三教思想是否能合一是另外的問題，但三教有融合的傾向則自古已然。〔註 81〕南北朝時即有三教會通之論，從唐代至宋元明以來要求調合的呼聲也一直存在。〔註 82〕西遊記的思想表現自然與這股要求融合的趨勢合轍。

一、儒釋道三教思想的反映

　　在儒家思想方面，忠孝觀念爲儒家的倫理範疇，也是中國人普遍奉行的道德德目。進入小說中，表現在《西遊記》人際的對待關係上，孫悟空與唐僧是師徒關係，敘述者以儒家父子之倫類比之，讓孫悟空非常自覺地表現孝敬，孫悟空對唐僧道：「一日爲師，終身爲父」（第三十一回），又道：「順父母之言情，呼爲大孝」（第三十二回），「養兒不用阿金溺銀，只是見景生情便好」（第八十一回）等，顯見孫悟空很自覺以孝敬侍奉唐僧；至於其他次要人物，敘述者有時也站在儒家孝道的立場來評價，如孫悟空責備寶象國公主百花羞道：「故孝者，百行之原，萬善之本。卻怎麼將身陪伴妖精，更不思念父母？非得不孝之罪，如何？」（第三十一回）。

　　其次，唐僧與唐太宗的君臣關係，敘述者時常強調唐僧對唐太宗的忠心耿耿，唐僧曾自道取經之由：「大抵是受王恩寵，不得不盡忠以報國耳」（第十二回），在取經途中，每每念念在意，只爲「恐違了欽限」（第四十八回），連病重不起時，也還在意此事，要孫悟空送書到長安道：「有經無命空勞碌，啓奏當今別遣人」（第八十一回），可見唐僧是儒家忠道代言人。

〔註 81〕參曹淑娟，《晚明性靈小品研究》（臺北：文津出版社，1988 年），「三教思想之會合」，頁 130～131。

〔註 82〕參柳存仁講演，《道教史探源》（北京：北京大學出版社，2000 年），「元代蒙古人統治時期的三教」，頁 254～289。

　　除了父子及君臣二倫外，五聖關係中亦暗含夫妻一倫的對待關係，表現在孫悟空與豬八戒的關係上，以五行配屬而言，孫悟空屬金，爲「金公」（煉丹術中稱鉛爲「金公」），豬八戒屬「木」，爲「木母」（煉丹術中稱汞爲「木母」），一公一母，恰象徵家庭中的夫妻關係：

> 金性剛強能剋木，心猿降得木龍歸。金從木順皆爲一，木戀金仁總發揮。一主一賓無間隔，三交三合有玄微。性情並喜貞元聚，同證西方話不違。（第十九回）

金剋木，即公剋母，公爲主而母爲賓，敘述者往往強調母即木的順從美德，以此產生家庭的和諧關係。

　　在佛教思想方面，余國藩先生認爲，小說裏的細節可以溯源至佛典者並不多，他列舉了直接與佛教相關的片段，例如小說中直接引用玄奘自譯的《心經》（第十九回）；第一百回裏重述唐太宗寫的〈聖教序〉等。〔註 83〕其它尚有「羅刹女」、「四大部洲」、「唵嘛呢叭美吽」六字大明咒及「給孤獨長者」故事等也都是佛典或佛教故事的直接沿用。〔註 84〕

　　《西遊記》裏來自佛教語彙和觀念的地方不算少，或者內容經過變改，抑或以亦佛亦道的融合形式出現，或被道教借用而予以本土化。以內容經過變改言，例如「六道輪迴」本爲佛教觀念，內容包括「天、人、阿修羅、畜牲、餓鬼、地獄」等六道，《西遊記》裏變改爲「仙道、貴道、福道、人道、富道、鬼道」等（第十一回）；「大乘三藏」爲經藏、律藏及論藏，然敘述者變爲「《法》一藏談天；《論》一藏說地；《經》一藏度鬼」（第八回）等，小說中顯然採用比較合於民間通俗的角度來改造其內容。

　　以亦佛亦道的融合形式出現言，例如「須菩提」本爲佛教人物，〔註 85〕然《西遊記》稱爲「須菩提祖師」（第一回），祖師爲道教仙眞的尊稱，可見敘述者有意將其塑造爲亦佛亦道之混合型人物。「孫悟空」的名字，其姓取「嬰兒」而可化育之意，嬰兒爲道教內丹術語，指人體內「聖胎」成熟時的長生正壽狀態，〔註 86〕其名爲「悟空」爲佛教之中心要義，可見主人公的姓名也是亦道亦佛的形式。「靈山」爲佛祖所居之地，然其山腳下負責接引取經五聖

〔註 83〕參李奭學譯，〈源流、版本、史詩與寓言〉，見《余國藩西遊記論集》，頁 125。
〔註 84〕參劉蔭柏，《西遊記發微》，頁 92,104,107。
〔註 85〕參劉蔭柏，《西遊記發微》，頁 94。
〔註 86〕參李奭學譯，〈源流、版本、史詩與寓言〉，見《余國藩西遊記論集》，頁 106。

者卻是個道教人物──「玉眞觀金頂大仙」，佛道融合之意甚明。

以被道教借用而予以本土化言，佛經中傳說的「四王天」爲：東持國天、南增長天、西廣目天、北多聞天，其中北多聞天王，梵名「毘沙門」，因佛令掌擎古佛舍利塔，故俗稱「托塔天王」，其子爲「哪吒」，《西遊記》中托塔天王及哪吒皆變爲道教神明，〔註87〕聽命於玉皇大帝。「閻羅」出現於印度最古文獻之一《梨俱吠陀》，吸收到佛教經典裏，經過翻譯傳到中國來，又被道教所吸納接收，〔註88〕到《西遊記》中已全然爲道教人物。在佛教傳入中國以前，中國傳統思想沒有很清楚的「地獄」觀念，後來地獄觀念爲道教所吸收，〔註89〕到《西遊記》中地獄已完全成爲道教的領地。

《西遊記》裏九九八十一難的結構佈局，其中所蘊含之「定型化循環結構」及「垂直超升模式」，實可溯源於佛典中「善財童子信心求法」故事，善財童子信心求法，經歷一百一十城，訪問一百一十個善知識，畢竟得成正果，一百一十城的經歷便有《西遊記》八十一難的影子。〔註90〕佛教強調「悲智雙運」，《西遊記》人物塑造亦強調了這方面的形象特質，佛祖爲「遍識周天之物」具智世尊的形象（第五十八回），觀世音菩薩爲「大慈大悲救苦救難」形象。《西遊記》往往著意強調，而對顯出道教群仙之缺乏慈悲的觀世胸懷，及睿智的宇宙觀，以東方至尊之玉帝尤然。〔註91〕

在道教思想方面，《西遊記》大量使用道教的語彙，雖然《封神演義》搬演天地神祇、天宮地闕時，用到的道教語彙賽過《西遊記》，〔註92〕但《西遊記》中常見的煉丹術語卻爲《封神演義》所不及，就這點而言，《西遊記》在傳統中國小說中似乎頗爲獨特。《西遊記》常見以煉丹術語介紹人物的出身來歷，例如豬八戒在第十九回與沙和尙交手時云：

> 上至頂門泥丸宮，下至腳板湧泉穴；周流腎水入華池，丹田補得溫溫熱；嬰兒姹女配陰陽，鉛汞相投分日月；離龍坎虎用調和，靈龜吸盡金烏血。

〔註87〕參劉蔭柏，《西遊記發微》，頁100～101。
〔註88〕參柳存仁講演，《道教史探源》，頁178。
〔註89〕參柳存仁講演，《道教史探源》，頁138,181。
〔註90〕參胡適，《西遊記考證》，頁71。另參閱第五章「《西遊記》敍事結構」之「個別結構分析」中「八十一難定型化循環結構與垂直超升模式」部分之說明。
〔註91〕參李奭學譯，〈源流、版本、史詩與寓言〉，見《余國藩西遊記論集》，頁127。
〔註92〕參李奭學譯，〈源流、版本、史詩與寓言〉，見《余國藩西遊記論集》，頁104。

「泥丸宮」是指頭頂九宮之一的囟門，「湧泉穴」是指足底板的中心，「腎水」是指腎臟所分泌出來的體液，又稱「神水」，前四句話是指腎水由頭頂到足心循環，由此丹田才能得以補精。〔註93〕至於「調坎離」，不過在導引行氣時，靜坐運氣使心間之氣（離）下降，又使腎際之氣（坎）上升，遇於中宮，而腎氣之潮流又最好能蓋過心氣，即離卦自高下移，坎卦自下上升而已。〔註94〕

《西遊記》中亦以煉丹術語來敘事，明顯的例子為第四十四回車遲國故事，敘述和尚們推車子「徑往沙灘之上，過了雙關，轉下夾脊」之語，柳存仁先生為這段情節找到內丹修持的文獻根據，王重陽《重陽真人金關玉鎖訣》：

> 今人能道不能造，能說不能訣。又曰：行功心行意不行。今人多迷，不修身體。第一神性，是大牛之車，須索動青牛拽車，車中載寶；是鹿車第二，行白牛拽車，車中載寶；第三暖氣行火，是羊車，赤牛拽車，車中載寶。三車行時，初離荊山尾閭中，入地軸，過天關，過下雙關腎、俞二穴，是腰腿入曹溪地夾脊止。雙關，夾脊是也。
> 〔註95〕

除「拽車過雙關」、「穿夾脊」的描寫外，三車之「鹿車」及「羊車」，亦影射其中兩位妖精國師「鹿力」及「羊力」。

除了煉丹術語外，道教式修行也大量地進入小說情節中，典型的表現為主人公「求道成仙」的故事事蹟。孫悟空第一度西遊追求到的成果為長生不死與成仙（第一回），正是道教修煉成仙的目的；道教仙真修煉之地多為「洞天福地」，孫悟空在花果山亦發現了水濂洞（第一回），早享福地洞天，後來亦在此地升入天界（第三回）；道教仙真的修行很重視「仙師點化」，所謂「饒君聰慧過顏閔，不遇真師莫強猜」，〔註96〕小說中孫悟空也因得遇須菩提祖師指點，終能學成長生不老之道；道教仙真的修煉之術，不外煉內、外丹，或者採陰補陽之術，孫悟空偏重內丹修持，「惜修性命無他說」、「都來總是精氣

〔註93〕 參中野美代子撰，王紅譯，〈孫悟空與金與火——對主人公們的煉丹術解釋〉，《西游記文化月刊》（北京：東方出版社，1998年），頁89～90。

〔註94〕 參柳存仁講演，《道教史探源》，「道教追求長生」，頁226。

〔註95〕 〈全真教和小說西游記〉，原刊香港《明報月刊》第233～237期，1985年。又見《和風堂文集》（上海：上海古籍出版社，1991年），此處為轉引自徐朔方，〈評《全真教和小說西游記》〉，《西游記文化月刊》（北京：東方出版社，1998年），頁116～117。

〔註96〕 參胡孚琛、呂錫琛合著，《道學通論》（北京：社會科學文獻出版社，1999年），第八章「內丹修持入門」，頁560～561。

神」、「謹固牢藏休漏泄」，皆爲內丹修鍊要旨。〔註97〕

二、三教合一論的反映

忠道爲儒家重要的人倫德目之一，小說中唐僧對唐太宗的忠心是有目共睹的，因爲唐僧太過執著的緣故，孫悟空總勸他「放下」，例如第三十六回在往「寶林寺」路上，唐僧一見深山難行，心中便悽慘，便道：「茞香何日拜朝廷」，孫悟空聞言即開解道：「師父不必掛念，少要心焦。且自放心前進，還你個『功到自然成』」。唐僧的執念也經常表現於許多的事物層面上，「怕妖魔，不肯捨身；要齋喫，動舌；喜香甜，觸鼻；聞聲音，驚耳；睹事物，凝眸；招來這六賊紛紛，怎生得西天見佛」（第四十三回），孫悟空教他要一切放下，隱與禪宗「放下執著」中心主張是一致的。

《慈恩三藏法師傳》裏寫玄奘在沙河間，逢惡鬼異類，念觀音不得全去，但念誦《般若心經》，則「發聲皆散，在危獲濟」，〔註98〕《西遊記》中唐僧自獲得《多心經》後，遇妖魔時每念《多心經》卻往往被擒，反而身陷險境，這段情節充滿調侃的味道。念經不是重點，修心才是重點，要修心得先將念經的執著放下。取經五聖這趟「西路之旅」，不是讀經或誦經來的，他們一路上很少讀經或誦經，而是一步一步地走到西天見佛的，亦隱與禪宗「教外別傳，不立文字」的主張相通。

禪宗強調不立文字，並不是完全不要文字，事實上《六祖壇經》也幾乎爲禪門弟子耳熟能詳的經典，所以禪宗反對文字，應是在教人放下對文字的迷執，重視親身力行。這點與王陽明「知行合一」主張，亦是合轍的，王陽明認爲知行本體是：

> 如稱某人知孝，某人知弟，必是其人已曾行孝行弟，方可稱他知孝
>
> 知弟，不成只是曉得說些孝弟的話，便可稱爲知孝弟。〔註99〕

要知得眞切，必須有親身實踐的工夫。

《西遊記》裏取經五聖雖皆爲佛門弟子，然他們的「西天之旅」總是在遇難、戰鬥和解難，很少見到養靜坐禪的情節，這似乎與王陽明「在事上磨」

〔註97〕參李奭學譯，〈源流、版本、史詩與寓言〉，見《余國藩西遊記論集》，頁106～107。

〔註98〕見胡適之引文，《西遊記考證》，頁41。

〔註99〕參《王陽明全書·傳習錄上》（臺北：正中書局，1976年3月，臺五版），卷一，頁3。

的主張，有某些相通之處，王陽明認為：

> 是徒知養靜，而不同克己工夫也，如此，臨事便要傾倒。人須在事上磨，方立得住，方能靜亦定，動亦定。〔註100〕

若僅是養靜坐禪，會漸漸養成「喜靜厭動」之弊，很多的病痛只是潛伏著不發作，一旦遇事便要傾倒，故修心之功必須在事上磨，則遇事才能循理。有的學者認為《西遊記》強調安定心緒，與晚明「心學」的主張靜坐不無關係。〔註101〕實則王陽明心學並不特別強調以靜坐來定心，而是在「去人欲存天理」的心上下工夫的。〔註102〕黃檗希運禪師曾有詩云：「不是一番寒徹骨，爭得梅花撲鼻香」，〔註103〕都必須經過一番戰鬥的歷鍊，不是光靠禪坐就可成就的。

　　《西遊記》不僅重視「心性修鍊」之旨，還有很強的福國淑世念頭。取經五聖歷經的九九八十一難中，有一部分屬於「他人之難」，由主人公們伸出援手，救濟解難。所以主人公們不僅清除自己的敵人，還幫助清除他人的敵人，就這點言，他們也改變或影響了這個世界。有的學者，從儒家立場來看，認為《西遊記》表現了儒家「修身齊家治國平天下」的人生理想，〔註104〕這一點無疑是正確的。若擴大視野來看，其實釋道二教又何嘗不然。《西遊記》強調所取的經是「大乘佛法三藏」（第十二回），大乘佛法重視成佛事業在將人間穢土變成淨土，所以有很強的淑世及改造世界的念頭，〔註105〕與小乘佛法重視個人解脫成佛不同。這種「自利利他」終極修持目標實與儒家所強調「內聖外王」的思想合轍。

　　另外，道教中龍門派的內丹心性之學亦以「修心積功」為其重要特色，龍門派認為，煉心不能僅局限於精神意識的範圍，還必須積行累德，在塵世中修煉，故倡為「內外雙修」之旨，〔註106〕可作為一般道教仙真所表現的「修身濟世」行為的理論基礎，就這一點而言，三教思想是相通的。

　　《西遊記》第十七回裏孫悟空定計讓觀音菩薩扮妖精，以降黑風怪，孫

〔註100〕參《王陽明全書·傳習錄上》卷一，頁10～11。

〔註101〕見浦安迪講演，《中國敘事學》（北京：北京大學出版社，1996年），頁174。

〔註102〕王陽明曾云：「靜時念念去人欲存天理，動時念念去人欲存天理，不管寧靜不寧靜」。參《王陽明全書·傳習錄上》卷一，頁11～12。

〔註103〕又曾見語錄云：「高高山頂立，深深海底行」。

〔註104〕參何錫章，《幻象世界中的文化與人生——「西游記」》，頁142～145。

〔註105〕參柳存仁講演，《道教史探源》，「道教追求長生」，頁190。

〔註106〕參胡孚琛、呂錫琛合著，《道學通論》，第五章「宋元明清時期的內丹心性學」，頁232～233。

悟問菩薩道：「還是妖精菩薩，還是菩薩妖精？」菩薩笑道：「菩薩、妖精總是一念，若論本來，皆屬無有」，可見什麼都只是心中的一念，此與佛教禪宗南派的主張暗合。王門後學亦有類似看法，王畿（龍溪）強調致知在自我的覺悟上，嘗謂「一念惺惺，洽然自得」，可見都在一念上理會照察。〔註107〕

　　以上所論，不管是放下執著、放下對文字的執迷、反對坐禪外在形式、強調親身實踐、借事鍊心的戰鬥精神、一念、福國淑世的理想等，其背後精神都指向「心性修鍊」，這是儒釋道三教所同的修行理念。然《西遊記》裏主人公們的修行之旅，尤其是孫悟空的心性修鍊之旅背後，似乎有一股追求「自由」的心靈力量在推動它去追求不朽。孫悟空在花果山水簾洞的生活，本是天真自足的，無所欠缺；然當他知道終有一天無常會到來，他會為閻王老子所拘管，不再能過這種逍遙自在的生活，於是他開始掙脫現狀離開花果山，立志訪道求仙，後來他雖能如願以償，順利獲得長生不老之術，又有神通法術，及觔斗雲來去自如而登仙界，但他還不是完全任運自在，因為他心性不定而犯罪受懲，所以最後九九八十一難的試煉，便讓他真正成為「心的主宰」，明心見性而成佛。儒釋道三教都在追求一種真正的自由，主要是內在精神層面的自由，所以他們都重視心性的修鍊。

〔註107〕參曹淑娟，《晚明性靈小品研究》，頁 116～117。

第三章 《西遊記》敘事聚焦

第一節 前 言

「緒論」部分地限制自己的知識範圍裏「中國敘事理論」部分，曾論及中國評點家對敘事觀點的自覺與重視，卻尚未明確使用這個術語。西方敘事學者對這個術語的使用，也未見統一。本章根據著名的敘事學家里蒙·凱南及巴爾的看法，選擇採用「敘事聚焦」一詞，其理由可見本節下面之說明。中國評點家中以金聖歎對敘事聚焦之討論最精闢，今舉一例以見其運用之狀況，《水滸傳》第二十六回中，有一段演述武松在十字坡佯裝被蒙汗藥藥倒的情節，金聖歎在自己的《第五才子書》中改寫作：

> 武松也雙眼緊閉，撲地仰倒在凳邊。只聽得笑道：「著了，由你奸似鬼，吃了老娘的洗腳水。」便叫：「小二、小三快出來！」只聽得飛奔出兩個蠢漢來，聽他把兩個公人先扛了進去，這婦人便來桌上提那包裹，并公人的纏袋，想是捏一捏，約莫裏面已是金銀。只聽得他大笑道：「今日得這三頭行貨，倒有好兩日饅頭賣，又得這若干東西」聽得把包裹纏袋提入去了。隨聽他出來，看這兩個漢子抬扛武松。那裏扛得動，直挺挺在地下，卻似有千百斤重的。只聽得那婦人喝道：「你這鳥男女，只會只吃飯吃酒，全沒些用，直要老娘親自動手，這個鳥大漢，卻也會戲弄老娘，這等肥胖，好做黃牛肉賣……」聽他一頭說，一頭想是脫那綠紗衫兒，解了紅絹裙子，赤膊著，便來把武松輕輕提將起來。武松就勢抱住那婦人，把兩只手一拘拘將攏來，當胸前摟住，卻把兩只腿望那婦人下半截只一挾，壓在婦人

身上。（第二十六回）

這裏明顯的敘述者藉由武松的角度來觀察，嚴格限制在人物武松的聽覺範圍內，「只聽得飛奔出兩個蠢漢來」，因爲武松此時緊閉著雙眼，自然不可能經由視覺來感知，只能憑聽覺及猜想來感知周遭發生的事情，「想是捏一捏」、「想是脫那綠紗衫兒」等。因爲故事的敘述只及於武松能感知的範圍內，故知這段敘述是由人物武松來聚焦，換言之，即敘述人藉武松的感知局限來調整敘事的內容及方式。

整個來說，《水滸傳》的聚焦方式應屬於全知聚焦，在全知聚焦下，敘述者有權可以任意局部地變換聚焦方式，變換的方式可以非常多樣，然金聖歎改作《水滸傳》時，顯然偏愛限制聚焦的運用，這種例子不只一個，〔註1〕金聖歎謂之「影灯漏月」。所謂「影灯漏月」，指遮住灯光，而漏出月光來，如此例聚焦者武松的特殊處境使其必須緊閉雙眼（視線被遮住了），只能靠他的想像及聽覺來感知（漏出月光）週遭的世界。

十七世紀中葉時金聖歎的「影灯漏月」，與現代西方所謂的敘事聚焦，兩者所關注的竟是相通的東西，可見它是文學上的普遍性問題。然而西方敘事理論對聚焦的運用有更繁複細致討論，因此，可藉西方理論來反省《西遊記》聚焦表現。因爲敘事學是一套描述敘事現象的工具，藉由它可以比較詳細周延地來描述《西遊記》的聚焦表現，因此，可以得到對《西遊記》聚焦現象的基本瞭解，及與過去分析決不雷同的結論。

「緒論」中曾論及西遊故事傳統中的《詩話》及《雜劇》各本的聚焦運用，都十分簡單少有變化，相對地，《西遊記》卻靈活多變。在「緒論」中也論及《西遊記》的聚焦模式應爲「全知的說書人聚焦」，其中包括「鳥瞰觀點」、「無所不知觀察」、「權威觀察」、未來時「泛時聚焦」及「現時聚焦」等多種主要聚焦方式的變化運用。本章將通過舉例來說明這幾種聚焦方式的運用特點，而任何一個方式的應用，皆是《西遊記》全知說書人聚焦模式之一個側面的討論，若將之組織起來並探討彼此間的相互關係，則應能見出《西遊記》所謂全知說書人聚焦模式的運用特色。

再者，《西遊記》的聚焦運用還包括其他各種方式的變化，十分複雜多樣，因此，需要建立一個架構來綜合分析與整理這些複雜多樣的運用狀況。全知

〔註1〕 參陳洪，《中國小説理論史》（合肥：安徽文藝出版社，1992 年），第四章「大哉聖嘆」，頁 189～194。

觀點的敘述者有最大的自由可以選擇是否限制自己的全知能力，一般而言，敘述者不太會選擇限制自己的全知能力，只有當特別的敘事需要，爲了求變化，或者爲特殊效果的經營等，才會刻意限制自己全知的權利。因此，本文擬以是否限制全知能力之運用爲標準，即以「不限制」及「限制」爲分析架構來探討《西遊記》複雜的聚焦運用。

至於前人研究中涉及《西遊記》敘事聚焦者，目前尚未見到有專文討論，唯吳璧雍先生對它表示了一點意見：「由於西遊記沿用說書人的方式，觀點的運用幾乎一致的採用無所不知的第三人稱，又常現身說法，以致無法於粗率的觀點運用中找出特殊效果，故本文不擬討論觀點問題。」〔註2〕這其實是個誤解，可能因未予深究，所以覺得粗率。

以第四十二回「大聖慇懃拜南海，觀音慈善縛紅孩」爲例，讀者如果仔細閱讀，將會發現敘述者不知不覺地轉用了人物的限制聚焦，讓讀者與孫悟空站在同樣的認知位置，搞不清楚觀音菩薩爲何使氣摔瓶，爲何叫木叉去借三十六把天罡刀，又爲何不動聲色地讓紅孩兒罵不還口、打不還手，而與孫悟空一同從頭到尾地誤解菩薩的行爲，最後眞相大白時，才眞正顯現出觀音菩薩的神通、慈悲與智慧來，件件皆在孫悟空之上。〔註3〕這樣的聚焦運用，既營造了懸念，同時形塑了觀音與孫悟空兩個人物形象的對照，實不得謂之粗率，而應謂之「精彩」。

敘事聚焦（narrative focalization），即一般習稱的「敘事觀點」（point of view）或「敘事視角」等，敘述者用誰的角度來講故事，關於這個角度的選擇就是「聚焦」、或稱「觀點」、「視角」（angle of vision）、「透視」（perspective）等，名稱雖多，其事則一。這些術語的使用，目前爲止尚未定於一尊。然而敘事學術語的大量衍生，並非源於不必要的鑄造新詞，而是理論家的目的以及由此而來的分析框架的不同所致，故它們不可調和。〔註4〕因此，在使用西方敘事學術語時，必須謹愼選擇並清楚界定。

本文所以選擇「敘事聚焦」一詞，主要根據熱奈特、里蒙‧凱南及巴爾

〔註2〕　參《西遊記研究》（臺北：臺灣師範大學國文研究所碩士論文，葉慶炳先生指導，1980年6月），頁8。

〔註3〕　詳參本章第四節「局限聚焦的應用」的「選擇性的全知聚焦」之二「局部隱瞞型」的討論。

〔註4〕　參華萊士‧馬丁（Wallace Martin）著，伍曉明譯，《當代敘事學》（北京：北京大學出版社，1990年），「前言」，頁4。

等幾位敘事學的論著，這個術語的使用，首先來自法國敘事學家熱奈特（G.Genette），他的《敘事話語》一書，〔註5〕後經以色列敘事學家里蒙——凱南（S.Rimmon-Kenan）以及荷蘭敘事學家巴爾（M.Bal）等人沿用成習。他們雖然都認識到這個術語的限制，但仍然各有理由的使用它。巴爾用它是因為它源自電影與攝影，像是個有技術性的術語，可以幫助我們把注意力集中於操縱方式的技巧性方面；〔註6〕凱南則認為一般的術語視覺含義太高，有礙於聚焦意含的全面展示，故使用了「聚焦」一詞，這個術語雖然好些，但仍含有光學及攝影的意含，也不是最好的術語。〔註7〕因此，「敘事聚焦」一詞仍無法取代其他的術語而定於一尊。

現代學者普遍關注「聚焦」使用的問題，楊義先生曾提到：視角在文本中是不明言的，卻又無所不在，假如你帶著視角意識去讀作品，就會感到無處沒有視角。〔註8〕誠然，如果讀者帶著視角意識閱讀文本，往往會察覺到一些前此看不到東西。白先勇也說：你選的觀點，即已決定寫這部小說成敗的一半，他舉《紅樓夢》為例說：

> 如何表現賈家的榮華富貴，那種氣勢凌人？從作者的觀點無從表現，寫得怎樣細緻細膩，也無法表現那種氣勢那種氣派，從賈家任何的親戚也無法表現出來，但是從一個鄉下老太婆的觀點來看就可以了。這就是觀點的運用。自從劉姥姥進了大觀園，使用她的觀點來看大觀園，這個效果加了多少倍呀，我想觀點的運用是小說裏面最重要的特質之一。〔註9〕

在這個例子中，敘述者若採用自身的觀點來敘述故事，是比較不具說服力的，因為自說自話的緣故。若轉用一個「拔一根寒毛比咱們的腰還粗」的鄉下老太婆的眼光來看，自然效果要好得太多，較易突顯出主題來。

〔註5〕 G. Genette, Narrative Discourse, trans. J. E. Lewin, Ithaca：Cornell Univ. Press, 1980, p189.

〔註6〕 譚君強譯本 1995, 115～116。M. Bal, Narratology： Introduction to the Theory of Narrative, trans. C. V. Boheemen, Toronto：Univ. of Toronto Press, 1985, pp. 101 ～102。

〔註7〕 姚錦清等譯本 1989, 128～129。S. Rimmon-Kenan, Narrative Fiction： Contemporary Poetics, London：Methuen Press, p 71。

〔註8〕 參楊義，《中國敘事學‧視角篇》（北京：人民出版社，1997年），頁192。

〔註9〕 見白先勇，《驀然回首‧與白先勇論小說藝術》（臺北：爾雅出版公司，1978年），頁128。

第二節 聚焦運用及理論

一般而言，敘事聚焦分爲三種：第一種爲無一定焦點的觀察，熱奈特稱爲「零聚焦」（zero focalization）或「無聚焦」（nonfocalized）敘事，即一般習稱的全知觀點。這種視角模式，顧名思義，它是全知全能的、什麼都知道就像神或上帝一樣，其視野不受任何限制，是最自由的一種敘事角度，傳統中國小說的聚焦運用，大多屬於這種類型。

第二種是以某個人物的意識爲焦點的觀察，則意識焦點永遠集中於一人，或者交替於一、二人之間，熱奈特稱之爲「內聚焦」（internal focalization）敘事，即一般習稱之人物觀點。既是人物的視角，就不可能像上帝或神那樣無所不知，其視野自然必須受到人物本身種種條件的制約。例如人物的限制性視角，不能同時看到發生在不同地方的兩件事情，也不能了解其他人物內心眞正的想法或感受，但全知視角都可以，這是兩種視角最大的差別。

第三種是接近客觀記錄，即不帶任何主觀意識的觀察，熱奈特稱爲「外聚焦」（external focalization）敘事，即一般習稱之攝影機觀點。攝影機不會有任何思想和感情，所以這種視角排除了一切人物思想和感情信息的傳達，僅述及人物外在的言行、外貌與環境等內容。〔註10〕

若依上述理論來看，《西遊記》當繫屬於「零聚焦」模式，即一般習稱之全知觀點。在《西遊記》中這種全知的觀察往往帶有說書人的特殊色彩，因此，本文以「全知的說書人聚焦」來描述之。至於這個模式所側重的內容及趨向，則有待更細致周延的聚焦理論來進一步掘發。因此，以下的討論將以里蒙·凱南的聚焦理論爲依據來進行討論。

里蒙·凱南在熱奈特理論基礎上，以聚焦相對於故事的位置爲標準，分爲外部的聚焦與內部的聚焦，外部的聚焦給人的感覺是近似於敘述作用，因此其媒介被稱爲「敘述者——聚焦者」（narrator-focalizer）；內部聚焦的位置，顧名思義，是在所描述的事件內部，這種聚焦一般採用「人物——聚焦者」

〔註10〕Genette 1980, 189。王文融譯本 1990, 129～130。熱奈特將傳統的敘事類型予以改稱，第一類敘述者說出來的比任何一個人物知道的都多，可用「敘述者〉人物」這一公式來表示，熱奈特改稱爲「零聚焦」或「無聚焦」（nonfocalized）；將第二類敘述者僅說出某個人物知道的情況，可用「敘述者＝人物」這一公式來表示的人物聚焦敘事，熱奈特改稱爲「內聚焦」（internal focalization）；而將第三類敘述者所說的比人物知道的少，可用「敘述者〈人物」這一公式來表示，熱奈特改稱爲「外聚焦」（external focalization）。

（character-focalizer）的形式。〔註11〕而且聚焦現象，不僅是「看」，還包括感官認識、情感及意識等活動，所以，里蒙‧凱南從三個側面來分析聚焦：即「感知側面」，討論聚焦所在的時間位置及空間位置；「心理側面」，討論聚焦的認知範圍及情感態度的中立與否；及「意識型態側面」，討論聚焦的意識型態是否可靠等。再者，里蒙‧凱南也從主、客體的角度來看敘事作品中的聚焦現象，可分爲「聚焦者」（focalizer）與「被聚焦者」（the focalized）兩方面，「聚焦者」，即是觀察者，「被聚焦者」即是被觀察的對象等。〔註12〕

　　本文根據《西遊記》實際操作的視角模式性質，區分爲三類，分爲三節來分別討論。首先，根據「敘述者——聚焦者」不設限或設限自身全知能力運用，分爲「全知聚焦者之運用」，指全知聚焦者不設限自己全知能力的各種觀察角度；與「限制全知聚焦者之運用」，指全知聚焦者限制自己的全知能力，暫時採用人物的眼光來取代自己的眼光，或暫時限制自己全知能力以取得某種效果的各種觀察角度；其次，上述兩類皆針對聚焦者之分析，第三類則針對被聚焦者，分析《西遊記》中「被聚焦者的流動與固定」，主要著眼於「被聚焦者」的持續程度與主要被聚焦方式。

　　對於《西遊記》聚焦狀況，本文關注的問題是：一、誰是「聚焦者」，誰是「受聚焦者」；二、「聚焦者」本身的態度與狀況如何；三、「受聚焦者」被聚焦的方式如何；四、聚焦者瞄準什麼；五、聚焦者選擇限制視點或不限制視點來調節信息。

第三節　全知聚焦者之運用

一、泛時聚焦

　　《西遊記》的視角模式，一向以全知的觀察爲主導。全知觀察表現在時間層面，則是一種「泛時聚焦」（panchronic focalization）。所謂「泛時聚焦」

〔註11〕 Kenan 1983, 74。姚錦清等譯本 1989，133。
〔註12〕 請參閱 Kenan 1983, 71～85；姚錦清等譯本 1989，128～154。熱奈特在討論「敘事聚焦」問題時，較傾向將它局限於視覺、聽覺等感知範疇；但凱南認爲一個人的眼光，不僅涉及「感知」（the perceptual facet）範疇，還涉及了「心理側面」（the psychological facet），它包括「認知」與「情感」成分），與「意識形態側面」（the ideological facet）等三個側面，更全面地來認識「聚焦者」的狀況。

是指現在、過去與未來三種時間範疇，觀察者皆可任意支配。〔註13〕

　　《西遊記》第一回便淋漓盡緻地展現這種視角的信息，這位聚焦者似乎站在一個較高的位置，對故事發展的過去、現在與未來瞭若指掌，展現一種綜觀全局的氣勢。首先，開篇的第一段便聚焦於漫長過去時，聚焦者對過去的時間做了一個總的回顧：

> 蓋聞天地之數，有十二萬九千六百歲爲一元。將一元分爲十二會，乃
> 子、丑、寅、卯、辰、巳、午、未、申、酉、戌、亥之十二支也。……
> 再去五千四百歲，交亥會之初……又五千四百歲，亥會將終，貞下起
> 元，近子之會……再五千四百歲，正當丑會……又經五千四百歲，
> 丑會終而寅會之初，發生萬物。……再五千四百歲，正當寅會，生人，
> 生獸，生禽。正謂天地人，三才定位。故曰人生于寅。（頁1～2）

然後，再從這廣大無涯過去時間，過渡到主人公石猴誕生的「現在時間」：

> 內育仙胎，一日迸裂，產一石卵，似圓毬樣大。因見風，化作一箇
> 石猴。五官俱備，四肢皆全，便就學爬學走，拜了四方，目運兩道
> 金光，射沖斗府。（頁3）

接著，便從「現在時間」跳到「未來時間」的視野，小說敘述石猴經歷了生命中的一次冒險，爲群猴尋找那股澗水的源頭時預告：

> 眾猴拍手稱揚道：「好水，好水！原來此處遠通山腳之下，直接大海
> 之波。」又道：「那一箇有本事的，鑽進去尋箇源頭出來，不傷身體
> 者，我等即拜他爲王。」連呼了三聲，忽見叢雜中，跳出一箇石猴，
> 應聲高叫道：「我進去！我進去！」好猴！也是他：今日方名顯，時
> 來大運通。有緣居此地，天遣入仙宮。（頁4～5）

最後四句是對未來時的聚焦，等於預先讓讀者知道未來將要發生的事件。

　　《西遊記》中未來時的預告包括遠近各種距離的預示，如上例則包含了一「近距離預告」，這次行動的成功，及一「遠距離預告」，石猴長大得道後入仙籍事件。只有處在居高臨下的位置，才能對現在時、過去時、未來時的事件有如此綜觀全局的交代，因而展現出一個氣象宏大的視野。因此整個來說，《西遊記》的時間聚焦是既能回顧過去，又能預示未來的。

　　但是，這種全方位的時間聚焦方式，並不經常出現，它往往只出現於小說的一開頭，如同其他大多數的傳統章回小說一般。大多數的時候，《西遊記》

〔註13〕參閱 Kenan 1983, 78～79。姚錦清等譯本 1989，141～142。

都以現在時的姿態出現，再搭配未來時的敘述，不定時地出現於小說的字裏行間，例如第十三回敘述唐僧首途在「雙叉嶺」遇妖精，兩個隨從皆爲妖精所食，唐僧幸得太白金星救護解危，臨去時，即顯超自然神力預告〔註14〕道：

> 前行自有神徒助，莫爲艱難報怨經。（頁 268）

第十四回他果然收了孫悟空爲徒了。因此，大量的現在時敘述搭配短暫未來時預告，應爲《西遊記》敘述的主調，相對地，過去時的聚焦少得很多，且大多數時候以人物口頭倒敘的方式出現，也不能算真正地回到過去。例如第八回中觀音來到福陵山，隨行的木叉與豬八戒作戰，豬八戒後來知是觀音，遂放下武器自道身世來歷，請求觀音救拔云：

> 那怪道：「我不是野豕，亦不是老彘，我本是天河裏天蓬元帥。只因帶酒戲弄嫦娥，玉帝把我打了二千鎚，貶下凡塵。一靈真性，徑來奪舍投胎，不期錯了道路，投在箇母豬胎裏，變得這般模樣。是我咬殺母豬，打死群彘，在此處占了出場，吃人度日。不期撞著菩薩，萬望拔救、拔救」。（頁 154）

包括他的前生、投生及過往到現在的一大段時光回溯，都出自人物之口，爲《西遊記》倒敘的主要形式，這種口頭倒敘的形式緊緊與現在的時光相連。

整個來說，《西遊記》中這三種時間範疇的統籌運用，仍以「現在時眼光」爲主調，這種眼光有利於突顯現時人生的主題，幫助或引導讀者凝視現在當下每一個時刻，原來是怎麼一回事。以第五十回「情亂性從因愛慾，神昏心動遇魔頭」爲例，孫悟空怎樣預知此地斷有凶險，諄諄告誡不可走出劃在地上的圈子，然後才離開。唐僧如何信誓旦旦答應了孫悟空，後來又如何經不起豬八戒的三言兩語，一起出了圈子，之後又如何一步步踏入險境，這種現時敘述有助於引導讀者凝視人物當下的行動並設身處地觀省對照自身之生命處境，原來到底是怎麼一回事。

大量的現時敘述再搭配頻繁介入的「未來時敘述」，作成《西遊記》獨特的敘述方式。《西遊記》中未來時敘述，成功地轉移讀者對「後事如何」的關

〔註14〕 這種「超自然的助力」結合「未來時預告」形式出現，若以神話角度來看，似指主人公害怕跨入未知的領域，以致這股保護力量必須以承諾未來命運的形式，來鼓舞這充滿恐懼的靈魂，讓他能繼續勇敢的走下去，而這股保護力量，其實來自內心的至聖之所，只要了解與信任它，它隨時會出現。參閱坎伯（J. Campbell）撰，朱侃如譯，《千面英雄》（新店：立緒文化事業有限公司，1997 年），「超自然的助力」、「跨越第一道門檻」，頁 71～74，81。

注,引導讀者以較爲冷靜清醒的態度,來觀省事件的來龍去脈及「何以致此」之由。

偶爾點綴的「過去時敘述」,一方面呼應前情,也讓讀者重溫人物的往日時光。但是,對人物某段過往事蹟一再地提起,如幾個主要人物的出身經歷,可能出於對傳統說書慣例的模仿。同樣的東西每次以不同的方式來表達,其實也相當不容易,然一再重複,亦不免累贅。

二、鳥瞰觀點與同時聚焦

《西遊記》中的全知聚焦,表現在空間層面,主要有兩種形式:一是「鳥瞰觀點」(bird's-eye view),尤其表現在對景物與戰場的描寫上;一是「同時聚焦」(simultaneous focalization),指對發生在不同地點的兩個事件的同時觀察,這兩種視角在全知眼光中才有可能產生。〔註15〕

「鳥瞰觀點」是一種居高臨下的視角,展示一種全景的視野,不受任何角度的限制,《西遊記》中對「景物」的描寫通常屬於這一類型。例如第十九回敘述唐僧一行在雲棧洞收了豬八戒後,來到了「浮屠山」,山上住了一位烏巢禪師,聚焦者怎樣來觀察這座山:

> 山南有青松碧檜,山北有綠柳紅桃。鬧聒聒,山禽對語;舞翩翩,仙鶴齊飛。香馥馥,諸花千樣色;青冉冉,雜草萬般奇。澗下有滔滔綠水,崖前有朵朵祥雲。眞箇是景致非常幽雅處,寂然不見往來人。(頁382)

此例雖短,特色卻非常顯著。視點從「山南」到「山北」,「澗下」到「崖前」,從「聽覺」到「視覺」再到「嗅覺」,遠近高低,聲色俱備。這種臨空流動,上下轉折的不定點觀察,並非任何囿於其間的局限性視野所能勝任的,這種空間觀應與中國詩畫中所表現的空間意識有關。中國畫家畫山水,並非如常人般站立在平地上一固定的地點仰首看山,而是「流動著飄瞥上下四方」,一目千里,把握全境,然後將全部景物組織成一幅氣韻生動,有節奏而和諧的藝術畫面。〔註16〕

〔註15〕 「同時聚焦」與下面「鳥瞰聚焦」都出自 Kenan 1983, 77～78。姚錦清等譯本1989,139～141.

〔註16〕 參宗白華,〈中國詩畫中所表現的空間意識〉,《美從何處尋》(板橋:蒲公英出版社,1986年),頁85～110。此一溯源觀點及資料由王師國瓔提供補充。

多數的「戰鬥場景」的描寫也是呈現全景式的觀察，例如第七十九回寫唐僧一行來到「比丘國」，那國主是個昏君，聽信妖精國丈的讒言，要取一百一十一個小兒的心肝做他的藥引子。孫悟空揭穿那妖精，與他在半空中廝殺：

> 鐵棒當頭著實凶，拐棍迎來堪喝采。殺得那滿天霧氣暗城池，城裏人家都失色。文武多官魂魄飛，嬪妃秀女容顏改。諕得那比丘昏主亂身藏，戰戰兢兢沒佈擺。棒起猶如虎出山，拐輪卻似龍離海。今翻大鬧比丘國，致令邪正明白。（頁 1404）

「全知聚焦者」運用了「一類人一節」〔註 17〕的聚焦方式，描寫戰場周圍各類人物的反應，包括「交戰雙方」、「城裏百姓」、「文武多官」、「嬪妃秀女」，然後再特寫「比丘昏主」，將他們一一攝入「全知聚焦者」的鏡頭下。這裏觀察者並不局限於某個人物的視角，而是全場地看，最後再回到「交戰雙方」身上，類似一種「環形結構」的聚焦方式。此時讀者的眼睛可以伴隨著全知聚焦者到處看，也可以自行尋找觀看的角度，不必被全知觀察者的視野所限制。

「鳥瞰觀點」針對某個較為廣闊的空間場景聚焦，若「同時聚焦」，則可以同時觀看到不同地點所發生的事件，充分發揮「全知聚焦者」所享有的敍事自由。例如，第廿五回敍述孫悟空在「五庄觀」偷竊人參果，被鎮元子所擒，拷打了一天，晚上孫悟空使神通躲離了五庄觀，第二天，鎮元子不知唐僧等是柳樹變的，依然來拷打：

> 且説那大仙天明起來，吃了早齋，出在殿上，教：「拿鞭來，今日卻該打唐三藏了。」那小仙輪著鞭，望唐僧道：「打你哩。」那柳樹也應道：「打麼。」乒乓打了三十。輪過鞭來，對八戒道：「打你哩。」那柳樹也應道：「打麼。」及打沙僧，也應道：「打麼。」及打到行者，那行者在路偶然打箇寒禁道：「不好了！」三藏問道：「怎麼説？」行者道：「我將四顆柳樹，變作我師徒四眾，我只説他昨日打了我兩頓，今日想不打了；卻又打我的化身，所以我眞身打禁。收了法罷。」那行者慌忙念咒收法。（頁 488）

讀者一方面看見鎮元子處小仙輪著鞭正打行者，一方面卻可瞥見路上的行者打了個寒噤，同時發生在不同地點的兩件事情，可以同時被讀者看到，正是

〔註 17〕「一類人一節」出自陳潔儀，《閱讀肥土鎮——論西西的小説敍事·多重聚焦下的肥土鎮》（香港：牛津大學出版社，1998 年），頁 57～58。

「同時聚焦」手法的典型運用。

這個手法在《西遊記》中常見，再舉一例，第卅三回寫取經人們來到「平頂山」，路上遇到妖精「銀角大王」，這個妖王頗有法力，可以看到唐僧頭上罩著祥雲，但他身邊的小妖卻看不見：

> 二魔（銀角大王）用手指道：「那不是？」那三藏就在馬上打了一箇寒噤；又一指，又打箇寒噤。一連指了三指，他就一連打了三箇寒噤。心神不寧道：「徒弟阿，我怎麼打寒噤麼？」（頁612）

讀者一面看見妖精拿手一指，就一面也看見唐僧在山下打個寒噤，這也是「同時聚焦」手法的運用，可以讓讀者身歷其境地感受到唐僧對不祥事物的敏感度，同時，預告唐僧將有大難臨頭。

三、主觀聚焦與客觀聚焦

里蒙・凱南將全知聚焦歸屬於「客觀聚焦」（objective focalization），因為「全知聚焦者」在故事之外的緣故；相對地，他將「主觀聚焦」（subjective focalization）歸屬於「人物聚焦」，因為人物在故事之內，很多狀況都會影響人物聚焦態度的客觀性。〔註18〕所以如此區分，一方面與二元論有關，另方面也與現代小說講究避免作者干擾的客觀情緒有關。換言之，「全知聚焦者」的情感態度，一般的典型表現為「客觀聚焦」，因為說的是一個與己無關的事情，故態度上較能容易保持中立；但有時全知聚焦者也會洩露主觀情緒，而顯出不那麼超然中立的聚焦態度。

《西遊記》聚焦類型為全知的說書人聚焦，大多數的情況，這位聚焦者都能保持一種較為超然的敘述態度，即使進行所謂的「作者干預」，其實也不影響這種聚焦模式的超然性，除非聚焦者太過流露主觀判斷，才會引起讀者或聽眾對他的超然態度的懷疑。大多數的時候，《西遊記》這位超然的敘述者都不致於過度干預讀者的判斷，但有時也會出現例外狀況，例如第八十二回敘述取經人來到「黑松大林」，救了一個少女，這個少女原來是個妖精，是靈山腳下得道的老鼠，為了求唐僧的「元陽」（修煉過的純陽之氣），伺機將唐僧攝到她的洞穴——「陷空山」的「無底洞」，要逼唐僧成親：

〔註18〕 參閱 Kenan 1983, 80〜81。姚錦清等譯本 1989, 144〜146。凱南將「外部聚焦」與「內部聚焦」的對立，轉換為「客觀聚焦」（中立、不介入）與「主觀聚焦」（感染的、介入的）的對立形式。

早是那妖精安排停當，走近東廊外，開了門鎖，叫聲：「長老」。唐僧不敢答應。又叫一聲，又不敢答應。他不敢答應者何意？想著「口開神氣散，舌動是非生」。卻又一條心兒想著：若死住法兒不開口，怕他心狠，頃刻間就害了性命。正是那進退兩難心問口，三思忍耐口問心。正自狐疑，那怪又叫一聲：「長老」。唐僧沒奈何，應他一聲道：「娘子，有。」那長老應出這一句言來，真是肉落千劤。人都說唐僧是箇真心的和尚，往西天拜佛求經，怎麼與這女妖精答話？不知此時正是危急存亡之秋，萬分出於無奈，雖是外有所答，其實內無所慾，妖精見長老應了一聲，他推開門，把唐僧攙起來，和他攜手挨肩，交頭接耳。你看他做出那千般嬌態，萬種風情。豈知三藏一腔子煩惱。（頁 1456）

敘述者顯然刻意在引導讀者了解唐僧的內在實況，即「外有所答」而「內無所慾」之表象與真象的落差。《西遊記》的敘述者通常不太透視唐僧的內心活動，這樣大段的內心活動描寫，實屬僅見。敘述者對女妖精幾乎僅有「外察」而沒有「內省」，而對唐僧的內心活動卻有很多的透視，這些透視皆在表明唐僧的內在意圖，乃危急關頭的權變，並非有意於妖精。如「他不敢答應者何意？想著「口開神氣散，舌動是非生」。卻又一條心兒想著：若死住法兒不開口，怕他心狠，頃刻間就害了性命。正是那進退兩難心問口，三思忍耐口問心。」等。

這些介入說明，即使不提，讀者藉由人物前後言行的對照，仍可對唐僧的行為有所省察，敘述者這樣地明白強調，似乎想確保讀者能明白無誤地了解自身所傳達的信息，這樣做等於過度干預了讀者的評斷。

大多數時候，《西遊記》敘述者都能保持一種較為超然的聚焦態度，尤其是對某些敏感話題的處理，這種態度即更明確地表現出來。例如討論到儒佛之辯、在家出家、江山美人這種敏感問題時，「全知聚焦者」都儘量保持中立不介入的態度，而且總是點到為止，不致過分渲染而喧賓奪主。

例如，第十一回「度孤魂蕭瑀正空門」敘述唐太宗出榜招僧，欲修建「水陸大會」，引來傅奕與蕭瑀的一場論辯：

時有宰相蕭瑀，出班俯顱奏曰：「佛法興自屢朝，弘善遏惡，冥助國家，理無廢棄。佛，聖人也。非聖者無法，請置嚴刑。」傅奕與蕭瑀論辯言：「禮本于事親事君，而佛背親出家，以匹夫抗天子，以繼

> 體悖所親，蕭瑀不生于空桑，乃遵無父之教，正所謂非孝者無親。」
> 蕭瑀但合掌曰：「地獄之設，正爲是人。」（頁231～232）

在某個層次上，佛教的修行與儒家的社會主張是互相抵觸的。然敘述者就此打住，這個問題也不是三言兩語可以獲得到解決的。最後由其他幾位臣子道：「三教至尊而不可毀，不可廢」，太宗決定出律法：「但有毀僧謗佛者，斷其臂」。由結果來看，聚焦者的態度趨向認同佛教，但似乎也不是完全不認同儒教，由傅奕的義正辭嚴，甘冒觸犯龍顏之險，與蕭瑀「地獄」之言，語近恐赫之論，相形之下，恐怕也未必全然偏袒佛教。此時讀者必然充滿疑惑，不知道該認同誰，這是聚焦者刻意保持中立的敘事手法所造成的。因爲他的態度是曖昧不明的，所以讀者必須自己去尋求答案，再作出自己的認同。

關於「在家出家」之辯，第廿三回敘述觀世音菩薩爲了考驗取經人的誠心，於是邀了黎山老母、文殊與普賢菩薩，化身成一母三女考驗他們。其中一幕是由菩薩化身姓賈的寡婦與唐僧辯論出家在家孰好的問題，賈寡婦道：

> 春裁方勝著新羅，夏換輕紗賞綠荷。秋有新蒭香糯酒，冬來煖閣醉顏酡。四時受用般般有，八節珍羞件件多。襯錦鋪綾花燭夜，強如行腳禮彌陀。（頁446）

唐僧也道出一段出家人的好處：

> 出家立志本非常，推倒從前恩愛堂。外物不生閒口舌，身中自有好陰陽。功完行滿朝金闕，見性明心返故鄉。勝似在家貪血食，老來墮落臭皮囊。（頁447）

唐僧與寡婦各說一套，唐僧一味強調出家人的精神生活好，寡婦則強調在家人的物質受用好。這種議論根本沒有什麼說服力，因爲將精神與物質截然二分的論調根本不符合生活的實況，形同戲論。聚焦者照例點到爲止，讀者依然帶著困惑，不會想馬上認同誰，敘述者顯然也不準備給任何標準答案，只提出問題而不下結論，讓出家在家的說法並存，孰善孰不善，端賴讀者自行作判斷。

至於「江山與美人」孰重，也是自古爭議的話題。從佛教觀點看，這兩者皆非其究竟追求的目標。第六十九回敘述朱紫國王原本與皇后非常恩愛，然於三年前的端陽節時，來了一個妖精賽太歲要奪皇后，國王爲社稷百姓安危著想，捨了愛妻卻從此一病不起。三年後，唐僧一行來到「朱紫國」，答應國王降妖救后時：

> 國王跪下道:「若救得朕后,朕願領三宮九嬪出城爲民,將一國江山,
> 盡付神僧,讓你爲帝。」八戒在傍,見出此言,行此禮,忍不住呵
> 呵大笑道:「這皇帝失了體統!怎麼爲老婆就不要江山,跪著和尚。」
> （頁 1242）

此時敘述者不發一語,讀者至此,是該爲國王的至情感動?還是不屑呢?聚焦者可能是借豬八戒之口來自陳己見,但這個人物並不具說服力,因爲他屢爲美色犯戒,而且修行也不高,[註 19] 這麼正經八百的話從他的嘴裏說出,必定減低它的說服力,所以讀者難以藉此窺知聚焦者態度認同,可能連聚焦者本身也不見得有什麼確定的見解,這些效果也正是「客觀聚焦」所謂中立超然的表現使然。

四、無所不知觀察

「全知聚焦者」模式,表現在知識或認知層面,是無所不知的（the external focalizer knows everything）觀察,就像上帝一樣。[註 20] 而與人物觀點的有限之知,形成對比。在《西遊記》中,它主要表現爲兩種型式:一是「先知型」,一是「拼圖型」的全知聚焦者。

（一）先知型全知聚焦者

《西遊記》的全知模式有兩種類型,一類是聚焦者事先將人物所不知道的事情,當作背景知識介紹給讀者,例如第廿四回「萬壽山大仙留故友」,敘述取經人來到「萬壽山」的「五庄觀」,這觀裏有一位神仙,道號「鎮元子」,這觀裏出產一樣寶貝,敘述者事先將它的背景知識洩露給讀者知道:

> 那觀裏出一般異寶,乃是混沌初分,鴻濛始判,天地未開之際,產
> 成這件靈根。蓋天下四大部洲,惟西牛賀洲五庄觀出此,喚名「草
> 還丹」,又名「人參果」。三千年一開花,三千年一結果,再三千年
> 纔得熟,短頭一萬年方得吃。似這萬年,只結得三十箇果子。果子
> 的模樣,就如三朝未滿的小孩相似,手段俱全,五官咸備。人若有
> 緣,得那果子聞了一聞,就活了三百六十歲;吃一箇就活了四萬七
> 千年。（頁 463）

[註 19] 作者曾說他「無禪更有凡」（第廿三回,頁 454）;而他曾自道「若是老豬有這一座山場,也不做甚麼和尚了」（第三十回,頁 569）。
[註 20] 參閱 Kenan 1983, 79〜80。姚錦清等譯本 1989,142〜144。

像這些知識，小說中的人物是不會知道的。透過敘述者對「人參果」知識的介紹，讀者因此知道的要遠比小說中的人物多得多。敘述者可以利用這種「知識的差距」來製造他所要取得的效果。

例如廿四回中述及五百年前鎮元子與唐僧是故友，所以吩咐兩個徒弟清風與明月，唐僧來時打兩個人參果招待他吃：

> 那長老見了，戰戰兢兢，遠離三尺道：「善哉！善哉！今歲倒也年豐時稔，怎麼這觀裏作荒吃人？這箇是三朝未滿的孩童，如何與我解渴？」清風暗道：「這和尚在那口舌場中，是非海裏，弄得眼肉胎凡，不識我仙家異寶。」明月上前道：「老師，此物叫做人參果，吃一箇兒不妨。」三藏道：「胡說，胡說。他那父母懷胎，不知受了多少苦楚方生下。未及三日，怎麼就把他拿來當果子？」清風道：「實是樹上結的。」長老道：「亂談！亂談！樹上又會結出人來？拿過去，不當人子！」（頁467）

唐僧全不知情，所以當清風、明月遵照師父的交代，打了兩個人參果請唐僧吃時，唐僧認作三朝未滿的童子，千推萬阻不肯吃，落得賞了兩位仙童吃了。由於這些背景訊息，聚焦者與讀者都知道，與人物形成知識上的落差，讀者據此可以判斷是非，可以領悟到人物所不能領會到的。宿根如唐三藏者，尚難以指示而承受，何況一般的凡夫俗子，要識得仙家異寶，而不流於迷信，恐怕不是件容易的事情，小說因此獲得某種意蘊的表現。

另一方面，讀者可能會覺得唐僧有點不近人情與不夠睿智，那是因為讀者已經事先知道這一切，站在猶如「先知」的位置上來看唐僧，所以無法認同唐僧，這是無所不知聚焦者運用事先告知的技巧所獲得的效果，所以本文擬稱為「先知型全知聚焦者」。唐僧的人物造型本來就是個有點差勁的修行示範者，敘述者採用這種超凡凝視的「全知角度」來看他，就不會把他高估了，讀者獲得全知聚焦者事先提供的信息，更能與聚焦者站在同一陣線來評估唐僧的所作所為。

（二）拼圖型全知聚焦者

上述這個例子，是無所不知的「聚焦者」，他讓讀者事先知道一切，以便製造某種效果，或獲得某種意蘊，讀者所知道的顯然比其中任何一個人物都多。但《西遊記》中還有另一種狀況，是「全知聚焦者」並不會事先告知，讀者所知道的信息並不見得比人物要多，但讀者跟著「全知聚焦者」到處看

下來，就能漸漸地知道整個故事的來龍去脈。這種方式有點像「拼圖遊戲」，但是這個拼圖遊戲是有導遊的，這個導遊就是「全知聚焦者」，所以本文擬稱之爲「拼圖型全知聚焦者」。

例如，第八十四回敘述唐僧一行來到「滅法國」，那國王發誓要殺一萬個和尚，孫悟空就設法入城偷取衣帽，準備打扮成客商過境。晚上宿於一家客店，因怕行跡敗露，四人睡在一個密不透光的大鐵櫃中。半夜裏卻被一群盜賊抬去，總兵來追趕盜賊，盜匪留下鐵櫃逃走，總兵將鐵櫃封了，準備天明時請旨定奪。孫悟空卻於三更時，弄個法兒，出櫃後來到皇宮門外：

> 那國王正在睡濃之際，他使箇「大分身普會神法」，將左臂上毫毛都拔下來，吹口仙氣，叫：「變！」都變做小行者。右臂上毛，也都拔下來，吹口仙氣，叫：「變！」都變做瞌睡蟲；念一聲「唵」字眞言，教當坊土地，領眾佈散皇宮內院，五府六部，各衙門大小官員宅內，但有品職者，都與他一箇瞌睡蟲，人人穩睡，不許翻身。又將金箍棒取在手中，掟一掟，幌一幌，叫聲：「寶貝，變！」即變做千百口剃頭刀兒；他拿一把，分付小行者各拿一把，都去皇宮內院、五府六部、各衙門裏剃頭。……這半夜，剃削成功。（頁 1493～1494）

這場戲，讀者跟著敘述者一趟走下來，從「櫃內」的世界，讀者跟著看到唐僧如何埋怨孫悟空，之後來到「櫃外」的世界，看到了孫悟空如何在皇宮內外施法變能，如何將皇宮內外一干人等全剃了頭，然後又神出鬼沒地回到「櫃內」，其他的取經人通不知道，孫悟空已經悄悄地將一切都打點妥當，但讀者將這一切都看在眼裏，已對事情的整個來龍去脈瞭若指掌。

等到天明時，讀者的眼睛仍始終不離聚焦者左右，看到了當剃頭事件事發時各類人的反應，皇宮內外的人都爲沒了頭髮而驚惶不已。聚焦者還特寫了一段國王發現沒了頭髮時的反應：

> （皇后）忙移燈到龍床下看處，錦被窩中，睡著一箇和尚，皇后忍不住言語出來，驚醒國王。那國王急睜眼，見皇后的頭光，他連忙爬起來道：「梓童，你如何這等？」皇后道：「主公亦如此也。」那皇帝摸摸頭，諕得三屍神咋，七魄飛空，道：「朕當怎的來耶？」正慌忙處，只見那六院嬪妃，宮娥彩女，大小太監，都光著頭，跪下道：「主公，我們做了和尚耶！」國王見了，眼中流淚道：「想是寡人殺害和尚」。（頁 1494～1495）

這段特寫才是重點，其他人的反應則是陪襯。「全知聚焦者」可以知道任何地方所發生的事情，包括隱密的「櫃內」，與戒備森嚴的皇宮內寢，都無法阻擋「全知聚焦者」的眼睛。讀者伴隨著「全知聚焦者」看見了這一切，知道所有地方發生的事情，也知道任何人物知道或不知道的事情，連孫悟空不在場的事情讀者也統統知道，這是聚焦者累積限知以為全知的「拼圖型」聚焦手法的運用。

讀者可能會覺得這種情節很匪夷所思。如果用事先告知的方式，可能就無法獲得事發當下那種驚奇的效果，所以敘述者故意不先說，讓「全知聚焦者」帶著讀者一步一步地看來，看取經人為避免殺身之禍，如何苦心積慮要躲避，最後如何宿命地被迫必須面對這場殺身之難，由此引出這場「剃頭風波」，則完全出乎讀者意料之外。一夕之間，整個情勢完全改觀，國王由「殺僧」一變為「拜僧為師」，行者等自然被奉為上賓，這種驚奇的效果除了作者高超想像力外，在很大程度上取決於「拼圖式」聚焦手法的選擇與運用。

再者，這種拼圖型全知聚焦手法，若與外視角、或人物有限視角等「限制性視角」搭配運用，有時也可以獲得不錯的藝術效果。例如八十七回「鳳仙郡冒天止雨」，敘述唐僧師徒來到「鳳仙郡」，故事開頭就是「拼圖式」聚焦手法，讀者跟著「全知聚焦者」到處看，有時插入「人物有限視角」，從取經人的眼睛看到「民事荒涼，街衢冷落」，又見「有幾箇冠帶者，立于房簷之下」，讀者會感到好奇，為何造成如此荒落景象？唐僧師徒即去請教那些官人緣由。接著就插入一段「外視角聚焦」，言談之間得知是連年乾旱所致，所以郡侯出榜招求法師祈雨。那官人引唐僧師徒去見郡候，此時插入聚焦者之介入說明，說郡候「十分清正賢良，愛民心重」，這樣一來，懸念更深，郡候既然賢能，為何會連續三年沒雨？孫悟空答應祈雨，跑了趟天宮才知，原來那郡候在三年前，推倒齋天素供喂狗，正巧逢著玉帝出巡瞧見，為了懲罰他，就在披香殿立了三事，一座米山，約十丈高；一座麵山，約二十丈高；一把金鎖，下有一盞明燈燒著，要等雞吃盡米山，狗舔完麵山，燈燄燒斷金鎖，三事倒斷，才準下雨。至此真相大白，懸念方告解除，接下來就是問題的解決了。

在這一段故事裏，讀者可以看到，全知聚焦者如何運用「人物有限視角」、「外視角」等限制性視角，穿插運用於「拼圖型全知聚焦」模式下，成功地隱瞞了某些訊息，造成懸念效果，直到後來才真相大白。

五、權威觀察

全知聚焦者在意識型態上的表現，往往被視爲是「權威的」（authoritative）〔註21〕觀察，讀者往往會拿來作爲評價小說中事件與人物的標準，因爲這種意識型態是來自猶如上帝的全知聚焦者，因此往往被視爲是可靠的敘述，而以之作爲評價事物的標準。相對地，若此一意識型態來自一個有限的人物，則他的觀察往往被視爲是未必可靠的敘述，讀者不會冒然地拿來作爲評價事物的準則，必須視個別情況而定。《西遊記》中經常出現許多救弱扶傾、懲惡勸善、冷嘲熱諷、插科打諢的敘述，其中就隱含了價值批判，因爲這些價值批判往往來自這位全知聚焦者，所以稱爲「權威觀察」。

「權威觀察」經常藉敘述者介入評論的方式出現於《西遊記》中，例如第一回敘述石猴成了「美猴王」之後，每日與群猴過著享樂天眞的日子。有一天，他突然意識到無常終將來臨而不快樂。此時跳出一個通背猿猴，告訴他只有「佛與仙與神聖三者，躲過輪迴」（頁8）。於是猴王決定離開花果山訪道求仙，尋一個長生不老之道。

從猴王的行動透露出一種人物出世的價值觀，即要求長生與跳脫輪迴，這種價值觀隱與佛道二教的思想體系相呼應。當猴王作了這個決定之後，全知聚焦者忍不住介入評論道：「噫！這句話，頓教跳出輪迴網，致使齊天大聖成。」然後眾猴鼓掌稱揚。清楚表明全知聚焦者的意識型態與人物是一致的，附帶預示了猴王這次行動的可能成功。由於權威眼光的「直接表述」，讀者能據此肯定追求長生與跳脫輪迴的行動是一種慧見，而非盲目稀求。那是因爲權威眼光的意識型態往往被認爲是可靠的敘述，所以讀者通常會以它爲標準，藉以評價故事中的人物和事件。

「權威眼光」的表現或揭示，除了直接表述外，也可以通過故事的傾向性暗示出來。〔註22〕這兩種方式在《西遊記》中都是常見的，即以上例來說，美猴王這次的行動是成功的，從全知者的預示及後面的故事發展都可以證明。光從事件的結果來看，就能知道全知聚焦者的意識型態贊成孫悟空的「冒險之旅」。如果我們從象徵的角度來理解這個事件的意義，可以說每個人的內心裏，或多或少都有對衰老與死亡的恐懼，以及對這種恐懼興起擺脫的渴望，但不是每個人都設法面對它或解決它。主人公的追求行動與全知聚焦者的介

〔註21〕出自 Kenan 1983, 81～82。姚錦清等譯本 1989，147～148。
〔註22〕Kenan 1983, 82。姚錦清等譯本 1989，148。

入評論表明，此時人物與權威眼光是一致的，由此產生對這個道德主題的強化效果。

但是，《西遊記》中人物的眼光並不總是與「權威眼光」一致，人物的眼光往往呈現道德偏見，適為權威眼光所要批判的對象。例如，第四十七回中敘述唐僧一行來到八百里「通天河」，因為天晚借宿於附近的村莊。先由唐僧出面去借，及招呼行者等來時：

> 那老者看見，諕得跌倒在地，口裡只說是：「妖怪來了！妖怪來了！」三藏攙起道：「施主莫怕。不是妖怪，是我徒弟。」老者戰戰兢兢道：「這般好俊師父，怎麼尋這樣醜徒弟？」三藏道：「雖然相貌不終，卻倒會降龍伏虎，捉怪擒妖。」老者似信不信的，扶著三藏慢走。（頁859）

老者的價值觀通過他們的言語動作表現出來，純粹以貌取人。唐僧的俊美與行者的醜陋，形成強烈的對比；但論辦事的手段，降妖捉怪，卻剛好相反。從情節的安排上來看，全知聚焦者顯然有意挑戰以貌取人的價值觀，並伺機嘲諷一番。其實，敘述者對以貌取人價值觀的挑戰，時常出現在《西遊記》中，由於重複出現頻率很高，算是一個常設主題。

依「全知視角」的常規程式，全知聚焦者的意識型態通常是一致的，〔註23〕否則自相矛盾怎能成為可靠的敘述呢？在《西遊記》中，大部分的意識型態往往直接而肯定，對讀者的閱讀取向往往有導向的作用。但在某些思想主題上卻不那麼的確定，例如「殺妖精」一事。從取經旅程初期，孫悟空對妖精向來手下不留情，動不動「一棒打殺」、「打得似箇肉餅一般」，降了妖精，也必定燒其洞穴，將小妖「盡情打死」；這與佛教「勸善戒殺」的思想似乎大相違背。

但若從象徵的角度來看，所有的妖精，無論大小，當然要「除惡務盡」免得春風吹又生，這樣的說法似乎是可成立的，如第五十七回中觀世音菩薩對孫悟空說過這樣的話：

> 草寇雖是不良，到底是箇人身，不該打死，比那妖禽怪獸，鬼魅精魔不同。那箇打死，是你的功績，這人身打死，還是你的不仁。（頁1030～1031）

這樣一來，是不是所有的妖精都該死？顯然也不是，如第五十三回敘述唐僧、

〔註23〕 Kenan 1983, 81。姚錦清等譯本 1989，147。相對而言，「人物有限眼光」往往出現不一致、多元的或互相抵觸的矛盾狀況。

八戒誤飲「子母河」水而懷孕。孫悟空上解陽山向如意真仙求取「落胎泉」，但冤家路窄，那如意真仙是牛魔王的兄弟，正要報紅孩兒之仇。孫悟空不想傷他，說出兩個理由：一是「看在你令兄牛魔王的情上」，一是「你不曾犯法」（頁 972），可見妖精該不該殺，與是否曾「犯法」有關。但有的妖精犯了法，也沒有死，例如由天上下凡有主人撐腰者，「金角大王」、「銀角大王」、「兕大王」、「九頭獅子」等；或法力高強，被某個仙佛賞識招為弟子者，「黑風大王」、「紅孩兒」等。孫悟空也曾為妖、也曾犯法，如來佛也只把他壓伏於五行山下。由此可見，妖精是否該殺的問題，變得因人而異，沒什麼確定的價值標準。之前視妖精為魔，必須趕盡殺絕的思想，在此顯然又不那麼確定了。

　　尤其到後來，向來只是扮演傳遞消息，與妖王一丘之貉、通統作惡的「小妖」，竟然也有「存心好的」，也知道是非黑白，這時該如何處置呢？第七十回敘述妖精「賽太歲」因強索宮女不成，遣一個小妖叫「有來有去」到朱紫國下戰書，途中他自言自語「天理難容」的話，孫悟空聽見後暗喜道：「妖精也有存心好的」（頁 1254），但下場一樣是一棒打死。顯然與小說中「勸善懲惡」的思想互相矛盾。恐怕《西遊記》未必有什麼嚴謹的思想體系，或許小說只不過表現了作者創作時的「思想探索」罷了。

　　又如，阿難與迦葉「需索人事」之事件。第九十八回敘述取經人歷經千辛萬苦來到佛居地靈山，阿難與迦葉竟然索賄，理由是「白手傳經繼世，後人當餓死」，因為沒有人事，傳了無字的白本。後來取經人發現是白本，回來告訴佛祖，但佛祖庇護同僚，理由卻如出一轍：「經不可以輕傳，亦不可以空取」，「你如今空手來取，是以傳了白本」，好像阿難迦葉的作為乃出於佛祖的指示一般。這或許也是一番道理，如果連佛祖都是個窮光蛋，那後代世上誰還願意信仰佛教。

　　但矛盾的是，當阿難接了唐僧奉承的「紫金缽盂」時，「那些管珍樓的力士，管香積的庖丁，看閣的尊者，你抹他臉，我撲他背」，一個個笑他「需索取經的人事」，似乎又呈現了不同的價值觀點。但此時「權威眼光」不再沈默，發表了他對這個事件的看法：

　　須知玄奘登山苦，可笑阿難卻愛錢。（頁 1718）

全知聚焦者顯然有意嘲諷阿難，嘲諷阿難等於嘲諷佛祖。敘述者竟讓佛教界裏最莊嚴神聖的人物，來做這種不正經的事情，或許於此可以窺知《西遊記》小說中的遊戲性質，讀者彷彿一下子從佛教那無比莊嚴的重壓中解脫出來，

覺得輕鬆無比。

　　有人認爲，《西遊記》「不是爲著弘揚佛法而寫」，因爲其中有許多荒誕無稽的地方，例如，他把唐僧寫成一個「懦怯的人」等。〔註 24〕《西遊記》不應只爲弘揚佛法，他也討論到其他別的東西例如，道教思想、儒教倫理以及個人獨特價值觀等。依據《西遊記》自身的思想來看，他是弘揚佛教思想，認同佛教思想的，《西遊記》很多地方都明白無誤地表明這一點。只是《西遊記》裏含蘊的思想並不純粹，而是複雜湛深的。因此，與其說他爲著弘揚什麼思想，不如說只是表達他個人的「思想探索」。

第四節　限制全知聚焦者之運用

　　所謂限制全知聚焦者之運用，是指全知聚焦者如何透過對自身全知能力的主動限制，而取得某種效果的視角操作。這些視角的操作都是短暫的，所以不致構成視角之間的轉換問題，〔註 25〕討論這些視角的操作，可以幫助了解《西遊記》的聚焦變化與其聚焦運用之靈活多變。

一、短暫內視角的運用

　　所謂「內視角」，指人物的有限視角。所謂零聚焦（全知聚焦者），指無一定焦點的觀察，故全知聚焦者有權運用各種人物的視角代替自身作觀察，因此，在敘事時全知聚焦者可以經常地暫時換用人物的眼光來觀察事物，〔註 26〕《西遊記》中有些效果的營造便是運用這種短暫的人物視角作成的。

　　例如第六十七回，敘述唐僧一行來到「駝羅庄」，孫悟空要幫助那一庄人降妖怪。當妖怪來時，大家都拚命往屋子裏躲，豬八戒與沙和尚也要進去，反被孫悟空拉到天井中：

　　　　慌得那八戒戰戰兢兢，伏之於地，把嘴拱開土，埋在地下，卻如釘了釘一般。沙僧蒙著臉，眼也難睜。行者聞風認怪。一霎時，風頭

〔註 24〕 參谷懷，《西遊記擷微及其故事·六字眞言與齊天大聖》（臺北：菩提文藝出版社，1964 年），頁 24。

〔註 25〕 指零聚焦（全知觀點）、內在聚焦（人物觀點）及外在聚焦（攝影機觀點），三者之間的焦點轉換。

〔註 26〕 參申丹，《敘述學與小說文體學研究》（北京：北京大學出版社，1998 年），頁242。

> 過處，只見那半空中隱隱的兩盞燈來，即低頭叫道：「兄弟們，風過了。起來看！」那獸子扯出嘴來，抖抖灰土，仰著臉，朝天一望，見有兩盞燈光，忽失聲笑道：「好耍子！好耍子！原來是箇有行止的妖精，該和他做朋友。」沙僧道：「這般黑夜，又不曾覿面相逢，怎麼就知他好歹？」八戒道：「古人云：『夜行以燭，無燭則止』你看他打一對燈籠引路，必定是箇好的。」沙僧道：「你錯看了。那不是一對燈籠，是妖精的兩隻眼亮。」那獸子就諕矮了三寸，道：「爺爺呀，眼有這般大呵，不知口有多少大哩！」行者道：「賢弟莫怕，你兩箇護持著師父，待老孫上去討他箇口氣，看他是甚妖精？」八戒道：「哥哥，不要供出我們來。」（頁1205）

敘述者是經營氣氛的高手。妖精來時先掀起一陣狂風，狂風大作時風沙飛揚，此時由行者的眼睛來看，一片迷霧中，「只見那半空中隱隱的兩盞燈來」通不見妖怪的身形，只看到兩盞燈。若是「全知視角」的觀察，一定知道那是妖精的眼睛。但對不明究裏的人物而言，他像兩盞燈。這時妖精出現的恐怖氣氛就出來了，形象得有如影像畫面的視覺效果，很能激發起讀者的想像力。

接著行者叫起兩個兄弟來看，此時，敘述者又換從豬八戒的視角來看，依然是兩盞燈，但有趣的是，豬八戒認實了，居然要跟妖精做朋友，因為這個妖精懂得夜行帶燈，應是個有行止的妖精。當沙僧道破那是妖精的兩隻眼睛時，豬八戒就害怕了，還要孫悟空不要供出他們來。這裏幽默效果的營造來自誤解，而這個誤解是由豬八戒的「有限視角」作成的，這種效果很難由「全知聚焦者」來實現，所以這個「人物內視角」的運用效果很準確精彩。

《西遊記》作者似乎很擅長運用這種短暫的「人物視角」，製造某種幽默的戲劇效果。又如第七回寫孫悟空與如來佛鬥法，賭鬥孫悟空一觔斗能否翻出如來佛的手掌心。敘述者先以如來佛的眼睛來看，「見那猴王風車子一般相似不住，只管前進」。隨後轉用孫悟空的視角來看，「大聖行時，忽見有五根肉紅柱子，撐起一股青氣」。孫悟空以為已到了天盡頭，於是就留下表記，「撒了一泡猴尿」好作見證，並變了一根墨筆在第一根柱子上寫「齊天大聖，到此一遊」，如此陰錯陽差的幽了如來佛一默。而此一趣味效果的作成，也是得力於人物有限視角的「誤認」，若換作「全知視角」是絕不能作成此誤認行為的產生。

《西遊記》似乎很擅長運用「人物有限視角」來作成各種不同的效果。

例如，第四十四回敘述取經人來到「敬道滅僧」的車遲國，敘述者如何表現這些道士「恃強凌弱」的囂張氣燄呢？敘述者都儘量採用取經人的視角來表現，如小說中敘述唐僧師徒在路上走，「忽聽得一聲吆喝，好便似千萬人吶喊之聲」，大家都猜不著，如果是「全知聚焦者」怎會不知實情？這便是「全知聚焦者」借取經人的眼光來暫時取代自己的眼光，以製造懸念。

又如，當孫悟空離開唐僧前去查探虛實時，於是聚焦者又從孫悟空的眼光來看，「遠見一座城池，又近覷，到也祥光隱隱，不見甚麼凶氣紛紛」。於是他心裏想「好去處！如何有響聲振耳？」這又是不知內情的人物視角。

之後，仍是孫悟空的視角，他看到一群「衣衫藍縷」的和尚在扯車，又看到城門裏，搖搖擺擺走出兩個「身披錦繡」少年道士，然後他發現「那些和尚見道士來，一箇箇心驚膽戰，加倍著力，恨苦的拽那車子」。接著，孫悟空就曉得了「想必這和尚們怕那道士」，又想這裏恐怕就是西方路上人稱「敬道滅僧」之處。這些事件都從人物的視角來看，而且是一個不知內情的局外人身分的眼睛來看，當然要客觀得多，也更具有說服力。若單由「全知視角」來看，或有切身關係的人物（和尚或道士）視角來看，效果都要大打折扣。

《西遊記》經常短暫地採用人物的有限眼光來觀察，以便製造懸念，或獲得某種特殊的效果，增加作品的戲劇性。因為都相當地短暫，所以在「視角轉移」（Shifting of View-point）的問題上，只能視為「全知視角內部」之視角轉移，而非「視角之間」的視角轉移。也因為篇幅都很短，所以根本不會與「人物視角」模式產生混淆。

二、部分全知聚焦者

「全知聚焦者」的觀察能力，像上帝一樣，應是無所不知的，但是全知聚焦者會部分地限制自己的知識範圍，假裝不知情，以增加作品的說服力，或為了產生某種特殊的效果者，謂之「部分全知聚焦者」。

《西遊記》中，對於「部分全知聚焦者」的運用僅有兩例，都在第二回。第一個例子是敘述孫悟空自從拜須菩提祖師為師，已過了七個年頭。有一天，祖師登壇講道，對孫悟空打了暗謎，答應暗中傳他道，孫悟空如時赴約，那祖師對他說道：

> 祖師云：「顯密圓通真妙訣，惜修性命無他說。都來總是精炁神，謹
> 固牢藏休漏泄。休漏泄，體中藏，汝受吾傳道自昌。口訣記來多有

益，屏除邪欲得清涼。得清涼，光皎潔，好向丹臺賞明月。月藏玉
兔日藏烏，自有龜蛇相盤結。相盤結，性命堅，卻能火裏種金蓮。
攢簇五行顛倒用，功完隨作佛和仙。」此時說破根源，悟空心靈福
至，切切記了口訣，對祖師拜謝深恩，即出後門觀看。（頁 33）

師徒二人密會之事，「此間更無六耳」，應是不會有第三個人知道的，但聚焦
者看到了，可知是「全知聚焦」模式。但這全知聚焦者卻留下空白，只籠統
地說祖師「說破根源」，孫悟空「心靈福至，切切記了口訣」。至於祖師如何
說破源、孫悟空如何心靈福至領略密法、記了什麼口訣，則隻字未提，這樣
一筆帶過，是聚焦者有意地呈現部分的空白與引起懸念。

　　第二個例子是孫悟空自從得了祖師秘密傳法後，自己暗中調息，時間又
過了三年。祖師又再度登壇講道，問知孫悟空「已注神體」、「會得根源」，接
著就教孫悟空「躲過三災之法」：

祖師道：「既如此，上前來，傳與你口訣。」遂附耳低言，不知說了
些甚麼妙法。（頁 34～35）

既是「全知」，怎會「不知」說了什麼妙法。顯然是全知聚焦者故意限制自己
的知識範圍，以營造某種神秘氛圍。或許也可能聚焦者真得不知，而轉用「部
分全知」，以取信讀者。

　　因為全書僅此二例，又皆集中於第二回，如果視為敘述者的「自覺」運
用，似乎不足以作出這麼強的推斷，也可能是敘述者基於對題材特殊性質的
敏感所作的「直覺」運用 。不管直覺或自覺的運用，都營造了某種懸念、空
白與神秘效果。

三、接近外視角的全知聚焦者

　　「全知聚焦者」的觀察對象，既可以是人物的外在言行，亦可以是人物
的內心活動，抑或兩者兼而有之。當全知聚焦者限制自身的視野範圍，僅看
外在表現，而不及內心感受時，就仿如「外在聚焦」（即「攝影機聚焦」）一
般，本文擬稱之為「接近外視角的全知聚焦者」，因為這種視角類型不會像外
在聚焦那麼純粹，往往夾雜涉入情感性的字眼，故以接近稱之。

　　這種視角的運用與「客觀聚焦」近似，只是客觀聚焦仍可涉入所謂「作
者干預」，及人物內心活動的描寫，而不妨礙其超然中立態度的表現。然「外
在聚焦」的方式，則不能涉入敘述者干預性的評論，及任何人物內心活動的

表現，因為「外在聚焦」不能觀照人物內在的活動。因此，當敘述者刻意藉這種「外在聚焦」的描寫模式，來表現其超然中立的敘述態度時，就會令這兩種聚焦方式有類似感覺出現。

敘事是通過語言的一種活動，嚴格來講，語言只能「模仿」自己而不能「模仿」其他東西，即使如敘事中的對話，顯然也不是「現實」的直接呈現，而是經過敘述安排的再現，因此，在敘事文中並沒有純粹的「描述」與「模仿」的對立，只有這種「再現」與「現實」距離程度大小的問題，〔註27〕依此，「外聚焦」的人物對話描寫，是最接近於直接呈現的方式，即敘述者引述人物的對白，並加上引號，以示接近實錄演出，而「客觀聚焦」也可以有這種「直接引語」式的對白，但往往介入敘述者的評述及人物內心的描寫，這些大多是敘述者用自己的話來描述或轉述，則再現與現實間的距離更大許多。

在《西遊記》中，這類接近「外聚焦」的描寫經常可見，比較純粹的運用狀況，如第一回中有一段敘述孫悟空離開花果山，四處訪道求仙，八、九個年頭後，有一天來到西牛賀洲，遇到一位會唱神仙歌詞的樵夫，告訴了孫悟空神仙的住處：

> 猴王道：「你家既與神仙相鄰，何不從他修行？……。」樵夫道：「我一生命苦。……。」猴王道：「據你說起來，乃是一箇行孝的君子，向後必有好處。但求你指與我那神仙住處，卻好拜訪去也。」樵夫道：「不遠，不遠。此山叫做靈臺方寸山，山中有座斜月三星洞，那洞中有一箇神仙，稱名須菩提祖師。……。」猴王用手扯住樵夫道：「老兄你便同我去去。……。」樵夫道：「你這漢子，甚不通變。……。」
> （頁 12）

這個自然段，幾乎未加解釋地轉述兩個人物的對話，讀者從中所得到的訊息，除了明說出來的如「教孝」、「神仙的居處」，還有暗示或象徵出來的意思，如「學仙不必遠求，只在此心中」，因為「靈臺方寸」與「斜月三星」都隱一個「心」字。所以這種近乎「對話式的外視角」，往往使讀者知道的要比敘述者說出來的要多。

〔註27〕這個問題可追溯到柏拉圖提出 diegesis 及 mimesis 之區別，所謂 diegesis，指轉述性的呈現；所謂 mimesis，則是直接的呈現，如戲劇演員的行動對話是直接模仿人物的行動對話。在英美傳統中，此中分別通常以 telling（「描述」）及 showing（「搬演」）的觀念來區分。參高辛勇，《形名學與敘事理論》（臺北：聯經出版事業公司，1987 年），第三章「結構主義與敘事理論」，頁 163。

這種只涉及人物外在活動的聚焦形式，是相當典型「外視角」表現模式，但在《西遊記》中他往往並不如此純粹，而且也不可能維持太久的篇幅，中間不時又會混了別的觀點，所以不會與眞正的「外視角」產生混淆。

《西遊記》裏這種「外視角」的運用經常出現在故事一開頭時，他的表現也往往並不很純粹，例如第三十二回唐僧師徒來到「平頂山」，故事開頭有段對話：

> 師徒正行賞間，又見一山攔路。唐僧道：「徒弟們仔細。前遇山高，恐有虎狼阻攔。」行者道：「師父，出家人莫說在家話。你記得那烏巢和尚的《心經》云『心無罣礙；無罣礙，方無恐怖，遠離顚倒夢想』之言？……。」長老勒回馬道：「我當年奉旨出長安……幾時能勾此身閑？」行者聞說，笑呵呵道：「師要身閑，有何難事……。」長老聞言，只得樂以忘憂。（頁595～596）

這段對話放在開頭，仍是以對話式的「外視角」爲主調，末了則稍述及了人物的內在情緒「只得樂以忘憂」，就不是很純粹的「外視角」運用。敘述者經常在開頭，運用這種視角類型來提示修心煉性的智慧，也間接塑造了人物；孫悟空被塑造成開悟智慧的「指導者角色」，而唐僧扮演「被指導者角色」。

在《西遊記》中也用這種近乎「外視角」類型來寫簡單有趣的熱鬧場面，例如，第廿六回敘述孫悟空推倒了鎮元子的人參果樹，爲了醫樹，三島求方，第一站到「蓬萊仙島」，訪福祿壽三星，無法可醫，於是孫悟空心生煩惱，三星答應幫他向唐僧求情：

> 那八戒見了壽星，近前扯住笑道：「你這肉頭老兒，許久不見，還是這般脫洒，帽兒也不帶箇來。」遂把自家一箇僧帽，撲的套在他頭上，撲著手呵呵大笑道：「好！好！好！眞是『加冠進爵』也。」壽星將帽子攌了，罵道……壽星道：「……我輩無方，他又到別處求訪；但恐違了聖僧三日之限，要念緊箍兒咒。我輩一來奉拜，二來討箇寬限。」三藏聞言，連聲應道：「不敢念，不敢念。」正說處，八戒又跑進來，扯住福星要討果子吃。他去袖裏亂摸，腰裏亂挖，不住的揭他衣服搜檢。三藏笑道：「那八戒是甚麼規矩？」八戒道：「不是沒規矩，此叫做『番番是福』。」三藏又叱令出去。那獸子跨出門，瞅著福星，眼不轉睛發狠。福星道：「夯貨，我那裏惱了你來？你這等恨我。」八戒道：「不是恨你，這叫做『回頭望福』。」那獸

> 子出得門來，只見一箇小童，拿了四把茶匙，方去尋鍾取果看茶；
> 被他一把奪過，跑上殿，拿著箇小磬兒，用手亂敲亂打，兩頭頑耍。
> 大仙道：「這箇和尚，越發不尊重了。」八戒笑道：「不是不尊重，
> 這叫做「四時吉慶」。」（頁 499～500）

這一個自然段，純是熱鬧戲，寫豬八戒的打諢亂纏、作戲求福以及三星的求情成功等事件；似乎比較沒什麼言外之意，卻令人覺得很熱鬧有趣，這種視角方式似乎頗適於描寫這種「格言式」的情節模式；「全知聚焦者」彷彿扛著一架攝影機在照，將人物的對話、外在動作等一一攝入他的鏡頭下，卻不會介入太複雜湛深的內心活動描寫，偶爾也會涉入一些敘述者解釋性的陳述，但這些現象或條件，都是這種「接近外視角的全知聚焦」類型可以容許的表現模式。

四、選擇性的全知聚焦者

全知聚焦者有透視每一人物內心活動的特權，但他不會對每個人物都進行內心的透視，而會有所選擇，故稱「有選擇性的全知聚焦者」。這個名稱借自申丹，〔註 28〕其理論主要從「集中揭示」的角度來界定這個術語；本文則將其擴大包含「局部隱瞞」的角度。因此，這個部分將從這兩個方面來探討。

（一）集中揭示型

所謂「集中揭示型」，是指「全知聚焦者」會有選擇性的集中揭示某個或某幾個人物內心的感受。在《西遊記》中，這種聚焦模式屢見不鮮，例如第三回敘述孫悟空自從學成了長生不老、一身神通，回到花果山，打敗了「混世魔王」，將整個山寨整頓起來，猶如銅牆鐵壁一般，於是小說特別聚焦於孫悟空的內心狀況，說「他放下心」之後，接著便聚焦於他的生活「遨遊四海，行樂千山」、「講文論武，走睪傳觴，絃歌吹舞，朝去暮回，無般兒不樂」，過著只圖飲酒享樂的日子，結果招來一堆魔「牛魔王、蛟魔王、鵬魔王、獅駝王、獼猴王、遇猙王」自己也儼然成了箇魔；有一天，吃得「酩酊大醉」時，豈知「無常」來到，一時在鐵板橋睡著，就被「勾死人」勾去了「幽冥界」。

讀者如果仔細領會，自然知道後來這種種結果，都來自於「他放下心」的不思修持心性所致。「全知聚焦者」這裏全不及其他人物的內心感受，僅突

〔註28〕參申丹，《敘述學與小說文體學研究》，頁 239。

顯主要人物孫悟空的內心狀況，將事件發展的「因果關係」交代出來，同時強調修心主題的重要。依此，透過聚焦者「觀察對象」的選擇和安排，讀者可以據此了解或掌握敘述者所要傳達的重點所在。

同樣的例子，也出現在第六回「小聖施威降大聖」，小聖二郎神與大聖孫悟空的賭鬥中；他們兩人鬥了三百多回合，不分勝負，接著就賭變化，正賭鬥間，孫悟空看見梅山六兄弟撒放草頭神，沖散了群猴；此時「全知聚焦者」將焦點瞄準孫悟空的內心感受，「大聖忽見本營中妖猴驚散，自覺心慌，收了法象，掣棒抽身就走。真君見他敗走，大步趕上」（頁 114）其實他的用意在強調「心一亂，就滿盤皆輸」，果然這之後的賭鬥，孫悟空節節敗退，而且愈變愈不像樣，連鳥中至賤至淫之物「花鴇」他也變，二郎神實在看不過去，只好拿彈弓把他打下來。

這個場景交代了孫悟空被降伏的主因，還是在「心上」，由此展現一個「攻心為上」的戰鬥主題。這個主題的突顯，很大程度上得歸功於這種視角的成功運用，他讓讀者自己看到重點；當然讀者必須自己發現它，敘述者不會直接告訴讀者重點在那裏，而需由讀者自己來判斷，而敘述者其實已將意義充分喻示在其中了。

最典型的例子，是第廿三回「三藏不忘本，四聖試禪心」，敘述唐僧收齊了徒弟，四眾與白馬首途第一關是「神道設試」，考驗取經人的誠心與決心：

> 婦女道：「……有家貲萬貫，良田千頃……小婦娘女四人，意欲坐山招夫，四位恰好。不知尊意肯否？如何？」三藏聞言，推聾粧瘂，瞑目寧心，寂然不答。那婦人道：「舍下有水田三百餘頃，旱田三百餘頃，山場果木三百餘頃……你師徒們若肯回心轉意，招贅在寒家，自自在在，享用榮華，卻不強如往西勞碌？」那三藏也只自如癡如蠢，默默無言。那婦人道：「……雖是小婦人醜陋，卻幸小女俱有幾分顏色，女工針指，無所不會……若肯放開懷抱，長髮留頭，與舍下做箇家長，穿綾著錦，勝強如那瓦缽錫衣，芒鞋雲笠。」三藏坐在上面，好便似雷驚的孩子，雨淋的蝦蟆；只是呆呆掙掙，翻白眼兒打仰。（頁 445～446）

這裏全知視角的「觀察對象」，只集中揭示唐三藏一人的內心感受，全不及其他人物，因為他表現的重點在唐僧身上，回目的標題的上句是「三藏不忘本」這裏的聚焦運用等於點題。透過視角的運作，直接突出重點或主題，避免不

必要的描寫。

聚焦者直接瞄準唐僧的內心狀態，「瞑目寧心」、「如癡如蠢」、「雷驚」、「雨淋」這些形容用語表現唐僧內心充滿抗拒、無法寧靜，他的無助與震驚，心裏的撞擊不可謂不大，因爲他還是個「凡人」，對於這種事情不能無任何風吹草動，遊戲人間。

（二）局部隱瞞型

「全知聚焦者」有所選擇的聚焦於某個或某些人物的內心感受，爲了突出中心的事件，這樣做可以起到強化主題的效果；相對地，「全知聚焦者」也可能選擇隱藏，隱瞞某個或某些人物的內心活動，爲了達到某些特殊的效果。

例如，第四十二回敍述孫悟空降不了紅孩兒的「三昧神火」，所以到南海請觀士音菩薩來降；孫悟空見了菩薩說起前情，那菩薩聽得妖精假變祂的模樣，騙了豬八戒，「心中大怒」，就將手中淨瓶順勢往海裏一攦，諕得孫悟空在一旁嘀咕：

> 這菩薩火性不退，好是怪老孫說的話不好，壞了他的德行，就把淨
> 瓶攦了。可惜！可惜！早知送了我老孫，卻不是一件大人事？（頁
> 774～775）

「全知聚焦者」不寫菩薩心底的主意，卻寫旁觀的孫悟空心裏的看法。不一會，看見一隻烏龜從海中馱著一隻淨瓶出來，孫悟空就自言自語起來：

> 原來是管瓶的，想是不見瓶，就問他要，（頁775）

接著菩薩要孫悟空拿那隻淨瓶，但拿不動，這時菩薩才說出原委，這淨瓶已轉過了「三江五湖」、「八海四瀆」，借了一海水在裏面，所以孫悟空拿不動；讀者至此方知，這瓶是故意摔的，並不是爲了出氣亂摔。

菩薩接著又叫弟子木叉去向他的父親托搭天王借了「三十六把天罡刀」，化作一座千葉蓮臺；此時「全知聚焦者」又不寫菩薩心底打得算盤，反而去看孫悟空心裏的想法：

> 這菩薩省使儉用，那蓮花池裡有五色寶蓮臺，捨不得坐將來，卻又
> 問別人去借。（頁778）

來到了紅孩兒的巢穴「號山」，菩薩叫出本山土地眾神，要祂們打掃三百里遠近團圍，不許一個生靈在地；此時，全知聚焦者又只看了孫悟空的內心感受：

> 果然是箇大慈大悲的菩薩！若老孫有此法力，將瓶兒望山一倒，管
> 什麼禽獸蛇蟲哩！（頁779）

對菩薩的內在活動，卻一毫不提。一切妥當後，菩薩倒出淨瓶內的水，頃刻成汪洋；又叫孫悟空去引出紅孩兒來，當紅孩兒在菩薩面前挑釁用槍刺菩薩時，菩薩一點兒不理，化道金光逕上九霄，只丟下一座蓮臺；那紅孩兒頑性未泯，也學菩薩盤手盤腳，坐在當中，孫悟空在旁質問菩薩，妖精坐過的蓮臺你還要嗎？讀者至此一如孫悟空，不知道菩薩葫蘆裏賣什麼藥；讀者可以了解孫悟空的想法，卻不能了解菩薩的想法，那是全知聚焦者「有意隱瞞」；等到菩薩施法退了蓮臺，那紅孩兒即坐在尖刀之上，血流成汪，但他還不降，還用手去拔刀，菩薩才又施法讓尖刀都變做「倒鬚勾兒」，不能再褪下了。至此，讀者才完全省悟菩薩的用心。

　　一則，之前「局部隱瞞」，故意不透漏菩薩內心的想法，使讀者只能看到他說的與做的，看不到祂內心打的主意，於是產生懸念，作成戲劇效果；二則，爲展示或表現菩薩的神通廣大、神機妙算，連孫悟空都猜不透，把個孫悟空呼來喚去全不費力，當然也間接塑造祂慈悲無邊的形象；三則，作者刻意把祂寫成一個半透明的「神秘性人物」，隱藏不說破，會較具神秘感，最後眞相大白，我們對菩薩還是不能完全了解，不了解才會有神秘感，因爲我們並未直接接觸祂的內在心靈活動，所以隔一層。

第五節　被聚焦者的固定與流動

　　《西遊記》的「聚焦者」其實沒有什麼多大變化，他始終是一個「全知聚焦者」；但相對地，他的「被聚焦者」——即有更大的變化性。《西遊記》的聚焦模式是眾所皆知的全知視角，這種視角的「聚焦者」始終是「外部聚焦者」，有時短暫地介入「人物有限視角」，或「攝像式外視角」，也都應視爲「全知聚焦者」權限內的操作；因爲「全知聚焦者」有權採用任何人物的視角，或任何方式的視角，所以應視爲視角內部的合法轉換。

　　「全知聚焦者」的觀察對象是不受限制的，任何人、任何事都可以觀察；因此，「全知聚焦者」可以選擇設定持續聚焦於某一人物身上，我們稱之爲「固定式被聚焦者」；當然也可以選擇輪流聚焦於某兩個人物身上，稱爲「雙人式被聚焦者」；或者在好幾個人物身上交替聚焦，稱之爲「多重式被聚焦者」；〔註29〕

〔註29〕Kenan 1983, 76～7。姚錦清等譯本 1989，138～139。凱南根據「持續程度」
　　　將「聚焦者」又分爲「固定的」(fixed)、「可變的」(variable)、「多重的」(multiple)

當然也有爲了某種特別效果，而採用的種種受聚焦方式，我們列在「其他形式被聚焦者」項下來討論。

一、固定式被聚焦者

《西遊記》中的前七回，因爲是孫悟空個人傳記式的傳奇故事，所以「全知聚焦者」的鏡頭大多時候都跟著他，例如，第五回「亂蟠桃大聖偷丹，反天宮諸神捉怪」中，敘述玉帝讓孫悟空管蟠桃園，孫悟空監守自盜，吃了許多蟠桃；又因「蟠桃盛會」未邀請他，他先去御廚裏，偷吃了仙餚、仙酒，後醉酒誤入老君府，又偷吃了他五葫的金丹；一時間，丹滿酒醒，私逃下界；又復上界，偷了四瓶仙酒，與眾猴共享。因爲這幾場戲的主角，始終是孫悟空，所以鏡頭始終都瞄準在他身上。

但《西遊記》是一部很複雜的小說，所以它才會用「全知聚焦」來交代故事；因此，「全知聚焦者」不可能從頭到尾始終瞄準在某一個人物身上，他偶爾也要暫時離開去交代各種其他的線索。

到了下一場戲，主角不是他而是玉帝，所以鏡頭自然轉到上界去了，瞄準東窗事發後上界領袖玉帝的反應，他先是聽了王母、老君等奏偷吃仙桃、仙餚、仙酒與仙丹事時，「見奏悚懼」，有誰敢犯下這等滔天大罪；接著齊天府裏仙吏來報，孫悟空自昨日出遊至今未歸時，玉帝「又添疑思」，殆心疑孫悟空畏罪潛逃；後赤腳大仙來奏，孫悟空假傳旨意，哄騙了他時，玉帝「越發大驚」，大概出乎他意外，什麼事都敢做；最後玉帝遣靈官，緝訪實情回奏說，攪亂天宮者確實是「齊天大聖」，至此眞相大白時，「玉帝大惱」，下令「四大天王、協同李天王並哪吒太子，點二十八宿、九曜星宮、……共十萬天兵，佈一十八架天羅地網」下界圍剿孫悟空，明寫玉帝反應，其實暗寫孫悟空的膽大妄爲，然鏡頭始終不離玉帝左右。

所以，通常的情況是「全知聚焦者」認爲這場戲的主角是誰，鏡頭就自然聚焦到他身上。因此，所謂「固定式受聚焦」，並非指整個故事，或整部小說，而是指「局部的」某個場景中，「全知聚焦者」始終持續聚焦於某一人物

三類，說這三類也可適用於「被聚焦者」，但並未舉例。因爲《西遊記》只有一個「全知觀點」，沒有視角之間轉換問題，所以我們將這個理論轉用到「被聚焦者」層面，並根據小說實際狀況，區分並命名爲「固定式受聚焦」、「雙人式受聚焦」、「多重式受聚焦」及「其他形式受聚焦」四類，比較全面地來討論《西遊記》中「受聚焦者」的狀況。

身上的狀況謂之。

再如，第十三回敘述唐僧在「兩界山」遭虎難，由山中太保劉伯欽救回，劉母安排極潔淨的素食款待唐僧，劉伯欽也另設一處葷食，陪著唐僧吃：

> 那伯欽另設一處，鋪排些沒鹽沒醬的老虎肉、香獐肉、蟒蛇肉、狐狸肉、兔肉，點剁鹿肉乾巴，滿盤滿碗的，陪著三藏吃齋。方坐下，心欲舉筋，只見三藏合掌誦經，諕得伯欽不敢動筋，急起身立在傍邊。三藏念不數句，卻教「請齋」。伯欽道：「你是箇念短頭經的和尚？」三藏道：「此非念經，乃是一卷揭齋之咒。」伯欽道：「你們出家人，偏有許多計較，吃飯便也念誦念誦。」（頁273）

這一場戲，主角是劉伯欽，不是唐三藏，唐三藏只是底色，用來襯托出劉伯欽的爽直，所以鏡頭一直聚焦於劉伯欽這位打虎英雄身上；作者寫唐僧，僅止於「外察」，但寫劉伯欽就兼有「內省」，裡裡外外透明極了，讀者由於了解他的身處境況，自然對他的情緒也能感同身受，他因為不習慣出家人偏有這麼多計較講究，顯得有些慌張不安，此時「全知聚焦者」揭示他的內在感受，無形中縮短了讀者與他的距離，促使讀者接受這個人物，並喜愛他的爽直可愛，遠比吃素而欺心者，好得太多。

二、雙人式被聚焦者

所謂「雙人式被聚焦者」，即指「全知聚焦者」在某個場景中，於某兩個人物身上輪流交替聚焦的手法謂之。這種手法在《西遊記》中經常可見，常見於雙人對話的場合中，例如第三十一回中，敘述唐僧在「寶象國」被黃袍怪變虎遭難，沙僧被擒，龍馬也負了傷，只好由豬八戒出面去花果山請被唐僧所貶逐的孫悟空回來降魔，孫悟空初始不肯回來，但豬八戒使計激他，孫悟空才答應回來降妖：

> 那大聖纔和八戒攜手駕雲離了洞，過了東洋大海，至西岸，住雲光，叫道：「兄弟你且在此慢行，等我下海去淨淨身子。」八戒道：「忙忙的走路，且淨甚麼身子？」行者道：「你那裡知道。我自從回來，這幾日，弄得身上有些妖精氣了。師父是箇愛乾淨的，恐怕嫌我。」八戒于此始識得行者是片真心，更無他意。（頁580）

「下海淨身」等於是個儀式，可能有「洗心」的象徵涵意，因為孫悟空是「心猿」的緣故。孫悟空曾一度被唐僧貶逐，逐回花果山過以前的妖精生活，如

今重新歸隊，等於揮別短暫的妖精生活，重回精神之旅，所以孫悟空這裏的「淨身」行為，應視為是他重新回歸精神旅途的儀式或過程。這個儀式的意義，「全知聚焦者」借由聚焦於兩人的對話言行來表現，讀者除了領會明白說出的信息，孫悟空的「真心」外，還有其暗含象徵的意義。

在《西遊記》中，這種手法也常出現在孫悟空捉弄豬八戒的各種場面中，不過，這些場景光看就很有趣，解釋倒是多餘的，通常它會令讀者捧腹不已，領略到作者調侃幽默的本質。〔註30〕其實，這種「雙人式受聚焦」手法在《西遊記》中最常見於各種賭鬥場面，例如第三十五回敘述唐僧師徒來到「平頂上」「蓮花洞」，遭遇「金角大王」與「銀角大王」，唐僧、八戒與沙僧都被活捉在妖精洞裏；孫悟空變化成他洞裏的小妖，調包了妖精的「紫金紅葫蘆」，然後化名孫悟空的兄弟「行者孫」，來洞外索戰，但那妖精不知葫蘆已被調包，還想用葫蘆來裝行者孫，孫悟空將計就計，反把出戰「銀角大王」騙進葫蘆內：

> 大聖道：「自清濁初開，天不滿西北，地不滿東南。太上道祖解化女媧，補完天缺，行至崑崙山下，有根仙籐，籐結有兩箇葫蘆。我得一箇是雄的，你那箇卻是雌的。」那怪道：「莫說雌雄，但只裝得人的，就是好寶貝。」大聖道：「你也說得是，我就讓你先裝。」那怪甚喜，急縱身跳將起去，到空中，執著葫蘆，叫一聲：「行者孫！」大聖聽得，卻就不歇氣，連應了八九聲，只是不能裝去。那魔墜將下來，跌腳搥胸道：「天那！只說世情不改變哩！這樣箇寶貝也怕老公，雌見了雄，就不敢裝了。」（頁 645）

換到孫悟空裝時，那怪不敢閉口，應了一聲，就收進葫蘆裏了，立時三刻化成膿水，後來他的主人「李老君」來解救，從瓶中倒出二股仙氣，又是金銀二童子，這表示人不可執有形世界以為實。

其實這一段也正點了題「心猿獲寶伏邪魔」，心猿就是孫悟空，他獲得敵人的寶貝，全靠「心靈的變化」，克服了種種的障礙，他變成小妖，變成「行者孫」、或之前「者行孫」，他變這變那，全靠一心，他的心靈是極端靈巧的，因為他不執著於現象世界，而能超越它的局限，所以能變化自如。「銀角大王」的至死不悟，正在他執葫蘆以為實，執孫悟空的「胡話」以為實，甚至執「行者孫」為實，而不知「行者孫」就是「孫悟空」，就是之前的「者行孫」，三

〔註30〕如第卅回，頁 569～70，「豬八戒夷人」那段；第卅二回，頁 602～3，「孫悟空變啄木鳥」那段：第四十四回，頁 814～5，「五穀輪迴之所」等。

者其實是一體的，差別只在「名號」而已。

三、多重式被聚焦者

所謂「多重式被聚焦者」，即指「全知聚焦者」的鏡頭，在某個場景中，為了某種效果，或表達某個主題，在三個或以上的人中間輪流轉換者謂之。這種手法在《西遊記》中經常可見，以下舉三個例子為證，這三個例子分別表現三種主題或效果。

（一）分身與本尊

第十四回「心猿歸正，六賊無蹤」中，「心猿」是本尊，「六賊」是分身，「唐僧」是另一個分身；「全知聚焦者」便輪流聚焦於這三個對象。這回敘述唐僧收了孫悟空為徒後，繼續西行，路上遇到六個毛賊阻道，「全知聚焦者」首先聚焦於唐僧，寫他的反應：

> 諕得那三藏魂飛魄散，跌下馬來，不能言語。……三藏道：「好手不敵雙拳，雙拳不如四手。他那裡六條大漢，你這般小小的一箇人兒，怎麼敢與他爭持？」（頁 288～289）

這是寫唐僧的反應，其實也是寫一般人的反應；一般人在遇到比自己更強大的力量時，總是變得十分懦弱與無能，內心充滿恐懼，一如唐僧的形象。

接著「全知聚焦者」瞄準孫悟空與六賊的對抗過程：

> 行者的膽量原大，那容分説，走上前來，叉手當胸，對那六箇人施禮道：「列位有甚麼緣故，阻我貧僧的去路？」那人道：「我等是剪徑的大王，行好心的山主。大名久播，你量不知。早早的留下東西，放你過去，若道半箇『不』字，教你碎屍粉骨。」行者道：「我也是祖傳的大王，積年的山主，卻不曾聞得列位有甚大名。」那人道：「你是不知，我説與你聽。一箇喚做眼看喜，一箇喚做耳聽怒，一箇喚作鼻嗅愛，一箇喚作舌嘗思，一箇喚作意見慾，一箇喚作身本憂。」
> 悟空笑道：「原來是六箇毛賊！你卻不認得我這出家人是你的主人公，你倒來攔路。把那打劫的珍寶拿出來，我與你作七分兒均分，饒了你罷！」那賊聞言，喜的喜，怒的怒，愛的愛，思的思，憂的憂，慾的慾。一齊上前亂嚷道：「這和尚無禮！你的東西全然沒有，轉來和我等要分東西！」（頁 289）

大家動起刀兵，那六箇毛賊，都被孫悟空一棒打殺。唐僧後來甚怪孫悟空殺生，全無一點慈悲好善之心，孫悟空回他師父說：「我若不打死他，他卻要打死你哩。」這種對抗過程，是艱難的試煉之路的縮影。

這個過程象徵英雄的自我內在形象的發現與接受試煉的歷程，先是由唐僧所象徵的恐懼與儒弱面相，英雄克服了它，勇敢無懼的走向敵人，自我的另一個面相——「六賊」，它其實是自家賊，由自家的「六根」——眼耳鼻舌身意為媒，觸生外境而有「六塵」色聲香味觸法，進而產生喜怒愛慾思憂等心理意緒，擾亂自我原本清淨的心靈，使真性不能顯發，所以是「自家賊」。〔註31〕孫悟空是「心猿」，象徵心靈的主宰，他知道自己是這「六賊」的主人公，也知道「不是你打死他，便是他打死你」，所以一棒打殺了這六個毛賊，障礙被一個一個的突破，最後孫悟空獲得了勝利，象徵心靈的力量戰勝了內在的儒弱、恐懼與「六賊」，精神境界因此得到提升。

唐僧對孫悟空的所作所為，是用一般人眼光來看待的，但常人世俗、恐懼的眼光是無法真正了解的，這也是試煉之路的一環。唐僧與六賊所象徵的都是「心靈」的一個面相，可視為是它的「分身」，而它的「本尊」是孫悟空所象徵的，代表人的清淨「真性」。不管「分身」怎樣負面邪惡，「本尊」怎麼清淨美好，他們都是一體的，「本尊」必須借著「分身」才能了解與超越自我，所以孫悟空就是六賊，就是唐僧。

（二）四面楚歌

第六十一回敘述孫悟空為了要過「火燄山」，向羅刹女與牛魔王借「芭蕉扇」，但他們都不願意借，因為紅孩兒之故；有一回孫悟空騙了羅刹女的芭蕉扇，半途又被牛魔王假變豬八戒騙了回去，兩人因此發生賭鬥，鬥了一場變化，不分勝負；其間豬八戒趁機剿滅了牛魔王的「外宅」玉面狐狸的巢穴，又回到羅刹女處，來相助孫悟空一臂之力；牛魔王躲回羅刹女處，將芭蕉扇交給羅刹女，但牛魔王堅持不肯交芭蕉扇以退兵，說「物雖小而恨則深」，於是重新披掛上陣，即遭遇孫悟空與豬八戒的夾攻，及眾神的五面圍攻：

〔註31〕參陳義孝編，竺摩法師鑑定，《佛學常見詞彙》（臺北：福智之聲出版社，1999年），頁129。根據佛學詞典，所謂「六賊」，指色聲香味觸法「六塵」，以眼耳鼻舌身意「六根」為媒，自劫家寶，故喻之為「賊」。所謂「六塵」，即色塵、聲塵、香塵、味塵、觸塵、法塵。塵者染污之義，謂能染污人們清淨的心靈，使真性不能顯發。又名「六境」，即「六根」所緣之外境。

> 往北就走，早有五臺山碧摩巖神通廣大潑法金剛阻住……向南而
> 走，又撞著峨眉山清涼洞法力無量勝至金剛攔住……往東便走，卻
> 逢著須彌山摩耳崖毗盧沙門大力金剛迎住……向西就走，又遇著崑
> 崙山金霞嶺不壞尊王永住金剛敵住……那老牛心驚膽戰，悔之不
> 及。見那四面八方，都是佛兵天將。真箇似羅網高張，不能脫命。……
> 望上便走，卻好有托塔李天王並哪吒太子，領魚肚藥義、巨靈神將
> 漫住空中。（頁 1102～1103）

「全知聚焦者」輪流聚焦於四面、上方與悟空八戒等六路人馬，作成這等四面楚歌，五面夾攻佛道合作擒魔的盛況，它是如來佛的傑作，是祂發檄玉帝來共襄盛舉的，否則以如來佛無邊之法力，實足以擒此魔，何須發檄，此處流露作者仙佛也可以合作的「同源之義」，且見仙佛間和諧關係的建立一如人間社會的運作模式。

再則，此次擒魔之役，如此大張旗鼓，直逼之前孫悟空被十萬天兵與十八架天羅地網的圍剿之役，可見此魔難降；此魔所以難降，在於他「拒絕召喚」，他拒絕將他的寶貝借給有奪子之恨的仇人，他不能順應天意愛他的仇人，而讓此恨累積到不可復加地步，更添了「欺我妾」、「騙我妻」之恨，直至「物雖小而恨則深」，終於演成不可避免的衝突與覆滅，最後牛魔王家破人亡、妻離子散。

牛魔王的悲劇緣由，不在於他的「治外產」「養外宅」，他一向過著與世無爭的生活，本不該罹此巨禍；而有此禍，是他放不下內在的瞋恨執著，因此無法恰如其分地回應生命的召喚，頓使他的繁榮世界變成枯石荒原，最後牛魔王歸順了佛家，「牽牛歸佛」的意象正暗示著自我放下瞋恨情執，回歸原本清淨自在的本性之意。

（三）共犯結構

第十六回「觀音院僧謀寶貝」中，敘述唐僧與孫悟空來到一所「觀音禪院」，老院主見唐僧的「錦襴袈裟」，起了貪念，想要佔為己有，於是要求唐僧讓他拿回房中，好好的看一晚；到了房中，也不看，只對著袈裟「號跳痛哭」，眾僧來到他跟前，問他緣故，他只說：

> 「看的不長久，我今年二百七十歲，空掙了幾百件袈裟，怎麼得有
> 他這一件？……」「……若教我穿得一日兒，就死也閉眼，也是我來
> 陽世間為僧一場。」「總然留他住了半載，也只穿得半載，到底也不

得氣長。他要去時，只得與他去，怎生留得長遠？」（頁322）

「全知聚焦者」先將鏡頭主要瞄準於「老院主」，曲盡其老貪之態；次將鏡頭聚焦於「廣智」、「廣謀」二人，寫他們如何出詭計，謀財害命，邀寵於老院主：

> 廣智道：「那唐僧兩箇，是走路的人，辛苦之甚，如今已睡著了。我們想幾箇有力量的，拿了鎗刀，打開禪堂，將他殺了，把屍首埋在後園，只我一家知道，卻又謀了他的白馬、行囊，卻把那袈裟留下，以爲傳家之寶，豈非子孫長久之計耶？」……廣謀道：「依小孫之見，如今喚聚東山大小房頭，每人要乾柴一束，捨了那三間禪堂，放起火來，教他欲走無門，連馬一火焚之。就是山前山後人家看見，只說他自不小心，失了火，將我禪堂都燒了；那兩箇和尚，卻不都燒死？又好掩人耳目，袈裟豈不是我們傳家之寶？」（頁323）

「全知聚焦者」接著聚焦於眾人身上，呈現眾人的反應：

> 那些和尚聞言，無不懽喜，都道：「強！強！強！此計更妙！更妙！」遂教各房頭搬柴來。……原來他那寺裡，有七八十箇房頭，大小有二百餘眾。當夜一擁搬柴，把箇禪堂，前前後後，四面圍繞不通，安排放火不題。（頁323）

這裏展現一種集體罪惡的「共犯結構」，敘述者並未將正反觀點並置，而僅一筆帶過眾人的反應，罪惡取得壓倒性勝利，這種清一色的單一觀點，展示了一種群眾結構，無論是對罪惡縮頭或直接助長，他們都同樣缺乏一種內省自主的生命覺察，所以只能無知和愚蠢的利慾薰心或隨波逐流，這是社會生活中常見的議題，是個體的墜落也是群體的墜落。之後，觀音禪院燒了，眾人又拼命將罪過推給老院主，那老院主固然是始作俑者罪有應得，但眾人亦是難辭其咎的「共犯」，如此諉過於某一人，亦正嘲諷與揭露了自身不知內省的生命盲點。

四、其他形式被聚焦者

前述三類是依據「持續程度」所區分的受聚焦形式，這裏側重文本中，其他較有特色的受聚焦手法，目前可以發現的有下列三種結構：

（一）對比式被聚焦者

第廿三回「四聖試禪心」中，敘述觀士音偕同文殊、普賢及黎山老母四人假扮寡婦及三個女兒，來考驗取經人的取經誠心，唐僧通過了初階考驗，

接著進行一項綜合測驗，這個測試算是進階的考驗，因為之前，那寡婦的三個漂亮女兒，都還未出場，只是嘴巴說說，所謂「不見可欲，其心不亂」，這個階段就讓她們都出場來見唐僧師徒，果然每一個都「妖嬈傾國色，窈窕動人心」，「全知聚焦者」的鏡頭分別瞄準這四個取經人看了美女之後的反應：

> 那三藏合掌低頭，孫大聖佯佯不採，這沙僧轉背回身。你看那豬八戒，眼不轉睛，淫心紊亂，色膽縱橫，扭捏出悄語，低聲道：「有勞仙子下降。娘，請姐姐們去耶。」（頁 450～451）

四個人物的反應，正好呈現正反觀點的「對比結構」，正面觀點的代表人物是唐僧、孫悟空與沙僧，他們最後得到菩薩們的嘉善，進而點出「懲惡勸善」主題意義；反面觀點人物是由豬八戒來象徵表現的，後來他被菩薩們狠狠地捉弄了一番；人物性格的鮮明對比，容易令讀者產生印象深刻的效果。

在《西遊記》中，「全知聚焦者」經常運用這種「對比式受聚焦」的手法，來塑造人物的對比性，讓人物形象顯得更鮮活生動。例如第十五回敍述孫悟空保護唐僧來到「鷹愁澗」，唐僧的白馬被澗中的妖怪一口吞了：

> 三藏道：「既是他吃了，我如何前進？可憐呵！這萬水千山，怎生走得。」說著話，淚如雨落。行者見他哭將起來，他那裡忍得住暴燥，發聲喊道：「師父，莫要這等膿包形麼！你坐著！坐著！等老孫去尋著那廝，教他還我馬匹便了！」三藏卻才扯住道：「徒弟呵，你那裡去尋他？只怕他暗地裡竄將出來，卻不又連我都害了？那時節，人馬兩亡，怎生是好。」行者聞得這話，越加嗔怒，就叫喊如雷道：「你忒不濟！不濟！又要馬騎，又不放我去。似這般看著行李，坐到老罷！」（頁 302）

這是充滿人性的寫法，將唐僧的膿包懦弱的經典形象，很具體鮮明的表現出來，同時也將孫悟空的暴躁易怒的火性壞脾氣盡露無遺，這又是一組對比性格的表現，預伏將來的人物衝突，與取經人手的不足，及新的成員的即將加入。

（二）由遠及近式被聚焦者

這種聚焦手法，在第一回就可看到，「全知聚焦者」要聚焦描寫「石猴的誕生」，但他先瞄準世界之間的「四大部洲」，次及「東勝神洲」，再及「傲來國」，後及「花果山」，最後瞄準於山頂上的「一塊仙石」，這塊仙石因受天地日精月華之氣，內育仙胎，一日見風迸裂，產下一石猴，就是孫悟空。這是《西遊記》中典型「由遠及近式受聚焦」手法的展示，用來描寫英雄的出生

神話。

　　另一個典型的例子，是出現在第十六回「觀音院僧謀寶貝」中，敘述孫
悟空保護唐僧來到一所寺院，叫「觀音禪院」，「山門」裏面走出「一個眾僧」
來，這個眾僧很具道相：

> 頭帶左笄帽，身穿無垢衣。銅環雙墜耳，絹帶束腰圍。草履行來穩，
> 木魚手內提。口中常作念，般若總皈依。（頁 317～318）

受用也不錯，讀者不免對他的修行品質有些好奇：

> 那和尚忽見行相貌，有些害怕，便問：「那牽馬的是箇甚麼東西？」
> 二藏道．「悄聲低言，他的性急，若聽見你說是甚麼東西，他就惱了。
> 他是我徒弟。」那和尚打了箇寒禁咬著指頭道：「這般一箇醜頭怪惱
> 的，好招他做徒弟？」（頁 318）

不開口說話還好，一開口便損了人，更比一般等而下之，這當然是作者有意
的嘲諷，但卻不可當作實事看，它是作者有意借用來遠遠地影射著那老院主
的風格品質的。

　　接著，敘述唐僧來到「大殿」叩拜佛像，那個眾僧便去打鼓，孫悟空就
去撞鍾，等三藏禮拜完，那和尚也住了鼓，孫悟空還只管撞鍾不歇，撞了許
久：

> 那道人道：「拜已畢了，還撞怎麼？」行者方丟了鍾杵，笑道：「你
> 那裡曉得！我這是『做一日和尚撞一日鍾』的。」此時卻驚動那寺
> 裡大小僧人，上下房長老，聽得鍾聲亂響一齊擁出道：「那箇野人在
> 這裡亂敲鍾鼓？」（頁 318）

這次聚焦者的鏡頭瞄準全寺上上下下的「大小眾僧」，也是一個樣子，出口不
遜，當然更近地影射著老院主，他的徒子徒孫都這等風範，就可見他師父的
品質了。

　　接著「老院主」就出場了，聚焦者集中焦點在他的老態與受用之富：

> 頭上戴一頂毘盧方帽，貓晴石的寶頂光輝。身上穿一領錦絨褊衫，
> 翡翠毛的金邊幌亮。一對僧鞋攢八寶，一根拄扙嵌雲星。滿面皺痕，
> 好似驪山老母。一雙昏眼卻如東海龍君。口不關風因齒落，腰駝背
> 屈爲觔攣。（頁 319）

前半部極寫其受用，後半部極寫其老態龍鍾；聚焦者接著聚焦於喝茶事件：

> 有一箇小幸童，拿出一箇羊脂玉的盤兒，有三箇法藍廂金的茶鍾，

> 又一童提一把白銅壺兒，斟了三杯香茶。眞箇是色斯榴芷艷，味勝
> 桂花香。（頁320）

連喝茶的道具、茶色、茶香都講究極了，極易引生讀者的反感，很不像個出
家人，受用如此闊氣，適是反諷。看見唐僧的袈裟好，便想據爲己有，甚至
殺人放火在所不惜，貪心與愚癡之火如此之烈，難怪可以燒掉整座觀音禪院。
所以這場火，在象徵上，似乎隱喻著自我內在熾烈的貪慾，足以毀滅一切。
接下來敘述者寫他們一家子如何設計謀財害命，就不足爲奇了。這是「全知
聚焦者」採用『由遠及近受聚焦』手法，層層推進並隱喻其罪惡發生的可能
性。

（三）環形式被聚焦者

第五十八回「二心攪亂大乾坤，一體難修眞寂滅」中，敘述孫悟空因斬
殺盜賊之故，又再次被唐僧貶逐，含蘊「心有凶狂」、「神無定位」之意（頁
1025），於是由一心，生出二心；一心仍是心逐取經僧的「眞悟空」，另一心
則是要自去取經獨自成事的「假悟空」，由六耳獼猴妖精所扮演。眞假悟空外
人難以辨認，眞悟空爲了證明自己的清白，與假悟空一路打打鬧鬧，四處找
人辨明。

他們先到「南海觀音」處，不能辨認，念「緊箍兒咒」也沒有用，兩個
一樣頭疼；之後，到了「天界」，眾天神看了許久，亦不能辨，使「照妖鏡」
照也沒有用，鏡中是兩個孫悟空的影子，除非一體所生，否則如何能夠，故
應可隱喻爲「一體之二心」，如回目上之標題所示；後又至「唐僧」處，亦無
法辨認。

然後，兩個又打到「陰間地府」，地藏王菩薩著他司下的一隻獸，名喚「諦
聽」，來聽個眞假。諦聽雖聽得出，但不敢說破，因爲妖精的法力與孫悟空一
般無二，陰間惹不起，於是又把問題丟給如來佛，因爲祂法力無邊；最後，
眞假悟空打到了「佛祖」處，如來佛當然能辨明，祂早看出問題癥結是「二
心競鬥」所致，每個人都是一心，一心才能修行，否則無法「結聖胎」（頁1052）；
如來佛最後說出了假悟空的本像，是「與眞悟空同像同音者」的「六耳獼猴」
（頁1054），那獼猴見如來佛說出他的本像，就要逃走，被如來佛蓋在一個缽
內，揭起缽來，被孫悟空一棒打殺。

孫悟空一棒打殺了妖精，這象徵他心上的魔，只能由他自己動手克除，
克滅了內心的魔障，復歸一心，才能繼續他的精神之旅。「全知聚焦者」先後

聚焦於南海觀音、天界、唐僧、冥間、與佛祖處，可以說起於佛界，終於佛界，形成一「環形結構」；這個結構方式可能有它的象徵意義，「起於佛界」，可能暗示二心競鬥之因，全為取經，一欲自去取經，一欲追隨唐僧，二心無法取定，因而產生內在衝突與矛盾；若要破除這種矛盾與衝突，最後仍得回歸到佛教「無心」或「一心」清明自在的生命境界，所以要「終於佛界」。當個體是一心或一體時，就不會有矛盾衝突，當生起二心時，在二元對立的狀態，則矛盾衝突隨之而起，自我必須有如佛一般的察觀智慧，才能如實諦聽內在的聲音，生命才能有復歸清明的可能。

第六節　結　語

　　金聖歎對第三人稱局限聚焦的理解，是中國古代敘事聚焦思想的精髓，這種聚焦的運用及理解，顯然較為強調聚焦之認知側面的應用，而里蒙・凱南的敘事聚焦理論有助於本文擴大視野，來發掘《西遊記》裏多樣貌的聚焦表現。《西遊記》採用第三人稱說書人聚焦者，本文探討了《西遊記》採用了那些說書人特質，作為聚焦設計的考量，進而構成它的聚焦敘事的主導模式。

　　首先，說書人有盡量詳述的特質，提供了大量的訊息，有助於讀者掌握故事的來龍去脈，搭配此種敘述意圖，《西遊記》衍生及強化了「無所不知觀察」、「鳥瞰觀點」及「泛時聚焦」的運用；其次，說書人有現身說法及品頭論足的特質，這顯然有助於聽眾或讀者確切掌握其所傳達之信息，《西遊記》也有這種意圖，因而強調「權威觀察」的運用。

　　再次，《西遊記》採用第三人稱說書人聚焦者，是敘述者在觀照與他無關的一群人物的故事，讀者隨著這種敘述眼光，自然保持一種中立超然之立場；加上頻繁採用未來時之「泛時聚焦」方式（即預敘），敘述者隨時預告事件的結局，讀者自然轉移對「後事如何」之關注，而能以較冷靜清醒態度來觀省事件的前因後果；再加上「現時聚焦」，讓讀者隨時隨地保持對當下現時生命真相的體認，這三者構成《西遊記》說書人敘事聚焦的主導模式。

　　本文亦由《西遊記》敘事傳統，發現一個敘事聚焦的演變趨勢，即從《大唐三藏取經詩話》、《西游記雜劇》到長篇章回《西遊記》，其敘事聚焦逐漸由簡單變為複雜。《西遊記》敘事聚焦的複雜模式，即以上述主導模式為原則，再變化其他多元聚焦方式的表現。《西遊記》全知視角模式的運用與表現，主

要有兩種形式，一不限制的，一是限制式的。不限制的觀點是：全知聚焦者有權採取「任何眼光」來看或感受，並不限制自己的全知能力，而在小說中盡情展現這種視角的種種特質，有如本章中第三節「全知聚焦者之運用」所述及者，包括泛時聚焦、同時聚焦、鳥瞰觀點、主客觀聚焦、權威觀察與無所不知觀察等聚焦方式。

限制的觀點是：「全知聚焦者」會限制自己像上帝一樣的能力，在《西遊記》裏他的表現方式，或偶爾暫時採用人物的眼光來取代自己的眼光，造成「視角內部」的「視角轉換」，這種轉換是內部的，而且是短暫的，所以不會與人物有限視角產生混淆，我們稱之為「短暫內視角」的運用。偶爾，他把自己的眼光僅限制於「觀察對象」的外部活動或描寫，如人物的言談、動作、外貌或環境等，類似於攝像式「外視角」，但《西遊記》卻特重這種視角的對話表現，我們稱之為「對話式外視角」。無論「短暫內視角」或類似「外視角」的運用或轉換，都有利於懸念的製造，產生情節的吸引力，同時也會造成觀察位置的流動與變化，這種變化與流動是屬於「觀察者」的。

偶爾，「全知聚焦者」的限制方式，是特別選擇某個或某些人物的內心活動來予以「集中揭示」，或加以「局部隱瞞」，這是為了闡示主題，或取得某種效果。偶爾，他會為了某種效果，而局部限制自己的知識或全知能力，即所謂「部分全知聚焦者」手法。上述皆在本章的第四節「限制全知聚焦者之運用」中詳細討論。

偶爾，「全知聚焦者」並不特別限制是內部或外部觀察，而是瞄準「被聚焦者」持續被聚焦的狀況；他有時將焦點（被聚焦者）設定或固定於某一人、某一事、或某一地，稱為「固定式被聚焦者」；有時，並不固定，於兩人之間輪流被聚焦者，稱為「雙人式被聚焦者」；於三個或以上的人之間交替被聚焦者，稱為「多重式被聚焦者」。無論是固定或變化，都是根據「被聚焦者」的持續程度作為標準來區分的。除此之外，「被聚焦者」還有其他被聚焦的方式可被發現，我們另設「其他形式被聚焦者」一項，來加以討論，包括「對比式被聚焦者」、「由遠及近式被聚焦者」及「環形式被聚焦者」等。

第四章 《西遊記》敘事人物

第一節 前言

　　本文在「緒論」中，已論及《西遊記》描寫重點之一是人物的成長及發展，它與《大唐三藏取經詩話》（以下簡稱《詩話》）及《西游記雜劇》（以下簡稱《雜劇》）的描寫重點不同。《詩話》重點並不在寫人，而在寫事。《雜劇》的重點雖在寫人，但寫的是唐僧，唐僧的性格亦有絕對化及沒有發展的特質。然《西遊記》裏，主角變爲孫悟空，而且他的性格描寫也沒有被絕對化，孫悟空的性格特質裏正負面特質都有，也具有某種程度的複雜性，亦因其負面特質的存在，才容許人物有成長或發展的空間。

　　《雜劇》裏的性格描寫，與明代某些考驗型小說類似，以羅懋登《三寶太監西洋記通俗演義》〔註1〕、鄧志謨《咒棗記》與《鐵樹記》〔註2〕等作品

〔註1〕　凡二十卷一百回，原題「二南里人著，閩閩道人編輯」，二南里人即羅懋登，明萬曆間陝西人，本書完成於明萬曆丁酉（1597）。（上海：上海古籍出版社，1985年），以申報館本爲底本，以步月樓複刻本校勘，標點重版。故事敘永樂帝登基，帝王傳國璽流落西番，帝以三寶太監鄭和爲征西元帥，令張天師與金碧峰同去尋寶。歷經三十九國，傳國王璽未尋到，卻帶回各國貢品及兩顆夜明珠，永樂帝論功行賞，敕建碧峰禪寺和龍虎山玉皇閣，以謝金碧峰與張天師。

〔註2〕　《咒棗記》（明萬曆癸卯，1603年）二卷十四回；《鐵樹記》（1603年）二卷十五回，今皆存。二書皆收錄於國立政治大學古典小說研究中心主編，《明清善本小說叢刊初編》（臺北：天一出版社，1985年）。《咒棗記》敘薩眞人如何修道成仙的故事，他曾拜三仙師爲師，其中一師葛仙翁教以咒棗之法，念動咒語，袖中有棗，日食三棗則不飢。《鐵樹記》敘許遜斬蛟，他捉住孽龍，鎖

爲例，主人公亦皆歷經諸多險情，然性格似乎沒有什麼發展，所有的險情都只爲例證主人公美好的品格特質，使得主人公們的造型僅成爲抽象而理想的定型形象。

然《西遊記》中，不獨主角孫悟空是發展型人物，其餘的取經人其性格之造型，也並非一開始即已定型，他們或多或少會隨著歷難過程而有所發展或成長。由於主人公們在旅程中經歷了各種各樣的事，我們冀望他們身上發生種種變化，這也是極自然的事。〔註3〕從這個意義來說，《西遊記》不僅是「喜劇冒險」或「喜劇幻想」小說，〔註4〕似更應是一部「成長小說」。衡諸明代其他的長篇章回小說，如《三國演義》、《水滸傳》及《金瓶梅》等的人物描寫，就主人公成長或發展形象塑造而言，《西遊記》是相當出色的作品，應爲其人物塑造的一大特點。

《西遊記》裏主人公們的形象，除了發展性以外，也兼具複雜性。隨著故事逐漸地展開，許多的性格特質會一一呈現出來，從其中讀者會陸續看到人物多面的心理抉擇及其多層次性格展現，也會觀察到主人公們對事情並不單純的反應態度，這些描寫方式都讓主人公們的形象變得複雜而豐滿。

對於《西遊記》人物塑造之發展性及複雜性的研究，目前學界並未見專文討論。評論家們曾關注到的論題：包括西遊人物的演化及原型，〔註5〕人物性格之描寫、五行生剋與人物的關係〔註6〕、西遊人物的喜劇、神話、寓意研究〔註7〕、與西遊人物的性格發展〔註8〕等論題。若依敘事學角度來看，這些

在鐵樹上，將其永鎮洪州的故事。

〔註3〕 參王靖宇，〈從《左傳》看中國古代敘事作品〉，收入《中國早期敘事文論集》（臺北南港：中央研究院中國文哲研究所，1999年），頁31。

〔註4〕 參夏志清著，胡益民等譯，《中國古典小說導論·第四章西游記》（合肥：安徽文藝出版社，1988年），頁127。

〔註5〕 如張靜二，《西遊記人物研究》（臺北：臺灣學生書局，1984年）。主要討論人物的演化問題，其對主要人物的原型及性格發展問題亦頗有涉及。另外，大陸學者劉蔭柏，《西遊記發微》（臺北：文津出版社，1995年），第三章「西遊記人物論考」；及劉勇強，《西遊記論要》（臺北：文津出版社，1991年），第三章「孫悟空」等。

〔註6〕 如傅述先，〈西遊記中五聖的關係〉，《中華文化復興月刊》第9卷第5期，1976年5月；後收入本社編，《中國古典小說研究》（臺北：中華文化復興月刊社，1977年）；又張靜二，《西遊記人物研究·「五行生剋」的問題》亦有涉及。

〔註7〕 如夏志清著，胡益民等譯，《中國古典小說導論·第四章西游記》，頁127～181。又如方瑜，〈論西遊記———一個智慧的喜劇〉，《中外文學》第6卷第5期、第6卷第7期，1977年10～12月等。

研究大致可區分為「人物特質」（characters）與「人物刻劃」（characterization）兩個層面。〔註9〕現有的研究裏，對「人物刻劃」層面的關注得很少，並且《西遊記》與前此西遊故事諸本比較，其刻劃人物之方法有許多突出的出現。因此，本文想嘗試從人物刻劃角度，來論「人物類型」的問題，亦即探討《西遊記》中，人物形象之發展性及複雜性的塑造問題；並從技巧層面來探討「人物刻劃」的描寫手法問題，其中除了對比法與五行生剋描寫法比較常被提及，〔註10〕其它的似乎很少被注意到。希望透過本章之討論，能夠對《西遊記》之人物類型及人物刻劃手法，有多一點的理解及認識。

中國敘事文中的人物大多是不發展的，〔註11〕其個性特質在作品中幾乎始終如一，很少有變化。但是，《西遊記》的主要人物如孫悟空、唐僧、豬八戒甚至沙僧，其性格特質都不是始終如一的，而且有某種程度的複雜性。不僅主要人物如此，其它的妖精、凡人及神佛，其形象及性格特質，有的也呈現出某種程度的發展性及複雜性，卻很少被評論家所注意。

《西遊記》的人物分類，大體而言，可分為取經者、神佛、妖精及凡人四類。但是，《西遊記》裏九九八十一難的旅程設計，卻決定它必然始終以取經者為注意目標，而路上所遇的神祇、妖精和凡人卻只是次要的人物。〔註12〕方瑜先生曾認為，《西遊記》中的妖精寫得甚具「人的血肉精神」，在中國通俗小說中實「百不得一」。〔註13〕妖精之外的神佛和凡人類中，如觀世音、佛祖、國王等，也都頗引人注目，然大多數評論家仍較傾注心力於取經者，而忽略這些次要人物的討論。因此，本文的討論除了主要人物五聖外，也會旁及這些次要人物。

〔註 8〕　如鄭明娳，《西遊記探源》（臺北：文開出版事業股份有限公司，1982 年），下冊，頁 136～141 等。

〔註 9〕　這個區分來自里蒙・凱南，《敘事虛構作品》，他對人物的研究分為兩層：一為第三章之（Story：characters），及第五章（Text：characterization），可見 characters（「人物特性」）屬於故事層次，而 characterization（「人物刻劃」）則屬文本層次。參 Rimmon- Kenan,Shlomith, Narrative Fiction：Contemporary Poetics （London and New York： Methuen,1983）。

〔註 10〕　如方瑜著〈論西遊記──一個智慧的喜劇〉，《中外文學》。又如吳聖昔，《西游新解・第三技巧篇》（北京：中國文聯出版公司，1989 年），頁 129～135。

〔註 11〕　參王靖宇，〈中國敘事文的特性──方法論初探〉，《中國早期敘事文論集》，頁 12～13。

〔註 12〕　參夏志清著，胡益民等譯，《中國古典小說導論》，頁 137。

〔註 13〕　參其〈論西遊記──一個智慧的喜劇〉，《中外文學》，頁 18。

第二節　人物類型

一、分類標準說明

對於人物研究裏發展性及複雜性問題，里蒙・凱南曾在「故事層」的人物分析中提出來，他認爲故事中的人物，是讀者從本文中所抽象出來的邏輯構造物。而由某一特定文本所抽象出來各個不同的人物，很少被理解爲具有同等的「豐滿」程度與「發展」程度，於是產生人物分類問題。佛斯特（E.M.Forster,1879～1970）於 1927 年提出「圓形人物」與「扁平人物」的觀念，對這個問題作了初步的區分。之後，埃溫（Ewen）爲避免佛斯特理論的簡單化，提出人物軸線的觀念，以所謂複雜軸線及發展軸線，作爲人物分類的兩個原則。〔註14〕

依佛斯特的解釋，所謂「扁平人物」（flat characters），其人物性格固定，不爲環境所動，且特色單純，易於辨認記憶。相反地，所謂「圓形人物」（round characters），其人物性格複雜，並會隨著所經歷的環境而變動。〔註15〕衡諸《西遊記》中的人物塑造，有的人物其性格雖極簡單卻不會一成不變，如滅法國國王其性格極爲單純，然由「滅僧」到「敬僧」，讀者透過文字可以了解人物心理的轉變，其發展顯然可見（第八十四回）。再者，有的人物其性格儘管不發展，卻有頗爲豐滿的性格特質，如佛祖、觀音與玉帝等。由此可見，佛斯特「扁平人物」與「圓形人物」之區分，並不全然適切於《西遊記》的人物分類。

問題在於佛斯特的區分，隱含了雙重標準，人物的複雜性與發展性這兩重標準並不總是疊合在一起，有時是互相分開的。如上所論，有的人物複雜但並不發展，有的則性格簡單卻有發展性，並非總是既複雜又發展的圓形人物，或是既簡單又不發展的扁平人物。另外，同爲圓形人物，其複雜程度與發展程度也往往並非同步，譬如豬八戒性格發展之深度雖極有限，然其形象卻很豐滿，沙僧的發展深度高於豬八戒，然其豐滿程度卻遠不如豬八戒，可見人物塑造的發展性與複雜性是可以分開討論的。若將這兩重標準分開，即可兼攝上述四種狀況的解釋，更有助於《西遊記》人物塑造之理解。

〔註14〕 請參閱 Rimmon-Kenan,Shlomith,Narrative Fiction ： Contemporary Poetics（Londonand New York：Methuen,1983）pp.36～42。

〔註15〕 參考"Aspects of the Novel",London：Penguin Books,First published in 1927,pp.73～81。 李文彬譯，《小說面面觀》（臺北：志文出版社，1995 年，修訂版），頁 92～105。

再者，扁平人物與圓形人物兩種類型之間，其實還包含了若干程度上的差別狀況。依《西遊記》人物形象來說，同為發展型人物，孫悟空之變化程度及豐滿程度顯然超過其他取經人許多。又同一個人物，豬八戒的人物形象極為豐滿，然其發展性就遜色許多，遠遜於唐僧，然唐僧的豐滿程度就反不及豬八戒許多。若以「圓中帶扁」或「扁中帶圓」觀念來詮釋《西遊記》的人物，可能會忽視了人物發展性及複雜性若干程度上的差異。因此，本文選擇採用埃溫的人物軸線法。

埃溫區分了三種軸線，但本文關注的是他的發展軸線及複雜軸線。埃溫的複雜軸線，兩端分別放置了「單純」人物及「複雜」人物，在這兩個頂端中間，則可以區分出無限的複雜程度。所謂單純人物類似寓言人物或類型人物，首先，由圍繞一個單獨性格特徵來構成人物，如驕傲、罪惡等；其次，各個不同的特性中，其中一個得到誇大佔據突出的地位，成為主導特徵；再次，此一突出的性格特徵，被當作整個一群人的性格代表，而不是一個純粹個人的品性。另一條是發展軸線，兩端分別放置「不發展」人物及「充分發展」人物；在這兩端中間一樣可以含納各種發展程度的人物類型。不發展的人物，在整個故事中，其性格都保持不變，當我們繼續往下看時，便會對其性格的主要特點有更深的認識。〔註16〕

二、人物的成長與發展

（一）唐　僧

《西遊記》裏五個取經人，孫悟空、唐僧、豬八戒、沙僧與龍馬，其性格各有不同程度與層次的轉變。先論唐僧。鄭明娳先生認為「三藏許多個性上的缺點，在西行途中，極少表現出受到任何精神上的啟迪，而有進益。唯一進步的是他逐漸能聽悟空的諍言」，〔註17〕其實還有許多精神特質的提升，未被注意到。夏志清先生則認為，「唐僧在他經受苦難的旅途中卻沒有表現出精神升華的任何迹象。如果說有任何表現的話，只是隨著旅程進展，他變得更加乖戾、脾氣更壞」。〔註18〕

〔註16〕關於埃溫的人物軸線法，請參閱 Rimmon-Kenan,Shlomith,Narrative Fiction：Contemporary Poetics （Londonand New York：Methuen,1983）pp40～42。
〔註17〕參《西遊記探源·第四章形式的定型》，下冊，頁 139。
〔註18〕參胡益民等譯，《中國古典小說導論》，頁 137～138。

整個來說，唐僧仍是越變越好的成分居多，只是改變的程度有限。夏志清先生舉唐僧在「凌雲渡」脫胎前的抱怨不安，藉以說明其精神未見升華之狀況，就這點來說，確實如此，但是其他的精神特質則未必盡然，本文將列舉唐僧幾個稍見升華例子作爲補充。張靜二先生對唐僧性格發展的看法，較側重其與孫悟空、豬八戒之關係變化，〔註 19〕本文則著眼於唐僧本人之性格及精神特徵，討論其性格之發展。

唐僧缺乏主見又易信讒言的特質，在《西遊記》中很容易被注意到。第三十八回豬八戒被孫悟空捉弄去馱烏雞國國王的屍身回來，他想要報復孫悟空，就誆騙唐僧，孫悟空在陽間就可以醫得活烏雞國國王，孫悟空否認，豬八戒便攛掇唐僧念咒，唐僧「原來是一頭水的」偏信豬八戒的讒言，果眞念起咒來。最終雖是喜劇收場，卻把唐僧那種缺乏主見又偏信讒言的形象，鮮明地表現出來。

這個特質早於第二十七回屍魔之難顯露出來，屍魔巧變爲一齋僧的美女來戲弄唐僧。孫悟空識破其爲妖精，舉棒殺之，豬八戒就攛掇唐僧念咒，一連三次，唐僧都聽信豬八戒之言，將孫悟空咒倒在地。直到第五十回遭遇了「兕怪」，唐僧也因聽信豬八戒之言，而落入兕怪的圈套。歷經此難之後，唐僧才有點自覺道：「早知不出圈痕，那有此殺身之害」，「賢徒，今番經此，下次定然聽你分付」（第五十三回）之言。

之後到第八十回「半截觀音」之難，妖精假變遇難少女來博取唐僧的同情，但此回孫悟空總算勸轉唐僧不救那妖精，道：「八戒呵，你師兄常時也看得不差。既這等說，不要管他，我們去罷」，多少表示他對孫悟空的信任，可以抗拒得了豬八戒的讒言，未嘗不能視之爲唐僧精神上的進步。雖然後來唐僧仍被女子「善言善語」打動而出手相救，但問題並不在聽信讒言與否，而在於他的人格裡有種「要善將起來，就沒藥醫」的特質。唐僧對正確道理的偏執狂熱，倒是始終沒變的。

唐僧另一項特質，爲不辯眞假而易爲表象所迷惑。第二十七回屍魔之難唐僧不識妖精，貶逐心猿後，再度爲放光的寶塔所迷惑，而被妖精所縛。之後，唐僧曾親見妖精巧變成俊俏的駙馬爺，誆騙了寶象國國王，又施法術將自己變虎，受殿前武士毒打，卻未曾使他有半點覺悟。至第六十五回，唐僧見妖精所假設之「小雷音寺」，不顧孫悟空的警告必要進去參拜，致使取經人

────────────

〔註19〕參《西遊記人物研究》，頁 119～125。

同遭了這一場厄難。後來，孫悟空進去救他時，聽見唐僧悲泣之聲道：「自恨當時不聽伊，致令今日受災危」，這回唐僧似乎已有自覺，因而後悔當初所作所爲，但能否永不再犯，第九十一回取經人來到「金平府」觀夜燈時，唐僧一見妖精假扮的佛身，即跑上橋頂倒身下拜，不顧孫悟空對他的警告，顯見唐僧的覺悟程度仍然有限得很。

　　唐僧對《多心經》的理解，也顯示了他精神上漸有成長的痕迹。第十九回唐僧在「浮屠山」受了烏巢禪師的《多心經》後，第二十回唐僧自以爲徹悟，實則並非如此。此後，孫悟空常爲唐僧講《多心經》上的道理，第九十三回孫悟空又提醒唐僧「只是念得，不曾求那師父解得」時，唐僧反問孫悟空道：「你解得麼？」孫悟空回道：「我解得！」自此唐僧就不再作聲。倒是豬八戒與沙僧嘲笑孫悟空道：「他曉得弄棒罷了，他那裡曉得講經」，唐僧這才補充道：「悟空解得是無言語文字，乃是眞解」。

　　唐僧一路上似乎很難做到《多心經》上所言之「心無掛罣」，總是充滿各種恐懼，最後他承認孫悟空是眞解，大概沒有眞實體會是不會這麼說的。《多心經》不是用來念的，而是放在心上思惟實踐的，故唐僧每每在念《多心經》時爲妖魔所擒，可能是作者有意的影射。唐僧從自「以爲徹悟」到「不曾解得」再到「甚有體會」，亦未嘗不能視爲一種精神的進步。

　　唐僧對災難本質的理解，亦可看出其精神成長的程度。當年從長安出發到「法雲寺」，寺裡和尚告訴他，西天的路怎樣多災多難，唐僧「以手指自心，點頭幾度」，答道：「心生，種種魔生；心滅，種種魔滅」（第十三回），回答得很神而明之，表示他知道。走了五萬四千里路後，卻又掉淚道：「我當年別了長安，只說西天易走；那知道妖魔阻隔，山水迢遙」（第四十七回），可見當年在長安所言，並非眞知，經過了一半途程後，才算眞正地瞭解。這種從「無知」到「有知」或「眞知」的過程，應當算得上是精神上的成長。只是他終場未解災難本質的虛幻性，取經回東土途中，又降下「通天河」老黿之難，唐僧還問孫悟空「這是怎的起？」（第九十九回），顯見其覺悟程度，仍遠不及孫悟空。

　　唐僧最後的脫胎成道，亦可顯示其整個生命層次的提升軌迹。第四十八回唐僧過「通天河」時，被鯉魚精弄沈到水底。到第九十九回同樣經過「通天河」時，被老黿淬在水裡卻未沈入水底，敘述者道：「唐僧脫了胎，成了道；若似前番，已經沈底」。可見，唐僧由「凡胎肉骨，重似泰山」，到脫胎成道

不會沈底，起了根本性變化。綜合上述五點所論，應可稍見唐僧性格或精神特質之成長或發展的轉變軌跡。

（二）孫悟空

孫悟空的覺悟程度與轉變速度，遠比唐僧要高出許多，評論家們也都這樣肯定。鄭明娳先生認爲：孫悟空心智成長的描繪，在《西遊記》中最爲成功。〔註20〕孫悟空經由魔難考驗，在取經旅途中，不斷地克服自身負面的特質，轉化衝突爲和諧，使其性格漸趨於成熟。張靜二先生則強調其「做小伏低」精神特質，〔註21〕然而這個特質應與其受不得人氣及追求不朽的精神趨向有密切的關聯，本文將進一步來探討這個問題。

孫悟空「受不得人氣」的性格特質，最顯著的例子發生在「兩界山」打死「六賊」，而與唐僧產生的衝突上。第十四回孫悟空替唐僧打死了精神「六賊」——眼看喜、耳聽怒、鼻嗅愛、舌嘗思、意見慾與身本憂等。但是，唐僧在精神上的理解力，不能瞭解此事的正當性，反而責備孫悟空「一味傷生，去不得西天」。「受不得人氣」的孫悟空，便使氣回東。途中到東海龍王處討杯茶喝，龍王以「圯橋三進履」爲喻勸孫悟空忍辱，才能成就正果：

> 龍王道：「……大聖，你若不保唐僧，不盡勤勞，不受教誨，到底是個妖仙，休想得成正果。」悟空聞言，沈吟半晌不語。龍王道：「大聖自當裁處，不可圖自在，誤了前程。」悟空道：「莫多話，老孫去保他便了。」（第十四回）

孫悟空最後決定回去保唐僧，敘述者雖未直接說明他的心理轉變，然他能聽得進龍王之勸告，即表明了他的內心已有某種程度的轉變。此亦與他一向「追求不朽」〔註22〕的雄心相一致。以孫悟空靈慧聰穎之特質，當可瞭解唐保僧才是有前途的事，眼前的短暫自在並不會令他滿意，所以選擇回去應較符合主人公一向的追求。

自從「兩界山」拜了唐僧爲師後，孫悟空與唐僧的衝突就源源不斷。至「鷹愁澗」收「意馬」時，師徒二人再度發生衝突。唐僧暴露其軟弱好哭的

〔註20〕語見《西遊記探源》，下冊，頁139。

〔註21〕參《西遊記人物研究》，頁72～76。

〔註22〕參夏志清著，胡益民等譯，《中國古典小說導論》，頁144。他認爲，孫悟空當美猴王的時候，在水濂洞，何等自在快活，但他並不滿意，而要去拜師訪道，學習長生不老之術，以期永遠躲過閻王之禍，這表明「他的雄心是追求不朽」。

膿包性格，令受不得人氣的孫悟空變得暴躁難禁。似乎孫悟空這才深深地體會到，唐僧的性格對他而言確實是個考驗，於是孫悟空向觀世音菩薩請求褪下「緊箍兒」，離開取經行列。然菩薩知道他內心的疑慮，除了許下親來救護的承諾，還送他「三根救命毫毛」，增強其克服災難的能力。孫悟空能接受菩薩的安撫，表明其已有某種接受挑戰的決心。

接著一連串的難關，似乎皆在考驗孫悟空的決心與誠意。第二十七回唐僧三番聽信豬八戒的挑撥，要貶退孫悟空，孫悟空幾番苦苦哀求，還是不免被貶退的命運。之後，唐僧遇黃袍怪之難，其他取經人皆不濟事，孫悟空受了唐僧如此地誤解與屈辱，仍然願意回來救師，顯見其所立之大，並非只在個人一時之榮辱而已。

當唐僧寫立貶書貶回孫悟空時，孫悟空「止不住腮邊淚墜」，孫悟空從不為遇事艱難落淚，卻為被逐一事而哭，可見其對取經事業的真心。之後，豬八戒去請孫悟空回來降妖時，對豬八戒道：「老孫身回水簾洞，心逐取經僧，那師父步步有難，處處該災」，對取經之事可謂念茲在茲。後來，他們路經東洋大海時，孫悟空卻要下海淨身，因為知道唐僧是個愛乾淨的，他這幾日回來身上弄得有些妖精氣，「恐怕嫌我」，豬八戒於此識得孫悟空「是片真心，更無他意」（第三十一回）。第三十二回的金銀角大王之難，乃觀世音菩薩設試，實則專為考驗孫悟空的取經誠心。因為一開始，唐僧、豬八戒及沙僧龍馬等皆為妖精所擒，那妖精功夫又好，智謀又足，又有五件厲害寶貝。然而孫悟空「全然無懼，一心只要保唐僧」，「使碎六葉連肝肺，用盡三毛七孔心」，才救出唐僧一行人。孫悟空的決心與意志，全透過人物行動一點一滴表現出來。

孫悟空何以願意「死心塌地」保唐僧？唐僧既沒神通，又沒高超的品德以服人，既需靠人保護，又對孫悟空正確行為不支持，單憑兩界山脫難之恩，焉能令神通廣大、智力高超的孫悟空為他致此？應是孫悟空所求者大。第九十八回過了「靈雲仙渡」時，孫悟空道：

> 兩不相謝，彼此皆扶持也。我等虧師父解脫，借門路修功，幸成了
> 正果；師父也賴我等保護，秉教伽持，幸脫了凡胎。

孫悟空既有追求不朽的雄心，亦深知唐僧便是他修功的門徑，所以他必得馴服自身的野性，才能成就正果。

至第三十六回時，孫悟空已由「受不得人氣」轉為「逆來順受」。他們到了一處山門外，孫悟空問是什麼寺時：

> 三藏道：「我的馬蹄纔然停住，腳尖還未出鐙，就問我是甚麼寺，好
> 沒分曉得！」行者道：「你老人家自幼爲僧，須曾講過儒書，方纔去
> 演經法；文理皆通，然後受唐王的恩宥；門上有那般大字，如何不
> 認得？」長老罵道：「潑猢猻！說話無知，我纔面西催馬，被那太陽
> 影射，奈何門雖有字，又被塵垢朦朧，所以未曾看見。」行者聞言，
> 把腰兒躬一躬，長了二丈餘高，用手展去灰塵道：「師父，請看。」
> 上有五個大字，乃是「敕建寶林寺」。行者收了法身，道：「師父，
> 這寺裏誰進去借宿？」三藏道：「我進去。你們的嘴臉醜陋，言語粗
> 疏，性剛氣傲，倘或衝撞了本處僧人，不容借宿，反爲不美。」行
> 者道：「既如此，請師父進去，不必多言」。

孫悟空對唐僧逆來順受，沒有半點違拗，倒是唐僧性剛氣傲，常給他氣受。

孫悟空亦由原本「暴燥難禁」的個性，後來變得非常有耐心。第二十七
回師徒們行到嵯峨之處，唐僧餓了要孫悟空去化齋，此時的孫悟空，仍微有
抱怨道：

> 師父好不聰明。這等半山之中，前不巴村，後不著店，有錢也沒買
> 處，教往那裏尋齋？（頁514）

到第五十回時，同樣是半路山中的情景，唐僧又嚷肚餓要孫悟空去化齋，此
回孫悟空即去化齋，不再有微詞道：「師父果飢，且請下馬，就在這平處坐下，
待我別處化些齋來你喫。」前後相形之下，孫悟空的轉變顯而易見。

第二十回唐僧在「黃風嶺」被抓時，豬八戒哭了，孫悟空要他別哭，「一
哭就挫了銳氣」。孫悟空是「曾下九鼎油鍋，就煠了七、八日，也不曾有一點
淚兒」的人，後來，卻常常爲唐僧的苦難而哭泣。第三十三回唐僧在「平頂
山」被擒，孫悟空被銀角大王的三山所壓，此時，他「遇苦思三藏，逢災念
聖僧」，珠淚如雨，自此以後，每遇唐僧被抓，孫悟空都會感嘆哭泣。應可視
爲孫悟空對唐僧態度的轉化，自然流露的眞摯情感。

唐僧對他處處疑心，他對唐僧卻很孝敬，視之如師如父，而且還非常忠
心耿耿。第二十四回到「五庄觀」時，鎮元子要打唐僧，孫悟空要求替打及
替下油鍋，因此感動了鎮元子要與他結拜兄弟。從孫悟空對唐僧的態度中，
我們可以發現一條明顯的轉變軌跡——從「叛逆」到「逐漸馴服」，再到「很
有孝心，忠心耿耿」，其中轉變的深度與速度皆爲其他取經人難望其項背的。

鄭明娳先生嘗從「殘忍好殺」角度來論孫悟空的心智成長。然則孫悟空

之殺妖精與殺人身似乎又有差別，本文將進一步來探討此一差別。孫悟空對妖精一向不容情，然因唐僧的好生之德，使他在殺妖精時也會有所顧忌，如果妖精不違法犯禁，孫悟空後來也會放生。第五十三回如意真仙，為替姪兒紅孩兒報仇，堅執不肯給「落胎泉水」，孫悟空也不肯使棒打殺，只是大費周章地請沙僧來合力取水。如果妖精知悔改過，孫悟空也會放生。第七十回「獅駝國」三妖，孫悟空先被大魔「獅精」吃下肚裡後在其肚中作怪，獅精求告道：「大慈大悲齊天大聖菩薩」，孫悟空是好奉承的人，只要他們答應送唐僧過山就離開老魔的肚子。後來，二魔「象精」反悔，要與孫悟空見仗，卻敗在孫悟空棒下，懇求孫悟空饒他一命，也願送唐僧過山。輪到三魔「大鵬精」不願意，將計就計要擒唐僧。孫悟空如此一波三折地給妖精知悔改過的機會，正見其對妖精殘忍好殺的態度有所轉變。這種轉變態度是有原則的取捨，並非全然不殺。

孫悟空初始視盜賊實與妖精無異，對之毫不容情，第十四回孫悟空在兩界山對阻路的「六賊」是「一箇箇盡皆打死」，然經唐僧怪他行兇傷人之後，似乎稍見收斂。第三十六回在「寶林寺」，為不傷人而改打身旁的石獅。第五十四回為免傷一國之平人，而設「假親脫網」之計，順利脫離西涼女國。但是，至第五十六回「神狂誅草寇」，孫悟空發狂打殺盜賊老楊之子，唐僧怪他不仁，不要他作徒弟了。孫悟空去向觀音菩薩告狀，菩薩公評「這人身打死，還是你的不仁」，因為孫悟空有無量神通可祛散賊眾，無需用殺，孫悟空經此教誨後，便不再打殺人身。第九十七回孫悟空即用定身法，定住三十多個賊身，奪回寇家被打劫的財物，而不傷一人。前此孫悟空的稍見收斂，似乎因唐僧的責難而停留於行為層次的壓抑，故有後來神狂誅殺老楊兒子之事。經觀世音菩薩點撥後，孫悟空可能有較為深刻的心理轉變，因為他後來即不再殺人身，打劫寇員外那三十多個賊寇，便是最好的說明。

另論，孫悟空由「不知節制」到「知所節制」，亦可見其轉變之軌跡。

第廿四回孫悟空盜取「人參果」三顆，兄弟三人，一人一個分吃了。豬八戒囫圇吃了，要孫悟空再去偷，孫悟空回道：「我們吃他這一個也是大有緣法，不等小可。罷·罷，罷！勾了！」可見他此番頗知節制，與前此孫悟空為齊天大聖時，偷吃王母蟠桃之不知節制相較，實轉變不少。這些討論皆可說明孫悟空的成長或發展，不僅行為上的轉變，更在於其心理特質的轉變。孫悟空原本高超的精神理解力，到取經後期則更加卓絕，幾乎成為敘述者的

代言人，第九十九回取經人最後一難被「通天河」老黿連經淬到水裏，取經人即在石上曬經，收起時發現《佛本行經》沾住了幾卷，唐僧懊悔不迭，孫悟空卻道破個中玄機，此乃應「天地不全之奧妙」，豈人力所能爲。

（三）豬八戒

豬八戒的轉變問題，很少受到學者們的注意，他的轉變時而正面，時而負面，但大體而言，最後仍朝向較爲正面特質發展，只是轉化的深度，極其有限，比唐僧更不能令人滿意，其中他的「進讒言」是很引人側目的特點。自從第二十三回菩薩設試考驗取經人以來，悟空對他搶白著羞，一點不假辭色，令他那偶而表現的寬容性格消失，自此以後，兩人合作的蜜月期似乎悄悄地結束了。

豬八戒在「白虎嶺」（第二十七回），開始漏八分嘴攛掇唐僧念咒，其實並非無心，乃是有意取代孫悟空。經過「黃袍怪」之難（第二十八回），豬八戒自分沒有當家的本事之後，他的冷言讒語，變成「自以爲是的口舌是非」，成了取經旅程詼諧的伴奏曲。到了「子母河」（第五十三回），他與唐僧因誤飲河水而懷孕後，豬八戒的「口孽」是非，似乎漸漸減少了，是什麼原因讓他轉變，敘述者並未明白說出，可能有影射象徵之意味。

豬八戒法名「悟能」，乃「能悟能戒」之人，只要有好的道理勸他，他就頗能跟從。第八回觀世音菩薩訓誨他道：「世有五穀，盡能濟飢，爲何喫人度日？」，他一聽便「似夢方覺」，開始持齋把素，再不吃葷。他的確能戒，一直到取經人到「高老庄」，有兩三年時間，都未再動葷，此由高太公之言可知。但他的戒葷，實僅及於行而未及其心，豬八戒拜師後便道：「今日見了師父，我開了齋吧？」表明他的心理上並未有根本的轉化，仍只停留於行爲上的壓抑。

豬八戒一向食腸大，加上貪圖口肥，一直給讀者口不擇食的貪吃形象。似乎始終無法靠其自身的力量，對此一形象稍作轉化，而且越接近靈山境地越是熾烈頑強。第九十六回在寇員外家，一連串貪圖享受的特寫鏡頭「一往一來，眞如流星趕月。這豬八戒一口一碗，就是風捲殘雲」，至臨起身上路時還抱怨唐僧道：「放了現成茶飯不吃，清涼瓦屋不住，卻要走甚麼路」。必得過了「凌雲渡」，脫胎了道，受了佛祖的齋食之後，豬八戒才大有轉變，第九十九回他在陳家庄道：「不知怎麼，脾胃一時就弱了」，然而這種改變隱含了宗教的神秘意味。

豬八戒的情慾特質向來甚引人注意，他對女色一向是熱愛的，淫心不曾

斷過。然而自從第二十三回歷經菩薩設試的教訓後，豬八戒便不曾在行為上違法犯禁，但在心理上仍蠢蠢欲動。第五十四回豬八戒見到西涼女王便「一時間骨軟筋麻，好便似雪獅子向火，不覺的都化去也」。

　　整個來說，豬八戒的生命特質裏，他的世俗情懷要蓋過其對宗教的嚮往。第九十四回已到了「天竺國」，豬八戒仍道：「送行必定有千百兩黃金白銀，我們也好買些人事回去。到我那丈人家，也再會親耍子兒去耶。」十節上已有九節七八分了，豬八戒尚思會親之事，可見其世俗心重。孫悟空較能從根本上、心理上轉化其生命的弱點，馴化自身的野性，但豬八戒未能完全地馴化，佛祖封他為「淨壇使者」時道：「又有頑心，色情未泯」（第一百回），表明他未有本質上的轉化，這種轉化特質表現於其進讒言、戒葷、情慾、食慾等特質中。

（四）沙和尚與龍馬

　　《西遊記》裏沙僧的戲份並不多，對於沙僧形象的轉變，主要著力於其與孫悟空的關係來呈現。關係的轉化即代表人物內心態度的轉變，由此可以看出人物的成長與發展。初始沙僧對孫悟空似乎沒有什麼兄弟的情義，後來才變得有情有義。第二十二回孫悟空在「流沙河」請觀音來降服沙僧時，沙僧道這個主子「好不利害！我不去了。」兩人關係就不睦。至第二十七回當唐僧誤解孫悟空時，沙僧總是默不作聲，任憑豬八戒進讒言，可知此時，沙僧對孫悟空沒有什麼兄弟的道義。第三十一回沙僧被「黃袍怪」所擒，孫悟空回來救了他命時道：「你這個沙尼！師父念《緊箍兒咒》，可肯替我方便一聲？」沙僧要孫悟空「既往不咎」。此難之後，兩人的關係便有些改變。

　　第四十回遭遇「紅孩兒」之難時，孫悟空屢次要唐僧下馬，唐僧認為孫悟空虛張聲勢，便恨恨的要念咒，是沙僧苦勸住才沒念成。自此以後，唐僧與孫悟空每有勃谿，沙僧便會趁機調難解紛，確實起著調劑水火的「土」行之功。可能因為孫悟空不計前嫌地救他，他也曉得感激與慚愧。

　　兩人關係的越來越好，孫悟空從不捉弄沙僧，而沙僧對孫悟空也頗能欣賞及了解。第四十九回「通天河」之難，兄弟三人要下水尋怪救師。豬八戒利用孫悟空不善水中勾當，故意將他跌了一跤，跌得無影無蹤，豬八戒便要沙僧跟他去尋唐僧，但沙僧不肯道：「他雖不知水性，他比我們乖巧，若無他來，我不與你去。」一群人中，似乎他最能了解與欣賞孫悟空。第四十五回孫悟空在「車遲國」與「虎力大仙」鬥法時，那大仙就要登壇：

行者道：「我與你都上壇祈雨，知雨是你的，是我的？不見是誰的功績了。」國王在上聽見，心中暗喜道：「那小和尚說話，倒有些筋節。」

沙僧聽見，暗笑道：「不知他一肚子筋節，還不曾拿出來哩！」

沙僧似乎不再妒嫉他，真心誠意地誇獎孫悟空，自此凡有可讚之機，他都多少稱讚一句。第七十六回在「獅駝國」，孫悟空打敗「象精」，牽轉象精回唐僧處時，沙僧遠遠看見就讚道：「真愛殺人也」，明顯地從「嫉妒」到「隨喜」，在態度上有一百八十度轉變。

龍馬的戲份比沙僧更少，其形象發展主要著力於身分上的轉變。他本是「西海龍王第三子」，因縱火燒了殿上明珠，被其父告迕逆，不日遭誅。後來觀音勸善他為「唐僧腳力」，馱了唐僧西去，又馱了經卷回東土，被佛祖封為「八部天龍」，敘述者對其性格轉變，著墨甚少。大體而言，他的轉變亦是朝正面發展的，他原本是「忤逆不孝」的龍子，成了唐僧腳力後，溫馴而踏實，對取經事業之誠敬一如沙僧，對孫悟空似乎亦頗能欣賞與了解，第三十回龍馬勸豬八戒去請孫悟空回來降妖時道：孫悟空是個「有仁有義的猴王」，可見他的識人之明應不在沙僧之下。因其發展模式似乎較接近沙僧，所以附在沙僧項下論之。

（五）妖精與凡人

上述為對《西遊記》主要人物的分析，以下將討論次要角色的成長或發展模式。《西遊記》之三類次要角色中，有發展性的人物形象，僅及妖精與凡人兩類，本文將他們一起合論。妖精角色大多不發展，亦不乏有發展的人物形象，如黑風大王、紅孩兒、牛魔王及鐵扇公主等。如果將妖精分為「天上型」及「地上型」兩類，則此四妖皆屬「地上型」。「天上型」妖精之下場皆被主人公領回，下凡經歷這一場最後還是回到原點，並沒有什麼改變。以下將逐一探討此四妖的形象發展。

「黑風大王」，他的神通並不亞於孫悟空，加上他會「心靈隱佛衣」，可見此妖亦非泛泛之輩。第十七回孫悟空請觀世音菩薩來收降他時，菩薩便讚那妖精道：「這孽畜占了這座山洞，卻是也有些道分。」心中就有個慈悲要收他。後來，孫悟空定計變做一粒仙丹，讓黑風大王吃下肚裏，隨即在他的肚裏作怪，黑風大王滾倒在地，菩薩怕妖精無禮就給他戴上「禁箍兒」，被菩薩念動真言咒倒在地，只得跪在地下哀告道：「但饒性命，願皈正果」，可見這妖精是為惜性命，才願皈正的。於是菩薩收他為「守山大神」，與他摩頂受戒，畢竟成了正果。敘述者評道：「那黑熊纔一片野心今日定，無窮頑性此時收」。

黑風大王由「妖精身分」變為菩薩的「守山大神」，其命運亦由邪轉正。然此一轉變亦伴隨著某種精神特質的轉化，從此收了頑性，定了野心。

「紅孩兒」，亦為觀世音菩薩所降服，亦是從一「妖精身分」變為菩薩的「善財童子」，也是「野性不定」，後為菩薩的甚深法力所降服，故其轉變的軌跡大體上與「黑風大王」差不多，只是紅孩兒的野性更難馴服。菩薩為馴服其野性，除了讓他戴上「金箍兒」，還叫他一步一拜，拜到落伽山最後也成了正果（第四十回）。其身分上的轉變模式，實與「黑風大王」如出一轍。因為缺乏複雜的心理描寫，故僅能就外部事件，藉以推斷兩個妖精人物的轉變，應較傾向於為外力所迫而變。

「紅孩兒」為「牛魔王」與「鐵扇公主」所生之子。鐵扇公主因銜恨孫悟空「奪子之仇」，堅執不肯出借「芭蕉扇」。孫悟空用盡心機，還是借不到扇子，只好去央求好友牛魔王出面。牛魔王初時還肯念故舊之情，原諒孫悟空的「奪子之恨」，後來聽他說曾找過鐵扇公主借扇，就整個變臉道：

> 你原來是借扇之故，一定先欺我山妻，山妻想是不肯，故來尋我！
> 且又趕我愛妾！常言道：「朋友妻，不可欺；朋友妾，不可滅。」你
> 既欺我妻，又滅我妾，多大無禮？上來喫我一棍！（第六十回）

一時轉愛為仇，發展到不可收拾的地步。後來諸神圍攻牛魔王，鐵扇公主見情勢不對，轉念要獻扇以息事寧人，然牛魔王不肯道：「物雖小而恨則深」。最後牛魔王被降服時道：「莫傷我命，情願歸順佛家！」那鐵扇公主見牛魔王被擒，「急卸了釵環，脫了色服，挽青絲如道姑，穿縞素似比丘」，出來獻了扇子，又告知「火燄山」息火之法，自道：

> 今此一場，誠悔之晚矣。只因不倜儻，致今勞師動眾。我等也修成
> 人道，只是未歸正果。見今真身現象歸西，我再不敢妄作。願賜本
> 扇，從立自新，修身養命去也。（第六十一回）

孫悟空見他知悔，饒了她去。鐵扇公主從此隱姓修行，後來也得正果。

牛魔王本是一個與世無傷的妖精，也未違法想吃唐僧肉。他與孫悟空乃五百年前的結拜兄弟，兄弟的情義尚在，只因牛魔王疑其欺負妻妾而變臉。即使後來有強敵壓境，牛魔王依然不改其深恨的態度，必到那傷生害命之時，牛魔王方肯歸順佛家，交出扇子。牛魔王的轉變，顯然出於外力的逼迫，敘述者對其內心活動的描寫，可以讓讀者比較明確地來定位他。他的轉變模式似乎與孫悟空較為接近，同是「由道從僧」，同是經過一番賭鬥變化後被擒，

故敘述者評道：「牛王本是心猿變」（第六十一回），可見牛魔王爲心猿的化身之一。

　　鐵扇公主也經歷了幾次轉變，她爲失子之痛而深恨孫悟空；又爲報失子之仇而不肯借扇給孫悟空，經歷了情與理的矛盾；又由牛魔王身陷危難，才恍然知悔，然爲時已晚；最後，由牛魔王之皈降佛家，鐵扇公主也請求孫悟空放她一條生路修行，最後亦得成正果。經歷了這許多現實人生的困境，最終修行成了正果，這些遭際極大地改變了人物的命運，亦是修行生命的一種典型，只是人物缺乏微妙的心理描寫，否則亦可成爲一精彩的發展型人物。

　　凡人角色中發展型的人物形象，殆僅「滅法國國王」一例。第八十四回敘滅法國國王因曾遭僧人毀謗，於是許下天願，要殺一萬個和尚，唐僧等四人剛好來湊此圓滿之數。後孫悟空使「大分身普會神法」，一夜之間，將君臣上下全剃了頭。受到教訓的滅法國國王，再不敢殺僧，見唐僧等從鐵櫃中出來時，即上拜爲師，於是「滅法國」一變而爲「欽法國」，這個國王也由「滅僧」到「敬僧」。然其轉變之由，應是受到外部事件的教訓而產生心理的轉變，這種轉變相當戲劇化，同樣缺乏微妙心理的描寫。

三、性格發展軸線

　　若依轉變深度、速度及戲分爲考量標準，藉以排列程度高下，畫出書中角色之「性格發展軸線」，則主要人物中之孫悟空爲最充分發展的人物，其次應爲唐僧，再次是沙僧，其後是豬八戒，最後是龍馬。

　　唐僧的演出比重較沙僧大得多，敘述者對他的性格演變著墨較多，雖然他的改變極緩，轉變程度也不深，但對一個凡僧而言，他的轉變速度與深度無疑是合理的。唐僧有一般人所有的弱點，然而他也如同一般人，往往難以察覺自身的種種弱點，即使有所察覺，往往也難以徹底實踐出來，相同的錯誤或毛病，時常故態復萌。

　　雖然有孫悟空在旁經常地提醒他，然唐僧的改變仍然極其有限。唐僧的改變往往需要耗費時日、再三地歷經深重程度的苦難後，才稍見一些內在的或本質性的轉變。當然宗教性的神秘力量，可能使人有脫胎換骨的表現，但那是到了最後階段才由五聖一起領受的，所以主要還是得針對前面的表現來討論比較恰當。唐僧經歷了九九八十一難，他是個「難源」，也是個災難的領受者，但眞正克服災難的人是孫悟空，唐僧只是督促孫悟空解難，有時，唐

僧也是個災難的製造者，為孫悟空的魔難與磨練加力。唐僧是個面對災難無多用心的人，他的成長必然極其有限，當然不能將他與孫悟空的成長比肩並論，因此，八十一難對他的意義，實遠遜於孫悟空。

第三位是沙僧，其戲分顯比豬八戒少得太多，因為著墨不多，讀者對其形象發展自然比較不會有深刻印象。豬八戒雖戲分較多，然論其性格發展深度，實遠較沙僧為低。沙僧雖戲分不多，然其性格轉變的速度與程度，實遠勝過豬八戒許多。豬八戒的轉變，主要在於他的持戒上，即戒葷、戒色及戒妄語（即挑唆讒言）等性格特徵，但是，他始終只戒得行，並未戒得心。換言之，豬八戒僅及於行為上的轉變，並未有心理上較深層或本質上的轉變，故給讀者的印象似乎僅是壓抑，壓抑其自身的情慾，所以一見美色就心動不已。但豬八戒也僅止於此，並未讓自己的行為出軌，換言之，他壓抑了自身的情慾衝動，使不違法犯禁，其轉變之程度亦僅及於此。

然而，沙僧的轉化程度與豬八戒較論，顯然高出了許多。他的性格轉變表現在於其對孫悟空的兄弟情義與嫉妒兩個特質上。其轉變關鍵皆在「黃袍怪」一難時孫悟空救了他，經此一番沙僧就變得有情有義，而且不再嫉妒孫悟空。因此，單就轉變的速度與程度而言，沙僧實較豬八戒快而且深刻許多。

所以有這種轉變程度與速度之差異表現，原因之一可能來自人物性格的設定差異。唐僧為一凡僧，很難期望他的改變一如英雄人物孫悟空那樣地快速而深刻，必然較為緩慢而有限。豬八戒遠比唐僧有更為本能的世俗情懷，〔註23〕如果他能克制其本能衝動，終其旅程不再犯禁，已是頗為難能之事，大概很難要求其如沙僧或孫悟空的轉變程度，似乎不太符合人性的事實；因此，實不能將三者一例觀之。沙僧是個頗有智慧且富有自省能力之人，所以他能有此轉變之速度及程度，並不令人意外。然畢竟其非敘述者傾力表現的人物，故其戲分不多，敘述者往往忽略沙僧的反應而不提，以致其形象的成長或發展難以有突出的表現，可見人物性格的發展深度，與人物演出的戲分亦大有關係。

基於上述的理由及討論，可以畫出一條《西遊記》主要人物的性格發展軸線，以見其人物性格發展程度之差異性表現：

〔註23〕第二十三回敘述者說唐僧能抗拒美色與富貴，是「有德還無俗」，但豬八戒抗拒不了，則為「無禪更有凡」，表明敘述者對角色的定位設計。

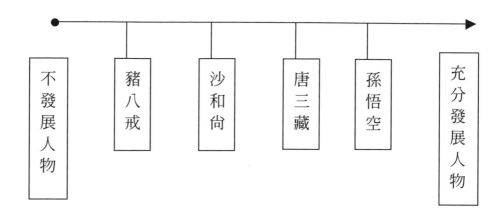

如果再將次要人物考慮進來，便可以將「妖精與凡人」類，置於豬八戒的後面。上面已討論過四個妖精及一個國王，他們的形象發展也各有差異，依其發展的深度來排列，牛魔王是第一，其次是鐵扇公主，再次為紅孩兒，之後是黑風大王，最後為滅法國國王。

大體而言，妖精與凡人的形象轉變都較為突然，可能因篇幅有限，或因次要人物不能喧賓奪主，故較難有深度的刻劃，自然也較難令讀者產生深刻印象。牛魔王排為第一，因為敘述者表現了人物多方面的情義糾葛，包括妻妾之間、父子之間與朋友之間的牽纏，而且敘述者對其每個階段的轉變原因，也有較為充分的交代，所以列為第一。鐵扇公主的轉變，交代得也頗充分，他之不借扇予孫悟空是因奪子之恨，至牛魔王有傷生之危時，她就知悔，有今日之禍實因當初銜子之恨而不肯借扇。於情可憫，於理實不該，故其為情理矛盾之化身，令讀者印象深刻，鐵扇是《西遊記》少數突出的女性形象之一。

紅孩兒的命運與其父母及黑風大王同，皆「由邪轉正」，最後也都成了正果。然黑風大王與紅孩兒的轉變更接近，都由妖精身份變為觀音的門下之神，也都由觀音所收降，同戴上箍兒來收拾其野心及頑性，同樣為了惜命而歸服。所不同者，紅孩兒比黑風大王的野性似乎更難收服，敘述者屢屢著墨於他的頑強與不肯被屈服。紅孩兒被觀音的尖刀所刺穿，不怕痛還亂拔刀，褪了法力後他已不疼了，即反悔道：「不受甚戒！看鎗！」（第四十二回），後來，他被戴上箍兒時，還「綽起鎗來，望行者亂刺。」（第四十三回），實比黑風大王難降服得多了。黑風大王被觀音戴箍兒念咒後，就已皈依不再作怪。

　　這些妖精的轉變皆缺乏微妙的心理分析，雖然他們的身分或命運及精神特質似乎皆有某種程度的轉變，然整個說來，妖精轉變的力量仍較大地依賴於外部事件，而非人物對人生的看法或觀念上起了某種變化。「凡人類」中的滅法國國王的轉變亦是如此，其因孫悟空的施法方才悔悟前行，然敘述者對他的悔悟，也未於其心理活動多加著墨。基於上述的討論，可以整個地為《西遊記》中的人物，繪製一人物性格的發展軸線圖：

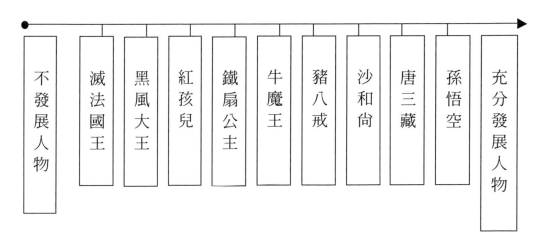

不發展人物　滅法國國王　黑風大王　紅孩兒　鐵扇公主　牛魔王　豬八戒　沙和尚　唐三藏　孫悟空　充分發展人物

四、人物的複雜與豐滿

　　《西遊記》裏人物塑造的複雜性，敘述者傾注筆力於幾位主要的人物身上，孫悟空、豬八戒、唐僧及沙僧等。次要人物中也不乏具有複雜性格者，譬如「神佛」類中的佛祖、觀音及玉帝等，「妖精」類中的黃袍怪、紅孩兒及牛魔王等，「凡人」類中的唐太宗等皆是。以下本文將逐一探討這些代表人物所具之複雜性格特質。

（一）孫悟空

　　敘述者對孫悟空的造型，著意賦予其超自然「神話英雄的品格特質」，其追求不朽之雄心，始終貫串其整個生命的追求行動中，從一塊無生命的石頭，到具有人類智慧的獸，進而達到最高精神境界的成佛，則可視為其自覺追求完善的標志，而對這樣的生命目標，孫悟空始終執著而認真。〔註24〕同時，敘述者賦予「喜劇特質」以搭配其英雄特質，成為令讀者喜愛的喜劇英雄，

〔註24〕參夏志清著，胡益民等譯，《中國古典小說導論‧第四章西游記》，頁144～145。

第十六回孫悟空在「觀音禪院」撞鐘不歇，引來上下一陣驚恐，表明其未泯之頑心，隨時找樂子玩耍。與妖精作戰時亦會伺機逗樂，第六十七回在「駝羅庄」，孫悟空偕豬八戒一起大戰「紅鱗大蟒」，孫悟空被一口吞到大蟒蛇肚裏時道：「八戒莫愁，我叫他搭個橋兒你看！」活活地弄死大蛇，第六十六回敘述者借一個功曹之口說他是個「人間的喜仙」。

敘述者亦賦予他許多的「人間特質」，使其形象更覺可親。孫悟空是個好奉承的人，只要「行個大禮，叫他聲『孫爺爺』，他就招架了」（第六十八回）。又甚為唐僧著想，每每要壯觀唐僧，他見「朱紫國」的館使不來相待，就偏要他相待，於是揭了黃榜要醫朱紫國國王的病。敘述者亦著意賦予孫悟空某些「人倫特質」，如他對唐僧的「忠」心耿耿及甚有「孝」心，對師弟豬八戒的嚴加管教，每每羈勒他教其知取經之難等。除了這些正面特質，敘述者也賦予他不少的「負面特質」，如他的暴躁易怒、殘忍好殺、受不得人氣，又缺乏耐性等，可見敘述者造型下的孫悟空是個具有多面特質的人物。

孫悟空的複雜性格特質，尚可從人物面對事物時的複雜考量看出，意即人物會因應現實狀況而有彈性的反應，不會一味地單純固定來顯現其對同類事物的反應，可以從兩方面來論，一為孫悟空殺妖精的態度，一為其看人及觀事的態度。先論其殺妖精的態度方面，孫悟空殺妖精是「不可惜他，日後為禍不少」的不容情，對殺盜賊則是對罪惡的不容情，兩者同曰殺，然其理由實不相同。孫悟空的殘忍好殺可以列一「性格變化表」，區分為兩組，一為其殺人身的態度，一為其殺妖精的態度，對象不同則其對待之態度自當有所分別。孫悟空對殺人身的轉變態度，已於「人物的成長與發展」一節討論過，因此，這裏主要針對其殺妖精的複雜態度來探討。

「天上型」妖精下界為禍，被收降後幾乎都會被原主人領回管教。只有「地上型」妖精沒收沒管，橫暴人間為惡，孫悟空的態度為一律殺之以免遺禍人間，但也有例外的情況，以下針對各個例外逐一分析之。第十六回「黑風大王」及第四十回「紅孩兒」，他們都是地上妖，因為有觀音菩薩願意收管，孫悟空自然放生，可見他不一定非殺妖精不可，但必須有人收管之。第五十三回「如意真仙」亦是地上妖，但孫悟空看在牛魔王的情分上，又他「不曾犯法」，所以不肯一棒打殺，表現孫悟空並非濫殺妖精，必得違法犯禁且亦念舊情，乃是於情於法多所斟酌的。

第五十九回「牛魔王」自知不免，最後自請歸佛，鐵扇公主亦知悔，要

求孫悟空放生修眞，可見其對眞心要悔悟修行之妖精，亦是放生的。第六十三回「九頭妖」的丈母娘要求饒命，孫悟空以「家無全犯」亦放生了，但令土地監押著，可見亦不是濫放。至第七十四回「獅駝國」三妖，妖精三番兩次表示知悔要求孫悟空放生，卻一再地反悔，可見妖精人情反覆，同時也見出孫悟空之寬洪大量。隨著事件逐漸的開展過程，對孫悟空殺妖精的抉擇態度可以認識得越來越清楚，其過程本身即隱藏著時間性的變化，因此這些例子應兼有複雜與發展的雙重特質。

在孫悟空其他的性格特質中，亦可見其反應並不單純固定。孫悟空是急性之人，唐僧經常說他是個「急猴子」，經常與人一言不合就惱了，但他做事卻知「急處從寬，事從緩來」之理，第五十五回唐僧爲蠍子精所攝，兄弟們尋到妖精洞，豬八戒不分好歹便要築洞門，孫悟空制止他，並要先進去打探虛實才好行事，可見他並不一味性急，而只有一種固定的反應。

再論其看人及觀事的態度方面。孫悟空看唐僧知他「尊性高傲」（第二十七回）；又知他是個「慈悲好善之人」，只是「又有些外好裏枒槎」（第三十三回）個性彆扭；當然他也了解唐僧偏袒豬八戒，所以要羈勒豬八戒時總會先去疏通唐僧（第三十二回）；在「車遲國」鬥法時，了解唐僧「乃志誠君子，他說會坐禪，斷然會坐」（第四十四回），不會無端亂動擦癢，上去一探果然是對方搞鬼；第八十回時則越看越唐僧越歡喜道：「想師父頭頂上有祥雲瑞靄罩定，徑回東土，必定有些好處，老孫也必定得個正果」，表明他看人不會只看一面。

孫悟空觀事也能多面地看，「屍魔」一難中孫悟空被貶回花果山時，對他的徒子徒孫道：「那唐三藏不識賢愚」（第二十八回），之後豬八戒來勸他回去時，孫悟空則對群猴道：「他倒不是趕我回來，倒是教我來家看看，送我來家自在耍子」（第三十一回）；後來，黃袍怪當面譏笑他「好不丈夫啊！」既被趕逐有什麼臉面再回來，孫悟空不爲所動地回道：「父子無隔宿之讎」，又道：「我師父因老孫慣打妖怪，殺傷甚多，他是個慈悲好善之人，將我逐回」（第三十一回），孫悟空能多角度地看事情，而且能跳脫習慣性的想法，取經團方能再度合聚。不論殺妖精或殺盜賊、抑或看人或看事，孫悟空都比較彈性地根據具體的狀況作出調整，而不會只有一種固定的制式反應，這些便是顯例。

（二）豬八戒

在《西遊記》角色之複雜程度中，豬八戒僅次於孫悟空。豬八戒也擁有

「神話面相」的特質，從觀音對他的勸善事件來看，他確實爲「能悟能戒」之人，否則不會被觀音一點撥，就「如夢方覺」，情願放棄吃人肉的享受，戒了五葷三厭，專等取經人。但他似乎缺乏一點超越的精神理解力，而較依本能行事，他本爲天神，因帶酒戲弄嫦娥被貶下界，下界之後卻又傷生造孽喜歡吃人，「肥膩膩的喫他家娘！管甚麼二罪，三罪，千罪，萬罪！」（第八回）這種本能特質，讓他的形象更趨於「世俗性」，夏志清先生曾說豬八戒是一個「放大了普通世俗之人的形象」，的確如此，豬八戒本能地渴望家庭幸福，對性渴望表現了驚人的眞實性，同時，他也是個會在乎世俗成功的人。〔註 25〕所以，他後來既做了取經人，又要未雨綢繆：

> 「你還好生看待我渾家，只怕我們取不成經時，好來還俗，照舊與你做女婿過活。」行者喝道：「夯貨！切莫胡說！」八戒道：「不是胡說，只恐一時間有些兒差池，卻不是和尚誤了做，老婆誤了娶，兩下裏都耽擱了？」（第十九回）

這讓他的世俗形象，平增添了許多「喜劇特質」。

豬八戒的造型是很具有喜感的，他的喜感來自其本能特質被很誇張地表現出來。第二十七回孫悟空被貶退後，豬八戒自然取而代之，唐僧又在半路嚷肚飢，豬八戒自告奮勇道：「我這一去，鑽冰取火尋齋至，壓雪求油化飯來」，結果化不到齋，走路辛苦便倒在草科裏睡著，睡到說夢話時，才被沙僧找到，那時唐僧已被黃袍怪所擒，這般地貪睡誤事實在誇張。

第九十三回「天竺國」公主拋繡球招親時，唐僧被拋中招了親，豬八戒還做著白日夢道：

> 早知我去好來！都是那沙僧憶懶！你不阻我啊，我徑奔綵樓之下，
> 一繡毬打著我老豬，那公主招了我，卻不美哉，妙哉！俊刮標致，
> 停當，大家造化耍子兒，何等有趣！

豬八戒的有趣，在於其坦白直接一點都不掩飾的憨勁，他是《西遊記》中的丑角不是英雄。在他的形象塑造裏，起主導作用者乃是他的世俗性格與喜劇性格。

他的世俗性格裏，有正面的表現，亦有其負面的表現。孫悟空因他的讒言遭貶，取經團陷入危機時，豬八戒能接受龍馬之勸，去花果山請回孫悟空降妖（第三十一回），可見其「善心未泯」。孫悟空偕他到「烏雞國」盜取妖

〔註 25〕參夏志清著，胡益民等譯，《中國古典小說導論·第四章西游記》，頁 160～174。

精寶貝時，他與孫悟空計較要獨得那寶貝的「談判機鋒」，令人激賞。豬八戒亦甚懂得「見機而作」，第四十八回他與孫悟空在陳家庄，變作童男及童女去祭賽，妖精見了孫悟空變的童男言語伶俐，不敢來吃，就說常年先吃童男，今年倒要先吃童女，豬八戒馬上道：「大王還照舊罷，不要喫壞例子」。

豬八戒之負面特質也不少。豬八戒原是走路辛苦的人，一倒頭便睡了，然一聽要去偷寶貝，他起來套上衣服就和孫悟空走路。他也會「攢私房」藏在耳朵裏，說是他「牙齒上刮下來」存的（第七十六回），可見其「財色心重」。豬八戒又「喜爭競求表現」，他見孫悟空與紅孩兒賭鬥時棒法精強，紅孩兒全無攻殺之能，怕一時間孫悟空將紅孩兒打倒，就沒他的功勞了，於是就打進來助陣（第四十一回）。

有時豬八戒的反應亦頗不單純。他的好色貪淫，具體表現於其對性生活的渴望上，然其慾望之對象並非全然無擇，對純屬妖女又沒有財產的妖精並不認眞，而且表現得很放肆。〔註26〕第七十二回「盤絲洞」的七個女妖精，豬八戒變成一隻鮎魚精與他們共浴，然後便要顯手段斬草除根，可見對她們沒有眞正的興趣。但對於有財產的女妖精，卻並不排斥，第八回「雲棧洞」的「卵二姐」，因豬八戒有些武藝，「倒磕門」招他做個家長，不上一年她死了，一洞家當盡歸豬八戒，可見她是個有財產的妖精。排除經濟因素，他對「漂亮仙女」也興趣盎然，第九十五回當嫦娥仙子出現在空中時：

> 豬八戒動了慾心，忍不住，跳在空中，把霓裳仙子抱住道：「姐姐，我與你是舊相識，我和你耍子兒去也。」行者上前，揪著八戒，打了兩掌，罵道：「你這個村潑獸子！此是甚麼去處，敢動淫心！」八戒道：「拉閑散悶耍子而已！」。

有殷實田庄或富貴權勢的美女，應該是他最衷心的渴望，第二十三回豬八戒曾為富貴及美色所動，後來方知是觀音菩薩設試考驗。之後雖亦知改過，但遇到實力相當的對象，仍然心儀不已，第五十四回「西涼女國」的女王，其美色與富貴權勢，曾一度令他垂涎而自薦，然被驛丞拒絕了，「但只形容醜陋，不中我王之意」，「大竺國」公主招親，他也做過白日夢。可見他對美色的渴望，與他對世俗經濟的營生是分不開的。〔註27〕

他的形象向來「貪閑愛懶」，然高太公說他「倒也勤謹」會做事（第十八

〔註26〕參夏志清著，胡益民等譯，《中國古典小說導論·第四章西游記》，頁174。
〔註27〕參夏志清著，胡益民等譯，《中國古典小說導論·第四章西游記》，頁173。

回），可見他並非一味好吃懶做，其對「世俗的經濟事務」亦頗為熱衷。雖然豬八戒每「遇妖精則躲」，然亦有例外，第二十回在「黃風嶺」遇到妖精，豬八戒就「丟了行李，掣釘鈀，不讓行者走上前」劈頭就築，可見其亦思有所表現。有時當酒足飯飽之後，亦會自願與孫悟空去伏魔，第六十二回在「祭賽國」吃了盛齋之後，豬八戒「變得勤緊」道：「那裏用甚麼人馬！又那裏管甚麼時辰！趁如今酒醉飯飽，我共師兄去，手到擒來」。

有時，遇到豬八戒所擅長的本事，他也樂意「趁機表現」，第六十四回過「八百里荊棘嶺」，連孫悟空也束手無策，豬八戒卻笑道：「要得度，還依我」，於是變成二十丈高的身軀，使釘鈀將荊棘摟開，走了百十里路，唐僧要豬八戒休息，豬八戒還說：「師父莫住，趁此天色晴明，我等有興，連夜摟開路走他娘」。 第六十四回「八百里稀柿衕」的那場臭功，也非豬八戒莫屬，因為豬八戒「會鈀地力氣大」，這兩難應是根據其形象特質特別設計的，敘述者似乎有意讓他一展長才。

豬八戒的冷言讒語，有時是故意的，第二十七回屍魔之難豬八戒之進讒言，乃有意取代孫悟空位子而言，並非全然無心。有時卻是「自以為是」之言，第五十五回唐僧被蠍子精抓進洞中一夜，兄弟們商量，唐僧若不喪了元陽，便救師脫難，若喪了元陽便大家散火，此時豬八戒道：

> 「你好癡啞！常言道：『乾魚可好與貓兒作枕頭？』就不如此，也要
> 抓你幾把是！」行者道：「莫胡疑亂說，待我看去。」

事實上，唐僧是死命守住了。有時是「為嘴的緣故」而說，第四十回紅孩兒變成一個七歲的受難小孩，說謊脫節被孫悟空識破，豬八戒聽說有田產酬謝，就扯住孫悟空道：

> 「哥哥，這等一個小孩子家，你只管盤詰他怎的！他說得是強盜，
> 只打劫他些浮財，莫成連房屋田產也劫得去？若與他親戚們說了，
> 我們縱有廣大食腸，也喫不了他十畝田價，救他下來罷。」獃子只
> 是想著喫食，那裏管甚麼好歹，使戒刀挑斷繩索，放下怪來。

可見其生言造語的動機，每每不一。

豬八戒，有時獸頭獸腦的，孫悟空經常叫他「獃子」，第二十九回黃袍怪道你師父在裏面，我「安排些人肉包兒與他喫哩，你也進去喫一個兒，何如？」豬八戒當真就要進去吃。然他有時卻不獸，第六十七回取經人到「駝羅庄」吃了一頓飽齋後，豬八戒背後與孫悟空道：「這老兒始初不肯留宿，今返設此

盛齋，何也？」可見他並不獃，而且經常會有「靈光一現的小聰明」，甚爲討喜，第三十九回在「烏雞國」降服妖精時，妖精變成唐僧，大家都辨認不出，只有豬八戒冷笑道：「叫我師父念念那話兒」，不會念的必是妖怪。因爲「緊箍兒咒」只有佛祖、觀音與唐僧三人知道，這果然是個好方法，難怪孫悟空有時也道：「這獸子乖了些也。」（第四十七回）。

豬八戒雖然經常一有風吹草動，便嚷散伙，但他從來沒有主動離開過取經行列，有時還會自悔失言，第四十回「紅孩兒」一難他先時嚷散伙，後來就自悔道：「我纔自失口亂說了幾句，其實也不該散」，以上種種狀況，皆豬八戒並不單純的性格特質表現，使其造型豐滿而複雜。

（三）唐　僧

唐僧本是佛祖的第二大弟子，名喚「金蟬子」，因爲不聽佛說輕慢大法，貶下東土受難（第一百回），爲唐僧「神話特質」之由來。所以他此世「要時時以佛戒在意」，其戒葷、戒酒、戒色及戒財，「若受了一絲之賄，千劫難修」（第十九回）〔註28〕等。唐僧甚爲「虔心敬佛」，他在啓程取經之時，曾發下「路中逢廟燒香，遇佛拜佛，遇塔掃塔」之願，後來亦不曾忘失，足見其誠心。

唐僧的「凡人性」與其「喜劇性」往往疊合在一起，敘述者特將唐僧的凡人性格，誇大表現爲其喜劇特質的一部分。然而，他卻一點「不苟言笑」，〔註29〕不像豬八戒經常惹人發笑。唐僧的凡人性格，往往根據《多心經》裏的教誡反向設計而成，第四十三回孫悟空道出唐僧之心病：

> 我等出家之人，眼不視色，耳不聽聲，鼻不嗅香，舌不嘗味，身不
> 知寒暑，意不存妄想，如此謂之袪褪六賊。你如今爲求經，念念在
> 意；怕妖魔，不肯捨身；要齋喫，動舌；喜香甜，觸鼻；聞聲音，
> 驚耳；睹事物，凝眸；招來這六賊紛紛，怎生西天見佛？

這將唐僧充滿「恐懼不安」的形象，幾乎一筆寫盡。唐僧有不少負面的特質，其不辨眞假，對正確道理的偏執狂熱，且經常做錯誤的判斷連累身旁之人，偏私溺愛手下最懶惰的人，對眞正做事的人不能支持，經常一頭水沒主見，

〔註28〕參張靜二，《西遊記人物研究》，頁 109～111。

〔註29〕如第九十四回在「天竺國」中，孫悟空替唐僧定計降妖，中間與他開了個玩笑，唐僧卻不高興起來說：「好猢猻！你還害我哩！卻是悟能說的，我們十節兒已上了九節七八分了，你還把熱舌頭鐸我！快早夾著，你休開那臭口，再若無禮，我就念起咒來！教你了當不得！」果眞是開不得一點玩笑之人。

又偏信邪風易聽信讒言冷語等等，將一個「普通凡僧」的形象寫得淋漓盡致，有時誇張了點，亦是戲劇性使然，在所難免。

唐僧的反應似乎較爲單純，然亦有某種程度的複雜表現，所以他的複雜性要比豬八戒略遜一籌。第三十三回孫悟空曾說唐僧裏外不一，「外好裏枒槎」，表面客氣有禮，其實內裏拘執，有許多的彆扭。同時，唐僧對內對外態度亦有些差別，他對外人總是謙遜有禮，除了勢利的和尙，〔註 30〕人人都誇獎他是個好和尙，但是他對徒弟尤其是孫悟空，可是一點不假辭色，時而性剛氣傲（第三十六回），時而法嚴量窄（第二十六回），時而甚自私爲己不顧念別人〔註 31〕等，其實亦爲人情之常。

唐僧一向「軟弱好哭」，第二十九回當他面對「寶象國」公主時，卻表現得「異常勇敢」：

> （百花羞）叫道：「那長老，你從何來？爲何被他縛在此處？」長老
> 聞言，淚眼偷看，那婦人約有三十年紀，遂道：「女菩薩，不消問了，
> 我已是該死的，走進你家門來也。要喫就喫了罷，又問怎的？」

唐僧面對力量比他強很多的人，顯得軟弱，然對一個弱女子卻是勇敢的，可見他的軟弱與勇敢是有對象性的，並非一味地軟弱。

他的「一頭水性格」亦是如此，他凡事昏亂，總是聽信豬八戒攛掇，偶爾他也自有主見。第三十九回孫悟空到太上老君處要了一顆金丹，讓「烏雞國王」吃下可以起死回生，然久死之人元氣盡絕，需人一口活氣度他，豬八戒上前就要度氣，唐僧卻制止了他：

> 那師父甚有主張：原來豬八戒自幼兒傷生作孽喫人，是一口濁氣；
> 惟行者從小修持，咬松嚼柏，喫桃果爲生，是一口清氣。

還有，唐僧的「精神理解力」一向不高，有時卻也表現出某種「靈光一閃的解悟力」，第四十八回過「通天河」時，妖精故意作法讓河面凍結，以引誘唐僧過河，唐僧見人爲錢趁冰過河感歎道：「世間事惟名利最重，似他爲利的，捨死忘生；我弟子奉旨全忠，也只是爲名，與他能差幾何」。唐僧雖「求經心切」，卻亦會在臨近佛境界時，因貪看花燈而逗留不進（第九十一回），凡此

〔註 30〕如第三十六回「寶林寺」僧官，即是其例。

〔註 31〕如第五十六回孫悟空在途中，爲唐僧打死兩個毛賊，唐僧就推了乾淨，讓孫悟空非常心寒道：「師父，你老人家忒沒情義，爲你取經，我費了多少慇勤勞苦，如今打死這兩個毛賊，你倒教他去告老孫。雖是我動手打，卻也只是爲你」。

種種皆表現了唐僧某種程度的複雜性格。

（四）沙和尚

　　除了龍馬，沙僧是取經團中最沈默不語的人，他的複雜性則遠不及其他三人。沙僧亦有其「神話特質」，他本係凡夫，由於對輪迴的恐懼，曾浪跡天涯訪師求道，一如孫悟空，可見他也是個自覺向上之人。後來他得逢眞人指點，修鍊成仙，玉帝封爲「捲簾大將」，侍御鳳輦龍車。後因在蟠桃會上失手打碎玻璃盞，被罰打八百遭貶下界，每七日受飛劍穿脅百下之苦，雖非立即殺身之害，亦爲極難忍之苦。後接受觀音勸善，作爲取經人之徒弟，以贖前愆。

　　沙僧之俗世性格造型，無疑地受其神話身世的影響，其被貶下凡塵乃因其失職不謹之罪，故其於取經途程中特別小心謹愼，負責盡職，且對取經事業有堅定之心志，不易爲外力所動搖。〔註 32〕沙僧之本領遠遜於孫悟空，不及豬八戒，但到底有本領，力足以留在唐僧身邊保護他，也不致於成爲別人的負擔，有時還會對其他取經人有點幫助。加上他不會邀功求表現，又不爭競容易與人合作，總是默默地做自己該做的事，所以也贏得許多讀者的喜愛。然其性格塑造較傾向正面特質，反使其喜劇性格難以開展，沙僧一向中規中矩很少成爲被打趣的對象，有時雖也無傷大雅地打趣一下豬八戒，亦無多喜感，所以他的形象比較偏「古代循吏」的典型，即現代所謂「理想公務人員」的形象。

　　沙僧形象塑造的複雜性，主要從兩方面來表現，一方面是從他的性格特質；另方面是從他的人際關係。從他的性格特質表現其複雜性者，主要有兩個特質，一是其認眞負責的特質；一是其對取經事業的虔誠盡心。沙僧的負責認眞表現於許多方面，他會將分內工作做好，從未見其抱怨。有時豬八戒會教沙僧挑擔，他似乎也不會推辭。若有表現的機會，他也會全力以赴，第四十三回「黑水河」一難，唐僧與豬八戒皆被妖精所擒，孫悟空水裏勾當不行只能靠沙僧，然孫悟空道：「這水色不正，恐你不能去」，沙僧道：「這水比我那流沙河如何？去得！去得！」一心要行，可見其不畏艱難勇於表現的精神。沙僧雖如此負責認眞，亦有失職不謹之時，第八十一回沙僧與豬八戒兩

〔註 32〕第二十三回觀音菩薩設試考驗取經人，沙僧的態度從來堅定，「弟子蒙菩薩勸化，受了戒行，等候師父；自蒙師父收了我，又承教誨；跟著師父還不上兩月，更不曾進得半分功果，怎敢圖此富貴！寧死也要往西天去，決不幹此欺心之事。」可見其取經心志之堅定。

人只顧著講話，沒照顧好唐僧，讓唐僧被妖精攝走。

再者，他對取經事業甚為有心，佛祖說他「誠敬迦持」，最後封其為「金身羅漢」。然而他也曾動搖過一次，第七十六回「獅駝國」之難，沙僧相信了豬八戒帶回來的錯誤訊息，以為孫悟空不得活了，於是與豬八戒分行李散伙。後來孫悟空回來，罵了豬八戒，沙僧也「甚生慚愧」，連忙遮掩。

《西遊記》也從人際關係來表現沙僧的複雜性格，沙僧是個頗有智慧的人，所以他頗能理解其他成員的個性。譬如，他知唐僧絕不以色空亂性，後果然如此（第五十五回）。又如第四十九回裏，沙僧亦知降妖只能靠孫悟空，豬八戒有時會壞事，所以沒有孫悟空同來，沙僧不與豬八戒去降妖精，可見他對孫悟空與豬八戒都是了解的。

沙僧雖能知之，然對待三人的態度亦頗為不同。因為他跟在唐僧身邊的時間最多，所以對他的脾氣也最清楚，〔註33〕所以每當唐僧與孫悟空發生衝突時，他每勸必成，但並非每次皆出言相勸。譬如，第二十七回在「屍魔」之難中孫悟空被貶回花果山，沙僧沒替孫悟空求情，可能因為嫉妒。在「鬼王夜謁」一回中沙僧也沒開口勸，可能因為唐僧一信了豬八戒的攛掇就念了咒，根本來不及勸。第五十六回「狂誅草寇」一節中沙僧也沒有勸，因為敍述者明白無誤地告訴讀者，「沙僧亦有嫉妒之意」。張靜二先生曾道：「沙僧並不能說是一個積極而成功的調和者與凝聚者。取經人發生異議時，他經常保持緘默」，〔註34〕由這一點，適足以表明其人物的複雜性格。

沙僧對唐僧的態度總是盡量保持恭敬，不會違拗。對孫悟空的態度則是恭敬受教，又敬佩他、欣賞他，但有時也會嫉妒他。對豬八戒態度則是經常與他打趣，有時也會提醒他注意。因為他的心態比較健康的，所以也較能與人合作，第八十三回孫悟空正與女妖精鬥法時：

> 沙僧道：「卻也虧了師兄深洞中救出師父，返又與妖精廝戰。且請師父自家坐著，我和你各持兵器，助助大哥，打倒妖精去來。」八戒擺手道：「不，不，不！他有神通，我們不濟。」沙僧道：「說那裏話！都是大家有益之事。雖說不濟，卻也放屁添風。」

〔註33〕 第七十二回經「盤絲洞」，唐僧想自去化些齋吃，但孫悟空與豬八戒都想代勞，沙僧在旁道：「師父的心性如此，不必違拗。若惱了他，就化將齋來，他也不喫。」可見其對唐僧的了解。
〔註34〕 參《西遊記人物研究》，頁189。

可見沙僧不爭競，樂意成為他人的副手。他幫孫悟空，也幫豬八戒，第五十三回唐僧與豬八戒喝了「子母河」的水，都懷了身孕。「如意真仙」百般阻撓不肯給水，沙僧就幫孫悟空取水，很容易地便取到了水。第二十九回中豬八戒向「寶象國」國王自薦，說第一會降妖的人是他，便領命要去伏妖，沙僧恐豬八戒戰不過妖精，自願前去「幫幫攻」，結果沙僧被擒，豬八戒卻自顧命地逃跑了。

（五）神佛、妖精與凡人

《西遊記》中次要人物的塑形大多單純，稍微複雜一些的角色，如神佛類中的佛祖、觀音、玉帝及二郎神，妖精類中的黃袍怪、紅孩兒及牛魔王等，凡人類中的唐太宗等，其餘的次要角色則大多趨向簡單化或類型化，這些簡單或類型化的人物，大體而言，可以區分為以下幾個類別來論。

首先，他們可能也有一些次要的特徵，但仍會有一較「突出的主導特徵」，第十六回「觀音禪院」裏老院主的「貪婪」，他愈老愈貪，竟可為貪婪財物而殺人，又有「廣謀」及「廣智」為其謀畫，特別突顯其「老而奸貪」的形象，敘述者始終圍繞著此一主導特質來描寫他。西路上的國王，大都昏亂，有的因「缺乏主見」而昏亂，如「車遲國」國王；有的因「慾令智昏」而昏亂，如「比丘國」國王；有的因「不察是非，冤屈平人」而昏亂，如「祭賽國」國王；有的則因有僧曾毀謗他，就造下羅天殺孽，如「滅法國」國王。

其次，作為某個「觀念的化身」，譬如「昂日星官」扮演「一物剋一物」的觀念人物。第五十五回毒敵山琵琶洞的「蠍子精」，連佛祖、觀音都無法制服她，但其剋星「昂宿」（大公雞）一來，那妖精即就現了本像，渾身酥軟死在坡前。又如「九曲盤桓洞」的「九頭獅子」，是「好為人師」與「群思」的觀念化身等。

再次，多擔任「執行動作的功能性角色」，如烏巢禪師，擔任傳授唐僧《多心經》的功能；太白金星有時擔任施恩保奏的功能，有時則擔任向取經人預告險情的作用，有時也擔任神力救援的角色等。〔註35〕最後，次要人物有的也擔任「布景性的道具人物」，如取經人到佛境界時，所見的三千揭諦、五百阿羅、四金剛、八菩薩等。或成為其主人公活動其中的「人際環境」，如佛境界索賄的阿難與迦葉等。大體而言，功能型、布景性較集中於「神佛類」中

〔註35〕如他曾向玉帝保奏過豬八戒，令其免除殺身之患（第二十一回）；又曾救了唐僧苦難並為其預告險情（第十三回）。

次要人物特質，類型性則多於「妖精類」及「凡人類」中出現，下文將逐一討論稍那些較爲複雜的次要人物特徵。

「佛祖」，有「法力無邊」的特質，孫悟空神通廣大，諸天神明皆無力收降，卻逃不過如來佛的手掌心，可見佛祖的法力在《西遊記》中應屬第一。然敘述者卻微貶於他，第七回佛祖與孫悟空賭鬥時約定，孫悟空若可以一觔斗打出他的手掌，他就叫玉帝將天宮讓給他住，若打不出「你還下界爲妖，再修幾劫，卻來爭吵」，然佛祖並未放孫悟空下界爲妖，而是將他壓於五行山下，故是失信。

至第五十八回「二心攪亂大乾坤」時，諸天眾神均不能辨認眞假行者，連觀音亦不能，只有佛祖能辨，故顯其「智慧第一」，他因憐假行者六耳獼猴而微顯其「慈悲特質」。至第九十八回取經人到佛境界時，佛祖卻「縱容屬下爲惡」向取經人索賄人事，此爲做大不尊之過。可見敘述者塑造佛祖這個角色乃「正負面特質」均顯，略帶有諷刺卻較可親。

「觀音」，爲佛祖之弟子，人物形象偏向「正面性格」的造型。第六回「觀音赴會問原因」中，孫悟空大鬧蟠桃會，玉帝派了十萬天兵卻無法收降，觀音推薦了「二郎神」來收伏孫悟空，果然奏功，表現觀音的「知人善任」的特質。之後，觀音奉佛祖法旨，往東土尋訪取經人，路程中勸善了四個妖魔爲取經人的護法弟子與腳力，此四人皆有罪在身，故顯其救苦救難的「慈悲形象」，後來觀音經常出現，總替取經人消災解難，更強化其慈悲形象特質。第四十回「紅孩兒」之難中，以孫悟空襯托觀世音菩薩，而特顯其「慈悲」、「智慧」及「神通」，無論那一面孫悟空都遠遠不及觀音。第五十八回「難辨獼猴」之難中觀音無法辨認眞假行者，可見他的「智慧力」仍有所不及。第九十八回中觀音對取經人到達「靈山」的時間也預估錯誤，原說二三年到佛地，然而取經人走了十四年才到。可見其人物形象並非十全十美，仍較偏正面的形象特質。

「玉帝」，乃東方諸神的領袖，在《西遊記》中其造型較偏於負面的形象特質。第六回觀音推薦二郎神來降孫悟空，然二郎神卻是玉帝的外甥，顯然敘述者有意諷刺玉帝之「不能知人善任」。第三回孫悟空倚強妄爲，玉帝卻聽信太白金星建議招安了他，做壞事反受升賞，似非養人、用人之道，可見玉帝並「沒有眞正的睿智」。第八回沙僧自道本是玉帝侍衛，因在蟠桃會上打破玻璃盞，就被玉帝罰打了八百貶下流沙河，還每七日叫飛劍來穿脅百下，未

免「刻薄寡恩重物而輕人」。然對於豬八戒帶酒調戲嫦娥之罪，只罰打了二千鎚貶下凡塵，似有「賞罰不均」之嫌。

大體來說，其造型似較接近法家之「嚴刑重罰」，且與中國君主之形象頗近，未必有很高的德行或智慧。然玉帝亦有某些正面特質的表現，他偶爾也有恩慈之舉，第一回孫悟空一出生，就眼運金光射沖斗府，但他能垂慈不會大驚小怪。他也很能與西方世界合作共同伏魔，以維持天上世界的安寧和諧。總得來看，他的負面特質仍多於其正面特質。

「黃袍怪」，乃《西遊記》裏少見的「鍾情之輩」，他對百花羞處處用情。唐僧是每個妖精都想吃的人，但憑白花羞一句許願之言就放人，顯見其對百花羞之情比吃唐僧肉還重要（第二十九回），算是多情之人。然黃袍怪又是個很「靈慧」的精怪，他看得出豬八戒的愚懜，而打趣他道：唐僧在裏面吃人肉包子，問他是否也進去吃一個？（第二十八回）後來，豬八戒與沙僧去而復返要救百花羞，他就推想道：

> 唐僧乃上邦人物，必知禮義；終不然，我饒了他性命，又著他徒弟
> 拿我不成？噫！這多是我渾家有甚麼書信到他那國裏，走了風汛，
> 等我去問他一問。（第三十回）

殊「不類一般妖精的單純反應」，而會多方推敲前因後果，故是個聰慧之人。後來，孫悟空回來降妖，兩人初遭遇也並非一言不合就打，黃袍怪會先問明了原因，然後道：「那個豬八戒，尖著嘴，有些會小老婆舌頭，你怎聽他？」（第三十一回）也知人之賢愚，故其靈慧聰明便非一般妖精可比。

「紅孩兒」，其處心積慮要吃唐僧的肉，卻不像一般妖怪會有所顧忌不敢吃，因其有「三昧神火」，根本不懼怕孫悟空。孫悟空爲引誘妖精前來追趕，故意敗下陣來，然紅孩兒似乎不戀戰道：「我要刷洗唐僧去哩！」（第四十二回），可見他可以「一心在此，心無旁鶩」。而且他也是少數能「識破孫悟空變身」的人，其云：「父王把我八個字時常不離口論說，說我有同天不老之壽，怎麼今日一旦忘了！」可見其聰明靈慧不下黃袍怪。紅孩兒之「野性頑強」也是妖精中的異數，觀音降服他時，他似乎不怕痛，而且三番兩次反悔不肯歸服，由上述數點，可見紅孩兒在妖精群中的特異。

「牛魔王」，他的形象複雜，幾乎是一般俗情的寫照，且擁有多面性，又都並不徹底，與紅孩兒的徹底決絕，大不相同，例如，他與孫悟空本有奪子之仇，但念故舊之情可以放過，但他心裏依然不憤，所以再見其欺負妻妾之

行，就新仇舊恨，一起湧上，要與孫悟空打鬥。但是，牛魔王報仇之心似乎並不十分真切，一遇朋友邀酒，便放下格鬥中的孫悟空前去赴約，可見朋友喝酒比報仇還重要。雖說報仇之心不切，後來他在諸神圍攻，情況危急之時，卻依然不肯借扇，說：「物雖小而恨則深」（第六十一回），又顯得有極深重的仇恨。

牛魔王是少數妖精也「過夫妻生活」的人，而且是「一妻一妾」，他原本有個山妻，是紅孩兒的母親鐵扇公主，對她極為敬重信任，卻又另結新歡後，便久不回顧，可見其已生厭倦，〔註36〕雖心生厭倦，聽說孫悟空曾去找過鐵扇公主，便憤慨滿腹，可見其對前妻仍有情義。他的新歡玉面公主擁有「百萬家私」，見他武藝高強可以依靠，便倒磴門招了他，可見他們的婚姻關係並不單純，又加入了「經濟因素」。

「唐太宗」，比其他國王或郡主要複雜一些。《西遊記》中的國主類型，除了「昏亂型」國君外，還有「業報型」的例子，如「烏雞國王」、「朱紫國王」及「鳳仙郡侯」等，都是得罪神明，有業必報的類型。「烏雞國王」是得罪「文殊菩薩」，以致有三年水災之患（第三十九回）；「朱紫國王」是打獵誤射孔雀大明王菩薩所生二雀雛，故罹「拆鳳三年」及「身耽咳疾」之患（第七十一回）；「鳳仙郡侯」雖也賢明，因事天不謹，獲罪於玉帝，無所禱也，故有三年不雨之災（第八十七回）。

唐太宗雖是賢明君王，甚能知人善任，亦頗能體恤下臣，所以他身邊的大臣，個個賢明能幹。但卻創立江山之時，殺人無數，兄弟鬩牆，所以他到陰司去，就有建成、元吉前來索命，還有無數冤鬼，向他討命。經過崔判官動了手腳，改了生死簿上的壽數，才得回陽（第十回）。回陽後的唐太宗，信守承諾，廣施恩德於民，成為一有德有信之君，並能不廢三教，同時敬信（第十一回）。唐僧取經回東土，見了唐僧形容醜怪之三徒，亦不會驚怪，其態度從容有度，殊不類西路上諸王之誇張反應（第一百回），顯見其形象要比其他君王複雜得多。

五、性格複雜軸線

次論《西遊記》的「複雜軸線」，其順序為：孫悟空大於豬八戒，豬八戒大於唐僧，唐僧大於沙僧，其主要人物又遠比次要人物複雜很多。孫悟空的

〔註36〕夏志清先生認為，牛魔王其實「已對羅剎女感到厭倦」，這點應是隱含其中的。參《中國古典小說導論》，頁 154。

複雜度，依然是最高的，我們以他爲標竿，來衡準其他人物的複雜度表現。孫悟空的主導性格具有多面性，無論在神話、人間、喜劇特質及人倫關係各面，都面面俱到，正面與負面特質兼俱，誠爲一道道地地的「神話喜劇英雄」。

　　豬八戒的形象較接近「重利輕義的務實商人」，卻又「喜感十足」，特顯其人間面相與喜劇特質，然亦不缺乏神話與人倫關係面相。唐僧的造型非爲道德崇高的聖僧形象，反而較接近「普通的修行人」，且易於「偏執善行」，往往有誇張的演出，故其人間面相與喜劇面相互相疊合，同樣不缺乏神話與人倫關係的層次，只是豬八戒與唐僧皆較顯其負面性格。沙僧因其「理想公務員」的形象，故特顯其人間性格的正面特質，負面特質少得多，幾乎沒有什麼喜劇特質，但亦不缺神話及人倫關係特質。其他次要人物，神佛、妖精及凡人，其複雜度的表現主要在於其突出的性格特質，往往不會僅有一個，要比其他次要人物複雜許多。

　　再者，孫悟空面對具體的類似情境，他的反應態度往往並不單純，而且發生次數很多，每一次都讓讀者更深刻認識主人公的立場和態度。〔註 37〕豬八戒的反應單純一些，然也並不簡單，他雖有時獸，有時不獸，但獸與不獸的出現次數，都很頻繁。又如他的貪淫好色，也並非只有本能上的好色與不好色，其實還加入身分因素（妖精與非妖精）及經濟因素（有無家產）的考量，就讓事情變得複雜許多。又如他有時勤謹，也有時懶散，其實並不單純，貪閑好懶是他的基調，只是他並不會一味地躲懶，有時當他吃飽有興時，就顯得勤謹，有時是他也思有所表現時，或遇到自己的擅長時，也會顯得勤快些，不會只有程式化的反應。

　　唐僧的反應就更簡單了，雖然他有裏外不一，對內對外的差別，但大致上是這等反應，這方面的複雜性不高。另外，他雖然也時有主見、時而表現其精神的領悟力、時而勇敢一下，但皆只是偶爾，且次數極少，雖然頻率並不高，便足以讓人物具有某種程度的複雜性。從沙僧對待其他三位取經人的態度，可以較顯出其對不同人物的善解。又沙僧的正面特質多於其反面特

〔註37〕如他的殘忍好殺，同樣是殺，他對殺人與殺妖精的態度不同，殺人唐僧不歡喜，所以他會未雨綢繆，但是一時性起時，也會殺的，這是加入了人性情緒的考量；殺妖精是有原則的，有人收管則放生，沒人收管則不會濫殺，亦不濫放，沒有違法犯禁者不殺，知悔改過者亦不殺，當然還有加入人情的考量等，所以他是會針對具體情境，而有不同的反應，可見其反應並不單純，是挺複雜的人物，請參照前面對孫悟空的分析。

質，然其正面特質的表現亦是多面的，譬如他有認真盡責的特質，然並非一味地正面演出，也有失職的時候。雖然他對取經事業非常虔敬，從不嚷散伙，但也有一次失常的表現。因其形象中規中矩，且超出常態的次數極少，都僅有一次，所以他的複雜性是取經人中最低的，但比起其他次要人物來，則要複雜得多了。次要人物雖然也具有某種程度的複雜性，但出場演出的機會比主要人物少得很多，所以他們的複雜性表現，只能同一般次要人物來比較，同時，他們很少能建立自己的參照座標，對比出個人前後的多面反應來。

最後，是孫悟空看人與觀看事情的多元角度，譬如他對「白虎嶺」被貶一事，可以針對不同的人，在不同情境，採取不同的角度來觀照，讓自身更能超脫眼前的苦難或挫折，這種表現只出現在孫悟空一人身上，很難在其他人物身上看到這種特質。根據上述的討論，可為《西遊記》的主要及次要人物，描繪出一條「複雜軸線」，如下：

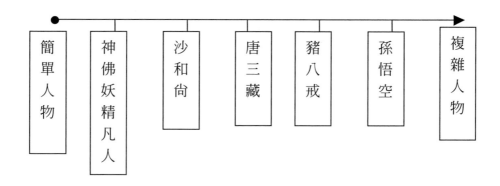

六、兩條軸線關係

前面的討論，主要針對人物的「發展性」與「複雜性」兩點來討論，發展性的探討關乎人物的發展「深度」的問題，複雜性則是人物有多豐滿的「廣度」的問題，在總結人物的表現之前，我們還可以討論一下，人物「高度」的問題。這個高度的問題，主要針對人物的精神境界的高下程度來討論的，以「西天幾時能到？」為例，來看四個取經人的面對態度，以此較論其精神境界的高下。

孫悟空早已知魔難兒高，西天難到，曾說過取經不是路程遠近的問題，

而是心的問題。〔註 38〕他一開始即察覺取經事業的困難，曾一度向觀世音菩薩請辭，經過菩薩的安撫後，孫悟空便做了抉擇，下定了決心，之後他對取經事業的態度堅定，曾道：「有何難哉？常言道：『功到自然成』哩。」（第四十三回），應屬於先知先覺的一類。這種態度其實也是敘述者的態度，因為敘述者在第五十三回的定場詩說：「德行要修八百，陰功須積三千。」也是精神修鍊，積功累行的態度。

　　沙僧雖沒有孫悟空的先知先覺，但他能瞭解孫悟空的話是對的，雖見西路迢迢，但在態度上，卻相當堅信，曾道：「且只捱肩磨擔，終須有日成功也」，他在第四十三回時這樣說，到了第八十回時，態度始終堅定，他道：「只管跟著大哥走，只把工夫捱他，終須有個到之之日」，這是下死功夫的態度，與孫悟空的態度是一致的，孫悟空曾道：「欲求生富貴，須下死功夫」（第八十回）。龍馬雖然默默不語，但他腳踏實地，一步一腳印地走，其態度應是比較接近沙僧的。

　　唐三藏是一路上「求經心切」，在「浮屠山」受《多心經》時，就強拉著「烏巢禪師」，「定要問個西去的路程端的。」（第十九回）然禪師跟他說：「路途雖遠，終須有到之日」，「放心休恐怖」，他卻還不解其意，仍要再問個究竟。孫悟空一路上也時常開解他，但他還是一味地取經心切。第四十八回時，路程已到一半，然唐僧還為了取經心切，不顧妖精還未收服，便要趁冰過河。當然他的態度仍是堅定的，只是一味地恐懼執著，未能真正放下心。

　　豬八戒也知道魔障兇高難到，第四十三回時道：「哥啊，若照依這般魔障兇高，就走上一千年也不得成功也」，至少他認識到了取經之難，這點他比唐僧更有體悟。因為困難所以更得努力，他卻常嚷散伙，態度上遠比其他取經人消極得多，但他從未自行離開，可見其對取經事業仍有期待。唐僧有時也會表現較高的精神理解力，如他了解孫悟空對《多心經》是真解，又如唐僧在「天竺國」，被招為駙馬時：

　　　　行者見師父全不動念，暗自裏咂嘴誇稱道：「好和尚！好和尚！身居
　　　　錦繡心無愛，足步瓊瑤意不迷。」（第九十五回）
唐僧有時會在某些特定的時刻或情境中，顯現其精神境界來，因此大體說來，

〔註38〕唐僧經常問「西天幾時能到？」的問題，第廿四回時，孫悟空就告訴他說：「你自小時走到老，老了再小，老小千番也還難；只要你見性志誠，念念回首處，即是靈山」。

唐僧的精神境界仍要高於豬八戒的。

這種精神境界的差異表現，可能的原因之一是「角色性格的設定」。大體而言，唐僧仍是一個「普通修行人」的造型，豬八戒則更等而下之，為「無多道德感的務實商人」造型，沙僧則是比凡夫程度更高一點的「理想公務員」典型，孫悟空則在本質上及程度上都高於其他的取經人，為一「神話英雄」的造型。沙僧雖然聰明有智慧，到底不及孫悟空的靈慧穎悟是超群的，又有追求不朽的雄心與毅力，再加上後天各種魔難的挑戰與訓練，自然能充分開展與進步，所以他應是天才型的，不是一般凡人的造型。

根據上述的討論，本文要對人物的造型做一個總結，孫悟空是一個兼具深度、廣度及高度的天才型人物，他在本質上、在程度上都高於其他取經人，他是一個充分發展的人物，而且他的形象複雜而豐滿，有高超的精神理解力，是一個超自然的神話喜劇英雄，為《西遊記》的第一主角。豬八戒雖然深度及高度，不及其他取經人，但他形象卻複雜而豐滿，僅次於孫悟空，應是敘述者極力塑造的主要人物之一，他雖然經常作為孫悟空的陪襯人物出現，但他留給讀者的深刻印象，直可與孫悟空媲美。

唐僧形象的複雜度，雖略遜於豬八戒，亦是相當豐滿的，敘述者將他塑造成普通修行人形象，並將之誇張化，經常出現許多頑固的人性弱點，也經常做為孫悟空的陪襯人物出現，讓他幾乎成為讀者痛恨的對象，同樣達到讓讀者印象深刻之目的與效果，他的深度與高度都不夠，雖然他的發展深度位居第二位，然卻遠遠不及孫悟空的發展深度。第四位是沙僧，因為他的演出戲分，遠遠不及其他三位取經人，加上他的沈默，使他較難引起讀者的注意，也較難有突出的表現。他的高度與深度的演出表現，同樣得力於其性格特質的設定，因為他的聰明智慧僅次於孫悟空，所以無需多費筆墨，即可說服讀者其在高度與深度層面的優異表現。然因沙僧的戲分太少，其在深度及廣度方面的表現，便會受到頗大的限制，尤其在廣度方面，他的複雜性格，便遠不及其他三位取經人。

其他次要人物，大體來論，神佛類的人物，自然較顯精神高度方面的表現，然在深度方面，則拱手讓位於妖精類人物，雖然妖精類人物演出的戲分很有限，但在發生衝突與危機之中，仍然較有發展轉變的可能空間。廣度方面，仍是神佛與妖精較有表現，可能與《西遊記》是神魔小說有關，因為「一切艱難困苦都化為妖魔，而克服困難的力量則是神的力量了」，所以《西遊記》

主要仍是表現神與魔的矛盾與衝突的小說。〔註39〕

第三節 人物刻劃

一、區隔化與個性化

與前此西遊故事諸本相較，《西遊記》的人物描寫，有刻意地區隔化的現象。區隔化的性格描寫，是指區分某一角色與其他角色不同的性格特徵的細節描寫，這種描寫手法會造成人物角色的「個性化表現」，此亦關乎角色性格的設定問題。取經人各有不同的性格設定，我們在這裏無法一一舉例，故僅以孫悟空爲例，藉以說明《西遊記》裏對人物性格的區隔化及個性化描寫，而這亦與人物的性格設定有關。

《詩話》與《雜劇》中，唐僧的「臨難不懼」，「對魔難或險阻，勇於克服」〔註40〕的特質，至《西遊記》裏整個轉移到孫悟空身上，唐僧反成了「膽小多懼」的軟弱之人。在《朴通事諺解》中，「降妖去怪，救師脫難，皆是孫行者神通之力」〔註41〕特質，卻被《西遊記》中孫悟空完全繼承。在《雜劇》中，「貧婆以心相問，居然無以爲答」的通天大聖，到《西遊記》裏，居然搖身一變而爲敘述者《心經》詮釋的代言人，一路上孫悟空不斷地提醒唐僧《心經》上種種道理，顯示孫悟空在精神智慧上的形象轉化。另外，《雜劇》中，通天大聖的低俗言語，到了《西遊記》裏，轉變形象而爲孫悟空的「靈辭慧句」，這些特質應皆與故事對人物形象的設定有關。

我們亦可從西遊故事的演化中，看出孫悟空形象朝向「神話喜劇英雄」的特質設定。在《詩話》〔註42〕裏，「猴行者降妖伏魔以神道法術取勝者多，以智慧計謀取勝者少，基本上還停留在宗教鬥法故事的水平」，〔註43〕然而在《西遊記》中，孫悟空已成爲「千般伶俐，萬樣機關」（第六十回）的人物，不但與妖

〔註39〕 參張天翼，〈《西游記》札記〉，收入老庵選編，《西游故事》，（南昌：江西教育出版社，1999年），頁69～70。

〔註40〕 參張靜二，《西遊記人物研究》，頁102。

〔註41〕 見崔世珍譯注，《老乞大諺解、朴通事諺解》（臺北：聯經出版事業公司，1978年6月，奎章閣叢書第八，京城帝國大學法文學部），「朴通事諺解下」，頁十七。

〔註42〕 李時人、蔡鏡浩校注，《大唐三藏取經詩話校注》（北京：中華書局，1997年）。

〔註43〕 參劉勇強，《西遊記論要》（臺北：文津出版社，1991年），頁104。

精鬥法也鬥智，他喜歡戰鬥，勇於接受挑戰，不但極為擅場，而且樂此不疲，特顯其「戰鬥英雄」的性格特質。另外，在《雜劇》〔註44〕中通天大聖已是「神通廣大，變化多端」，但是並不出色，到了《西遊記》中孫悟空身上，便再予以強化，當孫悟空大鬧天宮時，無人可以匹敵，只有佛祖能夠將他制服。

另外，他又是個「克難英雄」，與妖魔戰鬥，保護唐僧的安全，是他在取經團的主要任務。為了要克敵制勝，其在造型上，必須有與之搭配的性格特質，所以，孫悟空具有「打不死」的特色──神通廣大、長生不老、一身是鋼，才有足夠本領與妖精鬥法；具有「聰明機變無雙」特色，才堪與妖精鬥智；還要「一心一意、不畏艱難、心志堅定」，才能與妖精鬥志；「不會好強自專」，才能在無法克敵制勝時，尋求救援，再加上其「高超的精神理解力」，才能成為唐僧的保護者兼精神指導，順利完成取經任務。

角色的區隔化，也會造成「個性化」的描寫，《西遊記》裡，人物的鮮明性格往往令讀者印象深刻，以唐僧及豬八戒為例說明之。唐僧在歷史上、《詩話》及《雜劇》裏，其「虔心敬佛、持戒嚴謹、道心堅定、對財色權位毫無戀棧及慈悲心腸」的特色，全轉移至《西遊記》的唐僧身上，尤其是「慈悲」這個特色，讓唐僧可以對別人的災難產生同情，進而督促孫悟空行善助人，而為唐僧最重要的鮮明特色之一，最後他成為「旃檀功德佛」，應亦緣於此。

第四十七回，取經人來到通天河邊的「陳家庄」，陳家二老，有兩個獨生兒女要去「祭賽」，唐僧聽說不禁落淚，因為妖怪好吃童男女。孫悟空要變做童男代替祭賽，並要豬八戒變做童女，唐僧便道：「悟能，你師兄說得最是，處得甚當」，救人之事，唐僧一定贊成。又至「比丘國」聞說國主無道，要取一千一百一十一個小兒心肝做藥引，唐僧登時洒淚痛哭，「痛倒參禪向佛人」，豬八戒說他：「專把別人棺材抬在自家家裡哭」，甚不以為然，唐僧罵他是個「不慈憫的」，反是聽孫悟空願意出力救小孩，便贊道：「若果能脫得，真賢弟天大之德」，敘述者插詩評論：「行者因師同救護，這場陰騭勝波羅」，皆在說明唐僧的慈悲特徵。

豬八戒「直接而強烈的情慾特質」，似乎非常引人注目，第十九回，他自道前生的風流韻事：

逞雄撞入廣寒宮，風流仙子來相接。見他容貌挾人魂，舊日凡心難得滅。

〔註44〕明初楊景賢撰，隋樹森編，《西游記雜劇》（臺北：臺灣中華書局，1967年），第二冊，頁 633～694。

全無上下失尊卑，扯住嫦娥要陪歇。再三再四不依從，東躲西藏心不悅。色膽如天叫似雷，險些震倒天關關。

這個性格特質幾乎成為豬八戒的招牌特質。他在《雜劇》裏，是極神通廣大的人物，連通天大聖都懼怕他，但到《西遊記》裏，他卻變成一位丑角。在《雜劇》裏，本來屬於通天大聖的「力氣大及好色」特質，到《西遊記》裏，全轉移給豬八戒，豬八戒變成一個食腸大、力氣也大的人物，加上貪吃愛懶又好色，便讓豬八戒成為一位十足「官能型的人物」，這些都是因角色的區隔化，而讓人物有一人一面的個性化表現。

其實，故事角色的個性鮮明，往往會使「人物的變化性」受到限制，但是，《西遊記》會在「角色的性格設定」上，來處理變化性的限制問題，是很高明的做法，也較符合性格發展的實況。以人物的精神「高度」言，其與角色的性格設定關係密切，這點已在前面稍作討論。孫悟空天賦異秉，天生靈慧穎悟，自然具有高超的精神理解力。唐僧為普通修行人的形象，內心經常為恐懼偏執所纏繞，必須經過一再提醒，反覆開導，而且經受許多次的教訓後，精神境界才能有些許的提升。沙僧是程度上比普通凡夫好一些的中等以上之資，所以他受到教訓之後，便能自己察覺而幡然改悟，也能自覺地向上，儘量朝正道前進。豬八戒是程度上或許比普通凡夫更低一點的酒色凡夫造型，他的心境上大部分的狀況，似乎只緣在如何飽餐一頓，走路辛苦的人如何好睡一頓，遇到挫折便想散伙，遇事則想躲懶討乖，見到心儀的美色就動心不已等。

再以人物的「深度」表現言，其與角色的性格設定亦密切相關。孫悟空天生的聰明穎悟，異於常人，又有後天的挑戰與磨練，所以他能夠在性格成長上，有異於常人的充分開展。沙僧天生的心智能力，沒有孫悟那麼高超，並且後天的磨練間也不夠，加上戲分不多，勢必使他的性格發展受到頗大的限制，這是他性格不能充分開展的可能原因。唐僧是個普通修行人之資，很難讓他有什麼突飛猛進的成長表現，豬八戒則更難了，但是還是有發展的空間，只是比較受到限制而已。

二、非絕對化

在《詩話》及《雜劇》裏，作為主角的唐僧是個好人，似乎沒有任何不好的特質，尤其在《雜劇》裏，唐僧更是一個理想化的人物典型，完全是一個具有崇高道德的聖僧形象。但在《西遊記》裏，唐僧不再是聖僧，而以一個普通

修行人的面貌出現在讀者面前。即使作爲主角的孫悟空也不是一個絕對完美的人物，其性格裏亦充滿了許多的矛盾與掙扎。其他的主要人物亦是如此，豬八戒與沙僧也經常做錯的事，連不言不語的腳力龍馬，也曾是忤逆不孝的孽子。

《西遊記》裏的性格描寫，不特別運用傳統好人、壞人二分的手法，來召喚讀者的同情或反感，反而經常運用角色亦正亦反的特質，來引發讀者對主人公命運的關注，本文以唐僧爲例說明之。唐僧是個好人，但他是個爛好人，他對妖精的慈悲經常以反面形式呈現，所以夏志清先生曾說他對正確行爲有「狂熱偏執」。〔註45〕

例如第二十七回「白虎嶺」妖精，曾三次變身戲弄唐僧，唐僧不識妖精，又聽信豬八戒讒言，便認定妖精是好人，反誤解孫悟空是好殺成性的兇狂之輩，於是三次念咒趕逐孫悟空，最後孫悟空懷著無限悲凄之情，離開了取經隊伍。唐僧絕對是個好人，因爲他心懷慈悲，不忍殺生，然而讀者依然很嫌惡他，因爲他雖有慈悲，卻沒有明察是非的智慧，以致冤屈了孫悟空，還自認爲是個好人，在這裏唐僧完全以一個傷害主人公的反面角色出現，當然很令讀者反感。其他取經人，豬八戒、沙僧也都是反面角色，因爲豬八戒進讒言，沙僧嫉妒沒替孫悟空求情，妖精亦是反面角色，這讓讀者對孫悟空產生極大的同情，進而關注主人公未來的命運如何。

然而在這回裏，沒有一個角色是完全的壞人，唐僧、豬八戒及沙僧，固然都不能算，連妖精也不是壞人，因爲妖精只不過是想吃唐僧肉而已，她不過是個受慾望驅使的妖精。《西遊記》裏的妖精角色，大多是這種參差的形象，譬如「車遲國」的虎力、鹿力及羊力三個妖精，他們「黨同伐異，逞兇鬥狠，至死不悟」，且「人情反覆，說話不算話」，這樣的角色似乎是很壞的，然而他卻也有良善的一面，例如他們對自己人及同道則極好，並且會用五雷法祈雨功民，所以，仍是好壞參半的人物。因此，《西遊記》裏，喚起讀者情感參與的方式，大多是採用這種亦正亦反特質的描寫手法，而非用一般好人與壞人二分的寫法來營造。

三、五行相生相剋關係

對於《西遊記》中五行與四聖關係的討論，曾有傅述先先生將五行與四

〔註45〕參胡益民等譯，《中國古典小說導論》，「第四章西游記」，頁140。

聖配屬，兼論孫悟空「一人配二行」的問題。張靜二先生繼之討論了四聖之個性，是否如其所配之行的問題，並討論了四聖相生相剋的人物關係。本文則嘗試從結構佈局、戲劇性關係、人倫關係及次要角色的相剋關係，來討論《西遊記》裏相生相剋的人物關係描寫，這是四個重要的面向，卻很少為前輩學者所關注，所以本文將它們提出來，嘗試做一點粗淺的探討。

（一）結構佈局

《西遊記》裏，五行與四聖的配屬關係為：孫悟空，屬金又屬火；唐三藏屬水；〔註46〕豬八戒屬木；沙僧屬土。《西遊記》主要運用五行牛剋觀念，來構造取經人之間的關係。依此，所產生的「相生的人物關係結構」為：木生火（豬八戒助孫悟空）；土生金（沙僧助孫悟空）；火生土（孫悟空助沙僧）；金生水（孫悟空助唐僧）；水生木（唐僧助豬八戒）。所產生的「相剋的人物關係結構」為：「水剋火」（唐僧剋孫悟空）；「金剋木」（孫悟空剋豬八戒）；「木剋土」（豬八戒剋沙僧）；火剋金（孫悟空自剋）；土剋水（沙僧剋唐僧）等。

《西遊記》裏利用了五行關係來作局部的佈局，出現於唐僧出發取經後與其他取經人的會合情節中，大約從第十四至第二十二回，其中蘊含了以「五行的相剋關係」來安排人物出場的佈局。首先，唐僧啟程取經以後，至兩界山收了「孫悟空」為徒，第十四回標題為「心猿歸正」。再至雲棧洞時，豬八戒加入取經團，第十九回標題為「雲棧洞悟空收八戒」。之後來到流沙河，沙僧加入取經團，第二十二回標題為「八戒大戰流沙河」，至此取經人才完成會合動作。

在這個情節段落中，可以發現其中隱含了一個「五行相剋的關係結構」，即「水剋火」唐僧剋孫悟空，之後是「金剋木」孫悟空剋豬八戒，而後是「木剋土」豬八戒剋沙僧，最後首尾相銜「土剋水」沙僧剋唐僧，至此，完成了五行相剋的循環關係。其中，主要人物的出場秩序井然，顯然是按照五行相剋的關係來安排的，如此對應的結構形式，應非偶然，可能出於敘述者的自覺。

上述這些主要人物的相剋關係，不僅出現於小說的局部結構中，同樣出現於人物之間的互動關係裏，而成為理解人物關係重要參照座標。其中以「水

〔註46〕 參張靜二，《西遊記人物研究》，頁24～27。「水」行，張靜二先生認為，唐僧屬水行，然中野美代子卻認為，豬八戒屬木又屬水，筆者較贊同張靜二先生的看法，因為比較服人，雖然書中未明示，然由其關係亦可以做出頗為合理的推測。中野美代子的說法，參其〈孫悟空與金與火──對主人公們的煉丹術解釋〉，收於《西遊記文化學刊》（北京：東方出版社，1998年），頁89。

剋火」（唐僧剋孫悟空）及「金剋木」（孫悟空剋豬八戒）兩者最被強調，而「木剋土」（豬八戒剋沙僧）及「土剋水」（沙僧剋唐僧），則比較不突出。

「水剋火」，這組關係主要作用之一在於，轉化孫悟空難馴的野性，而達到心靈智慧的成熟。孫悟空天不怕地不怕，就怕唐僧念咒，同時，他必須對唐僧「做小伏低」，才能對精神的成長有真正的助益。所以，他必須克除自身種種不善的野性特質，如妄狂自大、好殺生、暴躁易怒、受不得人氣等，才能真正有所轉進，而唐僧就是他最大的剋星，因為唐僧動不動就對他念咒。最後，他在唐僧的刑剋下，野性漸漸地馴服了。

「金剋木」，是孫悟空剋豬八戒，豬八戒怕打，偏偏孫悟空棍重；豬八戒好躲懶討乖，偏偏孫悟空比他更乖，不肯讓他躲懶，時常找機會羈勒他，以見取經之難。豬八戒對取經事業的向心力不夠，每每嚷著要散伙，又有種種不善，如財色心重、好冷言讒語等，所以孫悟空就管教他，讓他時時知道克制自己的慾望，如豬八戒在「天竺國」時又遇到昔日舊情人，他依然按捺不住，動了慾心，孫悟空就管教他：

> 行者上前，揪著八戒，打了兩掌，罵道：「你這個村潑獸子！此是甚麼去處，敢動淫心！」八戒道：「拉閑散悶，耍子而已！」（第九十五回）

「木剋土」，這一組關係，其實在《西遊記》裏無多發揮，最明顯的例子在第二十二回中，豬八戒為收服沙僧，曾下水三次與他交戰，因為孫悟空水裏的勾當不行，所以必須仰賴豬八戒。此時敘述者曾明示兩人的相剋關係道：「只因木母剋刀圭，致令兩下相戰觸」。「土剋水」，這一組關係，在《西遊記》裏頗為隱晦，主土的沙僧，其主要作用在調濟水火，水是唐僧，火是孫悟空。沙僧待在唐僧身邊的時間最長，他對唐僧非常了解，當孫悟空與唐僧起衝突時，沙僧不一定都勸，但每勸必成，這應是沙僧對唐僧的克制之功，故可套入「土剋水」的公式中。

五行相剋的關係中，還有一組為「火剋金」，並不包含於上述五行關係的結構佈局中，本文在此需附帶一提。這組關係為孫悟空自相刑剋的內部關係，若依五行之德來說，火性主照明，金性剛強須有主智之火來照明，才能有正確的方向和目標，然後意志堅定地朝既定目標前進。取經途程中種種的魔難，非有「照明的智慧」及「堅定的鬥志」則無以成功，這兩種特質，都是孫悟空能不斷地克敵制勝的重要因素。故兩者是相剋而相成的，這或許可以用來

說明，為什麼孫悟空屬火又屬金的配屬問題。

（二）戲劇性

從《西遊記》五行關係裏，亦可看出部分戲劇性效果的營造，這種效果主要出現於孫悟空、唐僧及豬八戒三個人物的關係上。以孫悟空與唐僧的關係言，「水剋火」而「金生水」，換言之，即唐僧剋孫悟空，而孫悟空助唐僧。這組關係很容易瞭解，唐僧剋孫悟空的關係已在「結構佈局」中論過。至於孫悟空助唐僧一點，也很容易解釋，唐僧若沒有孫悟空的保護與開導，根本無法至西天取經。唐僧是個人間煩惱的象徵，他的部分性格是參照《心經》內容設計的，他每每恐懼不安，又偏執無明，而孫悟空總不厭其煩地提醒他《心經》上的道理，幫助他調伏內心種種的煩惱。相反地，孫悟空則需有唐僧的箝制，才能轉化其心性上之不馴，所以是相剋亦相生。然從人物互相對待關係看來，這組關係中，唐僧依然處處佔上風，因為唐僧是孫悟空的師父，而孫悟空只怕唐僧念緊箍咒。

以孫悟空與豬八戒的關係言，「金剋木」而「木生火」，換言之，即孫悟空剋豬八戒，而豬八戒助孫悟空。孫悟空剋豬八戒的關係，已在「結構佈局」中談過。而「豬八戒助孫悟空的關係」也容易理解，孫悟空水裏的勾當不行，而豬八戒水勢極熟，曾是天庭統領水軍的「天篷元帥」，又比沙僧會變化，所以在取經途中，孫悟空與豬八戒一陸一水相得益彰；又豬八戒力氣大，不怕污穢，而孫悟空體型小，尊性高傲，髒臭之事總不願為，所以遇到必須使力忍臭的差事，亦非豬八戒莫屬。

雖然豬八戒與孫悟空是死對頭，然豬八戒總是陰錯陽差地幫助孫悟空解難，替故事製造了不少笑果。譬如，取經人到「獅駝國」，孫悟空與「象精」交戰，豬八戒豎著釘鈀，不來幫打，只管呆看：

> 那妖精見行者棒重，滿身解數，全無破綻，就把鎗架住，捽開鼻子，要來捲他。行者知道他的勾當，雙手把金箍棒橫起來，往上一舉，被妖精一鼻子捲住腰胯，不曾捲手。你看他兩隻手，在妖精鼻子上丟花棒兒耍子。八戒見了，搥胸道：「咦！那妖怪晦氣呀！捲我這夯的，連手都捲住了，不能得動；捲那們滑的，倒不捲手。他那兩隻手拿著棒，只消往鼻裡一搠，那孔子裡害疼流涕，怎能捲得他住？」行者原無此意，倒是八戒教了他。他就把棒幌一幌，小如雞子，長有丈餘，真個往他鼻孔裡一搠。（第七十六回）

其實豬八戒並無意幫孫悟空，還替象精扼挽，卻出乎意外地幫了孫悟空，收服了妖精，這就是孫悟空與豬八戒很特別相生關係，沒有豬八戒恐怕事情不會這麼順利。但以這組關係來說，孫悟空仍處處佔上風，孫悟空為豬八戒的師兄，豬八戒不怕唐僧，倒怕孫悟空的棍重，孫悟空也比豬八戒機靈，所以豬八戒是怎樣也佔不到孫悟空的便宜，反而常常被孫悟空戲弄。豬八戒唯一可以報復的管道，便是利用唐僧。

唐僧與豬八戒的五行關係為「水生木」，即唐僧助豬八戒。豬八戒很擅長利用唐僧來對制孫悟空，所以豬八戒的「冷言讒語」便成為其重要的特質之一。孫悟空也知道唐僧特別袒護豬八戒，所以要羈勒豬八戒時，總會先考慮到唐僧的阻撓。豬八戒甚能見機而作，似乎偏能說中唐僧的利害，加上唐僧認為豬八戒老實、懇直，不會說謊，往往對豬八戒的挑撥之言深信不疑，反而對孫悟空的話常常半信半疑，因為唐僧認為孫悟空喜歡說大話不老實，以致使孫悟空時常蒙受誤解。因為唐僧對豬八戒的袒護，讓豬八戒在與孫悟空對峙的關係中，不會完全居於劣勢，而稍有可以產生抗衡的力量。由於這三個人物的相生與相剋的關係，讓人物之間的對待關係，緊張、矛盾與衝突不斷，形成不錯的戲劇性效果。

（三）人倫關係

若將中國的「人倫關係」，套在《西遊記》相生相剋的人物結構關係來看，應是一件頗為有趣的事。譬如「水剋火」與「金生水」，是指唐僧剋孫悟空，及孫悟空助唐僧的關係。在這個關係裏，唐僧是師父，孫悟空是徒弟，孫悟空經常說「一日為師，終身為父」、「父子無隔宿之仇」（第三十一回）的話，第八十一回裏又說：

> 三藏道：「我如今起坐不得，怎麼上馬？但只誤了路啊！」行者道：「師父說那裏話！常言道：『一日為師，終身為父。』我等與你做徒弟，就是兒子一般。又說道：『養兒不用阿金溺銀，只是見景生情便好。』你既身子不快，說甚麼誤了行程，便寧耐幾日，何妨！」

這樣一來，師徒的關係便如同父子的關係。孫悟空對待唐僧有如父親一般，非常孝順，所以小說裏經常表現孫悟空對唐僧的孝心。然唐僧偏偏對孫悟空頤指氣使，不能信任，又每每對他的正確行為，不能支持，但孫悟空依然對唐僧百依百順，又每每為他解釋《心經》上的道理，無怨無悔地保護他西行取經，直是「天下沒有不是的父母」的關係寫照，所以敘述者強調「金從木

順」（第十九回）的關係模式，孫悟空在這個關係模式中，必須要能順「從」唐僧。

另外一組人倫關係模式，是孫悟空與豬八戒的關係，因爲敘述者曾用「木母金公」（第二十三回）來形容這組關係，容易讓人產生爲一公一母的「夫妻關係」。前面已提到過孫悟空對豬八戒的管教，也提到豬八戒對孫悟空的幫助，即「金剋木」及「木生火」的關係，若就取經旅程的順利進行論，敘述者顯然強調「木順」，即豬八戒要能「順」從孫悟空，亦即妻子順從丈夫的關係。

孫悟空與沙僧的人倫關係，則比較接近兄弟的情義，因爲他們在五行的關係裏爲：「土生金」與「火生土」，即沙僧助孫悟空，孫悟空亦助沙僧，他們是互相幫助及互相扶持的一對夥伴，故較接近兄弟朋友的互相對待之義。沙僧對孫悟空的助力，除了調濟水火以外，尚有多方幫襯之功。沙僧雖不濟，但非常有心，只要能幫得上忙，他都全力以赴。如「黑水河」一難，唐僧與豬八戒都被妖精所擒，水裏的事自然只能仰仗沙僧了，所以在這一難，沙僧「單身獨力展威權」（第四十三回）。又如第五十三回，唐僧與豬八戒都誤飲了「子母河」水，有孕在身，孫悟空又被「如意眞仙」纏住，所以必須靠沙僧幫忙，才能取到「落胎水」。

孫悟空助沙僧的關係，在《西遊記》裏並不特別被強調，卻是隱約存在的。敘述者說「取眞經，只靠美猴精」（第四十三回），沙僧是明白這一點的，所以，他總以孫悟空馬首是瞻，「只管跟著大哥走」（第八十回）。只要能順利到達「靈山」，取得眞經贖其前愆，其實就是孫悟空對沙僧最大的幫助。孫悟空常常羈勒豬八戒，卻從未找過沙僧的麻煩，應是孫悟空對沙僧有份了解及信任，所以他們的關係應是互補相生的。敘述者在原來的五行關係裏，加入了人倫關係的想像，便讓《西遊記》的人物結構關係，更接近中國古代人倫關係的思維模式。

（四）次要人物的相剋關係

《西遊記》裏人物相剋關係，除了主要人物外，還經常出現於妖精與其剋星間的關係，譬如第二十一回裏，「黃風大王」本是靈山腳下得道成精的黃毛貂鼠，「解鈴還需繫鈴人」，必須佛祖的「飛龍寶杖」，才能治得。又如第四十九回「通天河怪」，原是觀音菩薩蓮花池裏養大的金魚，修煉成精後出來作怪，最後亦被觀音菩薩所收降。

天上型的妖精，下凡人間作怪，要能制服得了他們，必須找到他們天上

的主人，譬如第五十二回「兕怪」原是一隻青牛，他的主人公爲「太上老君」，兕怪一見到主人公便諕得心驚膽戰道：「這賊猴眞個是個地裏鬼！卻怎麼就訪得我的主公來也」。又如第六十六回小雷音妖怪「黃眉大王」，原是「彌勒佛」座前司磬的童子，私逃下界爲妖，最後亦被其主人公降服帶回。

又有些地上型的妖精，亦需得天上的星宿來制服，如第九十二回有「辟寒、辟暑、辟塵」三隻犀牛怪，須得「四木禽星見面就伏」。又如蝎子精怕大公雞，孫悟空找來「昴日星官」，一下子就把蝎子精制服了（第五十五回）。再如火燄山的火，需要鐵扇公主的純陰寶扇「芭蕉扇」，方可搧息（第五十九回）。而黃花觀裏的「百眼魔君」，其兩脅下有一千隻眼迸放金光，須得毗藍婆的「繡花針」才能破除，毗藍婆是母雞，百眼魔君原是雙大蜈蚣精，「雞最能降蜈蚣」，所以能收伏他。禪宗說「擒賊要擒王」，其意亦與此同。

四、一體與分身

《西遊記》裏的人物構成，可以每個人物有其個別的獨立性，獨立自主的存在，也可以彼此結合在一起，成爲一體。第一百回裏敍述者也曾自道這種五聖一體的看法：「一體眞如轉落塵」，即將取經團五個成員視爲一個整體，每一個成員偏顯的特質，皆可視爲一個具體個人的某方面特質的象徵。例如，孫悟空是天才型的人物，天賦異秉，可以代表在本質上或程度上高於一般人的特質，每個具體的個人皆有其「天賦異秉之處」。另方面，他獨顯「心君」（第四十回）或「人心」〔註47〕的功能，所以稱爲「心猿」。心靈的力量是極大的：

> 圓陀陀，光灼灼，亙古常存人怎學？入火不能焚，入水何曾溺？光明一顆摩尼珠，劍戟刀鎗傷不著。也能善，也能惡，眼前善惡憑他作。善時成佛與成仙，惡處披毛並帶角。無窮變化鬧天宮，雷將神兵不可捉。（第七回）

獨顯精神層面的特質，對於食色本能之事，顯然並非心君之本色。孫悟空既是「心君」的象徵，所以他儘可以幾個月不吃不睡，對於好色的本能，也是「從小兒不曉得幹那般事」（第二十三回），所以，他儘可以保持不受感官本能的牽累。當他不受感官本能牽累時，則是一隻「靈猴」，永遠保持其清醒（第

〔註47〕第七回敍述者道：「猿猴道體配人心，心即猿猴意思深」，可見敍述者將孫悟空視爲「人心」的化身，意思甚明。

十八回），當他充分發揮作用時，其力量是很不可思議的，爲善時可以成佛，爲惡時可以大鬧天宮無人能敵。所以當孫悟空特顯「心君」或「人心」本色特質時，便以天才型人物的姿態形象呈現。

豬八戒則特顯其感官本能的成分，爲其他取經人所沒有的，這是他獨有的特色，例如貪吃、貪睡、貪懶、好財又好色等特質，都不曾出現於其他取經人身上，依常理而言，感官本能是每個獨立具體的個人皆有的，《西遊記》裏偏偏僅由豬八戒來獨顯，敘述者的用意應該是很明顯的，他有意讓豬八戒成爲每個具體個人其「感官本能」層面的象徵。

唐僧也同樣具有很獨特的造型，即他的恐懼、不安與偏執，種種的煩惱困擾著他，也是少見於其他取經人的，孫悟空、豬八戒、沙和尚及龍馬，都沒有他那種種的煩惱與不安，所以這些煩惱不安的種種特質是專屬於唐僧的，敘述者也藉由唐僧的反覆表現中強調出來，所以，唐僧應可視爲具體個人其內在之「煩惱不安」的象徵。

沙僧特顯其中立者的角色，心態健康不致於偏執，又具有某種程度的智慧力，所以很適合營造一個「折衷調和」者的特質。他不像唐僧會對豬八戒溺愛不明，卻對眞正做事的孫悟空頤指氣使，也不像孫悟空那樣超脫出色，一點不沾染世俗情欲特質，當然也不會像豬八戒那樣偏溺本能的追求，他是一個中規中矩的中庸型人物，負責調合取經團內種種衝突或矛盾，所以，敘述者說他在取經團內的作用爲「調和水火沒纖塵」（第二十二回），他應是具體個人內在這股調和力量或特質的象徵。

而龍馬，以唐僧的腳力造型出現在讀者眼前，他很少開口說話，是一個最沈默不語的角色，卻因此偏顯出其「實踐力量」的特質，他默默地馱著唐僧上西天，又馱著大乘眞經回東土，一步一腳印地走著，沒有任何的怨悔，因此，可以視爲具體個人最可貴的「任重道遠的實踐力量」之象徵。

綜上所論，孫悟空是「人心力量」的化身，也是具體個人「天賦異秉」之特質的象徵；唐僧爲具體個人「內在之煩惱不安」的象徵；豬八戒爲具體個人「感官本能特質」的象徵；沙僧則是「內在之折衷調和力量」的象徵；而龍馬則爲具體個人「任重道遠之實踐力量」的象徵。當某個具體個人要完成某種任務，或達到某個目標時，這些精神面相往往互相交揉疊合，伴隨著整個行動的過程，「人心力量」必須充分被發揮，「內在的煩惱」必須被調伏，「感官本能」必須被適當的克制，內心的衝突與矛盾必須被「折衷調和」，目

標或任務的完成，必須靠「任重道遠的實踐力量」，缺一不可。

如果將此一體或分身的觀念，套用在《西遊記》「神魔對抗」的主題上時，則「神與魔的兩大力量」亦可視為一體，這樣一來，所有的艱難困苦，都化為「妖魔」，而克服妖魔的力量，便是「神的力量」。孫悟空是取經團裏對抗妖魔的主力，還有豬八戒與沙僧是他的輔力，外圍的眾神佛等超自然的神力助援等，皆可視為強大的「神力集團」。而各方妖魔及各種險阻則結集為「魔力集團」，不斷地阻礙取經團西進的行程。神與魔兩大集團不斷地對抗與戰鬥，最後，神力集團殲滅了所有的妖魔勢力獲得成功，順利取得經卷回東，而孫悟空被封為「鬥戰勝佛」，第九十九回敘述評道：「不二門中法奧玄，諸魔戰退識天人。本來面目今方見，一體原因始得全」，明白道出神與魔本為一體之兩面，必需戰退諸魔，方識得天人之本來面目，如此一來，神魔亦是一體。

第十四回故事的主題為「袪褪六賊，心猿歸正」，也是這種「神魔一體」觀念的表現。其故事敘述孫悟空路遇六賊剪徑，此六賊為「眼看喜」、「耳聽怒」、「鼻嗅愛」、「舌嘗思」、「意見慾」、「身本憂」等，這六賊其實是人的「六根」對境所變現的，因其本質為「要物」，故以「六賊」為喻。孫悟空知其為心識所變云：「我這出家人，是你的主人公」，故一個個盡皆打死，如此才能返歸本體清淨，這是典型的「心魔」，心魔由心所變現，暗喻「魔由心生」之意。

第六十一回牛魔王之難，敘述者評道：「牛王本是心猿變，今番正好會源流」，可見牛魔王與心猿本是一體。又第五十八回裏，與孫悟空「同像同音」的「六耳獼猴」，其實亦是孫悟空一心所化，故為「二心」，孫悟空本來「一心」要保唐僧，因為唐僧的無情無義，故生二心，化為「假悟空」的六耳獼猴，要自去取經，獨自成功。後來孫悟空打殺了六耳獼猴，才又復歸一心，繼續保唐僧西行取經。

另外，第二十七回「屍魔」三戲唐僧，由於唐僧不識妖精，聽信豬八戒讒言，趕逐了孫悟空，敘述者評論道：「唐僧聽信狡性，縱放心猿」。狡性指豬八戒，心猿是孫悟空，依此，唐僧情思昏亂為內在煩惱之象徵，煩惱覆蓋的心，不再為心之主，因此聽信狡性，縱放心猿。心猿被放逐後，心無所主，故進入「黑松林」，「情思紊亂」為妖精所擒。以上皆為個別故事中分身手法之運用，相當程度地豐富或深化了《西遊記》人物刻劃。

五、對話動作與敘述者現身說法

　　敘事理論一般將性格的描寫手法，大致區分爲「直接描寫」與「間接描寫」兩類。直接描寫法，指主人公們的性格描寫，可以用直接方式來表現，如《西遊記》中經常藉用敘述者直接說出，或借其他人物之口，或由人物自道等手法來進行。間接描寫法，指用間接方法來描寫主人公們的性格，如《西遊記》中常見的運用人物之言行及心理描寫等刻劃手法。

　　尤其「大量的人物對話」是《西遊記》刻劃人物性格最重要也是最主要的方式之一，因爲全文充斥著人物的對話，《西遊記》作者可以說主要是藉用人物對話來推動故事發展的，而人物的性格特質自然地也會在大量的人物對話中，自然無痕地展顯出來，這應是《西遊記》作者非常高明的做法，也是他不同於同時代其他的長篇章回小說之處，較諸前此西遊故事各本，亦可明顯看出大量的人物對話確實爲《西遊記》所獨擅的。

　　《西遊記》裏藉用人物的言語對話來表現其情感特質，比比皆是，舉一個明顯的例子，譬如第三十二回中孫悟空叫豬八戒去巡山，孫悟空知他定會躲懶，悄悄跟他過去看：

> 師父道：「悟空，你來了，悟能怎不見回？」行者笑道：「他在那裡編謊哩。就待來也。」長老道：「他兩個耳朵蓋著眼，愚拙之人也，他會編甚麼謊？又是你捏合甚麼鬼話賴他哩。」

後來豬八戒果眞是捏謊，可見唐僧對豬八戒的「溺愛不明」，對孫悟空的不信任，與不瞭解，亦可由這段對話裏表現出來。

　　除了人物的對話外，人物內心的獨白亦藉由「自言自語的對話形式」來表現，譬如第三十三回裏孫悟空被「銀角大王」，使妖法壓在三山下，他厲聲叫道：

> 師父啊！想當時你到兩界山，揭了壓貼，老孫脫了大難，秉教沙門；感菩薩賜與法旨，我和你同住同修，同緣同相，同見同知，乍想到了此處，遭逢魔障，又被他遣山壓了。可憐！可憐！你死該當，只難爲沙僧、八戒與那小龍化馬一場！這正是樹大招風風撼樹，人爲名高名喪人！

從這段獨白裏可以看出，孫悟空對唐僧「感情的眞摯」及「忠心耿耿」之特質。這種人物內在情感活動的特寫鏡頭，很少見於之前的西遊故事中，之前他們對人物情感活動的描寫都非常簡單，不會很細膩或很深刻，也不會有較

長的特寫鏡頭，都是或喜或怒，大喜或大悲等抽象或強烈情緒的描寫，但在《西遊記》裏，便經常出現這種獨白式的特寫鏡頭。

又如第三十回中，沙僧為「黃袍怪」所擒，那妖精猜想，必是他渾家有什麼書信到「寶象國」，因此來審問沙僧，沙僧見妖精很兇惡地將公主攔倒在地，心中暗想：

> 分明是他有書去。——救了我師父。此是莫大之恩。我若一口說出，他就把公主殺了，此卻不是恩將讎報？罷！罷！罷！想老沙跟我師父一場，也沒寸功報效；今日已此被縛，就將此性命與師父報了恩罷。

沙僧在生死關頭如此抉擇，可見他是個「知恩圖報」，而能「捨身為義」之人。《西遊記》作者很擅長運用「人物對話」與「獨白的特寫鏡頭」，來表現人物的情感特質。

《西遊記》藉由對話來進行故事的敘述特質是非常顯著的，這個特質較之其他長篇章回，仍然看得出為其非常具特色的地方，因為通篇大多是對話，可見《西遊記》作者是非常擅長用對話來故事的人。除了對話就是人物動作表情的描寫，所以「對話與動作」實可視為《西遊記》敘述的兩大主幹，《西遊記》裏藉用舉止動作來表現人物性格，令人印象深刻的例子，以唐僧每遇妖精或災難來襲時的動作為例，第十三回寫他「膽戰心驚，不敢舉步」、「軟癱在草地」，第十四回寫他「魂飛魄散，跌下馬來，不能言語」等，這些都是唐僧的招牌動作，很誇張地表現出其內在恐懼。又如，觀世音為了收服通天河怪，一早「未曾粧束」，就往紫竹林削竹片，做好了收妖法器後，「不消著衣」，就來收妖，這些動作表明了觀音恐唐僧有傷生之虞，故不顧形象地來了，為其「救苦救難的慈悲特質」之寫照。

又如取經人來到「陳家庄」借宿，用齋時，敘述者利用對話及動作來特寫豬八戒的吃功一流：

> 那獃子一則有些急吞，二來有些餓了，那裏等唐僧經完，拿過紅漆木碗來，把一碗白米飯，撲的丟下口去，就了了。旁邊小的道：「這位老爺忒沒算計，不籠饅頭，怎的把飯籠了，卻不污了衣服？」八戒笑道：「不曾籠，喫了。」小的道：「你不曾舉口，怎麼就喫了？」八戒道：「兒子們便說謊！分明喫了；不信，再喫與你看。」那小的們，又端了碗，盛一碗遞與八戒。獃子幌一幌，又丟下口去就了了。眾僮僕見了道：「爺爺呀！你是磨磚砌的喉嚨，著實又光又溜！」那

> 唐僧一卷經還未完，他已五六碗過手了。然後卻纏同舉筋，一齊喫
> 齋。獃子不論米飯麵飯，果品閑食，只情一撈，亂嚫口裏，還嚷：「添
> 飯！添飯！漸漸不見來了！」（第四十七回）

一邊動作，一邊對話，很生動地表現出豬八戒食腸寬大及好吃的形象。

除了對話與動作表情，敘述者也經常運用「現身說法」的方式，指點讀者準確地掌握人物的性格特質，譬如第六回中介紹「二郎神」出場，敘述者插詩道：「心高不認天家眷，性傲歸神住灌江」，即將二郎神的一身傲骨個性，直接點出。又如第五十六回中孫悟空在路爲唐僧打死二個毛賊，唐僧很沒情義的祝禱，引得孫悟空頗爲不悅，此時敘述者現身評論道：「孫大聖有不睦之心，八戒、沙僧亦有嫉妒之意，師徒都面是背非。」便將人物們內在的情感特質明白道出，具有補充說明的作用，因爲從故事裏讀不出豬八戒與沙僧的態度，而敘述者的現身說法，將他們的內在情感狀態揭示出來給讀者知道。因此，人物的對話與表情動作等間接描寫手法，再配合敘述者的現身說法，便構成《西遊記》刻劃人物之情感或性格特質，具主導性之運用手法。

六、對比法

對比性的人物刻劃手法，在前此西遊故事諸本中運用得很少，卻在《西遊記》裏非常頻繁地被運用，因爲運用此法時，特別容易呈現出性格的對比差異，而對人物的突出造型，留下深刻的印象。例如，第十三回裏先敘劉伯欽打虎，寫得非常勇猛，至第十四回再敘孫悟空打虎，敘述者利用唐僧的眼睛，來對比出兩者之差異：

> 諕得那陳玄奘滾鞍落馬，咬指道聲：「天那！天那！劉太保前日打的
> 斑斕虎，還與他鬥了半日；今日孫悟空不用爭持，把這虎一棒打得
> 稀爛，正是『強中更有強中手』！」

顯然敘述者有意以劉伯欽打虎，來反襯孫悟空的英雄，孫悟空的英雄不是一般的英雄，而是「超自然的英雄」，因爲那虎一動不敢動，伏在塵埃裏讓他打。

其實在《西遊記》裏，對比的例子非常的多，又如第二十三回裏，取經人來到觀音菩薩點化的庄院，聽到裡面有腳步之聲，往裏探看，從孫悟空的眼睛來看，是「一個半老不老的婦人」，而豬八戒卻「餳眼偷看」，爲「脂粉不施猶自美，風流還似少年才」，以孫悟空「不好色的中性眼光」，特別能對比出豬八戒色不迷人人自迷的「好色」特質。之後，那寡婦三番以富貴美色，

誘惑唐僧，唐僧都不為所動，倒是豬八戒心動不已：

> 聞得這般富貴，這般美色，他卻心癢難撓：坐在那椅子上，一似針
> 戳屁股，左扭右扭的忍耐不住。走上前，扯了師父一把道：「師父，
> 這娘子告誦你話，你怎麼佯佯不採？好道也做個理會是。」那師父
> 猛抬頭，咄的一聲，喝退了八戒，道：「你這個業畜！我們是個出家
> 人，豈以富貴動心，美色留意，成得個甚麼道理？」。

恰是個對比，兩者的差異，正如敘述者所道：「聖僧有德還無俗，八戒無禪更有凡」。

唐僧的「多懼」，與孫悟空的「無懼」，時常形成強烈對比。一般遇到比自己力量更強大的人，往往變得軟弱無力，唐僧可能就是這樣的人。孫悟空卻是個「鑽天入地，斧砍火燒，下油鍋都不怕的好漢」（第三十二回），即使碰上再強悍的對手，他都「全然無懼，一心只是要保唐僧」（第三十二回），可見敘述者有意將他塑造成「無所畏懼」的形象，以對比唐三藏的「多懼」。又如，孫悟空的「識得妖精」，與其他取經成員的「不識妖精」，也經常形成對比，因此突顯出孫悟空高超的精神理解力，如第二十七回「屍魔」之難，及第四十回「紅孩兒」之難等。

另外，神佛、妖精與凡人，也都有對比描寫。神佛的例子，如第六回寫玉帝派了十萬天兵，要捉拿孫悟空，然而卻連一個猴屬都捉不到。觀音問了原因，察了實情，就向玉帝推薦了二郎神，還知道心高氣傲，只聽調不聽宣，可見甚「知人善任」。另方面，二郎神是玉帝的外甥，竟得靠觀音的推薦，可見甚不能「知人善任」，這也是一個對比形象的塑造。

妖精的對比描寫，例如第二十及二十一回的「虎怪」與「黃風大王」便是一雙對比人物，虎怪是「自不量力」，過於自信，而黃風大王卻是「妄自菲薄」，缺乏自信。虎怪用金蟬脫殼之計攝走了唐僧，回到洞府裏誇說要拿孫悟空來湊吃，這是他過於高估自己的能力，敘述者插詩諷刺他「是個真鵝卵，悟空是個鵝卵石」，之後與孫悟空戰不到三五回合，就敗下陣。倒是黃風大王，一開始便對孫悟空的盛名，頗知畏懼，後來，孫悟空殺了虎怪，黃風大王為替虎怪報仇，使「三昧神風」，吹傷了孫悟空的眼睛。孫悟空的眼睛是煉過的，卻還不敵其神風，難怪他一出場，敘述者便道：「不亞當年顯聖郎」，當年二郎神曾經擒過孫悟空，這是個伏筆，所以虎怪與黃風大王，算是一組對比人物。

凡人的對比描寫，一般西路上的國主，大都對唐僧徒弟的醜怪面相，反

應激烈，如「寶象國」國王看到這般面相，就「坐不穩，跌下龍床」（第二十九回）。「朱紫國」國王病得很重，一見孫悟空，就「跌在龍床之上」，不教他看病了（第六十八回）。大多數的人看到唐僧的徒弟，也都是這等反應，但唐太宗的反應，卻異乎尋常的平淡，他第一次看到唐僧的三徒時，問道：「此三者何人？」，第二次見其容貌異常便問：「高徒果外國人耶？」（第一百回），態度從容安詳，不會大驚小怪，這種差異對比出唐太宗的「雍容氣度」。

　　《西遊記》中還有另一種對比性人物刻劃，是為了對比出彼此的相似及相異點而設計的，如書中角色的智慧，各有不同的面相，如孫悟空的「機智」巧變，豬八戒有「俗智」，俗世智慧；沙僧有「冷智」，三者形成對照。孫悟空的「機智」巧變，令人印象深刻的例子為第八十四回「滅法國」剃頭事件，國王立誓要殺一萬個和尚，只差四個和尚來做圓滿，孫悟空用巧計，悄悄地在一夜之間，將國王皇后、大小官員都剃了頭，一個個全沒了頭髮，此時國王才深悔前事，等見了唐僧一行時，不但不殺還拜為師父，孫悟空運用機智，令故事結局在一夕之間改變，有點類似神話情節。

　　豬八戒的俗世之智，表現在其對人情世故的特別敏感，例如第六十七回過「駝羅庄」，他對借宿老者的前倨後恭，很有戒心：

> 八戒扯過行者，背云：「師兄，這老兒始初不肯留宿，今反設此盛齋，何也？」行者道：「這個能值多少錢，到明日，還要他十果十菜送我們哩。」八戒道：「不羞！憑你那幾句大話，哄他一頓飯吃了，明日卻要跑路，他又管待送你怎的？」。

這等乖覺，又如第四十七回在「陳家庄」時，唐僧問起齋事，陳澄回答「預修亡齋」，豬八戒便先有了反應：

> 八戒笑得打跌道：「公公忒沒眼力！我們是扯謊架橋哄人的大王，你怎麼把這謊話哄我！和尚家豈不知齋事？只有個『預修寄庫齋』、『預修填還齋』，那裡有個『預修亡齋』的？你家人又不曾有死的，做甚麼亡齋？」行者聞言，暗喜道：「這獃子乖了些也。」

豬八戒確實有這種俗世之智的人格特質。

　　沙僧之智是「冷智」，他似乎經常站在一個旁觀者立場，時時拋出一些冷言冷語，如第九十六回敘述「寇員外」喜待高僧，留唐僧一行住了半月，唐僧要離去，八戒儘說些「放著這等現成好齋不吃」的獃話，惹得唐僧罵他是「槽裡吃食，胃裡擦癢」的畜生，行者看師父變臉，就揪打八戒，沙僧笑道：

「打得好，打得好！只這等不說話，還惹人嫌，且又插嘴」，他是懂得察言觀色的人。又如第四十八回過「通天河」，妖精利用唐僧「取經心切」的弱點，作法飄雪引誘唐僧過河，唐僧中計不聽人勸，堅執要過河，沙僧也勸道：「且再住幾日，待天晴化凍，辦船而過，忙中恐有錯也」，可惜唐僧亦不能聽，果爲妖精所擒。第五十五回敘述唐僧被蠍子精攝走，孫悟空與妖精交戰，爲妖精的「倒馬毒樁」所傷，負痛敗陣而走，因爲頭疼無法再去救唐僧，又怕唐僧亂性，此時沙僧極有見地說：

> 不須索戰。一則師兄頭疼；二來我師父是個眞僧，決不以色空亂性。

唐僧果然不曾亂性。從這種種事件中，可以看出沙僧的冷智，他與豬八戒的俗智、孫悟空的機智各有不同。

七、類比法

這種描寫手法，在之前的西遊故事諸本很少見，但在《西遊記》中，則運用的相當多，譬如第二十三回，觀音菩薩化身爲一位寡婦，設難考驗取經人，自我介紹時說自己娘家「姓賈」，夫家「姓莫」，等於暗示取經人，「假的不要」上當之意，這是利用諧音指義，來暗示讀者其人物的作用及意義。人的姓名稱呼，有時正是其性格特徵，或人物功能的標籤，如唐僧稱號「三藏」，是唐太宗「指經取號」所封（第十二回），《西遊記》裏只有唐僧能取三藏眞經，其他人皆不能取，便暗示了唐僧在取經之旅所擔任的重要功能。

有時人物的稱號，正爲該人物性格特質的類比。譬如唐僧另一個稱號爲「旃檀功德佛」（第一百回），便是其人物特質的類比，唐僧的慈善特質，雖有其正負面的意義，然以「旃檀功德佛」而言，應是針對他一路上遇苦則救的特色，督促孫悟空去做救濟世人的事情而論的，怪不得孫悟空要說：「師父要是善將起來，就沒藥醫」（第八十回），豬八戒還調侃他道：「專把別人家棺材抬在自家哭」。

「悟空」，是孫悟空的法名，是「須菩提祖師」給他取的，暗示他將來的成佛之路，所以敘述者評道：「從頑空到悟空」，後來他果然保唐僧西天取經，成就其追求不朽的雄心。《心經》是專講空性的，孫悟空一路上不斷點撥唐僧，領悟《心經》道理，表明他對「悟空」是有特別體會的。最後，孫悟空被佛祖封爲「鬥戰勝佛」，表現這個形象最典型的事件，他與妖魔永不妥協地戰鬥，最後克服了所有的魔難，所以叫「鬥戰勝佛」。

「悟能」為豬八戒的法名，乃是觀音菩薩勸善時給他取的。豬八戒一向喜吃葷食，因聽菩薩道：「世有五穀，不能濟饑？為何吃人度日」，突然醒悟，而從此戒了「五葷三厭」，專候取經人，可見他是「能悟能戒」之人，所以叫「八戒」與「悟能」。最後，豬八戒被佛祖封為「淨壇使者」，可能因為「食腸大貪吃」為其突出的形象特質，每一次取經人「用齋情節」，都有豬八戒的特寫鏡頭，他總是拚命地吃，而且一定「吃得罄盡」，「風捲殘雲」（第九十六回）般地，「吃得一毫不剩」（第六十二回），這種一掃而光的吃法，能很形象地表現出豬八戒的「淨壇」功能。

沙僧的法名為「悟淨」，也是觀世音給他取的，菩薩勸善他時曾自道：「洗心滌慮，再不傷生」的話，後來並未真正做到，當取經人們路過「流沙河」時，他便跳出來要吃人，但最後他被取經人降服成為取經團一員時，敘述者評道：「跳出性海流沙，渾無罣礙」（第二十三回），性海流沙暗喻很多煩惱，悟淨表示能淨化煩惱，「清淨無為」，沙僧在取經人中，的確是煩惱最少的一個，故正合其法名。

《西遊記》裡，還有其他人物的類比運用，譬如敘述者以寶象國國王的「水性」，類比唐僧的水性。唐僧在前為「屍魔」為「放光寶塔」所迷，國王在後為「黃袍怪」所戲，他們都是愚迷肉眼、不識妖精，又偏偏喜聽讒言，為表象所迷之人。第三十回裏「黃袍怪」變做個俊麗人物，來到寶象國，國王惑於他的外表，不敢認做是妖精，以為有濟世棟樑之材，而聽信其花言巧語，任其將唐僧變虎及遭毒打，國王的所作所為正可類比唐僧之前的行徑，只是一前一後，主客易位。之前是唐僧不識妖精，冤屈了孫悟空，之後則是國王不識妖精，而使唐僧蒙屈。這種人物類比，若以佛教觀點來看，頗有現世報的意味，若以精神成長角度來看，可能暗寓取經人若不克服其負面特質，類似的事情還會再重複發生之意涵。

八、反常法

（一）面目與性格一致性的反常描寫

在作品中性格和面目，一般而言，要求兩者一致。然而，在《西遊記》裏主人公們，他們的面目與性格，卻並不那麼一致，令讀者印象深刻。通常小說裏的主角，是既有本事又長得很體面，但《西遊記》裏的第一主角孫悟空雖然「很有本事」，卻長得「醜怪異常」，反而是「沒什麼本事」的唐僧，

長得「非常俊美」。其他的取經人，豬八戒及沙僧也都挺有本事的，卻都與孫悟空比醜，這麼高比例的人物設計方式，出現在《西遊記》中，表明應為敘述者的有意為之，並非偶然。

　　例如，第四十七回取經人難過「通天河」，於是先到陳家庄借宿，那老者看到唐僧的三個徒弟便諕倒在地：

　　　　老者戰戰兢兢道：「這般好俊師父，怎麼尋這樣醜徒弟？」三藏道：
　　　　「雖然相貌不終，卻倒會降龍伏虎，捉怪擒妖」。

偏偏俊美的唐僧，沒有本事，有本事的倒是長得醜怪的徒弟。又如第三十六回他們到「寶林寺」，敘述者仍借用一般人的眼光，來看唐僧師徒的面目長相：

　　　　那道人忽見三藏相貌稀奇，丰姿非俗，急趨步上前施禮……只見行
　　　　者撞進來了，真個生得醜陋：七高八低孤拐臉，兩隻黃眼睛，一個
　　　　磕額頭；獠牙往外生，就像屬螃蟹的，肉在裏面，骨在外面。

從「道人」的眼睛來看唐僧是「丰姿非俗」，然從「僧官」的眼睛來看孫悟空，卻是「形容醜陋」。但孫悟空卻有本事借宿，還給唐僧壯觀：

　　　　行者聞言暗笑，押著眾僧，出山門外跪下。那僧官磕頭高叫道：「唐
　　　　老爺，請方丈裏坐。」八戒看見道：「師父老大不濟事。你進去時，
　　　　淚汪汪，嘴上掛得油瓶。師兄怎麼就有此獐智，教他們磕頭來接？」
　　　　三藏道：「你這個獃子，好不曉禮！常言道：『鬼也怕惡人哩。』」唐
　　　　僧見他們磕頭禮拜，甚是不過意，上前叫：「列位請起」。

沒本事的唐僧，似乎並不怎麼領情，還損了孫悟空一道，更顯出他也沒有度量稱讚人，難怪孫悟空說他是「外好裏枒槎」，外面對人很客氣，其實內裏彆扭，不好相處。這種反常的對比性描寫，經常出現在《西遊記》的故事情節之中。

　　在前此西遊故事諸本中，敘述者並不刻意強調人物的美醜形象，因而也就不會突顯出外貌與內在特質的反常差異。再者，之前《雜劇》中的唐僧形象，為一理想型的人物形象，他的面目正與其理想性格相得益彰，更不可能出現這種反常性的設計，因此，這種「反常性的描寫手法」應是《西遊記》嶄新的表現方式。

　　在小說裏，一般而言，主人公不但外相好、性格也好，因為這樣的造型較易為讀者所接受。但在《西遊記》裏的主人公們卻一反常態，外相好的唐僧，卻最沒本事，個性也不好，反倒是外相不好的徒弟，卻個個有本事，尤

其是孫悟空，不但有本事也擁有高超的精神理解力，遠非唐僧可比，比較沙僧，唐僧也還不及。這種面目與性格的不一致，有時會造成一種喜劇性的反諷效果，同時也諷刺了一般「以貌取人」的價值觀。

（二）正派人物的反常描寫

《西遊記》裏，表面看起來頗為正派的人物，卻往往做出不太正派的事，以致破壞了人物原本的美好形象，提供給讀者另一種觀看世事的角度。這種角色的扮演，往往具有辯證性，表現了某種人性的深度或現實，在前此西遊故事各本裏，難得一見。譬如，第十六回裏的「金池長老」，為一座觀音禪院的老院主，且壽高「二百七十歲」，大家都非常尊敬他。但是他愈老愈貪，竟為了唐僧的異寶袈裟，要謀財害命，這種悖德之事，若讓它發生在「年高望重的和尚」身上，會造成極大的諷刺效果，顯現出人性深處的暗濤洶湧。

又如第十八回裏的「高太公」，他自命「高門清德」，對於他的妖怪女婿，「只要剪草除根」，說招個妖怪女婿名聲不好，壞了我高門清德。然敘述者選擇從孫悟空的眼睛來看，發現豬八戒雖食腸寬大卻不曾白吃，也替高家幹活，並無害他之心，又是天蓬元帥下界，其實也門當戶對，不怎麼辱沒其家門，反替豬八戒說情要高太公留他，但高太公堅持除根，顯見他是「以禮殺人」，可見對實情的認知，與一般表面的世界是有距離的。

又如佛祖，在一般人的眼光中，是個非常神聖的人，但在《西遊記》中，他卻縱容屬下向取經人需索人事。佛境界裏的力士、庖丁、尊者，都譏笑阿儺伽葉索賄（第九十八回），連唐僧都知道，若受一絲之賄，千載也難修。佛祖還找籍口為屬下曲為迴護道：「經不可以輕傳，亦不可以空取」，最後，敘述者現身評道：「須知玄奘登山苦，可笑阿儺卻愛錢」，表明其意仍在於貶阿儺，貶阿儺等於貶佛祖，因為佛祖縱容屬下犯罪。

第四節　結　語

與前此西遊故事諸本比較，《西遊記》寫作重點，其實並不在空間的變化，而在經歷魔難的主人公；也不在寫一個完美的救難英雄，而在於寫士人公們的成長，所以它應是一部以人物為主的成長小說。小說的主角孫悟空怎樣由一隻石猴變成鬥戰勝佛的故事，其他的取經人又怎樣從犯罪被懲的境地，歷經諸多魔難的挑戰後，慢慢轉化個人的不善而逐漸地成熟，最後到達靈山境

地而贖罪返聖。所以整個來說，《西遊記》應是部喜劇的、幻想的、冒險的成長小說。

　　由於人物的發展性及複雜性，爲《西遊記》人物塑造的兩大重點，本章第二節「人物類型」裏探討了這兩大問題。首先，說明人物分類的依據，本文何以未採用佛斯特「圓形人物」及「扁平人物」的觀念，而採用埃溫「人物軸線法」的理由。其次，《西遊記》裏次要人物的探討，一直未受到應有的注意，因此，本文也將之納入討論範圍。再次，根據人物軸線法，本文分別探討了《西遊記》裏主要人物及次要人物，其性格特質之發展程度及複雜程度的問題，並爲之繪製「性格發展軸線」及「性格複雜軸線」，進而較論兩條軸線的關係，同時附帶討論「人物高度」的問題。

　　由於人物刻劃的角度，較少爲前輩學者所注意，因此，本文第三節從「人物刻劃」角度，探討《西遊記》裏刻劃人物的主要手法，並以前此西遊故事諸本爲參照座標，對照出《西遊記》如何在現有的基礎上，以嶄新、巧妙及高明的方式改寫了西遊故事，本文分析了「區隔化與個性化」、「非絕對化」、「五行相生相剋關係」、「一體與分身」、「對話動作與敘述者現身說法」、「對比法」、「類比法」及「反常法」等嶄新的刻劃手法，說明《西遊記》作者如何運用這些嶄新的描寫手法，塑造出令人印象深刻，不同以往之西遊人物風貌。

　　最後，提出兩個《西遊記》在性格描寫上「前後不一致」的地方，其一，第八十二回裏唐僧被女妖精攝入洞中，孫悟空要唐僧喫妖精所敬的酒，然後斟滿一鍾回敬妖怪，孫悟空即趁機變成蟭蟟蟲，飛入酒沫之下，讓妖精吃進肚裏好作怪。此時，孫悟空暗想道：「他知師父平日好喫葡萄做的素酒」，所以教他喫一鍾。其實，唐僧平日是滴酒不沾的，除了唐王那一杯外。況且，酒那裏有什麼素酒與葷酒之分，因此，這段描寫頗與唐僧平時的言行表現不合，可能爲書中的敗筆之一。

　　其二，第九十一回裏唐僧在「金平府」，被假變佛像的妖精所捉，功曹來報信道：「不日要割剮你師父之肉，使酥合香油煎喫哩。你快用工夫，救援去也」，孫悟空便與三妖戰經一百五十回合，不分勝負，後來三妖喚一群牛頭怪前來助攻，孫悟空便敗陣而走。孫悟空的神通，似乎一時之間變弱了，十萬天兵圍攻都不怕，怎會敗與這群牛怪呢？他回去找豬八戒與沙僧，卻道：「且收拾睡覺，待明日我等都去相持，拿住妖王，庶可救師父也」，反倒是沙僧道：「常言道：『停留長智』那妖精倘或今晚不睡，把師父害了，卻如之何？」連

豬八戒都要去降魔，反而從不懈怠的孫悟空，卻要等明日再去爭持，不合常情。況且孫悟空是「千夜不眠，也不曉得些困倦」（第二十五回）的人，怎會想睡覺的事，這是前後的不一致。又孫悟空性一向最在意唐僧的安危，應不致於不考慮唐僧安危，說出這樣的話，此處顯然是作者的疏忽。

第五章 《西遊記》敘事結構

第一節 前 言

　　《西遊記》爲中國經典的古典名著之一，被譽爲長篇章回小說的「四大奇書」或「五大奇書」之一，然而它的敘事結構卻常遭學者們詬病爲「綴段性」結構。「綴段性」（episodic）結構，向爲詮釋《西遊記》結構問題的焦點，鄭振鐸先生於三十年代曾提出：

> 《西游記》的組織實是像一條蚯蚓似的，每節皆可獨立，即斫去其一節一環，仍可以生存。所謂八十一難，在其間，至少總有四十多個獨立的故事可以尋到。〔註1〕

然明末清初金聖歎（1607～1661）〔註2〕早有類似的看法，曾批評道：

> 西遊又太無腳地了，只是逐段捏捏撮撮，譬如大年夜放煙火，一陣一陣過，中間全沒貫串，便使人讀之，處處可住。〔註3〕

對於這個問題類似的見解，之後還有許多的學者，譬如李辰冬先生〔註4〕、張

〔註1〕 〈《西游記》的演化〉，陸欽選編，《名家解讀西游記》（濟南：山東人民出版社，1998年），頁426。此文發表於1933年《文學》第1卷第4號，後收入鄭著《佝僂集》和《中國文學研究》。

〔註2〕 此據陳萬益先生之考證，《金聖歎的文學批評考述》（臺北：國立臺灣大學文學院，國立臺灣大學文史叢刊，1976年），頁13～14。

〔註3〕 「讀第五才子書法」，陳曦鍾、侯忠義、魯玉川輯校，《水滸傳會評本》（北京：北京大學出版社，1998年），頁16。

〔註4〕 〈第六章西遊記的藝術造詣〉，《三國水滸與西遊》（臺北：水牛出版社，1944年），頁135。

靜二先生〔註5〕、歐陽健先生〔註6〕等，直至九十年代仍未稍改其議，儼然已成為學界的流行看法。

　　然而，何謂「綴段性」（episodic）結構？「綴段性」結構或譯成「插曲式」結構，根據浦安迪（Andrew H. Plaks）的解釋，所謂「綴段性」是相對於「統一性」結構而言，指缺乏藝術統一性的結構，所謂「統一性」，西方文學研究將它界定為「故事情節（plot）的『因果律』（causal relations）」之緊密聯繫言。換言之，如果事件間之前後因果串接緊密，形成一有機的統一結構，謂之「統一性」結構；反之，事件之間因果關係串接鬆散，缺乏緊密的內在聯繫，則稱之為「綴段性」結構。〔註7〕

　　若就因果聯接的角度來看，《西遊記》確實存在綴段性結構的問題。《西遊記》的綴段問題主要出現於八十一難之間缺乏緊密的因果串接，譬如二十四回以後，從「人參果」事件，跳到「屍魔」、「黃袍怪」之難，再跳到「金銀角大王」的魔難，其間聯結的因果緣由為何，讀者似乎很難為其圓說清楚，只能說他們都是西路上的神物或妖精，自然會有理由與唐僧一前一後地碰面，至於孰先孰後似乎並無必然性的因果關聯，或充分可信的理由以資說服讀者相信。

　　學界對《西遊記》結構的看法，也曾出現不同的聲音。胡適在二十年代初期於〈《西遊記》考證〉一文中認為《西遊記》：「這部書的結構，在中國舊小說之中，要算最精密的了。」〔註8〕但如何地精密卻未見詳論，有的學者針對胡適先生的說法直接提出反駁，〔註9〕有的學者紛紛提出相反意見，〔註10〕但一

〔註5〕　〈論西遊記的結構與主題〉，《中華文化復興月刊》，第13卷第3期，1980年3月。

〔註6〕　〈《西游記》的玩世主義和現實精神〉，《明清小說采正》（臺北：貫雅文化事業有限公司，1992年），頁49。

〔註7〕　浦安迪，〈談中國長篇小說的結構問題〉，《文學評論》第三集（臺北：巨流圖書公司，1976年），頁53。

〔註8〕　此文原發表於《努力周報‧讀書雜誌》，第6期，1923年2月。後收入「胡適文存」第二集第四卷，《西遊記考證》（臺北：遠流出版事業股份有限公司，1986年），頁66。

〔註9〕　如李辰冬先生曾道：「適之先生又講：『這部小說的結構，在中國舊小說之中，要算最精密的』，我們也不敢苟同。它的結構，在中國舊小說中，恐怕是最不精密的。……「西遊記」的結構為香腸式，可以增長，也可以剪短。八十一難去了一難，也不減它的趣味與價值，再增加幾難，也不能損害他的趣味與價值。但一百二十回的「紅樓夢」，你試增加或減去幾段看看，馬上就變了面

直未見胡適先生爲文做後續的說明，所以其如此主張的眞正理由是不得而知了。

近年來，才有高辛勇先生從敘述理論角度重作詮釋，提出《西遊記》應爲一「類聚性」（paradigmatic）的結構方法，他認爲八十一難事實上是同一模式的重複與變化。〔註11〕高辛勇先生援引了雅各佈遜之「格式類聚性」（paradigmatic relation）觀念專爲詮釋《西遊補》的敷演之法，對《西遊記》則是附帶提到並未詳論，故本文擬從這方面稍作分析探討，探究《西遊記》八十一難是建築在怎樣的共同模式之上而不斷地敷演變化？最後又以怎樣的方式終止故事的演述？這些問題都值得學者進一步探究。

然而，要了解中國小說的敘事方法，還是不能全然按照西方的看法和觀點，而要用中國的標準來衡量，再適當參酌西方具有文化普遍性的詩學觀念融攝而爲之，才能避免削足適履的反效果。「綴段性」不是評判小說優劣唯一的準則，若以此標準來評價《西遊記》，必然無法衡量出這部小說的眞實價值，也無法精準認識其特質所在，所以最終必得返回文化自身的脈絡來觀照。

《西遊記》爲「世代累積」型小說，長篇章回的寫作，一方面，需承繼西遊故事的傳統而來，另方面，爲延緩情節的需要而廣泛搜羅相關的故事材料，並在這個現有的基礎之上，考量如何以嶄新、巧妙的方式加工改寫前人的作品，此爲其傳統特色之一。因此，這類型的小說其表現重點並不在於一種全新的獨創，而是探究敘述者如何在現有的材料基礎上作高明的處理，亦即《西遊記》怎樣以嶄新、高明的方式重新改寫了前人的作品，就這點來說，《西遊記》無疑是相當出色的作品，如此也才能說明《西遊記》何以列名「四大奇書」或「五大奇書」而歷久不衰的原因。

除了上述兩個方面的問題，還有《西遊記》全文的結構及銜接的問題，也鮮爲學者所注意。因此，本文將設計以「整體結構」及「個別結構」爲分析框架，藉以討論《西遊記》全文的結構與銜接問題；探究八十一難及其他兩個部分的個別結構，其貫串內部的結構形式，並說明其如何以嶄新、高明的方式，改寫了現有的西遊故事，而展現出不同以往西遊故事各本的結構方式；同時，也嘗試分析八十一難建築於怎樣的共同模式之上而不斷地重複變

　　　　目。既可增減，那怎能說是中國舊小說中最精密的結構呢？」〈第六章西遊記的藝術造詣〉，《三國水滸與西遊》，頁135。

〔註10〕如鄭振鐸先生等，〈《西游記》的演化〉，陸欽選編，《名家解讀西游記》，頁426。

〔註11〕高辛勇，〈「西遊補」與敘述理論〉，《中外文學》，第12卷第8期，1984年1月，頁21～22。

化,最後又以怎樣的方式終止故事的循環。在正式進入討論之前,本文將會
先說明《西遊記》的結構所以分爲三個部分的理由,及相關的理論應用,以
作爲下面討論之基礎。

第二節　理論與《西遊記》小說

一、「聯綴」理論與語意統一性

　　「聯綴」(nanizyvanie)理論是借自 Milena Dolezelová-Velingerová,他在
研究〈晚清小說中情節結構類型〉一文中提到一種分析理論,〔註12〕此一理
論爲 Velingerová 從蘇俄形式主義學家什克洛夫斯基(Viktor Shklovskij)所撰
《散文理論》〔註13〕中歸納提煉而得。什克洛夫斯基的理論主要取材於十九
世紀前的歐洲小說,這個時期的歐洲小說與中國小說「散漫」體例,據說有
許多相類之處,故亦可適用於《西遊記》結構的探討。

　　聯綴式結構的小說,依據 Velingerová 的整理,可分出四個組合層次:(一)
主要角色的故事,通常還扮演「串線」(string)角色,將所有其他的敘事成分
貫串起來;(二)次要角色的故事,往往與第一主角故事結合或平行,最後融
入整體的情節結構之中;(三)自成單元的軼聞事件;(四)非行動的言論,
即除了人物行動之外,小說就哲學、社會與道德的主題,所提出的各種思想
和見解。〔註14〕

　　這種聯綴式的情節結構,還可變化成兩種可能的形式:一種是「循環式
的小說」,即把主角故事從小說中剔除,即導出循環式小說的情節結構。當主
角故事被剔除,則與之聯結或平行的次要情節亦得刪除,此時小說結構就會
形成以「自成單元的軼聞」與「非行動的言論」爲主體的架構,這個架構明
顯地缺少一個扮演統一作用的角色(這個角本來由主角扮演,現已被剔除),
所以必得加入一種新的統一原則,而這種原則必須是語意原則。〔註15〕

〔註12〕謝碧霞譯,收錄於林明德編,《晚清小說研究》,頁 515～541。
〔註13〕〔蘇〕維・什克洛夫斯基著,劉宗次譯,《散文理論》(南昌:百花洲文藝出
　　　　版社,1997 年)。
〔註14〕Milena Dolezelová-Velingerová 著,謝碧霞譯,〈晚清小說中的情節結構類型〉,
　　　　收錄於林明德編,《晚清小說研究》,頁 518～519。
〔註15〕Milena Dolezelová-Velingerová 著,謝碧霞譯,〈晚清小說中的情節結構類型〉,
　　　　收錄於林明德編,《晚清小說研究》,頁 530～531。

另一種轉化，是保存了主角的故事，但不賦予它穿針引線的作用。亦即主角故事與可有可無的次要角色故事會變得更首尾一貫，而軼聞與非行動的靜態事件出現的頻率將會顯著減少，形成一個簡單一致的故事，這種型式稱爲「單一情節的小說」。〔註16〕

聯綴式結構及其兩種轉化形式的結構，主要仍較著意於形式上之銜接結構，實則形式結構與主題意涵密切相關。若從這些聯綴式情節事件，判斷其在意義上是否具共通性而決定其結構，是爲語意結構。如果諸事件可以歸納出基本的語意結構，則小說的連貫性，不只有賴於聯綴式結構的形式，亦仰仗於事件中比較深奧的語意統一性。〔註17〕

二、陰陽五行觀的基本模式

浦安迪先生（Andrew H. Plaks）從陰陽五行的宇宙觀中，提煉了兩組觀念，作爲中國古典長篇小說的結構背後的理論架構，一組是「綿延交替」（ceaseless alternation）與「反覆循環」（cyclical recurrence），並由這一組觀念推衍細分出另一組觀念——「二元補襯」（complementary bipolarity）與「多項週旋」（multiple periodicity）更爲具體的觀念。〔註18〕其中「二元補襯」觀念應是從陰陽、盈虛等觀念中推衍提煉而得，而「多項週旋」似係從「四時」循環與「五行」的關係理論中抽繹出來的觀念，浦安迪對這一組觀念有進一步的說明。

浦氏認爲「二元補襯」指：

> 中國思想中傾向於互相關聯的觀念——把所有生命經驗都由成雙的、相對的概念去理解（例如感官經驗中的冷熱、明暗、及抽象觀念中的眞假、有無等。）事實上，每一成雙的概念都可看做是一個連續的整體，因爲凡事都是「無窮的交替」（ceaseless alteration），當「一端」消失時，便暗示「另一端」即將出現，反之亦然。如此看來，陰陽二字實可用來代表所有成雙的東西。只要我們瞭解，這些成雙的概念的互相補襯、連綿交替、互相包涵，而且永遠反覆的。〔註19〕

〔註16〕 Milena Dolezelová-Velingerová 著，謝碧霞譯，〈晚清小說中的情節結構類型〉，收錄於林明德編，《晚清小說研究》，頁533。

〔註17〕 Milena Dolezelová-Velingerová 著，謝碧霞譯，〈晚清小說中的情節結構類型〉，收錄於林明德編，《晚清小說研究》，頁519～520。

〔註18〕 浦安迪，〈談中國長篇小說的結構問題〉，《文學評論》第三集，頁58。

〔註19〕 浦安迪，〈西遊記、紅樓夢的寓意探討〉，王秋桂編，《中國文學論著譯叢》（臺

其理論涵義主要有三點：（一）「連綿交替」，即浦氏所謂的「無窮的交替」（ceaseless alteration）的觀念，指萬物兩極之間不停止的交替變化現象，由陰陽模式來理解，是陰由陽取代、或陽由陰取代的交替變動關係，而且這種交替變動是綿延不停的。中國敘事文學中，這種悲喜、離合、盛衰的二元經驗構型則更繁複、隱約；（二）「互相包涵」，即浦氏「X 中 Y」式的互涵（interrelated）觀念，如傳統批評家「忙中閒」、「靜中動」的動靜相間的結構形式。〔註 20〕這個觀念有互相關聯之意，這裏的關聯若由陰陽關係模式來理解，似可指太極圖中「陽中含陰」、「陰中含陽」的陰陽「互涵」現象關係，在敘事文中則相關敘事節奏的調節問題；（三）「互相補襯」（complementary），強調一種互補的關係而不是截然對立的觀念；由陰陽思想模式來看，陰與陽之間有一種互相濟補的關係，意即陰中有陽來配合，或陽中有陰來配合，會令彼此的關係更和諧完善。

浦氏對「多項週旋」觀念說明，認爲：

> 就像中國哲學裏常將「陰陽」、「五行」二觀念視爲表裏爲一，「二元補襯」的觀念自然包涵著「多項週旋」的意義。換言之，交替變動也必然擁有循環的形式。……故中國思想上所謂的「循環」觀念，乃重於不斷週旋交替的意義，而非如西方小說批評中所謂的那種「循環」（即「一週」迴轉的變動）。〔註 21〕

他在另一篇論文也提及「多項週旋」的觀念：

> 僅以兩儀、成雙的觀念，尚不足完全描繪那多面的人生眞相。因此，「寓言」文學的作者進而求助於一種「反覆循環」的哲理──與「五行」相關的四季循環或方向運轉的觀念──來做爲較複雜的敘事結構的模型。在此，與陰陽觀的情形相同，作者最主要的用意乃在於用五行的循環來表明物與物間相互連繫的關係，並非拘泥於某一特定的行位。……而是要藉此表出其循環交替，互相補襯，重覆週旋的觀念。〔註 22〕

「多項週旋」（multiple periodicity）觀念，字面上的意思是眾多的週期性，這

北：臺灣學生書局，1985 年）上冊，頁 441～442。

〔註 20〕 浦安迪，〈談中國長篇小說的結構問題〉，《文學評論》第三集，頁 58～59。
〔註 21〕 〈談中國長篇小說的結構問題〉一文，《文學評論》第三集，頁 59。
〔註 22〕 〈西遊記、紅樓夢的寓意探討〉一文，王秋桂編，《中國文學論著譯叢》，上冊，頁 442。

個觀念顯然比「二元補襯」更強調其「多元」的性質；浦氏另一與此類似或相近的觀念──「反覆循環」（cyclical recurrence），意即週期的重複發生，當眾多週期彼此相關重複發生時，就會產生週期的「交疊」性（overlapping），這是另一衍生出來的觀念。然不管是二元或多元，交替或交疊，它們都強調不斷地「迴旋交替」、「重複發生」的觀念。與《西遊記》八十一難不斷地重複發生，主人公們不斷地「遇難」、「戰鬥」、「解難」的週期循環之間似乎有某些類似之處。

三、類聚性結構與事綱理論

所謂「類聚性」（paradigmatic）的結構方法，是一種聯想的運作，將相同或類似事物予以聯想列舉的運作方式。最顯著的例子是第七十九回孫悟空的多心「紅心、白心、黃心、慳貪心、利名心、嫉妒心、計較心、好勝心、望高心、侮慢心、殺害心、狠毒心、恐怖心、謹慎心、邪妄心、無名隱暗之心、種種不善之心」，這種聯想的運作可稱之為「格式類聚」（paradigmatic relation）。

它本為索緒爾（Ferdinand de Saussure,1857～1913）用來說明語言結合的兩大原則之一，然雅各佈遜（Roman Jakobson）把它們運用到文學研究上來，以「類聚性」及「遞連性」（syntagmatic）作為詩與散文的結構原則，他認為詩的結構原則建立於「類聚性」上，而散文所表現的特徵則是「遞連性」的結構方式。〔註23〕八十一難四十多個故事單元之間的敘事關係並未遵循散文的「遞連」原則，倒多「類聚性」現象。

對於八十一難四十多個故事單元之共同模式的分析，本文將借用布雷蒙（Claude Bremond）的「事綱」（sequence）觀念，事綱是敘事文組成的基本單位，一個基本的事綱由三個功能結合而成，即「可能」、「過程」及「結果」，由一個功能過渡到下一個功能，皆包含了兩種可能，即故事發展的兩個方向，如目標產生之後（可能），會引發兩種可能的行動（過程），即「採取行動」實現目標或「不採取行動」等，採取行動的過程又會引發兩種可能的結果，即「成功」或「失敗」。每一個基本的事綱，都可以構成　完整的情節，但僅是最基本的情節，透過事綱的各種組合可以擴充及曲折情節，使情節複雜化。〔註24〕

〔註23〕 高辛勇，〈「西遊補」與敘述理論〉，《中外文學》，頁 21～22。
〔註24〕 關於布雷蒙的事綱理論及分析，請參考高辛勇，《形名學與敘事理論》（臺

第三節　《西遊記》的結構區分

　　一般而言，學者關於《西遊記》的結構區分，大致有兩種方式：二分法與三分法。胡適先生在二十年代初期就已提出將《西遊記》結構三分的說法，他認爲《西遊記》的結構共分作三個部分：

　　　　第一部分：齊天大聖的傳。（第一回至第七回）

　　　　第二部分：取經的因緣與取經的人。（第八回至第十二回）

　　　　第三部分：八十一難的經歷。（第十三回至第一百回）〔註25〕

這種分法有它的好處，因爲這三個部分故事所傳達的內容都不太一樣，誠如上面引文所論，而且，這三個部分的人物事件及所設定的時空背景，除了主角孫悟空以外也都迥異，所以自然形成不同的故事段落。有許多的學者認同這樣的分法，〔註26〕延用至今已成爲一般的流行說法，本文也將採用胡適先生的三分法作爲討論的基礎。

　　主張二分法的學者，通常與他們所設定的詮釋角度有密切關係，例如張靜二先生就主張將第一與第二部分合併觀之：

　　　　我們若是眞的將該書當做一部小說看待，則應把第一部分的七回和第二部分的五回合併視爲全書的「緒論」，因爲由七回組成一個插曲的第一部分，專敘取經人中的一個主角孫悟空……第二部分的五回，包括幾個插曲，則旨在舖寫取經的因緣及其他的取經人；兩部分都屬於說明或介紹的性質。〔註27〕

如果將《西遊記》看作是一個英雄的成佛故事，恐怕這樣的區分就很難成立，畢竟孫悟空才是這部小說眞正的主角，其取經前的生命經歷「求道成仙」或「犯罪受懲」等階段，〔註28〕皆應被視爲其完整生命追求歷程的重要組成部分，並非「緒論」而已。

　　另外，吳璧雍先生也有類似的看法，同樣將前十二回視爲是背景性「舖

北：聯經出版事業公司，1987年），第三章「結構主義與敘事理論」，頁144
～146。

〔註25〕　《《西遊記》考證》，《西遊記考證》，「胡適文存」第二集第四卷，頁66。

〔註26〕　鄭振鐸，〈《西游記》的演化〉，陸欽選編，《名家解讀西游記》，頁427。鄭明娳，《西遊記探源（下）》（臺北：文開出版事業股份有限公司，1982年），頁97～98。

〔註27〕　〈論西遊記的結構與主題〉，《中華文化復興月刊》，頁21。

〔註28〕　本章第四節之「三、求道返聖式結構」。

墊」或「緒論」。〔註 29〕其他如洪文珍先生，將第二部分視爲「過場」，作爲前後兩大部分的聯接橋樑。〔註 30〕周芬伶先生更爲之細分，視第一回至第十二回，包括孫悟空的出身和一個大過場爲第一部分，第二部分則從第十三回至第九十七回，演述取經克服八十一難的過程，第三部分從第九十八回至第一百回，交代功成行完、取經成聖的結局，〔註 31〕雖然有這些不同的劃分方式，基本上都是胡適三分法的延伸。

　　如果從事件結構的特定方式來作劃分，這三個部分各有不同的結構方式：第一部分（前七回）「單一情節結構」；第二部分（八回至第十二回）「溯源式結構與拼湊型故事模式」；第三部分（十三回到第一百回）「八十一難定型化循環結構與垂直超升模式」，以下本文第五節「個別結構分析」，將針對這三個部分的結構形式分析討論之，關懷的重點將放在敘述者如何以嶄新的方式在現有基礎上改寫西遊故事。

第四節　整體結構分析

　　本節的討論以胡適先生的三分法爲基礎來進行討論，將分析《西遊記》全文的結構爲「聯綴式結構」，此一結構包括兩個部分的「主要角色故事」，及一個部分「次要角色故事」；進而探討全文的語意結構，把握其主要事件的關聯基礎爲「人物的心性修煉」；另外，本節從故事主題的發展角度，爲《西遊記》另尋繹出一個貫串情節的內在結構，即主人公或取經五聖之「求道返聖式結構」，此三種結構皆可使《西遊記》三個部分的故事情節，更爲緊密地關聯在一起。

一、聯綴式結構

　　若借用 Milena Dolezelová-Velingerová 的理論觀念來看《西遊記》情節結構，則《西遊記》整個爲一「聯綴式結構」，而非「循環式」或「單一情節」

〔註29〕《西遊記研究》（臺北：國立臺灣師範大學國文研究所碩十論文，葉慶炳先生指導，1980 年），頁 13。

〔註30〕〈現行改寫本西遊記之比較分析〉，《臺東師專學報》第 9 期，1981 年 4 月，頁 24。

〔註31〕《西遊記與鏡花緣之比較研究——兩本神怪小說的心理分析》（臺中：私立東海大學中國文學研究所碩士論文，趙滋蕃先生指導，1980 年），頁 3。

的小說形式。因為《西遊記》第一部分（前七回）為「主要角色故事」，自身具有緊密的內在聯繫。第二部分（第八至十二回），則屬於「次要角色故事」，敘述者賦予次要角色以穿針引線的任務，負責將所有的軼聞傳說貫串起來成為一完整故事，然後與主角的故事結合，融入整體的情節結構之中，其結構雖由眾多的故事拼湊而成，然前因後果尚稱緊密。

第三部分（第十三至一百回）亦是「主要角色故事」，然因缺乏緊密的內在聯繫，故須靠主角（取經人們）來串線。這三個部分包括了主要角色故事、次要角色故事，因此，藉用 Velingerová 的理論界定為「聯綴式結構」。此一聯綴式結構，因第三部分，即九九八十一難缺乏緊密的內在聯繫，而往往被學者譏評為「綴段性」（episodic）結構。實則所謂「綴段」也有程度上及文化上的個別差異，若將之等同零星散亂、形如散沙之意，而以之評定《西遊記》的結構，實非公允之論。

第一部分為「主要角色故事」，專述孫悟空取經前的英雄傳奇事蹟，其故事從第一回貫串到第七回。第三部分亦是主角故事，主敘孫悟空和其他取經人在取經途中，所遭遇的各種魔難故事，包括「歷難型故事」、「考驗型故事」及「拯救型故事」等。所謂「歷難型故事」，是指取經人自己所遭遇的魔難及困境的故事；所謂「考驗型故事」，是指觀音菩薩設試考驗取經人的魔難及困境的故事；所謂「拯救型故事」，是指他人之難而由取經人伸出援手，濟助解難的故事。這三種類型的故事，又可大別為兩類，即「自身遇難」及「他人遇難」，然不管為自身遇難，或者他人遇難，皆以主要角色取經人為主線來敘述，由取經人所遭逢，亦由取經人採取行動解決，故可視之為「主要角色故事」。

第二部分則為「次要角色故事」，即從第八回至十二回，其中包括兩條主要的故事線，一為佛祖欲傳經東土，觀音領命尋找取經人，觀音由西往東，一路上勸善沙僧、豬八戒、龍馬及孫悟空為取經人的護法弟子，然後來到長安尋找取經人；一為有眾多故事拼湊而成的故事線，即魏徵夢斬涇河龍、唐太宗入冥、遊冥、劉全進瓜、建水陸大會等。

前一條故事線以觀音為串線人，安排了取經人出場；後者則以唐太宗為串線人，串接了許多的傳說故事，作為唐僧取經的緣由背景。然而這兩位串線人，皆為《西遊記》故事的次要角色，故視之為「次要角色的故事」。《西遊記》全文分由這三部分的主角故事及次角故事組合而成，因而形成一「聯綴式結構」。

二、語意結構的統一性

（一）主要角色故事

討論兩個部分的主角故事，其語意統一性的問題，用意在為全文的銜接尋找語意上的貫串線索，彌綸其故事主要事件的語意基礎為「心性修煉」之旨，這樣一來，《西遊記》全文的銜接，就不僅止於形式上的組織結構，也有賴於語意上的貫串結構。

1、齊天大聖故事

先論第一部分「主要角色故事」。其故事大意為：敘述主角孫悟空破石而生，乃天地生成的一件「靈根」，之後感悟無常，出外訪道求仙，終於訪到一位祖師指點神通，而擁有高強的本領。他回到花果山後，先打敗混世魔王，後到鄰國攝取器械，到龍宮強索金箍棒及披掛，又至冥府強銷死籍，成為一代妖王。

玉帝得知此事，為息事寧人，先後招安他上界兩次，但他仍忍不住胡為，偷吃了蟠桃、御酒及老君金丹等。玉帝派兵討伐，不能得勝，後由觀音菩薩薦二郎神與孫悟空賭鬥變化，又被老君暗助一功而被擒。孫悟空被送至斬妖臺，天兵天將不能傷，後被老君放入八卦爐中鍛鍊，卻幫助孫悟空鍊成一對火眼金睛。孫悟空跳出丹爐後，旋又大鬧天宮，被佛祖反掌壓於五行山下受苦磨。

由此大綱已可看出，主角自身的故事具有一重視「心性修煉」的特徵。孫悟空之奇生事件，標題為「靈根育孕源流出，心性修持大道生」，直接提示「心性修煉」為重點。後來，點化孫悟空的祖師「須菩提」，其居處為「靈臺方寸山」之「斜月三星洞」，皆是「心」的影射，其可能的寓意為孫悟空遠求大道，而不知反身當下認取「此心」，意即修持大道毌需遠求，此心才是大道之所在。又須菩提送給主人公一個姓名為「孫悟空」，孫是取「嬰兒」而可化育之意，是道教精神內丹修煉的術語，「悟空」為佛法修心的根本旨要，皆寓修心煉性之旨。這段故事雖然也強調「仙師點化」的重要，然此心的修煉才是敘述者更根本的關懷。

孫悟空學成了「長生不老」、「七十二變化」、「十萬八千里觔斗雲」等本領後要離去，祖師預言他此去「定生不良」，後來，他的種種乖謬行徑，正顯示其「心性修煉」上的缺乏，同時，也印證了祖師先前的預言。譬如他擅取鄰國兵械，強索金箍棒及披掛，後又強銷死籍等，皆倚強所為之行徑，可見

孫悟空的神通雖大，卻欠缺心性方面的修煉。

孫悟空第一次被招安上界，嫌官職卑賤反下天宮時，敘述者評道：「眼前不遇待時臨」，〔註32〕還是「心」的問題。第二次招安上界，孫悟空遂心滿意地做了「齊天大聖」，玉帝爲其建造齊天大聖府，還附設「安靜」、「寧神」二司，用意在爲其安心定志。但他仍忍不住胡爲，偷吃了蟠桃、御酒、御餚及老君金丹，其癥結也還在「心性修煉」的缺乏。

孫悟空後來回花果山，第一件事便是打敗「混世魔王」，敘述者道：「斷魔歸本合元神」，仍歸「心性修煉」之旨。後來他放蕩心識，在花果山恣意飲酒作樂，招來一堆「魔」友，隨後就有「無常」到來。後來，與二郎神賭鬥變化，二郎神採取攻心戰術，孫悟空「心一亂」就愈變愈賤，連鳥中至賤至淫的「花鴇」也變得出來，最後被老君暗助一功活捉了，可見「此心」才是重點，才是決勝的關鍵。

之後，孫悟空被送至斬妖臺，任憑天兵天將如何的刀砍斧劈，都不能傷其一毫，敘述者明白道出，是因爲「此心」有不可思議之力量使然：

> 圓陀陀，光灼灼，亙古常存人怎學？入火不能焚，入水何曾溺。光明一顆摩尼珠，劍戟刀鎗傷不著。也能善，也能惡，眼前善惡憑他作。善時成佛與成仙，惡處披毛並帶角。無窮變化鬧天宮，雷將神兵不可捉。（頁128）

道出了此心「所以能夠」修煉，而且「必須」修煉之寓意。同時，也暗示了孫悟空有「心性修煉」之必要。因此，預伏了孫悟空下個階段要走的路，將應是九九八十一難的「歷難成佛」之路。

最後，孫悟空被佛祖反掌壓於五行山下，山頂上一張揭帖，寫著「唵嘛呢叭美吽」，爲佛教六字大明咒，意指藉著修行慈悲（嘛呢）與智慧（叭美）合一不分（吽）之道，可將凡夫不淨的身語意，轉化爲佛陀清淨崇高的身語意（唵），〔註33〕暗喻佛教「悲智雙運」之旨，《西遊記》雖未必盡依此意，亦應不離「修心」之旨。從事件的佈局來看，此事件出現於前七回末尾，總結了上述「心性修煉」之旨，同時，也開展了後來的情節——孫悟空另一階段的修行之旅。有之前缺乏心性修煉的故事發展，才有後來孫悟空的歷難成

〔註32〕語見《西遊記》第七回回前之插詩，頁125。
〔註33〕《慈悲與智見》第十四世達賴剌嘛丹津嘉措北美行開示錄（1979～1982年）（臺北：羅桑嘉措），頁111。

佛，於此取得故事發展的平衡。

2、九九八十一難故事

（1）歷難型故事

第二部分「主要角色故事」，涵蓋了三種類型的故事，本文將分別各舉一例，以見其語意結構的統一性。「歷難型故事」為八十一難中主要的歷險故事，所佔篇幅最多，幾乎所有的高潮情節皆為此類型的故事。筆者擬以「紅孩兒」之難為例，藉以說明歷難型故事之語意結構的統一性，它是八十一難的第一個高潮情節，也是讀者耳熟能詳的故事。

「紅孩兒」之難的故事，從第四十回到第四十二回，一共三回。第四十回敘述「紅孩兒」在「號山」，專待要吃唐僧肉。可是唐僧身邊有孫悟空保護，不好下手，於是他設計哄騙唐僧。孫悟空心知是妖怪，幾番鬥智使法，想躲過妖怪的糾纏。但唐僧不相信孫悟空，還大起嗔心，要念「緊箍兒咒」。後來，被妖精先發制人，使「重身法」來壓「心猿」，並將唐僧一陣風攝走了。至此，孫悟空「心灰意懶」，提議要散夥，但經沙和尚勸住，三兄弟仍結同心，尋怪救師。孫悟空先叫出土地、山神問出妖怪的底細，是牛魔王與羅剎女養的孩子，曾在「火燄山」煉成「三昧真火」。

第四十一回敘述孫悟空與紅孩兒大戰，妖精鎗法雖不如孫悟空，但會放火，戰退了孫悟空。他們向龍王借雨，思量「以物剋物」，但龍王私雨滅不得「三昧真火」。反是孫悟空怕煙，被煙嗆得暴燥難禁，投身於澗中，被冷水一逼，差點命喪黃泉，是豬八戒使「按摩禪法」救回了他。孫悟空一心救師，自己動不得身，只好請豬八戒代他去請觀音菩薩，中途卻被紅孩兒「假變觀音」騙進「如意袋」中。

第四十二回敘述孫悟空查知豬八戒被擒，於是「假變牛魔王」來哄騙紅孩兒，但沒有成功。最後解難，孫悟空自己去請觀音菩薩，菩薩事先佈署了一番，就來到「號山」，先清出所有的生靈，然後大顯神通，降了紅孩兒；菩薩見紅孩兒頗有本事只是野性難馴，於是讓他戴上「金箍兒」，一步一拜，拜到落伽山，收為「善財童子」。

由此大綱可以看出一個「心性修煉」的特徵。妖精要吃唐僧肉，卻顧慮孫悟空不敢冒然下手，點出妖精怕「有眼力的」「心猿」。然後這妖精使計，先以善迷惑唐僧，再於「善內生機」，可見「善念」有時也是一種「魔障」，敘述者插詩評道：「道德高隆魔障高，禪機本靜靜生妖」，皆指向「心性修煉」。

　　唐僧被紅孩兒戲化後「禪心大亂」，他不信「心猿」，大起「嗔心」，之後就「面見」妖精了，第四十回標題云：「嬰兒戲化禪心亂」，「插詩」評道：「未煉嬰兒邪火勝」，嬰兒指紅孩兒，然而紅孩兒在火燄山煉了三百年，煉成了「三昧眞火」，怎能說「未煉」？原來他煉的是「邪火」，所以爲害也特別嚴重。「插詩」評道：「心君正直行中道」，心君指孫悟空，他識得妖精，且忍辱負重，雖然唐僧一時仍被妖魔所擒，「插詩」云：「客邪得志空懽喜，畢竟還從正處消」，還是邪不勝正，強調了「從正修持」的重要，回扣了「修心」之旨，可見取經人「遇難」事件與修心之旨環環相扣。

　　接著爲一連串「戰鬥」事件。當孫悟空「心灰意懶」時，如何能與妖精戰鬥？可見戰鬥行動仍與心性的修持密切關聯，所以取經人必須先能恢復共識，團結在一起，才能尋怪救師。然後一系列主動積極的戰鬥事件，孫悟空盤查妖精的底細，找尋各種可以制服妖精的辦法，向龍王借私雨、假變牛魔王等，制服不了妖精時則尋求各種助援，請觀音菩薩來降。這許多的行動事件，皆須仰賴主人公們有堅強的鬥志，否則到那「傷生害命」時節就很容易動搖。主人公沒有動搖，即證明他經得起這種精神成長的巨痛，這巨痛必然也會反過來再增強其心靈的力量，可見整個戰鬥過程就是心性修鍊的過程。

　　最後的「解難」事件，是由孫悟空往南海請觀音菩薩來降妖精。菩薩啓程前，先預做了一番佈署，後來也一一實現了，敘述者運用「局部隱瞞型」的限制觀點做成「懸疑」效果，聰穎如孫悟空都無法猜透菩薩的心思，因而對顯出菩薩的「妙智」。〔註34〕接著，菩薩親至「號山」，先清出所有的生靈，以免傷及無辜，再使神通馴服紅孩兒的野性，並收爲善財童子，步步皆顯示了菩薩一靈不損的「慈悲」。他又有大神通降服紅孩兒，讓他一步一拜，拜到落伽山。如此甚具「智慧」、「慈悲」與「神通」的降魔典範，對好殺成性的孫悟空而言，無疑地具有啓示作用，也是修心煉性者的完美典型。再者，若以神話的角度來看，這是屬於「超自然神力的救援」，如神話情節中智慧老人的出現事件，而這智慧老人可能象徵心靈「至聖所」的神啓智慧或保護力量。〔註35〕

　　由上述的分析，我們亦可從中發現一個基本程式——即「自身遇難」、「戰鬥」、「解難」的模式。不管取經人遭遇到怎樣的大大小小的災難，各種形式

〔註34〕本論文第三章第四節四項〈（二）局部隱瞞型〉限制聚焦之運用的舉例說明。
〔註35〕喬瑟夫・坎伯（Joseph Campbell），朱侃如譯，《千面英雄・超自然的助力》（新店：立緒文化事業有限公司，1997 年），頁 71～74。

的戰鬥與解難過程，這個模式基本上是不變的，所以它是《西遊記》各種歷難型故事的固定形式。也由於此一「基本型式」的規範，本文得以將這同類型的故事，歸為「歷難型故事」，而予以集中討論。

（2）考驗型故事

關於「考驗型故事」，在《西遊記》中僅有兩個，我們取第一個故事為例，即廿三回「三藏不忘本，四聖試禪心」，藉以說明其基本的語意結構。它也是「五聖」齊聚後的首次歷難，由觀音菩薩設難，考驗取經人是否經得起富貴、美色的誘惑。

故事大意敘述取經人因天晚借宿於一座庄院，孫悟空識得是佛仙點化，但不敢泄漏天機，隨著一起借宿去。裏面走出一個雖老卻風韻猶存的婦人，自稱是個寡婦，有「家貲萬貫，良田千頃」，只生得三個女兒，前年喪了丈夫，欲坐山招夫，剛好四對四，三藏聽了不答。婦人見其不動便說得更具體，道有「水田三百餘頃，旱田三百餘頃，山場果木三百餘頃……」，但三藏依然默默無言。最後婦人道出他的女兒才德色俱備、又會女工針指、讀書、吟詩作對樣樣皆能，但三藏聞言只是呆呆掙掙。

豬八戒聽得這般富貴，這般美色，忍耐不住，要唐僧拿個主意，唐僧才道出家人「豈以富貴動心，美色留意」之言。那婦人不甘示弱，與唐僧辯論出家好或在家好，最後婦人惱羞成怒，轉身不理。之後，豬八戒借故放馬，到後門首去向那婦人自薦。於是那婦人又帶出三個女兒來，果然有傾國之色，看得豬八戒「色膽縱橫」，唐僧「合掌低頭」，孫悟空「佯佯不探」，沙僧「轉背回身」。

結果，婦人招了豬八戒進去，讓他撞天婚不成，撞得嘴腫頭青。接著又令他穿招婚衫，卻綳住了被吊在樹上一夜。第二天，大廈不見了，菩薩留了張簡帖，寫明緣由是「觀音菩薩」邀請「黎山老母」、「文殊菩薩」、「普賢菩薩」等設難考驗，其結果為「聖僧有德還無俗，八戒無禪更有凡」，要豬八戒靜心改過。

由此大綱顯然可見「心性修煉」的特徵。敘述者在一開始即賣關子說是仙佛點化，卻不明說為那個仙佛，至回末才消釋懸念，點出原來是觀音菩薩設難考驗。其用意在考驗取經人對「富貴」與「美色」的抗拒力，可見即將上演的是一場「心性試煉」的戲碼。

接下來的考驗過程，敘述者安排了四場考驗。首先，安排「富貴」上場，

或許敘述者認為「美色」更難抗拒，所以將它排置於後，其中「富貴」考驗又有「籠統」與「具體」之別。第一場考驗，那寡婦只籠統道說有「家貲萬貫，良田千頃」。到第二場，則更為具體地列舉，但是唐僧都不為所動，顯然「富貴」並不能打動他。於是敘述者安排「美色」上場，然「美色」又有「口說」與「親見」之別，所以第三場，安排那寡婦「口若懸河」地稱說其三個女兒怎樣才德色藝俱全，但唐僧還是不動。至第四場，那寡婦才親自帶出三個女兒來，果然天香國色，但唐僧還是不動。

唐僧何以不動心？敘述者安排兩個事件讓他表態，一是豬八戒質疑他，唐僧表明出家人「豈以富貴動心，美色留意」；二是唐僧與寡婦的辯論，寡婦的論點是「安於世俗享樂的生活」，唐僧的看法是「追求明心見性的超脫生活」，這兩種意見其實並不互相牴觸，但敘述者卻令雙方各執一詞，其實用意仍在強調唐僧對「心性成長」的自覺追求，也直接呼應了本回一開頭「取經之道，不離了一身務本之道」之語。

與唐僧對比的人物是豬八戒，他在四場考驗中是從頭一路動到尾。寡婦一出場時，孫悟空見她僅是個「半老不老的婦人」，豬八戒卻斜眼看她「脂粉不施猶自美，風流還似少年才」，即已動心。三場考驗過去，唐僧還是不動，豬八戒實已心癢難撓，左右忍耐不住。其他取經人都表態拒絕，只有豬八戒還可商量，說要「從長計較」，接著就繞到後面首，去向寡婦自薦。等那寡婦帶出女兒們來，他即半推半就地受招了。豬八戒的下場是受了菩薩的一場戲弄與懲戒，對他的評價是「無禪更有凡」，像這類評價，明顯賦予事件以「心性修煉」之旨。

「菩薩設難」的用意，其實不在「淘汰」取經人，而在「砥礪」，以為其日後將經受種種魔難作準備。若不是這樣，豬八戒就該出局，但菩薩只是懲戒他，令他知悔改過，依然讓他繼續參與取經任務，所以這場心性試煉，一方面有考驗磨練之意，另方面有精神的成長變化作用，皆寓心性修煉之旨。由上述分析可以發現，「考驗型故事」也有一個「基本型式」——即「菩薩設難」〔註36〕、「遇難」、「戰鬥」、「解難」的固定形式。〔註37〕當然也由於這個「基本型式」，而得以將這類型的故事，歸為「考驗型故事」，而予以集中討論。

〔註36〕由於「考驗型故事」只有兩個，下一個是從第卅二回到第卅五回的「金銀角大王」之難，然此難亦是由觀音菩薩所設，故此項目可定為「菩薩設難」。
〔註37〕這裏的「遇難」，義同於「遇到考驗」如同遇到難關；此處的「解難」，義亦同於「通過考驗」。所以這樣設名，為便於下文歸納「八十一難」的共同結構型式。

（3）拯救型故事

　　至於「拯救型故事」，它的篇幅大約佔了四分之一。〔註38〕本文將以「比丘國」故事爲例，藉以說明其主要事件關聯的語意基礎。因爲這個故事容易令人印象深刻，故擇爲分析範例。比丘國故事從第七十八回至第七十九回，凡兩回，先敘其故事大意。

　　敘述取經人來到「比丘國」，又見家家門口有個鵝籠，鵝籠裏皆五至七歲的男童。唐僧強問了驛丞方知是「國主無道」，原來有一國丈道士，獻了一個美后給國王，國王因「貪懽愛美」，弄出一身病來，所以要拿這一千一百一十一個小兒的心肝做藥引了，以成千年不老之功。唐僧思量要救小兒，於是孫悟空定計，先令諸神將鵝籠小兒攝離出城。之後，孫悟空詳查那國丈果是妖邪。

　　那國丈因不見了鵝籠小兒，建議國王以唐僧心肝代替，國王信了妖言，眞要取唐僧心肝做藥引。於是孫悟空假變唐僧模樣，到寶殿降妖，當國王提出心肝做藥引的要求時，孫悟空即用刀剖開胸膛，滾出了一堆心，「都是些紅心、白心、黃心、慳貪心、利名心、嫉妒心、計較心、好勝心、望高心、我慢心、殺害心、狠毒心、恐怖心、謹愼心、邪妄心、無名暗隱之心、種種不善之心、更無一箇黑心」。接著，孫悟空收了法，現出本相，指出國丈是個妖精，兩人隨即展開一番苦鬥。妖精後來不敵，化作一道寒光，將美后一起攝離宮門，不知去向。

　　後來，孫悟空降服了妖精及美后，原來此妖精爲南極星君的一副腳力，私逃下界爲妖。國王慚愧，向壽星討求袪病延年之法，壽星給了他三個棗子吃，漸覺身輕病退，孫悟空則勸他「色欲少貪，陰功多積」，即是袪病延年之法。最後，諸神送回鵝籠小兒，城裏人家都來感謝取經人，如此盤桓將有一月，才得離城。

　　這種「拯救型故事」類型也同樣具有「心性修煉」的特徵。國王爲了自己「貪懽愛美」，無辜屈傷小兒性命，敘述者借人物之口說出「國主無道」之言。國丈妖精爲媚主求寵獻此毒計，竟能義正辭嚴道出「採百藥而臨世濟人」的高調，很具諷刺效果。當國王對假唐僧提出藥引的要求時，孫悟空隨

〔註38〕前輩學者對「八十一難」故事單元的認定，有許多不同的說法，如徐貞姬先生之碩士論文認爲有四十四個，吳璧雍先生其碩士論文認爲有四十三個，鄭明娳先生博士論文則認爲有四十一個，依筆者自己歸納，則有卅六個故事單元，其中「拯救型故事」大約佔了九個，故其所佔篇幅約爲四分之一。

即答應他要什麼心，國丈說要一個「黑心」，孫悟空就以刀剖胸，滾出一堆心來，國丈說他是個「多心的和尚」。雖「多心」卻無一個是「黑心」，不管是「多心」還是「黑心」，都說明「此心」才是修煉的重點。「多心」是凡夫的通病，但「黑心」就是個妖魔了，所以孫悟空說「惟有你這個國丈是箇黑心，好做藥引」。最後孫悟空勸國王「色慾少貪，陰功多積」，仍終歸修心之旨趣。

這種「拯救型故事」類型，也有一個「基本型式」的結構，即「他人遇難」、「伸出援手」、「戰鬥」、「解難」的固定形式。也由於這個定型的結構形式，讓我們得以將同類型的故事歸爲一類，在這裏予以集中討論。

（二）次要角色故事

關於「次要角色故事」，即取經因緣及取經人的故事（第八回至第十二回）。先敘故事大意，後論語意結構的統一性。第八回敘述佛祖有意傳經東土，欲尋一位取經人。觀音菩薩自願領命東尋，一路由西往東先找到幾個取經人的護法徒弟，第一站勸善流沙河怪，取法名爲「沙悟淨」；第二站勸善豬八戒，取法名爲「豬悟能」；第三站勸善不日遭誅的龍子，與取經人做個腳力；第四站勸善孫悟空，孫悟空自道已知悔，願保唐僧西天取經。之後，觀音來到了長安，化成疥癩和尚，四處尋找有德的取經人。

第九回先敘長安城外漁翁張梢與樵夫李定的「漁樵答問」，引出袁守誠與涇河龍的一場賭約。涇河龍爲贏得賭約，不惜干犯天條，導致被殺頭的命運。後來涇河龍去找唐太宗幫忙，唐太宗答應了涇河龍的請託，設計留住了魏徵。孰料魏徵竟夢魂出竅，依然斬了涇河龍（第十回）。涇河龍誤會唐太宗許救反殺，夜夜來攪亂唐太宗清夢，雖有尉遲恭、秦叔寶鎮守宮門，依然病勢轉沈。後來，唐太宗袖了魏徵一封致崔判官的請託信，入到陰曹地府。崔判官果然作弊，改了生死簿上壽數，讓唐太宗得以回陽。同時，唐太宗亦答應十代冥王，回陽後進送南瓜到陰間。接著，他們讓唐太宗遊觀地府，至枉死城時，唐太宗借了相良一庫金銀，散給前來索命的鬼魅，並許諾回陽間做一場「水陸大會」，以超度冥間冤魂。

第十一回敘述唐太宗回陽後，深信業果做了許多善事，並且一一履行承諾。出榜招人進送南瓜至陰間，劉全進瓜後還魂，其妻李翠蓮亦借唐御妹之屍還魂。之後，唐太宗訪相良還債，相良不敢受，唐太宗爲建大相國寺、造生祠，請僧作善就當還他。最後，唐太宗修建了「水陸大會」，命陳玄奘主持「水陸大會」。

　　第十二回敘述觀音菩薩終於在「水陸大會」上找到有德的取經人，陳玄奘正是「金蟬子」轉世，又是他原引送投胎的長老。於是觀音將錦襴袈裟與九環錫杖送與唐太宗，並顯像告知須大乘佛法三藏，才能真正超鬼出群。唐太宗欲遣人西天取經，唐三藏為盡忠報恩，自願前往西天取經，後由唐太宗親送唐三藏出關。

　　這個部分由許多的故事所組成，然其主要寓意終不離「為善去惡」之意，亦歸「修心」之旨。以人物動機言，佛祖傳經乃因東土人「多殺多爭」（第八回）；唐太宗取經是為了「實踐諾言」（第十一回）；觀音菩薩勸善取經是為五聖提供「贖罪返聖」的機會（第十二回）；唐三藏取經西天是為「盡忠」唐王（第十二回），可見四人的動機各異，但在「為善修行」之意上，卻是共通的。沙悟淨接受菩薩勸善後，敘述者說他「洗心滌慮，再不傷生」；觀音勸善豬悟能時道：「世有五穀，不能濟餓，為何吃人度日」，豬悟能覺悟後，從此戒了「五葷三厭」；孫悟空接受觀音勸善時，敘述者道：「見性明心歸佛教」，亦皆為「修心煉性」之意。

　　接著，唐太宗對涇河龍王許救不成時道：「豈知無常，難免此患」，正因人世「無常」，所以才要「修行」，兩者正相關聯。之後，唐太宗病逝遊地府，所見「十八層地獄」、「金橋、銀橋、奈河橋」、「枉死城」、「六道輪迴」等事件，皆寓「為善去惡」之旨，以「六道輪迴」（第十一回）為例說明。「六道輪迴」是佛教術語，六道是指「天、人、阿修羅、餓鬼、旁生、地獄」，與《西遊記》小說中所謂的「六道」：「那行善的，昇化仙道；盡忠的，超生貴道；行孝的，再生福道；公平的，還生人道；積德的，轉生富道；惡毒的，沈淪鬼道」內容實有差異，雖經敘述者改頭換面，基本上，仍不出「勸人為善」之理。

　　唐太宗因創立江山，曾殺人無數，壽終入冥時，便有許多冤魂鬼魅前來索命；回到陽世後，唐太宗善於補過，做了許多善事，如「死囚四百皆離獄，怨女三千放出宮」等，敘述者插詩評道：「善心一念天應佑，福蔭應傳十七宗」（第十一回），十七宗是唐朝的國祚，敘述者詮釋為唐太宗為善的果報。還有相良事件，敘述者說他是「好善的窮漢」，結局亦是「有好報」，皆寓「善有善報」之旨。

　　「心性修煉」所以能成為《西遊記》的主題思想之一，應與當時的思想潮流不無關係，明代中葉以後的思想，大抵籠罩於王陽明心學的流風之中，受陽

明後學泰州學派影響很大。禪宗亦是心學，主「明心見性」之說，而與王陽明心學彼此推波助瀾。許多的道教仙傳小說，也常強調心性修煉的事件，但這些事件的出現往往為例證仙傳人物的理想品格，非為小說之主題寓意所在。許多的道教仙傳小說，也往往很強調外丹、內丹或神通等修煉事件，〔註39〕但是《西遊記》有其更根本的關懷，其實它更重視「心性修煉」的主題表現。有些道教仙傳小說也會很強調「得遇仙人度化」之事件，〔註40〕但《西遊記》顯然更直截地肯定「此心」才是重點。由上述數點可見，「心性修煉」已然成為《西遊記》最重要的主題思想之一，並且也是關聯全文一系列主要事件的語意基礎。換言之，「心性修煉」應為《西遊記》主題表現的特色之一，同時此一語意特徵亦貫串了全文所有的事件。

三、求道返聖式結構

綜合「主要角色故事」與「次要角色故事」，可以從中發現一個內在結構，即「求道成仙」、「犯罪受懲」、「贖罪歷難」、「朝聖正果」四個重要歷程階段，貫串主人公們追求不朽的主要生命歷程。

「求道成仙」、「犯罪受懲」的歷程階段，主要表現於前七回孫悟空的故事中，換言之，這兩個階段只有孫悟空有詳細的歷程刻劃，其他取經人則以「口頭敘述」方式，一帶而過。第一階段孫悟空的故事表現為：孫悟空自覺追求長生不老，於是訪道求仙，得到須菩提祖師的指點，最後成功，得入仙籍，永不墮輪迴，故稱此歷程為「求道成仙」的階段；孫悟空在上界為仙之前的種種倚強妄為的事件，即已暗示其「心性修煉」的缺乏與不足，埋下他將來大鬧天宮及種種乖謬行徑的可稽線索。

第二階段孫悟空故事表現為：孫悟空求道成仙後，種種任性妄為的事件，招安上界前，他曾強取鄰國器械、強索龍王金箍棒及披掛、強銷冥間死籍等；招安上界後，並不能改變其心性結構，曾兩度大鬧天宮。偷吃蟠桃、御酒、御饈、及老君的五瓶金丹等，大鬧了「蟠桃勝會」；跳出老君丹鑪後，旋又大鬧天宮要玉帝讓位給他，最後惡貫滿盈，被如來佛用大法力鎮壓於五

〔註39〕苟波，《道教與神魔小說》（成都：巴蜀書社，1999年）。

〔註40〕例如道教仙傳小說《飛劍記》，即敘述主角呂洞賓之得遇明師鍾離子點化，及其天資穎悟而得以學成仙道，救渡眾生。此書為（明）鄧志謨著，收入國立政治大學古典小說研究中心主編，《明清善本小說叢刊初編》（臺北：天一出版社，1985年）。

行山下，受著渴飲銅汁，餓餐鐵丸子的苦難，故稱此歷程爲「犯罪受懲」的階段。

孫悟空的下場與種種乖謬行徑，一方面表明其「心性修煉」方面的欠缺，以致惹下大禍，受這五百年的災愆，另一方面亦暗示孫悟空將來修行道路勢必轉向；同時，情節發展至此，敘述者也預示了孫悟空將會有一個救贖的轉機──即有待唐朝出聖僧。其他取經人亦有類似的「求道成仙」、「犯罪受懲」的生命歷程，自然也需要有被救贖的機會，這個部分在第八回至十二回中以口頭倒敘方式敘出。

唐僧前世是「金蟬子」爲佛祖的第二大弟子，因不聽佛說法而貶生東土受苦磨（第十一回）；龍馬本爲西海龍王之三太子，因縱火燒了殿上明珠，被其父告忤逆，不日遭殊（第八回）；豬八戒亦曾爲天上「天篷元帥」，因醉酒調戲嫦娥，而被貶生凡界（第八回）；沙僧也曾是天上「捲簾大將」專侍御殿前，因失手打碎玻璃盞，而被貶下界，每七日受穿脅百下之苦（第八回）。可見「五聖」皆曾犯罪受懲，因此，也都需要一個贖罪返聖的轉機。而此　轉機由佛祖提供，五百年前佛祖降壓孫悟空於五行山下，五百年後佛祖欲傳經東土，而提供了此一「救贖」轉機，如此安排是藕斷絲連的；觀音菩薩「掃三災、救八難」的慈悲形象，正適合擔任救渡苦難角色，所以敘述者安排他領命尋找取經人，無疑是最恰當的人選（第八回）。

另外，「求道成仙」的歷程則僅爲孫悟空、豬八戒及沙僧三人所共，因爲龍馬出生即爲龍種，唐僧在小說中以佛祖的第二大弟子「金蟬子」身份出現，皆不及「求道成仙」的歷程。豬八戒本爲凡夫，後得仙師度化得道，升入天界爲「天篷元帥」（第十九回）；沙僧亦原爲凡夫，曾四處訪道求仙，後得仙師點化，修成大道升入天界，受封「捲簾大將」（第二十二回）。取經五聖除唐僧外，皆得觀音菩薩之勸善取經，從正修持而得救贖返聖。

「贖罪歷難」及「朝聖正果」階段，則爲取經五聖共同的生命經歷。主要表現於「九九八十一難」的取經歷程，及最後到達靈山成就正果的事件中完成（從第十三回至一百回）。其中「贖罪歷難」在具體的八十一難歷程中展開，取經人不斷地歷經「遇難」、「戰鬥」、「解難」過程，心靈的力量亦不斷地提昇，直至見佛取經正果成眞之日，故稱之爲「朝聖正果」階段。由上述所論可知，此一「求道返聖」的內在結構實貫串了《西遊記》三個部分的故事內容。

第五節　個別結構分析

一、單一情節結構

（一）形式結構分析

第一部分為齊天大聖之故事，乃由主角自身的故事所組成，這個部分凡七回，每一回純為主角孫悟空的故事，沒有其他次要角色的故事。換言之，所有事件敘述皆圍繞主角孫悟空而開展，同時也包括一些非行動的靜態事件，因此，第一部分應屬典型之「單一情節結構」。

意即整個單元的情節，都是敘述主角自身的故事，主角本身也不被賦予串線的功能，偶爾才介入一些靜態性的描述，有時為說書人敘述者的評論或說明，有時則插入詩詞韻文以描寫人物及環境風景等，形成一個簡單一致又內在結構緊密的故事型式。這部分的故事（即孫悟空取經前的故事），在從前的西遊故事各本中是非常簡陋的，〔註41〕然在百回本的西遊記中，將之擴大篇幅成為七回，事件之間又具有緊密的內在聯繫，儼然堪為一獨立成篇的佳構，實屬不易。

（二）主角易位

除了大幅增加孫悟空的故事，並將其故事寫成可單獨成篇，結構緊密的佳作外，影響所及令《西遊記》「主角易位」，描寫重心落在孫悟空身上，孫悟空成為西遊故事的主角，在百回本《西遊記》之前，孫悟空從來不是主角。《大唐三藏取經詩話》中的猴行者，雖然擔任唐僧之保護者、指引者及開導者角色，〔註42〕然尚不足以取代唐僧的主角位子，但已然為取經途中的要角。

《西游記雜劇》中的主角仍是唐僧，取經路上所有的險情，都為例證其理想特質，〔註43〕所以《雜劇》一開頭就介紹唐僧的出身來歷，用了一本（四齣）等於全文六分之一的篇幅，介紹其取經前的經歷，包括第一齣「之官逢盜」（其父陳光蕊故事），第二齣「逼母棄兒」（江流兒滿月拋江故事），第三齣「江流認

〔註41〕在《大唐三藏取經詩話》（李時人、蔡鏡浩校注，北京：中華書局，1997年）中，未見提及，「猴行者」（即百回本中的孫悟空）是取經途中加入的。在《西游記雜劇》（隋樹森編，《元曲選外編》第二冊，臺北：臺灣中華書局，1976年）裏通天大聖孫悟空只有一齣（即第九齣）。

〔註42〕本論文第二章第一節第二項「（二）大唐三藏取經詩話」。

〔註43〕本論文第一章第二節「四、《西遊記》敘事特色之建立」。

親」（十八年後母子重逢故事），第四齣「擒賊雪讎」等四齣。〔註44〕相較之下，孫悟空的出身故事還不到一齣，出現於第九齣「神佛降孫」單元中，所以在《雜劇》中孫悟空只是一個重要配角。

到了百回本《西遊記》，主角才變易為孫悟空，因為只有孫悟空有詳細的出身刻劃，也只有孫悟空能夠解決取經路上發生的魔難。敘述者在故事一開頭用了七回的篇幅，演述孫悟空取經前的經歷，相形之下，唐僧出身來歷只出現於第十一回中，敘述者僅以插詩方式一帶而過，凡二十四句，所佔篇幅比例懸殊，其重要性不言而喻。

（二）增添英雄情節

因為主角易位的緣故，《西遊記》在結構佈局上一開始就安排了孫悟空的故事，而移除了《雜劇》中一開始的唐僧故事，同時增添了許多的「英雄情節」，讓齊天大聖的故事，儼然成為一個道道地地英雄的故事，因此，增添英雄情節，也是《西遊記》的改寫重點之一。

孫悟空並非真實的歷史人物，而是西遊故事中許多的虛構人物之一。然而他的形象也迭經演變，《詩話》中猴行者取經前的來歷不明，只知道他曾偷過王母的蟠桃，被王母罰打後，似乎頗知畏懼。到了《雜劇》中，才開始加入孫悟空取經前的故事，但他絕不是個英雄，而是一個膽大妄為的好色之徒，他潛到天宮偷桃、偷酒、偷金丹，還偷仙衣、仙帽是為了給夫人受用，被降壓於花果山時，心裏想的仍是「沈香亭上的纖腰」，〔註45〕而且經常污言穢語，所以他最後只成為唐僧的保護者，而非指引者或開導者的角色。

到了《西遊記》裏，他的形象起了很大的變化，他並不會口出穢言，反而時常有些靈辭雋語，並且完全不近女色，他既是唐僧主要的保護者，也是他的指引者與開悟者，最關鍵的演變在於孫悟空以一個全新的英雄形象出現，敘述者改用英雄筆法來塑造孫悟空，而此一英雄筆法最典型地表現於前七回齊天大聖故事裏。

《西遊記》故事一開頭敘述花果山上一塊仙石，每天吸收天地日月之精華，於是內育仙胎，一日迸裂，產一石卵，見風化作一石猴，便目運兩道金光，沖射斗府，因而驚動了玉皇大帝。這裏表現了「英雄奇生」事件（第一回）。而主人公破石而生事件，亦為《西遊記》整個故事奠立了基調。

〔註44〕楊景賢，《西游記雜劇》，隋樹森編，《元曲選外編》，第二冊。
〔註45〕楊景賢，《西游記雜劇》，隋樹森編，《元曲選外編》，第二冊，第十齣。

　　之後，石猴在山中朝遊峰洞、暮宿石崖，過著「山中無甲子，寒盡不知年」歲月，這是混沌天真的「英雄童年」生活事件（第一回）。

　　有一天，群猴欲尋找澗水源頭，立下誓約道：那個有本事，鑽進去尋個源頭出來，不傷身體者，我等拜他為王；石猴憑藉天生的膽識，鑽進去發現了福地洞天的水濂洞，為群猴找到安身立命的天然庇護所，於是成了美猴王，這是「英雄首次功蹟」事件（第一回）。自此，美猴王過著享樂天真的日子，二、三百年之後，忽然有一天他感悟無常，得知有長生不老之道，便立志訪道求仙，這是「英雄追求不朽」事件（第一回）。

　　後來，孫悟空飄洋過海來到南贍部洲，又飄洋過海來到了西牛賀洲，終於尋得須菩提祖師指點其長生之道，這是「英雄的長生不死」事件（第一回）。祖師又教他七十二變神通，這是「英雄法術」獲得事件（第一回）。祖師也教他十萬八千里觔斗雲，這是「英雄坐騎」獲得事件（第二回）。最後，孫悟空神通廣大，上天入地有門，步日月無影，入金石無礙，入水火不溺不焚，皆是「英雄神奇力量」事件（第三回）。

　　孫悟空得道回到花果山後，打敗「混世魔王」，成為群猴救星，這是「英雄與魔王的鬥爭」事件（第二回）。之後，他到東海龍宮強索「如意金箍棒」，這是「英雄神奇武器」的獲得事件（第二回）。孫悟空將花果山打造成鐵桶金城之後，就四海千山廣交朋友，與人較論武藝，於是結交了六個魔王兄弟，這是「英雄的結義」事件（第三回）。

　　後來，孫悟空的魂魄被勾到了冥府，卻大鬧地府，強銷死籍，這是「英雄下冥府」事件（第三回）。後來，玉帝為了不讓他橫行人間，於是招他上界，先為「弼馬溫」，後為「齊天大聖」，這是「英雄上天界」事件（第四回）。之後，孫悟空在天界並不能安心定志，先偷吃蟠桃，後又偷吃御酒、御餚、老君金丹，渾身鍊成一塊「金鋼之軀」（第五回），所以後來孫悟空被捉至斬妖臺剁碎其屍時，諸神用任何兵器都傷不了他，此為「英雄刀槍不入」事件（第七回）。

　　以上諸事件，不論英雄奇生、童年生活、首次功蹟、追求不朽、長生不死、法術的獲得、坐騎的獲得、神奇力量、英雄與魔王的爭鬥、神奇武器、結義兄弟、上天界、下冥府、刀槍不入等等事件，皆為前此西遊故事諸本所無。《詩話》與《雜劇》裏皆無「水濂洞」、「石板橋」之名，至《朴通事諺解》裏才僅見其名，卻無其故事。直到《西遊記》裏才將「水濂洞」、「石板橋」，與「尋澗水源頭」事件結合在一起，形成「英雄首次功蹟」。

《雜劇》裏也提到孫悟空一筋斗十萬八千里，會變化爲焦螟蟲（第九齣）等神通，但未交代其神奇能力的取得緣由，缺乏英雄形象具體刻劃。然在《西遊記》裏，對孫悟空神奇力量的獲得，一一皆交代其來由。《詩話》中猴行者曾偷王母桃，被懲打並罰配在花果山紫雲洞（第十一則）；《雜劇》裏孫悟空也偷仙桃、仙酒、仙衣、仙帽等，卻是爲了討好夫人而做（第九齣），兩者皆與英雄主題無關。百回本《西遊記》卻讓孫悟空的一系列偷盜事件，與英雄煉就一身鐵骨的「刀槍不入」事件縮結相關，正可看出，《西遊記》這一以英雄筆法來描繪主角形象之用意。

《雜劇》裏，孫悟空從未與天兵正面交鋒，一聽上界派天兵來圍剿，馬上變成焦螟蟲暫避鋒頭，後來爲哪吒三太子搜山所擒（第九齣），顯非英雄行徑。《西遊記》裏，孫悟空兩度大鬧天宮，數度與天兵正面交鋒，每次天兵都失敗而返，第一次，玉帝派了十萬天兵、十八架天羅地網，依然被孫悟空戰退，後來才由觀音菩薩推薦二郎神，與孫悟空賭鬥變化，賭鬥間老君用金鋼琢暗傷了孫悟空後才將之成擒（第六回），也勝之不武，孫悟空仍是雖敗猶榮的英雄，依然不失英雄氣概。第二次，孫悟空跳出老君的丹鑪後，隨即又大鬧天宮，天界無一人能敵，玉帝只好請西天佛祖來降，佛祖是小說中法力最高的神，失敗是意料中事，故後來孫悟空被佛祖降壓於五行山下，並未稍損其英雄形象。

二、溯源式結構與拼湊型故事模式

《西遊記》第二部分故事的結構分析，是從第八回至第十二回，敘述取經的因緣與取經的人。因爲有天上與人間兩條故事線，因而形成「溯源式結構」；因爲這兩條故事線成分，分別由許多傳說故事拼湊而成，故爲「拼湊型故事模式」；而這些故事成分的銜接與組織，是由小說中的次要角色來擔任串線功能，所以故事本身可被界定爲「次要角色故事」，而這些故事成分的聯結主要靠「次要人物串線」，此爲西遊故事新的銜接方式；兩條故事線的前後銜接，又被敘述者安排爲「單線順敘」方式來進行，將複雜的故事線索收拾得整練有序，更易爲讀者或聽者所接受。

（一）形式結構分析

先論「溯源式結構」。孫悟空被佛祖降壓五百年後，情節佈局上需要一個「贖罪返聖」的轉機，於是引出唐僧取經故事線，而由孫悟空等四聖護送唐

僧取經西土以贖罪返聖。小說中的唐僧，並非如歷史上的唐僧是爲學術研究或宗教熱忱而出遊西域，唐僧之取經因由來自唐太宗。他爲了盡忠唐太宗，自請前往西天取大乘眞經，以爲唐王分憂解勞。而唐太宗所以欲取經西土，一方面緣於他曾在冥間許下修建「水陸大會」的承諾，爲超鬼出群，消釋冤孽；另一方面緣於觀音顯象喻示唐太宗，要能眞正超鬼出群，必須「大乘佛法三藏」，由此作成唐太宗取經西土之意圖，形成「人間」之取經因緣。

然此一「人間取經因緣」，實源自於「天上傳經因緣」。唐太宗所以欲取大乘經，乃是觀音顯象喻示唐太宗的結果，而大乘經之東傳正來自佛祖的意旨。佛祖欲傳經東土，乃因南贍部洲人多殺多爭，貪淫樂禍，爲勸善之故而有傳經之舉。又不願輕傳其經，故欲尋求一位東土善信，叫他歷盡魔難來取經，於是作成觀音菩薩領命往東土尋找取經人之事件。因此，人間的取經因緣，實肇端於天上的取經因緣，《西遊記》將人間行動的根由溯源於天，筆者謂之「溯源式結構」。

次論「拼湊型故事模式」。「天上傳經因緣」與「人間取經因緣」兩大故事線，分別由許多故事所拼湊而成，以天上傳經因緣的故事線而言，《雜劇》裏已有「佛祖傳經」、「孫悟空爲護法弟子」及「龍馬爲唐僧腳力」等事件；至《朴通事諺解》，加入了「觀音領命尋找取經人」事件；到了《西遊記》，則又加入「豬八戒爲護法弟子」、「沙和尚爲護法弟子」、「觀音勸善四聖」等故事，並將所有的故事拼湊起來，改寫成此一天上傳經因緣的故事線。

以人間取經因緣的故事線而言，《雜劇》裏已有「虞世南奉觀音法旨薦陳玄奘於朝」、「陳玄奘結壇祈雨並奉詔西行」等事件；到了《朴通事諺解》裏，則有「唐太宗建無遮大會」事件；《永樂大典》殘文現存一段「魏徵夢斬涇河龍」故事；至《西遊記》裏，則加入許多的傳說故事有「尉遲恭、秦叔寶千古作門神」、「唐太宗入冥及遊冥」、「劉全進瓜」、「李翠蓮借屍還魂」、「敕建相國寺」、「傅奕與蕭瑀儒釋之辯」等事件，《西遊記》將這些現存的傳說故事湊集起來，加工改寫成今日所見之人間取經因緣故事線。這兩條故事線包含了許多的民間傳說故事，《西遊記》將之加工改寫，並連綴拼湊而成兩個故事情節群的敘事方式，筆者謂之「拼湊型故事模式」。

（二）次要角色串線

這兩條故事線，分別由小說中兩個次要角色來串接。以天上傳經因緣的故事線而言，串線人爲「觀音菩薩」；佛祖欲傳經東土，觀音領命前往東土尋

找取經人，由西往東，一路上依序勸善沙和尙、豬八戒、龍馬及孫悟空等四聖加入取經隊伍，同時也將沙和尙、豬八戒及龍馬等三聖之出身經歷，以口頭倒敘方式交代出來，等於一氣串起了四聖加入取經行列的故事線索。換言之，這條故事線是由觀音菩薩來串線，串起了佛祖傳經事件、觀音勸善沙和尙、豬八戒、龍馬及孫悟空等事件，包括各取經人之出場、出身經歷及加入取經的緣由等事項。

觀音到達長安後，接上了另一條在長安展開的故事線，即人間取經因緣的故事線，因爲觀音到達東土長安後，日久未見眞實有德之人，於是這一條故事線便隱伏下去，另一條主要故事線隨即產生，於是兩條故事線在「長安」接縫。

人間取經因緣之故事線，其串線人爲「唐太宗」，串起了「袁守誠妙算」、「魏徵夢斬涇河龍」、「尉遲恭、秦叔寶爲千古門神」、「唐太宗入冥及遊冥」、「劉全進瓜」、「李翠蓮借屍還魂」、「敕建相國寺」、「傅奕與蕭瑀儒釋之辯」及「修建水陸大會」等故事。最後，在水陸大會上，觀音找到陳玄奘爲取經人，顯象化金蟬（唐僧），並喻示唐太宗須取經西土以重建水陸大會，於是兩條故事線會合成一條主線——「唐三藏取經西天」故事線。這種以次要角色串接故事的形式，並不見於前此西遊故事各本，爲《西遊記》結構佈局之新形式。

（三）單線順敘形式

《詩話》裏沒有唐僧取經前的故事，所以故事可以極單純地只敘述取經途中發生的種種故事。《雜劇》裏的故事成分就複雜得多，至少添入龍馬、豬八戒、沙和尙等成員的故事，及孫悟空的出身來歷等。《雜劇》將「觀音安排龍馬爲唐僧腳力」及「觀音抄化孫悟空爲唐僧護法弟子」等事件，併入唐僧西行取經的故事中，於是故事的敷演便發展成兩條「平行」故事線，一條敘述觀音安排龍馬爲唐僧腳力、觀音抄化孫悟空爲唐僧護法弟子等事件，並以「倒敘」形式，將孫悟空過去的出身經歷帶出；另一條則敷演唐僧取經的故事線，敘述唐僧西行路上所遭遇的種種事件。

在《朴通事諺解》裏，則將孫悟空被「降服」、「抄化」及「出身來歷」等事件，往前移至觀音尋找取經人之東行路上，即唐僧取經前的時段來敘述。到了《西遊記》中，則進而將孫悟空取經前的種種經歷，再往前搬移了五百年，這樣一來，主角孫悟空的故事便以單線順敘形式一一被詳述出來。換言之，孫悟空先前的種種「出身經歷」，後來如何被「佛祖降壓」，五百年後如何受觀音「勸善」爲取經人弟子，再過一、二年後又如何眞正成爲「唐僧弟

子」，要安排這樣的單線順敘形式，看來敘述者是頗費苦心的。

天上傳經因緣的故事線中，沙和尚的出身經歷事件早於觀音領命東行的事件，豬八戒及龍馬也莫不如此。然在這條故事線中，《西遊記》以觀音領命東行的途程為序，先後敷演了觀音勸善沙和尚、豬八戒、龍馬等事件，勸善他們成為取經人護法弟子以贖前愆，並以口頭倒敘方式帶出他們過往的生平經歷，以保持其單線順敘的形式。

《西遊記》先敘完天上傳經因緣線後，再敘人間取經因緣線。這條故事線以唐太宗現時的行動事件為序，完全按照時間先後來安排，所以唐僧的出場必發生於主持水陸大會的事件上，而其過往的事蹟，則借由「插詩」的方式敘出，再借由觀音之口倒敘其前生事蹟。其中「人物口頭倒敘」方式，依然是現時敘述的形式，不算真正的倒敘，應視為《西遊記》刻意保持單線順敘形式的有效敘事方法。

三、八十一難定型化循環結構與垂直超升模式

《西遊記》八十一難的結構方法，確如高辛勇先生所說為一「類聚性」結構，八十一難所包含的四十多個單元故事之間，並沒有太多的因果聯繫，倒多為同類聯想而加以列舉排比者。譬如，從第四十回「紅孩兒之難」、第四十三回「黑河妖之難」、第四十四回「虎力、鹿力、羊力大仙之難」、第四十七回「通天河怪之難」、第五十回「兜怪之難」、第五十三回「如意真仙之難」、第五十四回「西涼女國之難」、第五十五回「蠍子精之難」、「六耳獼猴之難」、第五十九回「羅剎女與牛魔王之難」等，其間有因果關聯者，除紅孩兒、如意真仙、羅剎女與牛魔王外，其餘的魔難似乎很難為其找到因果聯繫。〔註46〕

然此八十一難的類聚性，主要出現於難與難之間，或四十多個單元故事之間，這些故事所以能同類相聚，除了同為魔難之外，它們還建築於共同模式之上，然後不斷地敷演變化。對於八十一難之共同模式的分析，本文將借用布雷蒙（Claude Bremond）的「事綱」（sequence）觀念。藉由布雷蒙「事綱」理論，將有助於本文分析《西遊記》八十一難所建基的共同模式，以解決八十一難是建築在怎樣的共同模式之上而不斷的敷演變化的問題，這個問題的

〔註46〕 因為孫悟空的緣故，紅孩兒被觀音收為善財童子，如意真仙為牛魔王的兄弟，牛魔王與羅剎女為紅孩兒之父母，兩者為報紅孩兒之仇而起難，故此三難之間實隱含了家族仇恨的因果關係。

探討將在「定型化循環結構」中進行。另外，布雷蒙「事綱」理論無法告訴讀者，故事在何時停止會比較好的問題。對於這個問題，《西遊記》九九八十一難提供了它的答案，本文將在「八十一難之框架結構」中稍加分析。

（一）八十一難之框架結構

第三部分為取經團在取經途程中所遭遇之各種魔難的故事（十三回至一百回），凡九九八十一難，這八十一難為一框架結構，讓不斷循環的故事得以有意義的停止，同時也是《西遊記》賦予各種魔難故事的一個新的表現形式。首先，以「八十一難」〔註47〕作為框架結構，則《西遊記》的故事不再是可長可短的任意形式，即必須完足此數，故事才能終止，所以，這個定數即具有框限故事繼續發展的作用。前此西遊故事各本，皆是可增可減的任意形式，《西遊記》敘述者可能發現了各本的這種任意性，而有「九九八十一難」之設，因此，此一定數機制乃是《西遊記》的新形式。

再者，這個定數「九九八十一難」，亦有其象徵意義。「九」在中國文化中具有「眾多」之意，九九八十一即有多到數不清的意思，猶如西洋文學中《一千零一夜》的一千零一之數，也是象徵永遠數不清的意思，所以它並不是一個實數，而是一個虛數或象徵數字，代表有眾多及數不清的魔難之意。作為象徵「心路」歷程的西天取經之旅，其中「心性修煉」或「魔鍊」程度，應依個人狀況而定，怎能有什麼確定的數字，但肯定必得經得起非常多的魔難，才能達到心靈的高峰而成佛。

因此總得說來，「九九八十一」這個數字在《西遊記》裏具有框架結構作用，一方面，它讓小說有個可以象徵停止的機制，然又非毫無意義的停止。另一方面，它也是個象徵數字，象徵心性修煉之旅必須歷經很多的數不清的魔難，然卻不是永無止境的魔難，因為終有「功到自然成」之日，所以，九九八十一難這個數字實具有豐富的可能意涵。

（二）定型化循環結構

《西遊記》「八十一難」裏，包含了四十多個故事單元，每個故事單元皆含

〔註47〕「八十一難」於《西遊記》故事中，實際上只有「七十七難」。根據《西遊記》第九十九回唐僧的歷難簿子，裏面所記載的前四難「金蟬遭貶第一難；出胎幾殺第二難；滿月拋江第三難；尋親報冤第四難」，並不發生於《西遊記》故事情節中，僅見述於第十一回陳玄奘的「插詩」中。較之後面七十七難的詳細描述，由其詳略之別，可見前四難並非《西遊記》的敘述要點。

「遇難」、「戰鬥」、「解難」的共同基本型式，筆者稱為「定型化結構」。〔註48〕
這個定型化歷難結構也具有一個必然性的邏輯結構，即「必然遇難」、「必然戰
鬥」及「必然解難」。換言之，主人公們每一種行動，都會面臨兩種可能的選擇，
即可能「遇難」，可能「不遇難」，但主人公們「必定遇難」；從遇難到戰鬥，主
人公們依然面臨兩種選擇，即「採取行動」或「不採取行動」，然主人公們「必
定採取行動戰鬥」；從戰鬥到解難，依然面臨兩種可能，即「成功」或「失敗」，
然主人公們最後「必定成功解難」。

其中「遇難」的狀況，在《西遊記》中也分為兩種類型，一為「他人遇難」，
一為「自身遇難」，這兩種狀況在《西遊記》中兼重並行，然不管他人或自身遇
難，上述的定型模式並不會改變。換句話說，主人公們面對任何困難，必定伸
出援手或採取行動戰鬥到底。即使「戰鬥」失敗，主人公們也往往選擇繼續戰
鬥，而不會選擇放棄，不斷地戰鬥，直到成功地消滅敵人，解除危難為止。而
此一「定型模式」，在整個取經途中不斷地發生、重複，形成「循環結構」，即
不斷地遇難、戰鬥、解難，直到八十一難滿，主人公們完成了取經任務為止，
筆者稱之為「定型化循環結構」。然此一循環的結構模式或許可用浦安迪
（Andrew H. Plaks）所提煉之中國陰陽五行思想模式中之「反覆循環」（cyclical
recurrence）觀念來對照理解。〔註49〕以下為此一定型化結構之圖例：

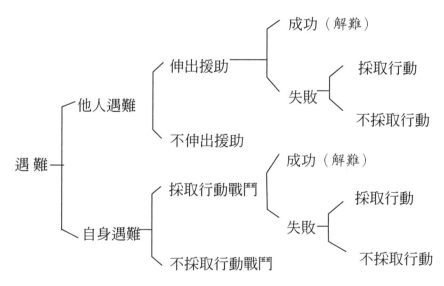

〔註48〕 參本論文本章之第三節第二項「語意結構的統一性」下之「歷難型故事」、「考
驗型故事」及「拯救型故事」之討論。

〔註49〕 〈談中國長篇小說的結構問題〉，《文學評論》第三集，頁53～62。

在取經故事裏，包括「遇難」與「不遇難」事件，然敘述者只著意於「遇難事件」，讓主人公一定遇難而且不斷地遇難，故有「九九八十一難」之數，似乎間接地暗示敘述者肯定魔難或苦難對心性修煉的意義，因為主人公們必須經歷災難才能使精神力量成長。再者，主人公們遇難的情況也有兩種，一為「自身遇難」，一為「他人遇難」，這裏敘述者似乎提出了一個人物與世界的關係問題，如果《西遊記》只有「自身遇難」故事，則主人公們僅是經受考驗，清除自己的敵人而已，並沒有對週遭世界產生任何的影響。若加入「他人遇難」故事，並由取經人幫助他人解難，則主人公們發揮了對這個世界的影響力，而魔難本身又會反過來影響了主人公們，使其精神力量成長，於是人與世界相互作用的問題就產生了，《西遊記》選擇這種敘述策略，似乎暗中賦予主人公們一種強烈淑世願意及改善世界的企圖心。

再次，主人公們面對魔難時的必然態度是「戰鬥」，心性修持是沒有不勞而獲的，沒有戰鬥怎能成功，這種戰鬥的態度應與當時的思想觀念有密切關係。禪宗反對坐禪，禪宗語錄常有謂「不是一番寒徹骨，爭得梅花撲鼻香」，〔註50〕又有「高高山頂立，深深海底行」等話頭。王陽明心學亦提出「在事上磨」之說，認為若不借事練心，只是養靜坐禪，會漸萌「喜靜厭動」之弊，〔註51〕似此皆為一種借事練心態度，與《西遊記》的戰鬥思想是合徹的。

其態度既是戰鬥的，在事情的結果也要求一定要「解難」，唯有面對問題克服難關，才能真正學到東西，逃避困難一定學不到東西，故九九八十一難，難難必解，才有最後超升正果的結局。由此可見，這「必定遇難」、「必定戰鬥」、「必定解難」的歷難模式，乃是主人公們追求不朽的「必經歷程」，譬如孫悟空能由「石猴」變成「鬥戰勝佛」，也是經過這個循環歷程的魔練，直到「功成行滿」之時，主人公克服了這個循環歷程，而得以超升成佛。因此，此一循環結構伴隨著人物的精神成長，其實亦暗含了一個「垂直超升」的模式，因為人物的精神成長正是在這個歷程中實現的。

（三）垂直超升模式

隨著這個不斷重複發生的循環歷程，在結構佈局上最後產生一個「垂直超升模式」，即主人公們超升成佛或成正果的結局，這個結局似不應為突然發生之事件，而應表現為人物不斷歷難之精神成長的必然結果。此一循環歷程

〔註50〕黃檗希運禪師之詩。
〔註51〕參《王陽明全書‧傳習錄上》（臺北：正中書局，1976 年），卷一，頁 11～12。

的不斷重複與發生應視為是一「不斷歷鍊」與「不斷增強」過程，《西遊記》裏許多的行動事件皆強調了這個意義。例如第十五回孫悟空收伏了「意馬」後，敘述者評論道「這正是：廣大真如登彼岸，誠心了性上靈山」，意味著主人公們歷難後的心性提升，可見「不斷歷難」正是一個不斷「登彼岸」〔註52〕的修鍊過程，絕非僅有一次的循環結構，否則「既已登彼岸」何須再繼續西行，故必有一「不斷上升」結構，隱伏於「不斷循環」之歷程中。

《西遊記》裏尚有許多的事件，亦在呼應此一敘述意圖，例如第二十七回「人參果」事件後，敘述者道：「那長老自服了草還丹，真是脫胎換骨，神爽體健」。第五十三回解脫「兒怪」之難後，敘述者云：「滌慮洗心皈正覺」。第十七回孫悟空收降「黑風怪」時，定計讓菩薩變作妖精，當時孫悟空問：「還是妖精菩薩，還是菩薩妖精？」菩薩笑道：「菩薩、妖精，總是一念。若論本來，皆屬無有。」孫悟空心下頓悟，這些事件都明言取經人心靈的提昇。

再如，反覆出現的許多「燒妖精洞」行動事件，第五十五回經「毒敵山蝎精難」後，取經人「點上一把火，把幾間房子燒毀乾淨」；第六十四回經「木仙庵難」後，豬八戒一頓鈀「將松、柏、檜、竹，一齊皆築倒」；第六十六經「黃眉老怪難」後，取經人「把五七百箇小妖盡皆打死……臨行時，放上一把火……盡燒為灰燼」，這類事件相當頻繁地出現於《西遊記》中，象徵滅魔除怪務盡之意，同時也象徵主人公們的心靈淨化。

然而經受魔難為何就會有力量呢？如果唐僧能察識到自身遭難的原因，是由於「禪心」為「邪火」所亂，他的心靈力量便會增強。經受魔難時勇敢地戰鬥也會有力量，魔難若只是苦難也不會成為力量，「費盡心力」的戰鬥過後，心靈力量自然會被淬屬出來，如孫悟空與紅孩兒的纏鬥，歷經波折，甚至到那「傷生害命」時節，仍一心救師，他心靈力量無疑是巨大的，經此磨折之巨痛，心靈力量焉能不提升。歷經魔難一定要克服解難，否則便意味著主人公們無法超越或解脫目前的困境，除非取經人能尋求救援或重新調整自己的心靈，〔註53〕否則便無法突破困境。所以能夠解難，就表示取經人有充

〔註52〕又如第二十二回收降了沙悟淨歸隊後，敘述者亦介入評論道：「不多時身登彼岸，得脫洪波；又不拖泥帶水，幸喜腳乾手燥，清淨無為，師徒們腳踏實地。」說明取經之路就是一不斷「登彼岸」的過程。

〔註53〕就像「紅孩兒之難」，孫悟空請菩薩來降；又如第二十八回至三十一回的「黃袍怪之難」，豬八戒要是不調整他的心態，去花果山請孫悟空回來降妖；孫悟空如果仍悟記著前仇，則取經人此難必不能解，即是其例。

分的精神力量解難。

　　一般道教仙傳小說的主人公，往往有「超升天界」結局，卻沒有《西遊記》的「定型化循環結構」。中國的長篇章回小說往往具有圓形的循環觀念，而沒有超升的結局，如《三國演義》天下合久必分，分久必合結構觀念，《紅樓夢》裏賈寶玉原本是青埂峰的頑石，在塵世歷劫回歸後依然是塊頑石，《水滸傳》也一樣，一百零八好漢本來自天上，在人間大幹一番後又回到天上。〔註54〕《雜劇》裏，唐僧本是西天「毘盧伽尊者」，托生人間完成取經闡教任務後，又回到了西天，也沒有強調超升的結局，所以「定型化循環結構」及「垂直超升模式」，應是《西遊記》的特色之一。而這樣的結構可以類比「善財童子信心求法」之佛教故事。

　　胡適先生曾提到「善財童子」故事，〔註55〕敘述善財童子因爲信心求法，所以他不斷去訪問善知識，每個善知識都爲他說法，說法是這個故事的主要內容，所以每個善知識都有一大篇的說法過程，之後每個善知識還會爲善財童子介紹下一個善知識，敘述者說他在前去的路上修證，結果又證了什麼果，然後再接著訪問下一個善知識，如此一個接一個，直至走訪了一百一十個善知識，畢竟得成正果。〔註56〕

　　依此，它們都有定型化的循環形式，最後也都有超升正果的結局；但不同的是，善財童子「修煉內容」很明確，「修煉次第」（即每一階段的證果狀況）也敘述得很清楚，但對其「修證過程」則簡略帶過。相較之下，《西遊記》則較強調修鍊歷程，但修證了什麼，修鍊的次第，往往都不是很明確。這或許在暗示《西遊記》應非某一教派的修行指南，其所敘述的內容多爲三教共通之理。

第六節　結　語

　　《西遊記》結構有三分法及二分法的區分，本文依主題思想及結構形式立場，採用胡適先生之三分法做爲討論分析之基礎。前輩學者一般的關注焦

〔註54〕 王孝廉，《神話與小說》（臺北：時報文化出版企業有限公司，1986年），第二章「原型回歸」，頁98～105。

〔註55〕 〈《西遊記》考證〉，《西遊記考證》「胡適文存」第二集第四卷，頁71～72。

〔註56〕 〈入不思議解脫境界普賢行願品〉，收於《大藏經》第十冊《華嚴經》（臺北：新文豐出版公司，1983年），下部卷第廿一起。

點在於《西遊記》的「綴段結構」上，依此綴段批評實難了解《西遊記》何以能成為中國古典名著而歷久不衰？經由分析，《西遊記》綴段問題在於「九九八十一難」缺乏緊密的內在關聯。但是，要了解中國小說敘事方法，不能全然依照西洋的觀念和看法，而要用中國的標準來衡量。《西遊記》為「世代累積型」小說，它的表現重點在於：如何用嶄新或巧妙的方式，在現有的基礎上改寫西遊故事。這點將成為本章分析《西遊記》整體與個別結構時的主要關懷，就這點來看《西遊記》結構安排，無疑是部相當出色的小說，如此才能說明《西遊記》何以能名列「四大奇書」或「五大奇書」之一而歷久不衰的原因。

「整體結構分析」方面，本文針對全文的結構與銜接問題，為《西遊記》尋繹全文的結構形式及事件聯結之基礎，有三個重點：首先，說明《西遊記》的整體形式結構為「聯綴式結構」，包括第一及第三部分的「主要角色故事」，與第二部分「次要角色故事」。其次，探討全文結構的「語意統一性」，「心性修鍊」之旨為貫串全文的語意基礎。此一根本特質，可以將三個部分中之主要事件貫串起來，故從形式結構言看似藕斷絲連，若從語意結構上看，卻是一緊密相連的有機整體，亦可視為《西遊記》主題重點之一。第三，《西遊記》裏亦有一「求道返聖」內在結構，貫串了整個的故事，即主人公之「求道成仙」、「犯罪受懲」、「贖罪歷難」及「正果成真」，上述的三種結構方式，皆為《西遊記》新的表現形式，並不與前此諸本西遊故事或道教仙傳小說雷同。

「個別結構分析」方面，近年來，高辛勇先生從敘事學角度，提出《西遊記》為「類聚性」的結構方法，因為《西遊記》八十一難事實上是同一模式的重複與變化。經由分析，構成八十一難的四十多個故事單元之間的聯接關係，並非因果遞連的結合方式，確為依同類聯想運作而聚合之類聚性的結構方式。因為故事單元之間很難為其尋求任何必然性的因果關聯，然所有的故事單元卻都擁有一共同的敘述模式，換言之，八十一難的類聚性結構，是建立在怎樣的共同模式之上而不斷地重複與變化呢？

本文藉由布雷蒙的「事綱」理論，分析了八十一難四十多個故事單元的共同基本結構，應為「遇難→戰鬥→解難」的敘述模式，本文稱為「定型化循環結構」。此一定型化敘述模式，一方面，作為八十一難整體結構上之類聚性結構方式的基礎，另方面，也讓四十多個故事單元內之事件結構產生了因

果遞連的關係，即由動機或危難發生，到利用手段達到目的或解決困難的過程。換言之，故事單元之間是「類聚性」的結構方式，而每個故事單元內的事件結構則為「因果遞連」的結構方式。因此，這四十多個故事單元，每篇都能獨立存在，稱得上是結構緊密的佳作，但是，將這四十多篇聚合在一起，串聯成一體，則為一「類聚性」的結構。

然而布雷蒙之事綱理論卻無法無訴讀者，故事將在何時終止會比較好的問題。然而《西遊記》加入了「八十一難的框架結構」，以便讓不斷循環的故事模式，可以有象徵停止的機制。這樣一來，《西遊記》中的魔難故事，不再為可長可短的任意形式，同時，「八十一難」的定數形式亦具有中國文化的特殊意涵，「九」在中國文化中有「眾多」之意，「九九八十一」即有很多到數不清的意思，象徵心路之旅的修鍊途程，必須經歷很多的、數不清的大大小小的魔難，然卻亦不是永無止境的，終有「功到自然成」之日，所以八十一難應是個象徵數字，也是個虛數，而非實數。

然而，不論是八十一難的「框架結構」，或「定型化循環結構」，皆是前此西遊故事諸本所欠缺的，而為百回本西遊記新添入的結構形式。從第三部分說起，除了「八十一難之框架結構」及「定型化循環結構」外，這部分的新形式還包括了「垂直超升模式」。因為上述之定型化循環結構伴隨著人物的精神成長，亦即人物的成長在此一循環歷程中實現，在最後的結構佈局上，《西遊記》安排了此一「垂直超升模式」，讓主人公們突破圓形循環的限制，得以超升成佛或成就正果。

然而，此一結局不應視為突發事件，而是主人公們藉由不斷重複發生的循環歷程的魔鍊，不斷增強、不斷登彼岸、不斷淨化心靈的必然結果。中國的長篇章回往往具有圓形的循環觀念，而沒有超升的結局，所以，這樣的結構，只能將之類比「善財童子信心求法」的佛教故事，它們都有定型化的循環形式，最後也都有超升正果的結局。所不同者，善財童子的故事，其修鍊的內容、次第及證果狀況都敘述得很清楚，只對修證過程簡略帶過。而《西遊記》則較強調修鍊的歷程，對修鍊的內容、次第及證果狀況，往往都不是很明確。

第一部分，前七回齊天大聖故事的結構分析，包括了二個新的形式，即「單一情節結構」，這一部分的故事純為主角孫悟空的故事，沒有其他次要角色的故事，使原本西遊諸本簡陋的孫悟空故事，不但在篇幅上大量擴增，同時又敷演為內在結構緊密，而可單獨存在的佳構。「主角易位」，使得整個描

寫的重心擺在孫悟空身上，不但取代了唐僧原本在西遊故事中的主角地位，而且也影響了故事開篇的結構佈局，《西遊記》用了七回篇幅敘述孫悟空取經前的經歷，取代了《西游記雜劇》中一開頭的唐僧故事。

「增添英雄情節」，《西遊記》擴增這七回的孫悟空故事，主要交代了孫悟空何以能成為一位神通廣大的英雄，使齊天大聖的故事，儼然成為一個道道地地的英雄故事。而這些新添入的英雄事件，包括了英雄的奇生、童年生活、首次的功蹟、追求不朽、長生不死、坐騎的獲得、神奇力量、與魔王的爭鬥、神奇武器的獲得、結義兄弟、下冥府、上天界、刀槍不入等母題的事件，用這種方式來塑造孫悟空應是西遊故事系列中的一個新創。

第二部分，第八至十二回取經因緣及取經人故事的結構分析，包括了四個新的形式，首先，敘述者安排了「天上」與「人間」兩條主要故事線，人間取經因緣實源於天上傳經因緣，故為「溯源式結構」。而這兩條主要故事線分別由許多不相干的傳說故事所拼湊而成，這些新故事成分的加入，乃敘述者為延緩故事發展的運用手法之一，故為「拼湊型故事模式」。其次，因是拼湊型故事模式，故「如何串線」將是故事結構的重點，敘述者安排了觀音菩薩及唐太宗為兩條故事線的串線人，這兩位串線人皆為次要角色，故為「次要角色串線」。

再次，這麼複雜的故事線，《西遊記》會儘量收整成「單線順敘」形式來表現，改變《西游記雜劇》雙線平行的倒敘形式，能讓故事的敷演更易為讀者或聽眾所接受。以上，除了「溯源式結構」及「單線順敘」為擴增前此西遊故事而來，其餘「拼湊型故事模式」及「次要角色串線」，皆為《西遊記》的新手法，使得原本不存在或簡陋的故事情節，變得內容複雜而甚為可觀，同時它也是第一部分與第二部分的過渡橋樑。

第六章　《西遊記》敘事時間

第一節　前　言

　　《西遊記》的時間問題非常值得探究，因其安排構設非常地繁複精彩，然而卻一直被學界所忽視。若以敘事理論來看《西遊記》的時間構設，可以探討小說中之時間跨度、刻度、久暫、頻率及次序等問題。然而在內容層次上，還有許多時間成分值得探究，這個部分也很容易被人所忽視，所以在這章討論中，本文將探討故事層及敘事層兩個層次的時間構設，故事層的探討將在第二節「錯綜多元的時間觀」討論，敘事層將在第三節以下的幾節中來討論。

第二節　錯綜多元的時間觀

　　《西遊記》是以傳奇或神話世界爲主，圍繞此一傳奇或神話世界所開展的時間成分，爲一錯綜多元的組合體，主要包含宇宙時間、神話時間、傳記時間、歷史時間與歷難時間等成分，本節將嘗試了解這些時間成分性質。除了「歷難時間」以外，其他的時間形式都是前此西遊故事諸本所無的嶄新形式，可以看出《西遊記》對時間成分的經營所做的翻新努力。

　　《西遊記》時間形式非常複雜多元，主要以傳奇或神話時間爲主，其重要特色表現於主人公們西遊取經的「歷難時間」之中。主人公們不斷地歷經「遇難」、「戰鬥」、「解難」，形成一種圓形的「循環時間」，不斷地流轉著，直到九九八十一難滿，克服了循環時間，展現「垂直超升的時間」形式。主

−219−

人公們的成長發展，便在此一圓形循環時間中實現，因而形成「傳記成長時間」，此一時間形式，亦同時伴隨著圓形循環時間及垂直超升時間而存在。人物的傳記成長時間，並非只出現於八十一難的循環故事中，而是承接前七回齊天大聖故事而來，一起流進西遊取經的歷難歲月之中。

除此之外，與人物歷難的循環時間呼應，有外在四時的「自然時間」，春夏秋冬四季的運行結構，也是一種圓形的循環時間形式，而與人物歷難的循環時間彼此互為隱喻，隱喻人物的歷難行動亦是自然宇宙運行的一部分，而此一四時的自然時間，則是由小說一開頭的「宇宙時間」延續而來。

另外，循環的時間會令讀者產生停滯不前的感覺，為了克服這種感覺，敘述者發展了水平的「歷史時間」，而此一歷史時間也是自前此初唐的歷史時間延續而來。此外，這一歷史時間還有「框架時間」的作用，正好將這八十一難框架起來，從貞觀十三年出發，到二十七年歷盡魔難，取得經卷回東土，凡十四年，五千零四十八天，正合一藏之數，所以亦取了五千零四十八卷經，等於走一日取一卷經。

一、宇宙時間

《西遊記》中，人物同宇宙時間緊密聯繫，他們都不是孤立的人，而是國家、團體或家族的一部分，同時也是自然的一部分，主人公石猴從石頭中迸生出來，即形象地表現了這個意涵。主人公的出生，被定位於宇宙廣大無垠的宇宙週期中，他的生命只是無盡循環週期中的一剎那。

這個宇宙週期從故事的一開頭，即被演示出來，以一種大跨度高速度時間形式，來展示整個宇宙的形成、變化及運動之週期。敘述者首先交代「天地之數」構成單位，以十二萬九千六百歲為一「元」，一元分為十二「會」，即「子、丑、寅、卯、辰、巳、午、未、申、酉、戌、亥之十二支」〔註1〕（第一回）接著，敘述者以一日為喻說明宇宙時間運轉方式：

> 子時得陽氣，而丑則雞鳴；寅不通光，而卯則日出；辰時食後，而巳則挨排；日午天中，而未則西蹉；申時晡而日落酉；戌黃昏而人定亥。

〔註1〕 這種「元」「會」觀念，楊義先生認為是來自北宋象數學家邵雍的《皇極經世》。參楊義，《中國敘事學》（北京：人民出版社，1997 年 12 月），「時間篇第二」，頁 134。

宇宙似乎為一圓形循環的時間週期，而且為白日與黑夜，光與暗的交替循環運動。

接著敘述者站在至高的位置，以一種快速度、高度概括的時間形式，來展示整個宇宙的形成過程：

> 譬于大數，若到戌會之終，則天地昏矇而萬物否矣。再去五千四百歲，交亥會之初，則當黑暗而兩間人物俱無矣，故曰混沌。又五千四百歲，亥會將終，貞下起元，近子之會，而復逐漸開明……到此天始有根。再去千四百歲，正當子會……天開于子。又經五千四百歲，子會將終，近丑之會……至此地始凝結。再五千四百歲，正當丑會……地闢于丑。又經五千四百歲，丑會終而寅會之初，發生萬物……至此天清地爽，陰陽交合，再五千四百歲，正當寅會，生人，生獸，生禽。正謂天地人，三才定位，故曰人生于寅。

敘述者將宇宙時空擴得很大，含籠了上下四方與古往今來，具有籠罩全局的氣勢。可以看出，整個宇宙的形成、變化與運動週期為一圓形循環模式，而且不斷地交替，它展示了一種形上整體性，似足以籠罩過去、現在乃至未來的整個時空的演化過程，而且它的高速敘述方式有助於讀者掌握這宇宙的形上整體，也有助於讀者為後來即將登場的主人公定位。這是一個形成中的天地世界，而且這個天地世界的未來，可預見地，也將是一個圓形循環的時間形式，宇宙似乎被固定在一種近乎命定的循環週期中運行著。

人也是宇宙的一部分，似乎也同樣地遵循著這種宇宙的自然規律，不斷地生老病死般地循環不已。即將在「神話時間」中登場主人公，其後來對死亡的無常憂患，似乎正是針對宇宙這種近似命定的自然循環律則，所發出的扣問。這種似乎為命定的永恆悲哀，也經常為神話故事所叩問，「不死藥」與「變形」似乎是唯一解決之道。〔註2〕但《西遊記》裏，主人公如何從這命定的循環中解脫出來？敘述者似乎有意在一開頭的宇宙時間中，便向讀者或聽眾提出生命裏此一不可逃脫的根本困境——生命的凋零與消亡，而主人公孫悟空將如何行動？

孫悟空本是石猴，他從石頭中迸生出來，似乎就預示著他將以「非常態性的生命」掙脫所謂命定悲劇的可能。後來，他由一「禽獸生命」（石猴），

〔註2〕 參柯師慶明〈中國文學之美的價值性〉，收錄於《毛子水先生九五壽慶論文集》（臺北：幼獅文化事業公司，1987 年 4 月），頁 74。

而修煉成「人道」（孫悟空），再由人道而修煉成「仙道」（弼馬溫與齊天大聖），最後再由一「罪謫仙眞」經歷魔難而成就「佛果位」（鬥戰勝佛）。主人公這一系列的行動事件，似乎總在不斷回應此一命定困境的扣問。不只是孫悟空，其他的取經人唐僧、豬八戒、沙和尚及龍馬也都經歷了某種程度的蛻變過程，最後也都正果成眞。唐僧成爲「旃檀功德佛」，豬八戒成爲「淨壇使者」，沙和尚成爲「金身羅漢」，龍馬晉身「八部天龍」，最後都如願以償地，解脫了此一命定的生命悲劇，而向無時性的永恆境界攀升。

　　《西遊記》的宇宙時間，從一開頭以籠罩全局姿態出現之後，便退居幕後成爲背景性的存在，直至取經的故事展開後，那個循環性的時間調子才又再度響起。似乎從唐僧離了長安城，取道西天以後，時間意識從歷史時空又回到了一種綿綿無盡期的宇宙時空裡。這種綿延不絕的時間感，主要是由四季的循環時間所引生的感覺印象，敘述者爲何將這種時間形式織入取經人的歷難故事中？它與人物動作或情節布局有什麼關係？

　　《西遊記》中九九八十一難的故事部分，基本上以「歷難時間」爲主導原則，敘述者安排介入「四季的循環時間」，自然有其作用。敘述者往往在經歷了一段魔難後，或在每一個獨立故事的起頭或結束時，引入一段節令時間的描寫，譬如第四十四回敘述者即將進行一個新的故事的敷演，所以一開頭便來一段節令時間的描寫，說取經人一路西來「行勾多時，又值早春天氣」，等此一「車遲國」故事結束後，取經人繼續西行，又來一段「不覺的春盡夏殘，又是秋光天氣」（第四十七回），然後再接續一個新的故事的敷演。所以，在前一故事結束到後一故事開始之間，幾乎都會有這麼一段節令時間的概述。

　　表面上看來，這種四季時間的介入，似乎只是概括了一段時間的流逝，沒有任何其他的作用。然由於敘述者近乎「程式化的概括描寫」，便讓此一四季的循環時間具有「框架情節」的作用。因爲「在故事鋪敘的時間安排上，唐僧取經歷一十四遍寒暑，經九九八十一難，本身就是一個節令性的結構框架」，[註3]這個節令性的結構框架，如果只是形式地嵌入其中，而毫無作用，我們便可以輕易地去除它，但事實並非如此。其實它具有「計算時間的作用」，但計算時間不一定非用春夏秋多節令時間不可，而且敘述者運用四季時間的形式，並非得空便入，而是讓它成爲近乎固定化的模式。這樣一來，四季節

〔註3〕參（美）浦安迪（Andrew H. Plaks）講演，《中國敘事學》（北京：北京大學出版社，1996 年 3 月），頁 83。

令時間就會成為結構性時間因素，因為八十一難會隨著取經途程開展一一嵌入四季運行的時空體中，成為一不斷循環形式，歷難時間與非歷難時間不斷地交替，人物的行動因而形成一不斷重複的循環週期。這種循環週期性，又與自然界四季運轉週期性互相呼應及協調一致，因此，人物行動彷彿是自然宇宙的一部分。

然而這種循環的時間形態，似乎會造成原地踏步、無法推進的印象，所以敘述者便安排了一種「推進時間的形式」，譬如第三十六回借用人物之口插入道：「我記得離了長安城在路上春盡夏來，秋殘冬至，有四、五個年頭」的話，第四十八回裏又插入「自別後，今已七、八個年頭」的話，第八十八回才又借人物對話道出：「已經過一十四遍寒暑」。這種經歷一段歲月後，才來段綜合性的時間概括方式，適時地消解了循環的節令時間所造成的那種推進不前的印象，從已過四、五年，再經七、八年，最後遍歷一十四寒暑時，便已到了取經路程的終點，時間不再原地踏步，而是不斷地往前推進。

然而這技術性歷史時間的計算，與真正的歷史時間並不符合，例如照四時節令的推衍來計算，從「貞觀十三年九月望前三日」歷經「秋深、初冬、臘冬、早春、春過半、個月、夏景、經秋、九秋、三春」，這樣不過歷經一年多時間，但技術性的歷史時間已是「四、五個年頭」，兩者並不侔合，這表明了什麼意義呢？或許四季循環時間的引入，主要是為了造成一種時間不斷地循環運行的印象，而這種宇宙運行時間，正與人物行動的循環時間協調一致，因此，宇宙時間的四時循環，便象徵著人物歷難經驗的循環，也象徵人生經驗的循環。

二、神話時間

《西遊記》的故事時間，一開頭便捲入了「神話時間」，故事主人公石猴一開始的奇生事件，便已將整個故事帶進神話世界的氛圍中，之後神話時空便一直籠罩著故事，從頭至尾。石猴一出生，即目運兩道金光射沖斗府，驚動了玉帝。中間則有孫悟空兩次大鬧天宮，因而被佛祖降壓五行山事件。後頭還有五個神話式人物沙僧、豬八戒、龍馬、孫悟空與唐僧加入取經行列，整個取經故事也都是取經人與妖精的對抗，由此可以看出，神話時間應為《西遊記》故事的基本色調。

許多的中國著名長篇小說，開頭時就會有一個關於主人公的神話故事，

譬如《水滸傳》的「天罡地煞」傳說，《紅樓夢》中青埂峰下的石頭傳說等。這些小說的主人公們，皆有這樣一個神話式的起源，然後再到塵間「歷劫」，經過一番劫難後，最後再「回歸」本然的原始生命。賈寶玉在人間完成其愛情歷劫後，再回到青埂峰下，依然是塊石頭。一百零八條好漢應劫而生，在塵世間轟轟烈烈的大幹一番後，仍須再回到他們生命的原點。〔註4〕

　　《西遊記》一開頭也有這樣一個神話事件，主人公孫悟空原本是花果山上的一塊仙石，這是他的「原始」起源，與上述小說不同的是，他後來的「歷劫」並非使他「回歸」到本然生命，而是「超升」成佛，成就另一種型態的精神生命。這便是《西遊記》一開始的出生神話，與其他小說不一樣的地方。這個不同，其實與整部小說的主題意識有關。小說一開頭那個形上的探問：主人公將何去何從的問題？其實，在這個出生神話中，已暗示了某種程度的解答。

　　石猴為一非常態性的生命，以其本非常態的生命，似乎才有可能掙脫這種宇宙式命定規律。而這掙脫的可能性普遍存在人的身上，即心靈力量的充分發揮。所以石猴一開始即被描述成一件「靈根」，靈根即是心靈力量的化身，所以石猴又稱為「心猿」，第七回道：「猿猴道體配人心，心即猿猴意思深」，敘述者顯然有意藉主人公孫悟空，來具體演示心靈力量的發揮。而這種力量的來源，顯然源於天地宇宙的孕育，第一回敘述石猴本是一塊仙石，而這塊仙石每受「天眞地秀，日精月華」，感之既久，遂有靈通之意。可見，天地宇宙給予人物力量，也同樣限制了人物的發展可能。

　　之後石猴一出生就「目運兩道金光，射沖斗府」事件，具體演示石猴得自天地力量的不可思議，這個神話事件揭示了一個「人的可能性」問題，主人公在此雖為「非人」的禽獸生命，但他是一「靈根」卻與人無異。所以石猴作為一個天地「靈根」，他是否有可能衝破生命的永恆悲劇呢？答案是肯定的，因為故事的結局就在肯定這個答案。問題是主人公如何突破這個永恆的悲哀呢？第一回標題「心性修持大道生」早已喻示這個解決出口，即借助「心性修持」可以讓主人公服餌水食後所潛息的金光，再度發揮他的力量，幫助主人公不斷突破現實命定的各種困境，達致生命的超升。

　　雖然同樣發生於神話時間中情節，前後側重點卻有差異，即前七回的情

〔註4〕　參王孝廉，《神話與小說》（臺北：時報文化出版企業有限公司，1986年5月），「死與再生」，頁102～103。

節較強調外在性追求，如孫悟空追求長生不老事件，及兩次大鬧天宮事件對名位尊重的追求，即是其例。八十一難的情節則較強調內在性追求，如取經途中發生的種種魔難，不外關乎取經人心性修煉與利益眾生等事件。從取經人的完成任務，證果成眞事件結局來看，敘述者似乎認爲內在性追求才是生命的終極追求，而外在性追求應僅是暫時性或過渡性的追求。

三、傳記時間

　　《西遊記》中的「傳記時間」，主要出現於前七回及後面八十一難的取經故事中。前七回主敘齊天大聖孫悟空的個人故事，所以主要是「傳記時間」的運用，然而也包含「神話時間」，因爲孫悟空本爲一神話人物。後面的取經歷難的故事，有些事件明顯地嵌入了「傳記時間」，因此，關於「傳記時間」的討論，將集中在這兩個範圍中。在這裏我們無法一一處理主要人物的「傳記時間」，所以僅能看看部分帶有傳記時間的事件，它與人物形象之間的關係？

　　傳記時間與歷史時間是密切相關的，包括主人公從出生、童年、求學、婚姻、工作或事業、老年、死亡等，人生過程中的一切時點與一切階段。〔註 5〕《西遊記》中有專爲孫悟空寫的傳，孫悟空雖是一個神話人物，但他也有屬於自己的人生階段，同樣也包括了出生、童年，學道、事業等人生階段的過程，儘管主人公人生過程所發生的事件充滿了傳奇色彩，但他本來就不是一個尋常的生命型態，這一點由他從石頭迸生出來那一刻，就已被充分喻示出來。

　　《西遊記》中主要人物也會經歷不同的人生階段，因而有了「傳記時間」，如孫悟空歷經從出生、立功爲王、訪道求仙、得入仙籍、被佛祖降壓五行山、保唐僧取經西土、最後成佛等人生過程。又如唐僧也是經歷了誕生、爲僧、報仇救母、爲僧綱、取經西土、最後成佛等人生過程。所不同者，唐僧的故事並未在《西遊記》中全程演出，他的前三個階段，誕生、爲僧、報仇救母，實際上是以插詩形態出現的，而孫悟空的則是全程演出。其餘三個取經人，豬八戒、沙僧與龍馬，也都並未全程演出，只有「取經西土」的這段旅程，爲他們的共同經歷。

　　敘述者爲何將孫悟空取經前的個人事蹟，置於前七回中單獨演述呢？可能的原因之一是：孫悟空爲取經戰鬥的主角，其過往的事蹟勢必一再牽動後

〔註 5〕 參白春仁、曉河譯，《巴赫金全集》第三集（石家庄：河北教育出版社，1998年），「教育小說及其在現實主義歷史中的意意義」，頁 225。

面的情節發展，因此，有必要把他的故事先敘述出來，以利讀者前後對照。
另一個可能的原因是：孫悟空是保護唐僧的主要角色，需要有傑出的本領，
讀者必然會對其傑出的本事感興趣，所以敘述者有必要交代孫悟空各種特殊
本事的來由。

　　譬如他的「火眼金睛」，是在老君八卦爐中煉成的；他的金鋼不壞之軀，
則來自他偷仙桃、仙酒、仙丹，吃在肚裏，運用三昧火鍛鍊而成的；他的「七
十二變神通」、「十萬八千里觔斗雲」、「長生不老」，則是從須菩提祖師處學來
的。因此，孫悟空的訪道求仙與大鬧天宮等事件，同時也在交代或印證了主
人公傑出能力的來源，以便爲未來主人公經歷的種種事件，預作鋪排。有的
仙傳小說，通常對主人公降妖除魔的傑出本領，僅做簡單交代，例如明人鄧
志謨撰《咒棗記》，〔註6〕主人公濟世救民的法術本領，是得自三人仙人的傳
授，之後百試百靈，從未遇到敵手，未免令人起疑，在這一點上，《西遊記》
的處理就高明許多。

　　前七回中，主人公所經歷的種種事件，一一改變了孫悟空本人的命運。
譬如他本是一隻「石猴」，後來憑著機智與勇敢，發現了水簾洞，變成了「美
猴王」，之後他因感悟無常，立志訪道求仙，得遇祖師，賜給他一個人名，自
此變換身分爲「孫悟空」成了人道，後來由於他已學成仙道，由此而得入仙
籍，成了「仙道」，一度爲「弼馬溫」，再度爲「齊天大聖」，後來歷經兩度大
鬧天宮，最後被佛祖降壓於五行山下，成了「罪謫仙眞」。五百年後，觀音來
勸善他，孫悟空知悔修行，願保唐僧取經東土，自此成了「佛僧」，爲取經人
的「徒弟」，最後歷經了八十一難，順利完成取經任務，於是正果成眞，變成
了「鬪戰勝佛」。

　　經歷了這種種事件，主人公的命運也不斷地改變，但主人公的形象是否
也隨著命運及所經歷事件而產生變化呢？我們發現人物的身分一再地隨著命
運改變著，但這些改變仍較屬於外在層次的改變，似乎時間並未進入人物的
內部，對主人公的性格造成改變或成長。但事實上並非如此，主人公們的性
格，仍舊隨著所經歷的事件做了某種程度的發展。如孫悟空未訪道求仙時，
爲混沌天眞，自道「一生無性」，自從學得一身本領後，便容易性起了，他一
出山與「混世魔王」的交鋒事件，便是其例。

〔註6〕　（明）鄧志謨撰，《咒棗記》，收錄於國立政治大學古典小說研究中心主編，《明
　　　　清善本小說叢刊初編》（臺北：天一出版社，1985 年 5 月）。

又如孫悟空初期保唐僧時，是「心意不定」的，後來經歷了戴緊箍兒、與唐僧的衝突，觀音口惠實惠的勸善（第十五回）等事件後，他似乎變得「一心一意」了。從後來事件的發展，可以看出他的心意變得非常堅定，第二十七回「屍魔三戲唐三藏」故事中，他爲保護唐僧打死妖精，唐僧誤會他趕逐了他三次，他都找盡各種理由苦苦哀求要留下，後來唐僧看趕不走他，便寫了一紙永不聽用的貶書，促他速走，孫悟空後來不得已走了，卻還淚滴東海，頻頻回首，這樣的人物形象無疑有很大轉變。取經初期時孫悟空那種「受不得人氣」性格形象，至此一變，而爲「忍辱仙人」形象，當然這個轉變是漸變而非突發而來的。

又如，唐僧一直不太信任孫悟空說的話，一味的軟善態度，在經歷過多次教訓之後，使他的看法或作風有了些許的改變，第八十回敘述妖精又裝成可憐的弱女子哄騙唐僧，但唐僧此回卻道：「你師兄常時也看得不差，既這等說，不要管他，我們去罷」，但後來到底受不住妖精幾聲善言善語，仍違了孫悟空的話去救妖精，因而害了寺裏好幾條人命。以唐僧爲例，其他取經人也是一樣，其轉變的速度仍較孫悟空爲慢。大體說來，《西遊記》裏「傳記時間」的敷演，並不會忽視人物的成長時間，而且幾個取經人的成長變化之程度深淺，仍會有個別的差異表現。

再者，論傳記時間中的「生物學時間」，指人物的年齡變化，敘述者只在第九十三回形式上提了一下唐僧「虛度四十五年」，此時距離他初取經時已十四年（第八十八回）。這十四年中，他在取經路上受盡多少風霜，許多的擔驚受怕，似乎始終沒有改變他的形貌，依然是那麼體面俊秀，一個白白嫩嫩的胖和尚，如第二十七回，黃袍怪的小妖們說他「嫩刮刮的一身肉，細嬌嬌的一張皮」，至第八十回時，一個喇嘛僧看他依然是「又生得嬌嫩，那裏像個取經的？」可見歲月在這兩個生理時間點上，是一個空白，唐僧年齡的增加，並沒有造成他生理上或外表上的任何改變，亦即時間並沒有在他的身上留下任何印記。至於其他的取經人，敘述者也都未特別強調，反而僅進入唐僧生理上的時間，提醒讀者其生理時間上反常的空白，敘述者這樣的安排有何用意？

其他的取經人，其身份本爲「非人」，孫悟空還可以長生不老，若刻意強調其不老，似乎沒有必要，而且他們已經很醜了，外在形貌上的改變空間不大。但唐僧不同，他是「人」，而且長得十分體面俊秀，爲何還能不變呢？可能的原因之一是：唐僧曾在取經初期，吃了五庄觀鎮元子「人參果」，吃一個

人參果可以活四萬七千年（第二十六回），所以唐僧暫時不會那麼快老。但是，敘述者又爲何要這樣安排他長壽不老，永保俊美皮膚鮮嫩呢？

可能與敘述者塑造唐僧爲妖精慾望的對象有關，唐僧必需是個難源，妖精才會前仆後繼來找麻煩，取經人才會有源源不斷的魔難，情節也才能不斷地展開。唐僧本是金蟬子轉世，十世修行的好人，一點元陽未洩，所以妖精都想吃他的肉，以求延壽長生，女妖精都想與他交合，要他的元陽，以配合成仙體，女王也想與他婚配，因爲他長得體面英俊，如果唐僧沒有這些特質就不會有這麼多難關要過，較難搭配其歷難的主題意識。所以，有必要讓唐僧一直保持對妖精的吸引力，若讓唐僧隨著生理時間變醜變老，就會與情節的發展相互矛盾，所以唐僧形象如此，其戲劇意義要大於現實意義。可見，「生物學的時間」在《西遊記》裏，似乎較不具重要意義，反而敘述者對主人公形象與性格的發展或成長，有比較多的關注。

四、歷史時間

《西遊記》中帶有歷史時間意識的事件有幾處，如第一回故事開頭即提及「感盤古開闢，三皇治世，五帝定倫」，爲一神話歷史時間。之後，出現於孫悟空被壓伏五行山時，於第十四回敘述者補敘出這一段文字道：「王莽篡漢之時，天降此山，下壓著一個神猴」，將天上的孫悟空奪位，與凡間王莽篡漢，加以互相對照，敘述者用意恐怕不在將人物的行動事件，作一歷史定位，而可能是提供一個比較參照點，可以賦予這個事件更多豐富意義或想像空間。

但「歷史時間」的表現主要在兩個部分：第九回敘述南贍部洲大唐國的事，故事一開頭便將歷史時空定位於唐太宗貞觀十三年的長安城：

> 此單表陝西大國長安城，乃歷代帝王建都之地。自周、秦、漢以來，三州花似錦，八水遶城流。三十六條花柳巷，七十二座管絃樓。華夷圖上看，天下最爲頭。眞是個奇勝之方。今卻是大唐太宗文皇帝登基，改元龍集貞觀。此時已登極十三年，歲在己巳。

唐太宗故事的加入，讓取經故事有其確定的歷史背景，增加其眞實感。再者，唐太宗故事的大量介入，一方面與唐僧取經動機有關，一方面則與佛祖的傳經相關。先論後者，佛祖傳經的目的，是爲勸善東土之人，他立意要尋一個東土善信，交他苦歷千山萬水，然後才傳經予他，以免東土人愚頑，怠慢了

佛典。依此，取經之事必需具有相當的公信力，而最直接、最有效的公信力來源，當然莫過於國家的君王，所以，小說必得讓唐太宗介入，而且越是積極介入，其效果就越彰著。

這樣一來，自然不能讓唐僧如其傳記所言，是爲求眞解偷渡出關的；〔註7〕也不能讓唐僧一如《雜劇》，只是簡單地受觀音與唐太宗的法旨行事。〔註8〕爲讓唐太宗有比較積極的取經動機，敘述者安排唐太宗因涇河龍與壽終等事件入冥，因在冥間答應崔判官，回魂陽世後修建「水陸大會」，由此引出修建「水陸大會」事件，之後，加上觀音顯象喻告只有大乘三藏眞經，才能眞正超鬼出群，於是唐太宗自然會重視取經之事，因爲唐太宗重視此事，所以，他會擺架親送唐僧出長安，又會建「望經樓」，年年親至其地望經，這些事件都將增加唐僧取經事件的公信力。

再論，唐僧的取經動機，爲「盡忠」唐王，以報答唐太宗對他的恩寵，這樣的動機似乎較能爲一般讀者或聽眾所接受。若讓唐僧爲了求眞解，或爲了觀音法旨而涉險取經，不是無關大局，便是流於迷信，這種說法可能弱化了唐僧的取經動機，對一般人的說服力比較不夠。所以唐太宗這個歷史背景的介入，對唐僧取經因緣的鋪排，應是非常必要的，而且頗具說服力。

《西遊記》將取經故事的起訖，定位於兩個歷史時間點上，即「貞觀十三年九月望前三日」（第十三回）與「貞觀二十七年」（第一百回），這讓歷史時間具有「框架作用」，即將取經故事框架於初唐兩個時點之間，其間經一十四遍寒暑，歷九九八十一難，所以具有框架意義。另外，此一歷史時間還有一個情節上的功能，即對於取多少經回長安，有一個合理交代，經十四年，凡五千零四十八日，正是唐僧取回東土經卷數，即五千零四十八卷。

五、歷難時間

歷難時間，是指取經人經歷魔難事件的時間，主要表現在西行取經的路上，即九九八十一難發生的時空中。然而這一趟取經的行程，並非總在經歷魔難，也有風平浪靜沒有魔難的時候，因此，可以將此一特定的時空劃分爲

〔註7〕　參胡適，〈《西遊記》考證〉，後收入《西遊記考證》「胡適文存」第二集第四卷（臺北：遠流出版事業股份有限公司，1986 年），頁 69。

〔註8〕　見《西游記雜劇》，收錄於隋樹森編，《元曲選外編》冊二（臺北：臺灣中華書局，1967 年）頁 644～645。

兩種時間形式，即「歷難時間」與「非歷難時間」。然而毋庸置疑地，「歷難時間」才是《西遊記》取經故事的表現重點，敘述者往往將「非歷難時間」的事件一筆帶過，而用工筆畫細細描摹「歷難時間」裏發生的種種事件。

「歷難時間」的節奏，與四季的循環節奏是一致的，也具有「循環時間」的性質，即取經人會不斷地「遇難」、「戰鬥」及「解難」，一個故事接著一個故事地重複經歷類似的過程，因此亦具有循環時間的調子。只是取經人們會隨著這循環的歷難時間而有所成長，搭配「歷史時間」的跳躍式推進，克服了四時循環時間停滯不前的限制，使歷難中的時間不再只是循環的調子，而為有其獨特意義的時間流程。

歷難時間的發生似乎具有偶然性質，讀者似乎很難為其找到什麼必然的發生規律，因為前後故事間的聯結沒有什麼必然因果關係，但那應是一種必然性中的偶然，因為必然會遇難但不知道什麼時候將會再遇難。進入歷難時間前的「道路時空體」，〔註 9〕為敘述者一個接近程式化的安排，如路遇高山的時空體，或路遇大水的時空體等，這是敘述者進入歷難時間前的一個慣常的形式安排，譬如第二十七回在歷難前，敘述者先敘一段道路時空體：「師徒別了上路，早見一座高山」，接著才進入歷難時間。又如第四十三回歷難前，亦先有一段路遇大水的時空體描寫：「見前面有一道黑水滔天」此一道路時空體的描寫，應為進入歷難故事的前奏或標記。

歷難時間裏的事件序列安排，似乎也具有某種程度的固定形式，如道路時空體之後，必然是歷難情節的展開，而歷難的序列事件也必然為遇難、戰鬥、解難的過程。取經人伸出援手救濟苦難之前，必先查明事情的真相，如第四十四回取經人來到「車遲國」，見一群和尚恨苦拽車情況，孫悟空先多方調查真相後，才會出手相救。孫悟空若無法降服妖精時，必然會再想辦法或向外尋求助援，如第四十九回孫悟空水裏的本事不行，降服不了「通天河怪」，他便去請觀音菩薩來降。降服妖精後，往往會燒其洞穴、或盡可能地剷除其餘孽，如第二十一回孫悟空降了「黃風大王」後，將一窩妖精盡情打死。取經人犯錯後，必然會受到懲罰或責難，如第二十三回觀音菩薩考驗取經人，豬八戒為美色富貴所動，結果被菩薩吊在樹上一整晚等。

敘述者用歷難時間來集中表現取經人的一種特殊生活，因為取經途中盡

〔註 9〕　「道路時空體」概念見白春仁、曉河譯，《巴赫金全集》，第三卷〈小說的時間形式和時空體形式〉，頁 314。

管日日山、日日嶺，但是並不會天天遇難。但敘述者只選擇取經人的歷難生活來表現，敘述者為什麼只選擇表現這一部分的生活時間呢？顯然敘述者有意不斷地強調「歷劫返聖」的意義。第十五回取經人在「鷹愁澗」收伏了「意馬」，作為唐僧的腳力，敘述者評論道：「廣大眞如登彼岸，誠心了性上靈山」。第十六、十七回敘述唐僧失卻袈裟與黑風大王作怪情節，降了黑風山怪後，敘述者評道：「降怪成眞歸大海，空門復得錦袈裟」。第九十八回取經人通過「靈雲仙渡」時，敘述者評道：「此誠所謂廣大智慧登彼岸無極之法」。可見這樣一個歷難時間，應為一不斷地到彼岸，不斷地往上提昇的精神成長歷程。

第三節　敘事時間跨度

　　關於《西遊記》之時間跨度研究，浦安迪曾提出一個問題：即從唐初史事的時間框架與虛構的神話年代的時間間隔，為什麼是五百年呢？即從孫悟空降壓於五行山事件，到佛祖傳經東土兩個事件的間隔，為何剛好是五百年？浦安迪認為可能是指時間概念上的遙遠過去；也可能指王莽篡漢時。〔註 10〕但另一種可能是與中國文化五百年聖人出的觀念有關。〔註 11〕

　　從時間跨度觀點來看，《西遊記》每段故事的時間跨度，幾乎都很明確。從孫悟空出生，到入冥間強銷死籍，其時間跨度為三百四十二年。再從孫悟空被佛祖壓伏於五行山下，到佛祖傳經東土，其時間跨度是五百年。再從佛祖傳經東土，到唐僧出發取經，其時間跨度為五十日。接著從唐僧出發取經，到取得經卷回到東土，再回到佛祖寶刹受封證果，其時間跨度恰是五千零四十八天。除了中間一段，從孫悟空強銷死籍後，到被佛祖反掌壓於五行山下，其時間跨度不明確以外，其他的時間段落皆可以被推知。敘述者特別安排了這樣一段無法確定的時間跨度，究竟有何作用呢？

　　當這一段故事的跨度無法確定時，將導致孫悟空被壓五行山之前的整個時間跨度，無法在歷史時空中有一個明確定位，可能因此而有效地維持了這段故事時空的神話性質。這樣一來，象徵將會成為注意的中心，讀者不會再追問所發生的故事是否為眞，例如不會再追問是否眞有這樣一隻石猴大鬧了天宮，而會追問石猴大鬧天宮的事件有何象徵或寓意？敘述者可能是暗喻其

〔註10〕 參《中國敘事學》（北京：北京大學出版社，1996 年 3 月），頁 83。
〔註11〕 這個看法由柯師慶明提供。

欠缺心性方面的修煉，當然也可能暗諷當時政治不夠合乎理想，但從敘述者評論「眼前不遇待時臨」，到後來他的知悔情願修行，欠缺心性修煉的暗喻是極有可能存在的。

雖然從孫悟空「強銷死籍」到「被佛祖壓於五行山」整個時間跨度無法確定，但中間卻有兩個事件的時間跨度是可以確定的，即孫悟空第一次被招安任職「弼馬溫」時，其時間跨度若換算成人間時間是「十五年多」；第二次被招安上界任職「齊天大聖」時，其時間跨度為人間時間的「一百八十年左右」。兩次事件所占篇幅大約都是一回，所以主要還是在時間跨度的大小問題上，第二次任職比第一次長了一百多年，敘述者這樣的安排有何用意呢？可能意味著第二次的問題比第一次深細許多，所以蘊釀暴發的時間也比較長。第一次的問題出在玉帝不識賢愚、不能知人善任，較偏外部事件，第二次的問題則出在孫悟空個人心性修煉的不足，較偏內部事件，所以第一次時間自然要比第二次久一些。

接著，敘述者將五行山壓伏石猴事件與「王莽篡漢」的歷史事件相關起來，便又讓時間跨度又有了明確的計算依據，接下來的時間跨度都很明確了，所以時間跨度的明確與否，其實也與其時空性質有關。因為「石猴被壓」與「王莽篡漢」是分屬神話與歷史兩個不同時空的事件，之前的神話時間跨度無法明確化，之後漸漸過渡到歷史時空來時，其時間跨度便越來越明確化。敘述者把這兩個事件相關起來，便讓完全不相關兩個時空開始有了聯結，由「神話時間」過渡到「歷史時間」，因而讓歷史事件也渲染了神話的時間色彩，可能也涵有「天人感通」的寓意或象徵。

再則，從神話時空過渡到歷史時空後，其時間跨度變得越來越小。從孫悟空出生，到入冥強銷死籍，其時間跨度為「三百四十二年」，從強銷死籍後被招安上界，到被壓伏的時間跨度雖不明確，然其時間跨度至少有「一百九十五年」，從佛祖壓伏孫悟空，到佛祖傳經之間有「五百年」的時間跨度，最後從佛祖傳經，到唐僧出發取經，再到唐僧完成任務回到佛祖寶刹受封成真，其時間跨度總共才「十四年又五十天」，故事的時間跨度明顯變小，這種現象意味著什麼？這可能因為從「神話時間」過渡到現實的「歷史時間」時，考慮其情節的擬真效果，也可能因為取經情節為故事的表現重心，其篇幅會自然變長。當篇幅變長而時間跨度變小時，情節密度便會變高，則敘述速度自然變慢下來，可見時間的跨度會影響情節的密度與敘事的速度。密度愈高，

敘事速度愈慢，則其所敘事件應是敘述者著意強調的部分。

第四節　敘事時間刻度

　　從時間刻度來看，《西遊記》的時間刻度，大體上是相當清楚的，但也有例外，因此，便會形成清晰與模糊的對比。例如「從出生到外出求道間」的時間刻度是模糊的，然「整個學道過程」的時間刻度則是清晰的，「再從學成歸山到強銷死籍間」的時間刻度又是模糊的，為何會出現這種模糊與清晰的對比？為何中間這一段的故事時間刻度又會特別清晰？

　　第一回中敘述孫悟空到南贍部洲「不覺八九年餘」，後飄洋過海尋訪到西牛賀洲已有「十數個年頭」，在洞中學禮習字「不覺倏六七年」，祖師在一次登壇秘密傳他道「卻早過了三年」，一直到孫悟空被祖師強迫離山時道：「離家有二十年」等，每一個學道過程都如此歷歷分明，或許敘述者想特別突顯主人公自覺向上的過程，同時這樣也較合乎人物的時間感受。因為每一刻或每一階段都真實生活過的印象會特別深刻，正與前此花果山那段混沌不覺生活形成對照，再與此後那段向外馳騖，逐日過著飲酒享樂生活再度形成對比。

　　主人公從「不自覺」到「自覺」再到「喪失自覺」，心靈成長印記的模糊與清晰，就具體反映在時間刻度意識上。換言之，混沌生活的日子，通常比較沒有什麼深刻印象，倒是自覺追求的日子，印象往往特別鮮明。或許我們可以從心靈成長角度，來看主人公生命成長足跡，即從「生命的混沌」到「生命的昂揚」再到「生命失落」過程，整個反映於時間意識上便是時間刻度的「模糊」「清晰」與「模糊」的對比形式。

　　另一個模糊的時間刻度，出現於「孫悟空的強銷死籍到被佛祖壓於五行山之間」的段落，這個時間段落為整個時間跨度不明確，但有兩個時間點的刻度卻特別清晰，即孫悟空第一次被招安上界為「弼馬溫」的「半月有餘」的任期，與再次招安上界為「齊天大聖」的「半年光景」的任期，除此之外，其他事件的刻度都是模糊的。為何會模糊其他事件的時間刻度，而特顯這兩個時間點的刻度？以天上標準來看，這兩個時間點其實都「為時不久」，而這兩次的任職，一為「弼馬溫」，一為「齊天大聖」，或許敘述者有意類比「意」與「心」，因「心猿」「意馬」是無法長久為仙的，暗伏了孫悟空後來的犯錯被懲，及知悔修行的種種事件，也暗寓孫悟空在心性修煉方面的欠缺。

第五節　敘事時間久暫

　　從時間的久暫來看，久暫（duration）爲一相對性概念，是文本內部比較的結果，研究事件發生所需的時間與敘述這些事件所佔文本篇幅之間的關係，事件時間愈長，文章愈短，其速度就愈快，反之，速度就愈慢。最快的速度是省略，即一定量的故事時間，其文本篇幅是零。最慢的速度爲「描寫停頓」或稱「靜述」，即一定量的文本篇幅，而其故事持續時間爲零。在這兩極之間存在著無限可能的速度，但在實際運用中，通常可以簡單歸結爲「概述」和「場景」。「概述」是將一定量的故事時間加以濃縮或壓縮，用幾個表現主要特徵句子或一段話來敘述，不同的概述可以有不同的濃縮程度，由此產生多種加速狀況。「場景」是故事發生時間與文本所占篇幅，習慣被看作相等，最純粹的場景形式是對話，對一個事件的詳細敘述也是場景式的。〔註12〕

　　「省略」在《西遊記》中從頭到尾都有，但不明顯，最明顯的省略是從孫悟空被壓五行山事件到佛祖傳經之間有「五百年」，敘述者使用換行省略形式，一帶而過五百年，之後再借對話重提此事，爲《西遊記》裏最大速度的省略。不過，在《西遊記》中運用最多的仍是接近省略的「概述」形式，例如孫悟空成爲「美猴王」後，到他感悟無常訪道求仙之間，其間多少時光流轉，敘述者僅用兩句話「美猴王享樂天眞，何期有三五百載」帶過，即是其例。這種接近省略的「概述」形式，可以維持敘述線性的完整性，又可以對無關緊要的情節做高度濃縮。

　　《西遊記》中有很多詩詞文的插入描寫，則屬於「靜述」形式，譬如第一回敘述孫悟空成爲群猴之王時，敘述者插詩道：

　　　　三陽交泰產群生，仙石胞含日月精。借卵化猴完大道，假他名姓配

　　　　丹成。內觀不識無因相，外合明知作有形。歷代人人皆屬此，稱王

　　　　稱聖任縱橫。

爲時間完全停頓描寫，故爲「靜述」形式。但《西遊記》裏插入詩詞文的形式，並非全是「靜述」，時常也運用「擴述」的形式，例如第十四回中敘述鎮山太保劉伯欽，保護唐僧到「兩界山」看被關在石匣中的孫悟空，唐僧「近前細看，你道他是怎生模樣」：

　　　　尖嘴縮腮，金睛火眼。頭上堆苔蘚，耳中生薜蘿。鬢邊少髮多青草，

〔註12〕姚錦清等譯本　1989,92～102。Rimmon-Kenan,Shlomith, Narrative Fiction：
　　　　Contemporary Poetics　（London and New York：Methuen,1983）pp.51～56。

領下無鬚有綠莎。眉間土，鼻凹泥，十分狼狽；指頭粗，手掌厚，

塵垢餘多。還喜得眼珠轉動，喉舌聲和。語言雖利便，身體莫能那。

正是五百年前孫大聖，今朝難滿脫天羅。

因為有人物的眼睛在看，所以時間並不是完全停頓的，故是「擴述」。當然敘述者也可能於「擴述」形式中，部分滲入「靜述」的形式，如前例之「正是五百年前孫大聖，今朝難滿脫天羅」的話，正是敘述者於「擴述」中介入個人的評論及說明，正是「靜述」描寫。這種「擴述＋靜述」不純粹形式於《西遊記》裏時常可見，為《西遊記》敘述者介入文本時，經常使用的一種敘述形式。

《西遊記》中「概述」形式運用得相當多，主要有下列幾種情況：第一，將一段歲月裏發生的事件，用幾句話一筆帶過，藉以加速或節省筆墨。這在《西遊記》中運用最多，明顯的例子為孫悟空與妖精打鬥時，敘述者有時以「戰經三十合，不分勝負」（第五十回）、或「鬥罷多時，漸漸天晚」（第七十七回）的話語，一帶而過。第二，對角色所處的時空背景作概略介紹，明顯的例子為第九回一開頭，對長安城與唐太宗朝所作的背景介紹。

第三，作為伏筆，必有作用的概述，如第一回敘述孫悟空訪道求仙，從東勝神洲到南贍部洲再到西牛賀洲，時間是又過了「八九年餘」，尋到祖師時已過「十數個年頭」，前面的這些概述是預伏祖師後頭所言「逐漸行來的」話，強調是有個慢慢尋來的過程。

第四，每日發生的事，只敘述一次，如第五回敘述孫悟空自從做了齊天大聖，只知「日食三餐，夜眠一榻，日日閒遊」。第五，發生次數很多的事，敘述者只敘述一次，如第八回觀音勸善沙和尚，沙和尚原來是犯了罪被貶下界來，玉帝叫七日一次，飛劍穿胸脅百下，而他每三、二日間，出波尋一個行人食用，可見都是發生很多次的事，但敘述者一次概述過；第六，不具重要意義的必要情節，如第十一回中敘述唐太宗出榜招僧即是其例。

「概述」中一種很特別形式，只見於取經故事部分，也未見於其他長篇小說裏，它在《西遊記》中以幾乎程式化形式出現，它類似卻有別於第一種概述形式，因為它是建立於道路時空體之上的概述形式，這種概述形式嵌於特定時空中，其主要組成成分有四項：第一，概述這一段所經非歷難時間的過往，即將上一難結束後到下一難關開始前之間的那一段太平歲月加以濃縮敘述，如第六十四回中敘述取經人離開祭賽國後，一路西去「正是時序易遷，又早冬殘春至，不煖不寒，正好逍遙行路」，敘述者往往用春夏秋冬自然節令

加以描述，而一筆帶過其間流經的歲月。第二，概述西進的行路狀況，如第三十二回敘述取經人離了寶象國後，「說不盡沿路饑餐渴飲，夜住曉行」，又如第四十四回敘述師徒過了黑水河後，「找大路一直西來，真個是迎風冒雪，戴月披星」等，皆為其例。

第三，概述取經人在路上的精神昇華狀況，如第二十三回敘述取經人過了八百里流沙河後，道：「他師徒四眾，了悟真如，頓開塵鎖，自跳出性海流沙，渾無罣礙，竟投大路西來」。又如第七十四回敘述取經人收降多目怪與蜘蛛精後，「打開慾網，跳出情牢，放馬西行」等即是其例。第四，敘述路遇高山、路遇大水、或路遇城池庄林等，其中「路遇高山」在《西遊記》中最常見，如第六十五回敘述取經人離了八百里荊棘嶺一路西來，「正行之間，忽見一座高山」。有時以「路遇大水」形式出現，如第二十二回敘述取經人降了黃風大王，一路西來「正行處，只見一道大水狂瀾，渾波湧浪」。有時則「路遇城池庄林」，如第六十二回師徒們行過了火燄山，向西而去「前又遇城池相近」，即是其例。

《西遊記》的「概述」往往搭配「場景」形式來敘述，例如第一回開頭部分，敘述孫悟空從出生到成為美猴王之間行動事件，其間有多少時光流轉，但敘述者只有一段濃縮的敘述，敘其出生後的生活概況：

> 那猴在山中，卻會行走跳躍，食草木，飲澗泉，採山花，覓樹果；
> 與狼蟲為伴，虎豹為群，獐鹿為友，獼猿為親；夜宿石崖之下，朝
> 遊峰洞之中。真是「山中無甲子，寒盡不知年」。

此為「概述」形式。接著就進入細部描寫的「場景」，在這段時間中敘述者也只選擇了一個事件過程來作較詳細的具體描述，即孫悟空發現水濂洞到成為美猴王事件過程。事件裏詳述群猴經常一起洗浴，有一天突然興起尋找澗水源頭念頭，石猴運用他的膽識與機智，為群猴找到一個安身立命的福地洞天，因此而成為他們的猴王。由時間標誌詞「我們今日」、「看罷多時」、「纏一會」來看，發生時間不過一天內事情，但敘述者詳詳細細地描述，卻花了一千一百字左右篇幅，便是「場景描寫」。

《西遊記》中有很多的場景，幾乎皆由對話構成。敘述中也經常運用對話與人物動作來詳細描寫事件，都是場景式的，場景式的描寫容易讓讀者有事件遲滯不前的印象，所以《西遊記》會搭配「概述」形式來運用。《西遊記》大部分篇幅是「概述」與「場景」交替運用的敘述形式，因而形成一種「加速」、「減速」不緊不緩的敘述節奏，這種速度節奏感很適合用「有話則長，

無話則短」的諺語來描述，運用這種敘述形式，讀者比較容易抓住敘述者表達的重點與邏輯思考。

取經故事中概述與場景交替運作的形式，與之前的故事有些差異。主要差異在於取經故事中概述與場景的交替模式有一定程度的程式化，即由道路時空體的概述形式，帶入歷難時空體中的場景描寫這種幾近固定的模式，為之前的故事所沒有的，也是其他長篇小說所沒有的。例如第七十二回敘述取經人歷難「盤絲洞」故事，小說一開頭便道：

> 話表三藏別了朱紫國王，整頓鞍馬西進。行勾多少山原，歷盡無窮水道。不覺的秋去冬殘，又值春光明媚。師徒們正在路踏青玩景，忽見一座菴林。三藏滾鞍下馬，站立大道之傍。行者問道：「師父，這條路平坦無邪，因何不走？」八戒道：「師兄好不通情。師父在馬上坐得困了，也讓他下來關關風是。」三藏道：「不是關風。我看那裡是箇人家，意欲自去化些齋吃。」

從「話表」到「忽見一座菴林」是屬於道路時空體「概述」，並由此「概述」引入歷難時空體的「場景」描述，從「三藏滾鞍下馬」直到回末，其間的大塊場景描寫皆屬之。

我們以佛祖降壓孫悟空到傳經東土那五百年的「受難期」，為一分界點的話，可以看出敘述速度有一明顯的落差，即之前的「齊天大聖期」時間速度快過之後「取經與取經因緣期」，約五一十倍多，換言之，「齊天大聖期」時間跨度至少五百三十七年，所占篇幅為七回，平均每回敘述七十六點七年；之後「取經與取經因緣期」，其時間跨度為五千零九十八天，卻占了九十三回篇幅，平均每回敘述五十四點八天的故事，兩者的速度比大約五一十倍。

為什麼後面故事的時間速度明顯變慢那麼得多呢？因為其時間跨度變小，敘述篇幅變大（篇幅變大一個重要原因是場景變大）則故事密度變高。密度變高是有意義的生活事件變多了，這也與場景的變大有關。場景變大是敘述者以較慢的速度來敘述歷難時間事件，突出取經人歷難時間的生活與價值，而其場景擴大描寫往往一整回到數回（二至四回），幾乎都是人物對話與動作的詳細描寫，很少有概述，所以形成除了事件開頭外，幾乎都是場景性的大段描寫。

敘述者以「減速」形式敘述歷難時間故事，而「加速」通過非歷難時間故事，而形成對比，從而對顯出敘述者對「歷難時間」故事意義的強調，結

局「九九歸眞」便是建立於「歷難」及「滅魔」基礎上，它們都與「心性修煉」是一體相關的事。因此，這種拉大速度的場景敘述形式，應與《西遊記》主題詮釋有關。

速度變慢的另一個原因爲「時間跨度變小」，這在前面也提到過。時間跨度變小或許可能與「歷史時間」介入有關，因爲歷史時間不能像之前「神話時間」般那麼誇大漫衍，一隻從石頭迸出來的猴子可以活到三百四十二歲，又可以上天入地，又可以長生不老。它必須受制於人類現實生存的規律，如唐僧不能像孫悟空般，十萬八千里的觔斗雲一下子便到了靈山，他必須一步一腳印，十萬八千里地走到靈山參拜如來佛。這樣說來，《西遊記》似乎應是敘述一個平凡人，從平凡到不平凡的心性修煉的故事過程。

「齊天大聖期」是「加速」通過，可能因爲這個階段並非小說敘述重點，所以敘述者只挑了幾個代表性事件來詳細描寫，其他則採取跳躍式手法一帶而過，而形成加速。接著的「受難期」五百年所過的日子，在第七回末佛祖就預告過了，「但他饑時，與他鐵丸子吃；渴時，與他溶化的銅汁飲。待他災愆滿日，自有人救他」，五百年都過一樣的生活，敘述者無需再贅言，所以用「最大速度」換行省略手法通過。

最後「取經與取經因緣期」爲「慢速」通過，敘述者著意於表現歷難時間的整個事件過程，往往在一個概述式的跳躍之後，便進入歷難時間一整塊場景描寫，故事跨度往往不到幾天。此時跳躍式的概述銳減，即使有概述，其時間跨度也很短，如「不多時」、「半晌無話」、「睡了次日天曉」、「一宿無話」，因而造成慢速印象。敘述者使用慢速描寫，可能爲了將大量訊息帶入、或爲強調其修煉主題，或與對話動作及形象化的描寫手法有關。

敘述者有時運用「時間差異」，藉以強調修煉的重要性，如他在第二回中敘述孫悟空，爲訪道求仙行了十數個年頭，才到西牛賀洲訪到須菩提祖師跟他學道，直至學成歸山已二十年了，敘述者說他縱起觔斗雲回到花果山「那裡消一個時辰」。同樣的敘述手法也運用於取經故事後段，取經人一路西行，走過十萬八千里路，遍歷一十四個寒暑，終於到達靈山拜佛，回程豈需十四年，取經人取經回東土再回到靈山繳旨，只在八日之內（第一百回）。這兩個例子其來回的時間差距都相當得大，都是回時快、去時慢，其間差別皆在「得道」與「未得道」之別，藉以展示修煉成果。而此一「先慢後快」差異形式，可能意味著先苦後甘，吃得苦中苦、方爲人上人之意。

第六節　敘事時間頻率

《西遊記》裏有幾種時間頻率的形式：即發生多次敘述一次；發生一次敘述多次；發生一次敘述一次；發生幾次敘述幾次，但發生次數與敘述次數相等或不相等。

第一，發生多次，文本中僅敘述一次，如第二十回開頭敘述唐僧自從在「浮屠山」從烏巢禪師受了《多心經》以後，悟徹了《多心經》，打開了門戶，「那長老常念常存，一點靈光自透」可見一定發生過很多次，然敘述者只在這裏敘述一次。又如第四回中敘述孫悟空在上界任職弼馬溫，專管照料馬匹，孫悟空很會做事：

> 弼馬晝夜不睡，滋養馬疋。日間舞弄猶可，夜間看管慇勤。但是馬睡的，趕起來吃草；走的，捉將來靠槽。那些天馬見了他，泯耳攢蹄，到養得肉肥膘滿，不覺的半月有餘。

敘述其大概半個月中每日反覆做的事情，但敘述者在此僅總述一次，這種「每日發生僅敘述一次」的頻率形式，其實可看作是容量更大「發生多次僅敘述一次」的特定例子，它們也都是《西遊記》中常見的概述形式之一。

第二，發生一次，敘述多次。主要人物的生平事蹟通常都會被重複提起，像孫悟空每次與妖精對陣，雙方對問來歷時，他就會將過去事蹟重提一遍，例如第十七回中孫悟空與「黑風山怪」打鬥，打鬥之前先報來歷，孫悟空就將他過去事蹟「隱惡揚善」說了一遍，以下擇要錄出：

> 一點誠心曾訪道，靈臺山上採藥苗……下海降龍眞寶貝，才有金箍棒一條……玉皇大帝傳宣詔，封我齊天極品高。幾番大鬧靈霄殿，數次曾偷王母桃。天兵十萬來降我，層層密密布鎗刀……顯聖眞君能變化，老孫硬賭跌平交……卻被老君助一陣，二郎擒我到天曹……送在老君爐裡煉，六丁神火慢煎熬。日滿開爐我跳出，手持鐵棒遶天跑……我佛如來施法力，五行山壓老孫腰。整整壓該五百載，幸逢三藏出唐朝。吾今皈正西方去，轉上雷音見玉毫。你去乾坤四海問一問，我是歷代馳名第一妖。

其他主要人物的生平事蹟，適當的時機中也會被重提。這種頻率形式在《西遊記》用得很多，前十二回人物事蹟經常在後面的取經故事中被重提，尤其是前七回齊天大聖的故事，因爲孫悟空是取經故事的主角。這種重提前事的手法，可以在細部結構上，造成前後呼應效果，如第六十回中敘述「火燄山」的由來，

為當年孫悟空從八卦爐中跳出，蹬倒丹鑪落下的餘火所致，即是其例。

這種「轉述重複」是中國傳統白話小說常見的形式，〔註13〕在《西遊記》中還有一種較為特別的方式，為「發生一次敘述二次」的頻率形式，仍以第十七回為例，孫悟空與「黑風山怪」交鋒，鬥了十幾回合，不分勝負，那妖怪就沒興趣再鬥了，於是借故用餐閉門不出了，孫悟空只好回到「觀音禪院」師父處，唐僧問他袈裟如何，孫悟空就將剛才的事原原本本又說了一遍：

> 原來是那黑風山妖怪偷了。老孫去暗暗的尋他，只見他與一箇白衣秀士，一箇老道人，坐在那芳草坡前講話。也是箇不打自招的怪物，他忽然說出道：後日是他母難之日，邀請諸邪，來做生日；夜來得一件錦襴佛衣，要此為壽，作一大宴，喚做慶賞「佛衣會」。是老孫搶到面前，打了一棍，那黑漢化風而走，道人也不見了，只把箇白衣秀士打死，乃一條白花蛇成精。我又急急趕到他洞口，叫他出來，與他賭鬥，他已承認了是他拿回。戰勾這半日，不分勝負。那怪回洞，卻要吃飯，關了石門，懼戰不出。老孫卻來回看師父，先報此信。

在事情發生時敘述一遍，後來又借對話重述一次，實則它只發生過一次。像這種發生一次敘述兩次的頻率形式，依現代讀者的閱讀習慣，可能覺得累贅或敗筆，然而，這種形式的產生，應有其時代或社會背景。它與中國傳統說書方式應有相關，這種重述一次形式，可以技術性地幫助晚到的聽眾進入劇情，或便於聽眾隨時加入聽書的活動，也可以幫助不擅於聽故事的人整理劇情發展，因此，它應是在說書傳統影響下，所產生的一種特殊文學型式。〔註14〕

第三，發生一次，也只敘述一次頻率形式。譬如第一百回佛祖為五聖加封果位事件；次如唐太宗在「雁塔寺」修建水陸大會事件；又如第九十五回中敘述豬八戒看見舊相識嫦娥動了慾心，跳在空中抱住就要求歡情節，還有像第七回中孫悟空與如來佛賭鬥，在他的第一根柱子下撒尿事件，都是發生一次僅敘述一次的例子，例子並不多，除了結局那幾個事件其他大多屬於趣味性質或與人物形象性格較有關係，因此，沒有再重述一次的必要。

第四，發生幾次敘述幾次。如在取經途中的「歷難」，為每次發生每次必

〔註13〕 參趙毅衡，《苦惱的敘述者——中國小說的敘述形式與中國文化》（北京：北京十文藝出版社，1994年），第三章「敘述時間」，頁142～143。

〔註14〕 John L.Bishop（ed.），"Some limitations of Chinese Fiction"，Studies in Chines Literature（Cambridge：Harvard University press，1965）pp.238～9.

說，不管是他人遇難、取經人自己遇難或菩薩設難考驗，只要有難發生敘述者必說一次。當然「遇難」之後必然「戰鬥」，戰鬥之後的必然「解難」，也是每歷一次必敘述一遍的，它的發生次數與敘述次數相等。

《西遊記》中另有一種情況是「發生幾次敘述幾次，但發生次數與敘述次數不相等」。如取經人歷難前的「路遇高山」事件、歷難時間中的「借宿」、「嫌醜」、「化齋」、「用齋」「遇廟燒香、遇佛拜佛、遇塔掃塔」、「覺悟」、「點撥開悟」等事件，這些在平常生活中就會發生的事，但敘述者只在歷難時才提及，可見這些事件的發生次數，並不等於敘述次數，儘管它們在取經故事中發生多次也敘述多次。這些事件所以會被提及，大都對情節有推動作用，如第二十七回敘述「屍魔三戲唐三藏」，寫取經人到一座高山，中途唐僧嚷肚餓，要孫悟空「化齋」給他吃，孫悟空去時驚動了屍魔，屍魔要吃唐僧，便化作一個月貌花容女兒去戲弄他。這個「化齋」事件直接導致唐僧的遇難。

《西遊記》中發生幾次與敘述幾次，發生次數與敘述次數相等或不相等的兩種頻率形式運用得很突出，這是其他長篇小說所沒有的現象，它主要出現於八十一難的故事中，從第十三回至第一百回貫穿其中的主要頻率形式，這兩種手法運用應與中心主題密切相關，因為只有「歷難」才能直接導致「五聖成眞」結局，所以九九八十一難故事事件，便是「九九歸眞」直接具體的演述。所以敘述者才需要每遇難一次便敘述一次，取經途中多少題材可以發揮，但敘述者只選擇歷難題材來講，應是這個緣故。

第七節　敘事時間次序

《西遊記》的事件安排往往是順時敘述，有時插入短暫的倒敘或預敘，有時出現補敘，或同時發生的事件敘述者以「花開兩朵，各表一枝」筆法加以表現。所謂「順時敘述」是事件的時間順序與敘述的時間順序一致的敘述活動。如果兩者發生了不一致的情況，就稱之爲「時間倒錯」，包括倒敘與預敘。所謂「倒敘」，爲事後追述過往事件的敘述活動。所謂「預敘」，爲預先講述未來事件的敘述活動。所謂「補敘」，爲事後填補以前留下的空白回顧段。〔註15〕

〔註15〕〔法〕熱拉爾・熱奈特著，王文融譯，《敘事話語・新敘事話語》（北京：中國社會科學出版社，1990年），頁12～47。

中國敘事小說之順敘的方式，應為最通常可見形式，局部的倒敘也常有，然而整個地倒敘則比較少見。《西遊記》大體上以順敘的形式為主軸，只偶爾出現局部性倒敘，如第六回敘述玉帝派十萬天兵捉拿孫悟空，觀音菩薩赴會推薦二郎神來降孫悟空，當二郎真君出場時，敘述者就插詩倒敘他過去事蹟：

> 斧劈桃山曾救母，彈打梭羅雙鳳凰。刀誅八怪聲名遠，義結梅山七聖行。心高不認天家眷，性傲歸神住灌江。赤城昭惠英靈聖。顯化無邊號二郎。

之後因孫悟空問道：「你是何方小將」的話，可以推知這段倒敘非出人物之口而是出於敘述者介入倒敘。

有時倒敘是出於人物的口頭倒敘，如第三十一回敘述孫悟空降了「黃袍怪」，那怪本是上界奎木狼星下界為妖的，玉帝問他因何下界，他說出過去與百花羞的一段前緣：

> 那寶象國公主，非凡人也。他本是披香殿侍香的玉女，因欲與臣私通，臣恐點污了天宮勝景，他思凡先下界去，托生于皇宮內院，是臣不負前期，變作妖魔，占了名山，攝他到洞府，與他配了一十三年夫妻，「一飲一啄，莫非前定」今被孫大聖到此成功。

這種「口頭倒敘」形式，為《西遊記》裏的主調。

有時出現「反覆倒敘」形式，如第七十六回豬八戒被獅駝嶺的三妖所擒，孫悟空前往搭救，他想起沙僧曾告訴他說豬八戒有「攢了些私房」，便假稱是勾死人來勾他的魂，要他把私房錢拿出來，於是引出豬八戒這段倒敘來：

> 我自做了和尚到如今，有些善信的人家齋僧，見我食腸大，襯錢比他們略多些兒，我拿了攢湊這裡，零零碎碎有五錢銀子。

這段倒敘一次講述了以前至少七八年來，所有攢湊襯錢的事件，這種反覆倒敘形式在《西遊記》中很少見，但效果卻很好，因為它讓想像空間變大，讀者由此可以推知還有多少日常生活瑣事，敘述者都沒有放到文本中來講。

「補敘」，意即補充倒敘，這種倒敘形式，同樣在《西遊記》中很少見，但運用效果很好，如當年孫悟空從太上老君丹爐中跳出，蹬倒丹爐，結果落下幾塊磚，磚內餘火形成「八百里火燄山」，這個事件一直到第六十回取經人到達火燄山時才補述出來，部分填補了當年的省略，這種省略在當時可能不會察覺。

又如第二十八回敘述唐僧因聽信豬八戒讒言，將孫悟空逐回，孫悟空悽

悽慘慘回到花果山，看到山裏一派荒涼景象：

> 那山上花草俱無，煙霞盡絕；峰巖倒塌，林樹焦枯。你道怎麼這等？
> 只因他鬧了天宮，拿上界去，此山被顯聖二郎神，率領那梅山七弟
> 兄，放火燒壞了。這大聖倍加悽慘。

補敘出當年孫悟空被捉後，二郎神交代他的兄弟去「搜山」（第六回）的狀況，
這個空白直到這一回才被填補進來。可見當年二郎神的兄弟搜山時，很有可
能像孫悟空對其他的妖精洞那樣，放一把火把妖精洞燒得精光，再將洞裡小
妖盡情打死。《西遊記》中的「倒敘」不像「預敘」那樣頻繁出現，大量的預
敘形式，很少見於其他的小說之中，應為《西遊記》的一大特色，古代占卜
之辭的記錄，即可視為預言敘事的萌芽。〔註16〕

　　《西遊記》裏大量運用預敘形式，幾乎每一回都會出現，有時出於人物
的「主觀預敘」，如第十九回敘述取經人來到「浮屠山」，烏巢禪師授《多心
經》予唐僧，唐僧追問禪師西天路程還有多遠，禪師便道：

> 道路不難行，試聽我分付。千山千水深，多瘴多魔處。若遇接天崖，
> 放心休恐怖。行來摩耳崖，側著腳蹤步。仔細黑松林，妖狐多截路。
> 精靈滿國城，魔主盈山住。老虎坐琴堂，蒼狼為主簿。獅象盡稱王，
> 虎豹皆作御。野豬挑擔子，水怪前頭遇。多年老石猴，那裡懷嗔怒。
> 你問那相識，他知西去路。

這段話預告了西去路途狀況，其中比較具體難關只有「仔細黑松林」及「水
怪前頭遇」兩事件，所以這應算是「概括性預敘」。有些預敘是短程的，如前
面說的「水怪前頭遇」，水怪是指第二十二回八百里流沙河的「沙悟淨」，算
是「短距離的預敘」，又如第三十四回敘述唐僧在寶象國被黃袍怪變做虎精，
孫悟空被逐回花果山，沙僧被黃袍怪所擒，豬八戒擒怪後不知去向，龍馬就
變做宮娥去戲妖怪，此時敘述者插詩預告道：

> 今宵化虎災難脫，白馬垂韁救主人。

這也是短距離預敘，因為後來白馬勸服了豬八戒，去請孫悟空回來降妖，結
果孫悟空果然不念舊惡地歸隊，降服了妖精。

　　有些預敘是長程的，必須很久才會發生，如第八回敘述佛祖欲傳經東土，
觀音菩薩願往，佛祖就給了觀音菩薩「五件寶貝」，讓他往東土尋找取經人，

〔註16〕 楊義，《中國敘事學》（北京：人民出版社，1997 年 12 月），「時間篇第二」，
　　　　頁 152。

此時敘述者插詩預告說：

　　　　佛子還來歸本願，金蟬長老裹栴檀。

觀音菩薩才剛出發到東土尋找取經人，敘述者就先預示了唐僧會去取經，而且最後結局是重回佛界，成爲「栴檀功德佛」，這應爲「長距離的預敘」。《西遊記》像這種長距離預敘並不多，主要仍以「短距離預敘」爲多，而且是以敘述者的「客觀預敘」爲主。預敘的效果會轉移讀者或聽眾的焦點，從好奇「然後會發生什麼事」，變成這個「事件是怎樣發生」的，讓讀者或聽眾不會一直爲主人公擔心，而讓讀者或聽眾較易保持一種清醒認知的態度，這應是敘述者導引讀者或聽眾的一個技巧。

第八節　結　語

　　《西遊記》整個來說是一動態的、錯綜多元的時間形態，首先介入小說的是一溯源式「宇宙時間」，人物存在只是這廣大無垠的宇宙週期中的一刹那，人物的生老病死似乎也遵循著相同規律，不斷出生然後凋零恐亡，人物如何從這似乎是命定的循環中超脫出來，孫悟空或取經人的故事具體演示了人物如何從有限存在走向無限的永恆存在，《西遊記》整個故事似乎就在回答這樣一個如何尋找生命出口的生命課題。

　　宇宙時間在九九八十一難的故事中，似乎從綿綿無盡期的時間週期中，換成「四時之循環時間」的形態。而這一循環的時間形態，便讓八十一難的故事一一嵌入其中，這樣一來，便使得此一四季循環時間變爲結構性因素，並與人物的歷難行動協調一致，互爲隱喻。然而人物行動的循環雖與宇宙的循環互爲隱喻，但是仍有差異，主人公的成長會隨著循環的歷難行動而不斷超昇，最後進入永恆無時性存在。

　　敘述者在溯源式宇宙時間裡首先織入「神話時間」，此一神話時間幾乎貫串全文，成爲小說故事的時間基調。齊天大聖故事不用說全是神話情節，九九八十一難的取經故事中，亦有一群「非人」徒弟陪伴著唐僧取經，並與妖魔不斷地戰鬥，及最後的超升正果，皆爲神話情節。不同的是，前面神話情節較傾向外在性追求，而後面取經故事則較傾向內在性探求，然由五聖成眞的結局來看，似乎敘述者認爲內在性探求才是終極的，而外在性追求只是暫時性的過渡歷程。

　　神話式人物或半神話式人物也會經歷不同人生階段，因此有了「傳記時間」，《西遊記》之人物塑造，重視其心性修煉的意義，所以他們所經歷人生階段，自然會與一般的人生有所不同。《西遊記》的主人公們，會隨著時間與所歷世事，自然在性格上或看法上有所改變，但在身體上或生理上的改變，則呈現反常的空白，唐僧便是顯例，敘述者的用意可能是爲將唐僧塑造爲一個難源，以便讓妖精會源源不斷地來找麻煩，這樣取經人才能不斷地歷難，情節也才能不斷地開展，如果讓唐僧隨著生理時間變老或變醜，便會與情節的需要相互矛盾，在這點上，唐僧形象的戲劇意義，實大於其現實意義。

　　《西遊記》之人物成長，並非與現實世界無關，於是有了「歷史時間」的介入。敘述者將取經時間定位於「唐太宗貞觀十三年九月望前三日」與「貞觀二十七年」之間，則此一歷史時間便有了「框架結構」的作用，藉以框住這十四年的取經歲月，也框架了發生於這段時間的九九八十一難。唐僧取經之事，便由個人之事變而爲國家之事，因爲唐僧取經非爲個人意志，乃爲執行君王的意志。

　　九九八十一難爲《西遊記》的故事重心，而「歷難時間」則是八十一難故事的主軸，發生在西行取經的特定時空中。在西行取經的途程中，會發生的事情很多，不會全爲歷難的事情，所以可以將取經歲月劃分爲「歷難時間」及「非歷難時間」。然而敘述者卻只選擇「歷難時間」的故事來表現，間接暗示歷難主題應爲取經故事的重點。進入歷難時間前的「道路時空體」，爲敘述者一種近乎程式化的安排，它是進入歷難時間的前奏或標記。同時，歷難時間的事件序列似乎具有某種程度的固定形式或不可顛倒的次序性。

　　《西遊記》裏時間跨度的敘述，幾乎都十分明確，除了中間一段即從孫悟空「強銷死籍」到被佛祖「鎮壓五行山」的時間跨度無法確定外，可能意義是爲了保持這個時空段的神話性色彩。但這無法確定的時間跨度段，卻有二個時間點的時間跨度很明確地被指點出來，即上界爲「弼馬溫」與「齊天大聖」兩個時間跨度，這兩個時間跨度以上界時間來看都不算長，可能意味著「心猿」「意馬」無法在上界久爲仙官，暗示其心性修煉的欠缺；另一方面，「弼馬溫」任期明顯短於「齊天大聖」任期，可能意味著第二次問題比第一次要深細多了，所以醞釀暴發時間也長一些。

　　《西遊記》裏時間刻度的敘述，也有清晰與模糊的對比現象，這個對比產生於孫悟空「訪道求仙」期，與之前的「美猴王」期，之後的「向外馳逐」

期，這三個時期正代表生命歷程中，從「不自覺」到「自覺向上」再到「喪失自覺」三階段，反映在時間意識上則是時間刻度之從「模糊」到「清晰」，再到「模糊」形式，這裏暗示了敘述者對時間價值與意義的個人看法。

《西遊記》裏，敘述者似乎有意識地運用時間久暫的敘述，藉以選擇剪裁所要呈現的東西。換言之，即有話的部分，便用細節場面來表現，無話的部分，則用概述形式跳躍而過。這樣敘述形式，一方面可儘量保持敘述線性的完整性，另方面可有效地調節訊息之質與量的表現。《西遊記》有一種特別的概述形式，在小說中幾乎以程式化形態出現，也很少見於其他的長篇小說之中，即建立於「道路時空體」的概述形式。敘述者將這種概述形式用於「非歷難時間」的快速交代，而與「歷難時間」的細節場面形成一種交替模式，造成一種加速減速、一快一慢的敘述節奏，貫穿整個取經情節。

「取經與取經因緣」期的敘述速度，比之前「齊天大聖傳」慢了大約五百一十倍多，明顯強調出「取經與取經因緣」故事應是小說敘述的重點所在，這個時期也是主人公真正從事心性修煉的時期，由此亦呼應了《西遊記》的修煉主題。另外，敘述者也運用「時間差異」形式，來強調修煉的意義，如第一次孫悟空學長生不老與第二次取經人的正果成真，兩次都是去時慢回時快，這一慢一快的時間差異，顯示了「未得道」與「得道」的差異，強調了修煉的成果。

發生一次敘述多次的「轉述重複」是中國傳統白話小說常見形式，但其中「發生一次敘述二次」形式，在《西遊記》裏非常頻率的出現，幾乎孫悟空每次降妖回來必說，這應與中國傳統的說書方式有密切的關係。另外，《西遊記》中「發生幾次與敘述幾次」，「發生次數與敘述次數相等或不等」兩種時間頻率的形式，也運用得很突出，似乎很少見於其他的長篇章回。它主要出現於九九八十一的故事中，為貫穿首尾的主要頻率形式，它與敘述者所要演示的中心主題亦有密切的關係，因為只有「歷難」才能直接導致「五聖成真」結局，故《西遊記》有「九九歸真」的說法。每次歷難每次必說，因為每一次歷難都有獨特意義，都必然導致超升結構，最後證果成真結局才有可能。

《西遊記》之時間次序，大體上以「順時敘述」為主軸，然後穿插「倒敘」與「預敘」的時間倒錯形式。倒敘與預敘都是短暫而局部的，其中「預敘」形式為《西遊記》時間倒錯的主軸。倒敘有來自敘述者的「干預性倒敘」，亦有來自「人物的口頭倒敘」，及「花開兩朵，各表一枝」之「同時性倒敘」，

也有用得不多卻效果極好的「補充倒敘」與「反覆倒敘」。

再者，預敘的表現有「長距離預敘」及「短距離預敘」等，其中「短距離預敘」形式，為《西遊記》中最常見者。來自敘述者的「客觀預述」，為《西遊記》裡最常見的形式，為最可靠的預敘形式，幾乎百發百中。也有來自人物的「主觀預述」，便並不那麼可靠及百發百中。傳統白話小說中最常見的預述是發生在每章結尾，有時也出現在情節危急時分，但《西遊記》預敘則常應用於開頭、中間也應用於結尾，不拘任何時刻皆用得上，因此也更擴展了預敘技巧應用的可能空間。《西遊記》之大量運用預敘於小說敘述中，最明顯效果是轉移了讀者或聽眾的關注焦點，從好奇「發生什麼」，轉變成「怎樣發生」，這讓讀者或聽眾較易保持一種清醒認知的態度，應為敘述者引導讀者怎樣看或聽故事的一個技巧。

第七章　《西遊記》敘事空間

第一節　前　言

　　《西遊記》與《水滸傳》、《三國演義》一樣，故事都建立在廣闊的時空背景之上，不同的是《水滸傳》及《三國演義》所描寫的大多是現實空間，而《西遊記》則多爲神話空間的描寫。雖然《西遊記》裏也有初唐史事的描寫，大多仍是屬於神話與傳奇的世界。這種神話與傳奇的世界會在怎樣的空間裏實現呢？本章將針對《西遊記》的空間描寫作一點探討，冀望能對這部小說的整體及個別空間的性質，有初步的理解。

　　《西遊記》比其他長篇章回，如《水滸傳》、《三國演義》的空間背景要更遼闊、更多元、有變化，本章在整體空間的分析方面，將嘗試了解《西遊記》其整體的宇宙圖式，包括《西遊記》的「橫向世界」、「縱向世界」及冥冥之中「無形世界」等。《西遊記》重視「空間的分別」，會刻意表現空間的差異性，本章在個別空間的分析方面，將嘗試了解其兩度西遊、動態的空間觀、人與世界的關係、「由東入西」的超升模式等空間問題。

　　《西遊記》的空間描寫不重視異己性，這點與《大唐三藏取經詩話》之異域風情的世界顯然不同。《西遊記》也不重視地方性特質，只會偶爾突出一、二特點來描寫空間，而所突出的特點描寫，往往也與險情的發展有緊密的關聯，本文稱之爲「災難空間」，即以災難特點爲空間描寫的重點，本章在空間刻劃方面，將嘗試了解《西遊記》之各種空間描寫手法。

第二節　整體空間分析

一、橫向世界

神話與傳奇的世界要能展開就需要空間，而且需要很多的空間，如孫悟空一觔斗十萬八千里，一剎時已到東海龍王處討杯茶喝，又回到了唐僧身邊（第三回）。又如東海龍王一撞鐘，四海龍王「頃刻而至」（第十四回），在這種神話國度裏，遙遠的空間一向都不是人物的障礙。這樣的故事展開，自然需要極廣闊的空間作為背景，才能讓人物在其間充分開展及活動。

《西遊記》有一「橫向世界」，作為人物活動的背景。孫悟空本是「東勝神洲」海外仙山花果山，山頂上的一塊仙石，自從天地開闢以來，每日受天地日月之精華所薰陶，逐漸孕育了靈氣，一日迸裂，由石頭中生出，見風化成一石猴。東勝神洲是佛教的「四大部洲」之一，所謂「四大部洲」，指「曰東勝神洲，曰西牛賀洲，曰南贍部洲，曰北俱蘆洲」，是佛教對宇宙空間的一種說法，而石猴的奇生便被設定在東勝神洲。但「花果山」又是「十洲之祖脈，三島之來龍」顯然又隱含了一個道教的空間觀，道教的空間觀從天上王母開「蟠桃勝會」的邀請名單中，可以大體掌握：

> 仙娥道：「上會自有舊規，請的是西天佛老、菩薩、聖僧、羅漢，南方南極觀音，東方崇恩聖帝、十洲三島仙翁，北方北極玄靈，中央黃極黃角大仙，這個是五方五老，還有五斗星君、上八洞三清、四帝、太乙天仙等眾，中八洞玉皇、九壘、海嶽神仙、下八洞幽冥教主、注世地仙，各宮各殿大小尊神，俱一齊赴蟠桃嘉會。」（第五回）

顯示道教的宇宙圖式，這個宇宙圖式顯然比佛教的要複雜許多。而《西遊記》擁有這樣廣大的宇宙空間，便足以讓主人公在其中充分的優游活動。從孫悟空的遊歷活動，便可令讀者一窺這部故事的橫向圖式。

孫悟空從出生於「東勝神洲」，後來為了求長生，遊歷過「南贍部洲」，最後在「西牛賀洲」學道，得道後駕觔斗雲到處遊歷，後來回到「花果山」，安家立業之後，就放下心，逐日東遊西蕩，曾自道未取經前已遊歷過四大部洲，殆在此時，「我當初未鬧天宮時，遍遊海角天涯，四大部洲，無方不到」（第四十一回）。《西遊記》的故事雖看似幅射廣闊，然各有其描寫的中心焦點，如前七回是敘述「東勝神洲」的故事，第八回至十二回是「南贍部洲」大唐國的故事，第十三回至一百回則是「西牛賀洲」的故事。然而此四大部

洲之間又有分別，如第六十六回孫悟空在西路上遭遇強勁對手「黃眉老佛」，然而他還到「南贍部洲」討救兵時，武當山蕩魔天尊云：

> 奈何我南贍部洲並北俱蘆洲之地，妖魔剪伐，邪鬼潛蹤。今蒙大聖下降，不得不行，只是上界無有旨意，不敢擅動干戈。假若法遣眾神，又恐玉帝見罪，十分卻了大聖，又是我逆了人情。我諒著那西上有縱有妖邪，也不為大害。我今著龜、蛇二將並五大神龍與你助力，管教擒妖精，救你師之難。

「南贍部洲」及「北俱蘆洲」已無妖魔邪鬼，而「東勝神洲」及「西牛賀洲」妖魔偏多；西牛賀洲妖魔之多，自不待言，而「東勝神洲」光在「花果山」，就前有「混世魔王」，後有「七十二洞妖王」，可見妖魔亦多，而各洲又有不同。為何四大部洲的描寫，獨獨缺少北俱蘆洲？是否因為這部小說的敘述邏輯設定它無妖魔的緣故，而《西遊記》是神魔小說，若無妖魔自不會成為描寫重點，而「南贍部洲」雖亦無妖，但缺乏真理，故需要追求真理，然「北俱蘆洲」因無所作賤，則亦不缺。

四大部洲之間又有「東界」與「西界」之差別。唐僧取經從「南贍部洲」出發到西方靈山，一離了大唐國山河邊界，至「雙叉嶺」即遇三位魔王，但這些魔王還不甚厲害，太陽一出來即就潛蹤，也儡於唐僧的本性元明，故傷不了他，只吃了唐僧的兩位隨從。但到了「兩界山」，即東界與西界的分界時，如劉伯欽所言：「東半邊屬我大唐所管，西半邊乃是韃靼的地界。那廂虎狼，不伏我降，我卻也不能過界。」（第十三回）可見東西界的不同。敘述者於是在「東界」，第十三回「雙叉嶺」上，安排了一場劉伯欽打虎，純是人與虎一場驚心動魄的打鬥。到了第十四回「兩界山」孫悟空打虎時，「那隻虎蹲著身，伏在塵埃，動也不敢動動」，被他一棒打得稀爛。這是因為孫悟空是超自然英雄，有降龍伏虎之能，所以老虎見了他「不敢無禮」，故任他一棒打殺，這顯然是自然英雄與超自然英雄的對比，西界的虎狼須超自然英雄來降管，而劉伯欽這位代表東土的自然英雄，亦當從此退隱，所以安排唐僧在此地收了孫悟空為徒。因此，唐僧過了「兩界山」，即代表他從大唐的世俗世界進入了群妖畢集的神秘之土，已非「凡俗之境」（「凡境」），而是超自然的「非凡俗之境」（「異境」）。

二、縱向世界

水平的空間既已歷盡，故事又展開主人公垂直空間經歷，亦即展開他的

「縱向世界」。﹝註1﹞《西遊記》一開頭即曰「生人、生禽、生獸」,「天地人,三才定位」(第一回),不但有人界,尚有禽獸界,而《西遊記》故事便開始於禽獸界。孫悟空初從石頭中迸生出來,見風化成一隻石猴子,即已從「無生命界」到達「獸界」。之後他感悟無常,訪師求道,學成仙道,便成了「地上仙人」,俗稱「妖仙」,﹝註2﹞太白金星曾道:

上聖三界中,凡有九竅者,皆可修仙。奈此猴乃天地育成之體,……
今既修成仙道,有降龍伏虎之能,與人何異哉?(第三回)

可見孫悟空修成仙體以後,便已從獸界到「人界」,又到了「地仙界」。之後孫悟空又大展神通,驚擾傲來國界,到過東海龍王宮強索兵器,又到冥界強銷了死籍,只差「天界」沒到過,此時天上玉帝來招安他,敘述者說他「高遷上品天仙位」(第三回),又到了「天仙界」,至此他已歷完了各界。然從「下界仙人」與「上界仙人」的稱呼,可以見出「上界」與「下界」有等級上的分別。

上界是表示孫悟空的「高遷」,自此主人公便永不墮輪迴,是上界的好處。上界的職事諸神若有犯錯差池,則會被貶到下界受苦罪,如孫悟空被鎮壓在五行山下受苦;豬八戒前身是天蓬元帥,因貪酒好色被貶下界;沙和尚前身是捲簾大將,則因失手打碎了玻璃盞亦被貶下界。主人公們在西路上所遇的妖精,亦有來自上界的,上界來的妖精被降服後,往往由上界的主人領回管教;下界的妖精,橫行在凡間無人收管,若被降服後,除非有上界仙人的眷顧,如「紅孩兒」被觀音收爲善財童子,「黑風怪」被觀音收爲守山大神,否則往往只有毀形滅像一途。又上界來的妖精往往也比較難降服,因爲他們往往偷取上界主人的寶貝下界爲惡,如金銀角大王、金兜山兕怪、黃眉老佛等。可見《西遊記》的價值世界裏,上界與下界往往有等級上差別,往往也是上界高於下界的。

孫悟空後來在「天界」犯了錯,大鬧了天宮兩回,被佛祖壓在五行山下五百年,潛心思過,經過這樣的波折,他的神通力有了改變,之前學成仙道時,曾自道:

我自聞道之後,有七十二般地煞變化之功,觔斗雲有莫大的神通;

﹝註1﹞ 本文所謂「橫向世界」是作爲人物活動背景而展開的世界;所謂「縱向世界」,指人物所在的世界或所居之境,因人物的追求活動而步步高升之各界總和體。

﹝註2﹞ 太白金星向南天門守門的天神,稱呼孫悟空爲「地上仙人」,之後對玉帝引見孫悟空時稱「妖仙」。

善能隱身遁身、起法攝法；上天有路，入地有門；步日月無影，入
金石無礙；火不能溺，火不能焚，那些兒去不得？（第三回）

被羈押五百年後，自道神通爲：

我老孫頗有降龍伏虎的手段，翻江攪海的神通，見貌辨色，聆音察
理，大之則量於宇宙，小之則攝於毫毛，變化無端，隱顯莫測。（第
十四回）

可見孫悟空的神通進步不少，之前強調其神通可以突破任何空間障礙，五百
年後卻能識察聆音，表明他將有更大潛能，突破個人的限制做更高的追求，
於是他接受觀音菩薩的勸善，做爲取經人的護法弟子，成爲四大世界的選民。
接著整個取經的戰鬥過程，便讓他如何由一位「天上謫仙」，晉升成爲「鬥戰
勝佛」。

這裏也隱含了「東天」與「西天」之空間分別，而「西天」顯然優於「東
天」。以東西天的領袖爲例，玉帝是東天的領袖，他的神通顯然遠遜西方的佛
祖，他之所以得居其位，佛祖道：

他自幼修持，苦歷過一千七百五十劫，每劫該十二萬九千六百年。

你算，他該多少年數，方能享受此無極大道？（第七回）

可見主要是他的歷劫修持。雖然玉帝修持了這麼久，但他的神通力卻不足以收
降孫悟空，必須靠西天佛祖來收降。他似乎也不能養育人才，孫悟空這樣的神
通廣大，第一度大鬧天宮被降時，玉帝竟命押至斬妖臺，「碎剁其屍」（第六回）。
第二度孫悟空大鬧天宮被佛祖收降時，佛祖只是將他指化五行山壓於其下，以
待來日之用，並不毀形滅像，後來才能保唐僧去西方取經，成其功果。

且不論貶在西土或東土，其救贖力量都來自西天佛界，西天佛界有一位救
苦救難的「觀世音菩薩」，也有一位法力無邊，慈悲、智慧最高的「佛祖」，所
以西天有力量對神通廣大的孫悟空做救贖。所以從主人公們超升時的空間位移
來看，「西天」顯然高於「東天」。有時從主人公的行動裏，也顯出對東天西天
的差別對待，如孫悟空看見東方最高的尊神「玉帝」，只唱個諾，並不特別尊重。
但對觀音或佛祖會下跪，還會怕自己駕觔斗雲在前面走，「掀露身體，恐菩薩怪
我不敬」（第四十二回），因爲敬重的緣故，所以考慮得也特別多。

然而「西天」最高的「佛境界」，在《西遊記》裏也非絕對的理想，因爲
在佛境界裏，出現了阿難及迦葉向取經人「需索人事」之事，這或許也意謂
著恐怕理想之境也並非虛懸於某一固定的外在空間，而應在每個人內在無形

的方寸之地，所謂「靈心只在汝心頭」、「菩薩、妖精總是一念」（第十七回）的話頭，在此即可爲這種解釋之參證。

前此所論的「橫向世界」，便作爲此一縱向世界的基礎，例如孫悟空因到處人熟，人情又大，所以他能到「四海龍王」處，借得甘霖仙水，把山洗青了，重整了花果山（第二十八回）；也可以遍遊「十洲三島」尋仙方救治人參果樹（第二十六回）；也可以到「南天門」廣目天王處，借「辟火罩」罩住唐僧，免受傷害（第十六回）；或與妖魔作戰一時不能得勝時，傾刻間到觀音菩薩處或靈吉菩薩處（第二十一回）到處搬取救兵等。

除了有形的天上、天下的世界，《西遊記》似乎還蘊藏了一個左右著人，卻聽不到、也看不到的存在領域──「天意」，這個天意，並不來自玉帝，也不來自佛天諸神，而是一種冥冥之中，存在故事中的無形力量，如觀音領命到東土尋取經人來佛天取經，他對靈山腳下的「玉眞觀金頂大仙」道：「未定，約摸二三年間，或可到此」（第八回）；之後取經人們到玉眞觀時，已是十四年，領去「五千零四十八卷」眞經，正合「一藏之數」，後觀音又奏佛祖道：「共計一十四年，乃五千零四十日，還少八日，不合藏數」，故佛祖吩咐八大金剛道：「汝等快使神威，駕送聖僧回東，把眞經傳留，即引聖僧西回。須在八日之內，以完一藏之數。」（第九十八回）而這「一藏之數」是由觀音發現告知佛祖的，本亦不在預計之內；與唐僧的「災難簿子」，觀音目過一遍又道：

「佛門中『九九』歸眞。聖僧受過八十難，還少一難，不得完成此
數。」即命揭諦，「趕上金剛，還生一難者」（第九十九回）

這「九九歸眞」及「一藏之數」之言，毋寧皆是偶然的巧合，然而皆被認眞看待了，而且佛祖也當眞採納了，或許號稱能「遍識周天之物」的佛祖，亦有不能遍識周天之理，故亦在揣摸影響的「天意」。可見在佛祖這個絕對的存在之上，敘述者還保留了一個冥冥未知的無形空間。

第三節　個別空間分析

一、第一度西遊

至此可以發現，孫悟空的「縱向世界」，所經歷的各界，從無生命的石頭，到有智慧的獸，到最高精神境界的成佛，本身就是一個動態的過程，其中蘊

含了成長發展的過程，與人物性格的成長發展是一致的。而這個「縱向世界」的展開，與人物的追求行動關係密切。即孫悟空生命歷程中的兩度爬升，與其兩度「西遊」的關係。孫悟空第一度西遊，是從花果山的水簾洞出發，經南贍部洲，到西牛賀洲。花果山水簾洞是個福地洞天，取用不盡，又無任何人騷擾，算是個世外「樂園」；後來孫悟空感悟無常，他必須離開樂園，出外訪道求仙，這時生命的樂園變成一種限制，他必須掙脫這個限制才能追求他的目標，於是主人公選擇離開樂園，尋訪古洞仙山。經過了十多個年頭，孫悟空來到「西牛賀洲」，找到了須菩提祖師教他長生之道，他在這裏果然學就了長生不老之術，及各樣神通，這一度西遊令他從「獸界」到「人界」，再由「人界」到了「地仙界」。然而孫悟空在這一度的西遊並沒有完成所有的修心課程，因為他只學到長生不老及神通，沒有真正學到心性的修煉，所以須菩提祖師才預言他此去「定生不良」（第二回）。值得一提的是，這位祖師住在「靈臺方寸山」的「斜月三星洞」，即是暗示了修持心性的重要，但孫悟空迫於環境必須離開，就伏下了人物日後的第二度西遊。

孫悟空回到花果山，驚擾了各界，上界來招安，使他從「地仙」晉升為「天仙」，而此一爬升是他修成仙道時的本有之分，上界來招安他，必得他已修成仙體方得成行。只是他在上界並不安心定志，演成他日後的兩度大鬧天宮，也正呼應當時須菩提祖師對他的預言，這由於他的心性修持之缺乏所致。造成第一次大鬧天宮的環境場景是「蟠桃園」，玉帝派孫悟空去管蟠桃園，這個場景正是對人物的一大測驗，因為孫悟空最愛吃桃子，蟠桃又是令人正壽長生之物，孫悟空忍不住口內流涎，幾將九千年熟桃偷吃罄盡；後來又偷吃御酒、御餚及老君的金丹，都只是偷吃蟠桃的延續。

造成第二度大鬧天宮的環境場景是「八卦爐」，太上老君將孫悟空放在爐中鍛鍊，想鍊出他的金丹來，卻練成他的一雙「火眼金睛」，孫悟空愈鍊愈厲害，逃出丹爐後旋即大鬧天宮，後由西方佛祖來收服，壓在五行山下受苦磨。孫悟空則由「天上仙人」變為「天上謫仙」，這次的降落預伏了下一次主人公的爬升，將在孫悟空的第二度西遊中實現。

二、第二度西遊

作成孫悟空的第二度西遊，是「西天」的佛祖要傳經東土，而「東土」的大唐王要建「水陸大會」，需要可以超渡亡魂的「真經」，而此大乘真經在

「西天」，所以唐王派了唐僧去西天取經，而西域是一個群妖畢集的「異境」
[註3]凡軀肉身的唐僧根本無法獨自前往，所以需要法力高強的徒弟保護他，
於是給了孫悟空及其他幾位護法者機會，得以將功贖罪。所以，孫悟空保護
唐僧由東向西行，作成了他的第二度西遊經歷。在《大唐三藏取經詩話》及
《西游記雜劇》裏，人物都只有一度西遊，故《西遊記》裏的「兩度西遊」
算是一種新的表現方式。第二度西遊是《西遊記》承自《詩話》及《雜劇》
的西遊取經模式，這是一種外部類比的方式；而類比這二度西遊取經模式，
孫悟空由東往西的追求長生之旅，則是一種內部類比，是《西遊記》在空間
表現上不同已往的寫作特色。

　　第二度西遊建立於「異境」中的歷險旅程，《西遊記》從凡境進入異境有
一道門檻，即「兩界山」，它是五百年前佛祖鎮壓孫悟空時所化的神山，這座
山後來成了東土與西域，凡境與異境的界限，位於取經的起點，正標誌著兩
界的區別。唐僧收孫悟空為徒正在這個取經的起點上，或許正意謂著唐僧步
步有難，處處該災，若沒有孫悟空的幫助，直是寸步難行。這道由凡境進入
異境的門檻，是《西遊記》新設的空間標記，並不見於《詩話》或《雜劇》。

　　進入異境後就遍地妖精了，何以西域多妖精？一者，《西遊記》設定妖精
只出現在「西牛賀洲」；再者，可能因為有妖魔侵害，才有戰鬥的情節，戰退
諸魔，表現神的力量，這正是神魔小說的重要特點。換言之，以「兩界山」
為標界，之前無多妖魔，之後遍地妖魔，表示西天取經之旅，必經妖魔的洗
禮方能成就，待九九八十一難滿時，魔滅盡之日，方能朝聖，取得真經，可
見「西路之旅」，正是「心路之旅」，所以西域多妖精，原因可能正在於此。

　　取經途中的「異境」，其內容在西遊故事各本中互有差異，《詩話》中的
異境，羅列排比對比差異的各境以驚聽，用意在描寫各種異國風情，其中包
含了驚險之境（「險境」）、有驚無險之境（「奇境」）、以及接近佛境界的各種
「勝境」，各境雜陳排比，所謂「百物皆新，世間罕有」。《雜劇》中的異境，
除「貧婆問心」外，皆為「險境」，其中包括妖怪之險（如鬼母、紅孩兒、黑
豬精等）、女色之險（女人國）及地理之險（火燄山）等，這些險境用意在考
驗唐僧的救濟世人及虔心等理想品格。

　　《西遊記》中的異境，皆是險境，包括更多的妖怪之險（如金銀角大王、
黃袍怪等）、女色之險（如西涼女國、蠍子精、地湧夫人等）、地理之險（如

〔註3〕　本文所謂「異境」，與凡境相對，是指非凡俗之境。

八百里荊棘嶺、稀柿衕等）、神明造難之險（觀音菩薩設驗、五庄觀鎮元仙等）及人為之險（如盜賊、觀音禪院金池長老、寇夫人之誣指等），《西遊記》顯然多設了後面兩種險境，等於擴大了險境的取材範圍，使其更具百科全書性質，故險境類型的增設，應為《西遊記》的空間特色之一。

　　然而，這些險境並不純粹，往往會有重疊的現象，如「八百里通天河裏」有一金魚精，「八百里荊棘嶺」則有一群樹妖；金銀角妖怪之險，其實是觀音菩薩所設之難，用意在考驗取經人的誠心；蜘蛛精及蠍子精雖都是妖怪，卻都雜有女色誘惑之煩惱；烏雞國王之難是妖怪來侵佔，然此一妖怪卻來自神明報私仇所設之難，故險境的複雜化是《西遊記》空間設計的另一特色，因為《雜劇》裏，險境的呈現往往較為純粹，妖怪之難即純為妖怪之難，女色之難即純為女色之難，很少夾雜，唯一的例外，是「火焰山」，因為鐵扇公主不肯借扇滅火，所以地理之險外，又夾雜著妖怪難。

　　然從異境進入佛境界，在《詩話》裏已經有道門檻：

> 此去溪千里，過溪至山五百餘里，溪水番浪，波瀾萬重。山頂一門，
> 乃是佛居之所，山下千餘里方到石壁，次達此門。除是法師會飛，
> 方能到彼。（第十五則）

這道門檻，山高萬里，水浪千里，唐僧乃一介凡軀，如何能渡？所以唐僧七人，即焚香望佛居地禱祝，感得佛祖賜經。

　　可見，《詩話》中有這道門檻，但唐僧等人並未通過這道門檻而親見佛祖。《雜劇》中唐僧五人到達佛所，是佛祖派「給孤長者」來迎接引見，即無形中解除了這道門檻的存在。到了《西遊記》兩者皆具，既有迎接引見之人，亦設有通往佛境界的門檻，可見《西遊記》會儘量採用最詳細方式來描寫。《西遊記》裏變成道教玉真觀的「金頂大仙」來迎接，其釋道合一之旨甚明；而這道門檻則變為「凌雲渡」，是一根獨木橋，十分細滑難渡，下有滾浪飛流。之後再由「寶幢光王佛」駕無底破船來接，方能渡過。唐僧在此解脫了本骸，脫卻胞胎骨肉身，如此方能入選佛場，見佛取經，蒙賜珍齋後，主人公們的行為至此一變，「個個穩重」，只因「道果完成，自然安靜」。

　　在這兩道門檻之間，主人公們彷彿置身於封閉的魔圈裏，必須待魔滅盡了，方能從魔圈裏超脫出來，然後解脫正果。所以「兩界山」及「凌雲渡」兩道門檻，似乎正象徵著試煉及成長的起點與終點，起點代表未悟道時的心靈狀態，終點則是已悟道時的心靈狀態，所以經過佛境界的薰染，人物言行

上自然有一番不同以往的表現，只是改變得有點突然，恐怕不能完全說服讀者心裏的疑惑；不過也可能之前已有九九八十一難的累積，再經過某種神秘力量的加持，而豁然頓悟，也是一種可能，如果去掉八十一難的過程，而只顯神蹟，就很難令人信服了。

為何這部書叫做「西遊記」，從空間角度來看，孫悟空的兩度爬升，都與其兩度西遊有關。第一度西遊，由「東勝神洲」經「南贍部洲」到「西牛賀洲」，為了追求長生；第二度西遊，由位居南贍部洲的「東土」到「西土」，為求取真經，朝聖正果。這兩度西遊都為了追求不朽，皆是由「東」往「西」。為何皆是由東到西？若依四大部洲的地理空間來看，位居南贍部洲的長安，其西北之地，方為「西牛賀洲」。可見所謂東西，並非實指，而是以一相對位置來指稱人物不朽生命的追求方向，為何將這種追求設定於「西方」？

第一度西遊，因為須菩提祖師在西牛賀洲，所以孫悟空得到西方去；第二度西遊，因為佛祖所傳的大乘真經在西方大雷音寺，所以必須西遊。所有使主人公不朽的人與真經，都在「西方」，是否《西遊記》崇佛抑道？然「須菩提祖師」本是佛經中的人物，卻被《西遊記》改裝成道教式人物，為何接引唐僧者由佛經人物「給孤獨長者」，變成「玉真觀金頂大仙」，可見《西遊記》有意消除佛道間的強烈分別，而造成讀者兩者本是相融無間的印象。可見此一「西方」，應為「真理」所在之象徵，一切生命不朽真理之追探，皆以「西方」象徵之。

因此，主人公的西遊，其寓意為對不朽的生命真理之追求；為何總是由東往西？為何孫悟空出生於東勝神洲？為何真理的象徵在西方？為何慈悲救世的宇宙主宰出現在西天？為何理想的事物總出現於距離我們遙遠的某個地方？因為讀者聽眾是「南贍部洲」的人，位居於「東土」，為了賦予理想以現實性，讀者聽眾即可以想像它們當時就在某個遙遠或遠隔重洋的地方，所以實現夢想的主人公出生在「東勝神洲」，實現追求不朽的真經及幫助理想完成的主宰都在西方。因此，我們的主人公就必須從「東勝神洲」，遠渡重洋到「西牛賀洲」，以實現他的夢想。然而主人公或曾與我們擦身而過，只是我們未曾注意到，如孫悟空曾歷過「南贍部洲」，「串長城」、「遊小縣」八九個年頭，這樣寫或許令理想的追求，變得更令人信服，不致於完全虛幻，保持讀者聽眾的一份企慕感。

然而讀者聽眾所處的世界是沒有「道」的，第八回佛祖道：「南贍部洲者，

貪淫樂禍，多殺多爭，正所謂口舌兇場，是非惡海」，所以有三藏眞經要「送上東土」。因爲南贍部洲是一個缺乏眞理的地方，所以取經人才需要到遙遠的西方去尋求。換言之，東方可能暗喻眞理缺乏之所，而西方則爲眞理所在之地，故主人公的西行，即是寓寄他對眞理的追求。不斷的西行，表示對此一眞理的繼續追求；回東則暗示此一眞理的追求行動受阻或目標轉移。故孫悟空第一度西遊回東後，他追求的是「稱王稱祖」的事業，是目標轉移。孫悟空第二度西遊，保唐僧西行取經，中途經「蛇回獸怕白虎嶺」時，被唐僧逐回花果山，正表示此一追求的受阻。因爲西方才有眞經，才有長生之道，眞經與長生之道都象徵人生追求不朽生命的眞理，故主人公必須西遊，才能探求此一生命的眞理，故這部小說叫做「西遊記」，而這一由東向西的旅程，即代表主人公由缺乏到取得生命眞理的追求過程。

三、動態空間觀

前此曾提及主人公的「縱向世界」，是一個動態的發展過程，其實不僅是人物的縱向世界如此，《西遊記》的橫向世界也不是一個靜止的時空體。這個作爲人物行動背景的世界，並非毫無變動，彷如固定的舞臺布幕一般，而是會隨著人物的活動而變化的，而這種變動的意向，從一開頭《西遊記》宇宙形成的過程中即可窺知端倪：

> 若到戌會之終，則天地昏矇而萬物否矣。再去五千四百歲，交亥會之初，則當黑暗，而兩間人物俱無矣，故曰混沌。又五千四百歲，亥會將終，貞下起元，近子之會，而復逐漸開明……。再五千四百歲，正當寅會，生人、生禽、生獸，正謂天地人，三才定位，故曰人生於寅。（第一回）

可見這個宇宙時空體本身，也仍在不斷的形成過程之中，十二地支中，子時是始點，然此始點之前是「戌亥」，而此戌亥之前的始點，又是一個子時，依此類推，宇宙的形成過程亦是一個圓形的循環模式，永遠地循流著，無始無終。宇宙的時空既是一個不斷循環變化的過程，則在這個宇宙背景下展開之人物活動的空間表現，是否亦是一種不斷變動的模式呢？

以主人公孫悟空從小的出生地「花果山」爲例，孫悟空在這裏長大，從這裏出外訪道求仙，亦從這裏升入天界，花果山隨著主人公遭遇及命運，亦不斷變化著，見證了孫悟空一生的起落興衰。先是敘述者形容花果山爲「萬

劫無移的大地根」，其堪輿地理亦是「十洲之祖脈，三島之來龍」，宛如永遠不變的人間勝境，所以主人公在這裏度過了最混沌天真的歲月，衣食無缺、享樂天真，實有無量之福（第一回）。但他並不滿足於現在的生活，所以興起追求不朽及長生的念頭。當他學成仙道再回到花果山時，只聽得「鶴唳猿啼」，花果山已經變為妖魔侵擾之地，顯然已非昔日之勝境（第二回）。所以孫悟空這一回來，就成了猴群的救星，儼然是救世主的姿態。

然孫悟空由天真混沌的石猴，顯然已蛻變為有強大力量及無限野心的魔王，所以他為花果山保泰長久之計，不惜藉神通力侵擾各界，將花果山建設成一座「鐵桶金城」，各界妖王都來參拜為尊，而他儼然成為一代妖王，又結交七魔王，擴大了他的勢力（第三回）。這樣一來，花果山翻成人間淵藪，各類妖魔匯聚之地，群猴窮兵黷武，不復享樂天真。

後來，孫悟空被招安上界，花果山成了他下界的棲身之所，所以當他兩度大鬧天宮而與天兵對峙時，花果山成了他的戰鬥基地，至此花果山成了一座「戰場」（第五回）。孫悟空最後被天界所降，花果山便成妖山，被二郎神及梅山六兄弟一把火燒滅，自此成了一座「荒蕪之山」（第六回）。後來孫悟空在五行山下壓了五百年，花果山也經歷了山場被燒、猴族凋零、及獵人侵擾之地，人的勢力開始進駐這一塊神話豐饒之所。直到孫悟空保唐僧西天取經，半途被唐僧貶回，才重回花果山，再度重整了這塊原已荒蕪的人間勝地。

孫悟空一氣殺了千餘獵人，將人的勢力重新趨逐出境，重整花果山，向四海龍王借些甘霖仙水將山洗青了，逐日依然招魔聚獸，積草屯糧，「前栽榆柳，後種松枏，桃李棘梅，無所不備，逍遙自在，安居樂業」（第二十八回），重整後的花果山，由昔日的「鐵桶金城」變成「田園之家」，過著安居樂業的田園生活。雖然依然是「招魔聚獸」，表明一種非神即魔的生活空間。花果山在這次重整事件之後，便似乎已然塵埃落定，成了一種彷如平靜穩定的田園生活基調，猶如孫悟空的求道生活亦是心堅意定的一般。可見，《西遊記》的空間背景並非固定不動的布景，而會隨著人物行動而不斷地變遷。

四、人物與世界的動態關係

《西遊記》也提出人與世界的關係問題，應是一種相互作用的關係，這典型地表現於主人公們在西地的歷難旅程，主人公們在西路上每一難的遭遇，都留下了一些改變的痕跡，如主人公們滅了妖精，就燒了妖精洞，徹底

剷除了一地的禍害，造就了一地方的安寧，如被「隱霧山」南山大王所捉的樵夫道：

> 他那三位徒弟老爺，神通廣大，把山主一頓打死，卻是個艾葉花皮
> 豹子精；概眾小妖，俱盡燒死……不是他們，孩兒也死無疑了。如
> 今山上太平，孩兒徹夜行走，也無事矣。（第八十六回）

自此樵夫打柴，不必再提心吊膽了。也有造就一村莊人的安寧，例如主人公們降了「通天河」的金魚精，往昔年年祭賽的陳家莊，免遭了多少骨肉親情的離散之苦（第四十九回）；又如「駝羅莊」多少人畜被紅鱗大蟒吞食，主人公們降了大蟒，救了那一莊人的生命財產（第六十七回）。還有主人公們降了國丈妖精，救了「比丘國」中一千一百一十一個小兒的性命（第七十八回）；「鳳仙郡」郡侯冒犯了玉帝，玉帝降罪一郡乾旱之災，以致多少田野荒蕪，家破人亡，主人公們為其詳察事因，並助其消災解厄，救了一郡人的性命（第八十七回）等等。

　　人與世界的關係問題被提出來了，它們之間不是現成毫無變動的關係，很多東西被改造，起了變化，重新再建造起來。又如「滅法國」變成「欽法國」（第八十四回）；「金光寺」變成「伏龍寺」（第六十三回）；「車遲國」國王也不再崇道殺僧，而是養育人才，三教並重（第四十七回）；本來不通的道路也打通了，如八百里「稀柿衕」（第六十七回）、「荊棘嶺」（第六十四回）等；「黑水府」也還給了善良的河神，惡霸被消滅了（第四十三回）。經由歷難，改變了主人公們的自身世界，每次的歷難都試煉了取經人們，也令其成長變化；然而他們不僅清除了自己的敵人，也幫助解決別人的困難，所以也改變了他們所經歷的外在世界，可見主人公們改變了世界，而外在世界也改變了主人公們，而這種人與世界相互影響的關係在《西游記雜劇》中就並不如此，因為它的主人公唐僧是不成長的，他雖然也歷難，但這些災難並不會改變他，對他造成任何影響，所以人與世界的關係在這裏是單向的，亦即人影響了世界，但世界並不影響他。

　　不獨主要人物如此，次要人物如唐太宗者亦然。唐太宗歷經入冥、遊冥，又返陽人間，唐朝的世界就變了，他將三千怨女放出宮，又讓死囚四百餘人離獄，回家料理後事，然後再回來領受應得之罪（第十一回），敬重三教，興建水陸大會等等，由於他的種種善行，敘述者說他：「福蔭應傳十七宗」，這是唐朝世界的明顯改變。

五、「由東入西」超升模式

孫悟空雖是東天的謫仙，但他的救贖卻來自西天，觀音勸善他，要他保護唐僧西天取經，方可贖罪正果。孫悟空接受了這項任務，自此成了西天的選民，歷經了九九八十一難，功成行滿，超升成為「鬥戰勝佛」，讓他從東天的謫仙躍升為西天的佛位，這是孫悟空「由東入西」的超升模式，這種超升模式同時也是其他取經人的超升模式。豬八戒為天蓬元帥，沙僧為捲簾大將，後因犯罪被懲下界，兩人也都成了東天的謫仙，後來保唐僧取經西天，而正果「西天」，豬八戒為「淨壇使者」，沙僧為「金身羅漢」；龍馬出身「龍界」，犯罪當斬，成為東天的謫龍，後為唐僧腳力，完成取經任務，成為「八部天龍」，亦居「西天佛境界」，三人亦同為「由東入西」的超升模式；僅唐僧稍有差異，唐僧本是西天的金蟬子，是佛祖第二大弟子，因為不聽佛講而貶生東土受罪，後來歷劫受難，取經闡教，受封為「旃檀功德佛」，他的超升並未轉換跑道，亦在西天界的範圍。取經五聖同超升西天，卻有四種不同的超升方式，可見《西遊記》的百科全書性質。

這種寫法，突破了以往《雜劇》的敘述模式。《雜劇》裏的主角是唐僧，他一人來自凡境東土，最後亦只他一人送經回到東土；送經回到東土後，他又回到佛境界，朝聖正果；但是，唐僧前世即為西天「毘盧伽尊者」，為完成取經闡教任務而下凡，諸佛議論讓他轉世托生為陳光蕊之子，長大後出家為僧，完成取經闡教之任務。所以取經是他降生人間的使命，如今使命已完成，他又回到西天佛境界，所以就唐僧而言，這是一個「圓形回歸」，來自那裏，則回到那裏，《雜劇》裏並不提及他有任何的超升情節。所以《西遊記》的超升模式，等於打破了《雜劇》的回到原境界的模式。

《雜劇》的寫法與某些章回小說類似，如《水滸傳》中的一百零八好漢是天罡地煞，在人間轟轟烈烈幹了一場以後，則回歸到他們命運的起點；《紅樓夢》裏賈寶玉來自「太虛幻境」的一顆頑石，歷劫後又回歸太虛幻境的青埂峰，依然是塊石頭。可見《西遊記》這種轉換跑道的模式，很少見於其他小說。《雜劇》裏孫悟空與豬八戒都是妖精，他們都在西天圓寂正果，但敘述者似乎並不特別強調超升何界，或者東方、西方，只提到他們一起「圓寂正果」，不像《西遊記》的敘述者，有時會提醒讀者注意「居此界終始如何，且聽下回分解」（第二回）。

第四節　空間刻劃分析

一、對比襯托空間描寫

因爲《西遊記》對空間感的重視，所以主人公的居何界，在東或者在西，就顯得備受關注。也會利用「東天」與「西天」、「上界」與「下界」、「天上」與「地上」對比差異，造成空間結構之對比襯托效果。例如玉帝所主的東天，其組成結構「駕坐金闕雲宮靈霄寶殿，聚集文武仙卿早朝之際」（第三回），仿如東方帝王之形制，可見天上地上互相呼應的結構。

爲何敘述者將東天玉帝膿包不堪，而西天佛祖則寫得理想之象徵，一爲現實，一爲理想，可能因爲敘述者將理想寄託於遙遠的地方的緣故。又整個「東天」界是以玉帝爲首的道教集團，相對地，「西天」界則是以佛祖爲首的佛教集團。這兩大集團在「上界」，彼此的關係是合作共生的，例如佛祖幫助玉帝降服了野性難馴的孫悟空；佛祖傳經東土，東方諸神都儘量玉成其事，全力協助，在牛魔王一役，玉帝也派了李天王及哪吒太子前往助剿妖精（第六十一回）。

然在下界卻是強欺弱，通常是佛教弱勢，如「車遲國」的三位國師黨同伐異「只聽見說個『道』字，就也接出大門」，卻使和尚爲其作傭工，「作奴婢使喚」，只因二十年前民遭亢旱，和尚求不到雨，而三位國師妖精能呼風喚雨之故，自此國君便聽信國師之言，「敬道滅僧」（第四十四回），「比丘國」的情況也差不多，也有個國丈妖精，君王也是「惟道獨稱尊」的人（第七十八回）等。孫悟空大鬧天宮時，「人間」也有王莽篡漢，劉伯欽道：

> 「王莽篡漢之時，天降此山，下壓著一個神猴……自昔到今，凍餓
> 不死」。（第十四道）

人物行動的結果及形象在此形成對比，王莽篡漢是民間讀者或聽眾所熟悉的故事，故無須多加解釋即可形成對照。敘述者顯然以王莽篡漢，來對比襯托孫悟空的大鬧天宮事件。王莽篡漢成功，卻成千古罵名，但孫悟空奪位失敗，卻雖敗猶榮，人物形象差別頗大。

「天上」與「地上」分屬兩類人物的行動空間形態，它象徵「非凡軀」與「凡軀」生命的差異。最明顯的狀況是孫悟空、豬八戒、沙僧及龍馬都可以駕雲在天空活動，只有唐僧不行，因爲唐僧是凡人。妖精與神佛的情況亦然，他們都非凡軀，故可任意在天上活動。這種差異，很明顯地表現在主人

公兩度西遊的結果上，《詩話》裏唐僧與猴行者一行七人，去程及回程都在地上走；《雜劇》裏唐僧及孫悟空等五人，去程在地上走，回程則由四個神人護送駕雲而回；《西遊記》取經五聖去程亦在地上走，回程則由八大金剛駕香風送回，顯然承《雜劇》的做法而來，而予以內部類比之，用在孫悟空的第一度西遊上。孫悟空離開花果山到西牛賀洲求法，都在地上走的，得道後就能在天上飛，「那裏消一個時辰」，就回到花果山，此應算是內部類比，因為孫悟空的第一度西遊是《西遊記》新加的。

二、溯源式空間描寫

《西遊記》往往設計上界與下界之互相關聯，如「天上」有佛祖傳經，「人間」有唐太宗建水陸大會，後來唐太宗命唐僧西天取經，緣於觀音的促成，因為他顯象化金蟬、又多方安排所促成。換言之，唐王取經動機，一方面來自他「入冥」及「遊冥」之諸多事件，另方面也來自觀音（代表「天上」）的意旨，可見「天上」及「地下」都是人物行動的根源。

除此之外，「人間」禍福的根源也往往來自於「上天」，如「烏雞國」國王其所以國家被妖精侵奪，並被推落井中三年，來自「西天」佛祖的意旨，因為他對神明不敬，將文殊菩薩推在御水河中浸了三年，故有此三年之患（第三十九回），可見人間禍福來自天上。又如唐王入冥回來，在「人間」做了一些善事，譬如確實履行承諾、三千怨女放出宮等，故來自「天上」的福澤為「福蔭十七宗」（第十一回）。又「朱紫國」國王誤射「西天」孔雀明母的幼雛，故有「折鳳三年」及「身耽啾疾」之患（第七十一回）。第八十七回「鳳仙郡」王，因推倒齋天素供而被玉帝見罪，罰乾旱不雨，直到他以誠心回天，才解除了這場禍難，如此天意難測，可見「人間」的禍福往往與「天上」息息相關。

三、五行相剋空間排列

《西遊記》裏觀音菩薩領命往東尋取經人，一路由西往東，菩薩依序收降沙僧、豬八戒、龍馬、孫悟空等為唐僧之護法弟子及腳力；後來，唐僧奉唐太宗之命到西天取經，反其路線進行，由東向西，一路依序收了孫悟空、龍馬、豬八戒、沙和尚等為徒或腳力，當然觀音與唐僧的行進路線，彼此之間有呼應關係，唐僧為何依這樣的順序收徒弟，原因於觀音的安排，然觀音

似乎也沒有特別做安排，只是一路上見機收降而已。

　　然而讀者若是抽象這個次序來看，這樣的安排便會呈現出一種特別的空間結構。唐僧由東往西，依序收了孫悟空、龍馬、豬八戒、沙僧爲徒；最接近取經起點的是孫悟空，他是唐僧所收的第一個徒弟，唐僧在五行中屬「水」，孫悟空屬「火」，依五行相剋原理，即「水剋火」，故唐僧收了孫悟空爲大弟子；接著，龍馬爲腳力沒有五行的配屬；再次，是豬八戒歸隊，豬八戒在五行中配屬「木」，被孫悟空所降，依相剋原理，即「火剋木」；之後，是沙僧進取經團，沙僧配屬「土」，與豬八戒在水裏大戰了三次，最後才請觀音派木叉出面收降，依相剋原理，爲「木剋土」；最後，還有一道完成的程序，即沙僧配屬「土」，正與屬「水」的唐僧相剋，即「土剋水」；至此，取經團自成一體之自相刑剋構造即已完成，由「水剋火」，到「火剋木」，再到「木剋土」，最後回過來頭尾相接「土剋水」，形成一圓形的循環模式，自足而完整。

　　然在五行的結構裏，既相剋其實亦能相生，如「水剋火」，其實亦含「金生水」，金也是孫悟空的配屬，〔註4〕金生水，即孫悟空助唐僧，孫悟空所以被安排在取經的起點，應與「金生水」之五行相生有關，依此亦影射唐僧取經西天所有的魔難解決，幾乎都靠孫悟空之助，才能安然渡過危機，否則以唐僧的實力是很難渡過九九八十一難的；孫悟空必須先進取經團，然後再由孫悟空一一收降龍馬、豬八戒等。因爲孫悟空曾做過「弼馬溫」，是天上專管馬的官，龍馬是天馬自然怕它，受他轄管；之後，所以安排豬八戒及沙和尚進來，從相生的關係來看，爲「木生火」及「土生金」，亦即兩人都是孫悟空與魔難戰鬥時的兩大輔助力量。由此，取經人的關係藉著五行相生相剋關係來構建，表現於空間上，便依這樣的往東往西的順序結構，依序進入取經團。

四、道路相逢空間描寫

　　所謂「道路相逢空間描寫」，指在道路上的各種相遇情況。《西遊記》的歷難情節，很多直接建築在道路或途中相逢的時空體上，如孫悟空遠渡重洋來到「西牛賀洲」，路遇樵夫提供他神仙住處的訊息，此時主人公的心情是欣

〔註4〕　孫悟空一人獨得兩行，既屬「火」又屬「金」，可能因爲他是書中的主角，金與火自相刑剋，相反而相成，讓他的個性比較複雜，且與其他取經人的關係更爲複雜。參傅述先，〈西遊記中五聖的關係〉，《中國古典小說研究》（臺北：中華文化復興月刊社，1977年），頁240。

喜的，因爲他尋訪了很久的神仙，可能眞得被他找到了。所以他去到神仙的住處，不敢就敲門，而是在外邊耐心等候，有人出來才上前詢問（第一回）。又如孫悟空被禁錮於「五行山」下，五百年沒一個朋友來看望，適逢觀音菩薩路過那裏，勸善他，給他一個贖罪的機會（第八回），這正是他目前最渴求的東西，脫離這苦難的魔障。而這些情節都直接建立在道路相逢的時空體上。

長安的二個賢人，一個樵夫，一個漁翁，他們兩個在「涇河」岸邊上對話，被河中巡水的夜叉聽到，所謂「路上說話，草裏有人」，這是不期而遇的情況，這個夜叉顯然是吃驚害怕的，所以趕快回去報與龍王知道（第九回），這個道路相逢情節，顯是作爲情節的開端而存在的。「紅孩兒」是早已等在西路上要吃唐僧肉，而西路又是唐僧必經之地，於是他們踫頭了。

紅孩兒的心情是欣喜的、渴求的，還是處心積慮的，所以他後來能攝走唐僧。而孫悟空則是戒愼恐懼、小心提防的，幾度要唐僧下馬來，還惹得唐僧懷怒懷禪心，但唐僧顯然是混沌無知，不知自身已陷險境，其他取經人則各有狀況「木母癡頑躧外趨，意馬不言懷愛慾，黃婆無語自憂焦」（第四十回），所以最後妖精得逞，與取經人們當時的心境是息息相關，敘述者這樣的語言表現，似乎有很深刻的隱喩。〔註5〕而這個路遇情節，顯然還是作爲開端功能而存在的。

《西遊記》的四十多個故事單元中，往往都以一個「路遇情節」開端，如路遇高山、路遇險水、路遇妖精、路遇村莊等等。第四十三故事開頭云；

> 師徒們正話間，腳走不停，馬蹄正疾，見前面有一道黑水滔天，馬
> 不能進。

又如第六十七回取經人們先路遇山莊，「忽見一座山莊不遠」，受了這莊人的招待後，即發展出一段降服「紅鱗大蟒」情節，之後再過「八百里稀柿衕」，又先以一個路遇情節鋪路：

> 一時到了七絕山稀柿衕口，三藏聞得那般惡穢，又見路道塡塞，道：
> 「悟空，似此怎生過得？」

於是又發展了豬八戒如何變大豬，拱開了八百里稀柿惡路的情節。自然環境的障礙是早已存在西路上的，要往西天必得從這些地方經過，所以西天路上的許多魔難，往往就建立在路遇的情節上，像「黑水河」、「稀柿衕」或者「荊

〔註5〕 可能隱喩取經人們各懷鬼胎，不能團結，一致對外，而妖精又處心積慮，故能一時得勝，最後「客邪得志空歡喜，畢竟還從正處消」。

棘嶺」的語言表現，或許都有一些隱喻或影射，或許隱喻人生道路充滿荊棘，或充滿黑暗污穢等，而且還是「八百里」，加強其程度。

　　以上的道路相逢情節，其佈局功能都是作為情節的開端，也有一些路遇情節，是作為情節的收尾之用的，如第六十三回「亂石山碧波潭」的九頭蟲法力高強，必須二郎神的細犬來咬掉他的一個頭，才會作成民間流傳的「九頭蟲滴血」傳說，所以敘述者就安排孫悟空及豬八戒路遇二郎神出來打獵：

> 兩人正自商量，只聽得狂風滾滾，慘霧陰陰，忽從東方徑往南去。行者仔細觀看，乃二郎顯聖，領梅山六兄弟，架著鷹犬，挑著狐兔，……行者道：「八戒，那是我七聖兄弟，倒好留請他們，與我助戰，若得成功，倒是一場大機會也。」

二郎神幫助孫悟空等降服妖精，可見這個路遇情節是作為故事收尾之用的，他們的相逢，算是不期而遇的，所以敘述者以一「忽」字起頭。

五、「災難空間」描寫

　　《詩話》的空間描寫，強調異己性，所以西路上所經歷的諸多事件，即是個充滿異域風情的世界，因為它們與讀者平時所熟的祖國世界很不相同，這裏的異己性被刻意地強調出來。在《西遊記》中這種異己性不受到強調，其「異境」表現強調險情。《西遊記》的空間或環境描寫，也不重視地方性特質，只要那個地點有足夠的空間條件讓傳奇事件發生，如《西遊記》經常寫高山險水，因為「山高必有怪，嶺峻卻生精」。第二十七回寫「屍魔」出場時，就先敘述山勢的險惡，「正行到嵯峨之處」，又說這個地方叫做「蛇回獸怕的白虎嶺」，這些語言的表現都是在表現這個環境的險惡。故《西遊記》所寫的自然，不是田園而是高山險水，這作成它的災難空間的描寫。但偶爾《西遊記》會強調一、二個奇特的地域特質，似有若無地強調差異，然這被突出的特點，往往與險情有緊密的關聯，於是產生「災難空間」的描寫。

　　以「比丘國」為例說明之。唐僧一行來到「比丘國」的通衢大市觀看，但見那：

> 酒樓歌館語聲喧，綵鋪茶房高掛簾；萬戶千門生意好，六街三市廣財源；買金販錦人如蟻，奪利爭名只為錢；禮貌莊嚴風景盛，河清海晏太平年。（第七十八回）

此與中華長安有何不同，連「奪利爭名只為錢」為南贍部洲人之通病，但在

西牛賀洲的比丘國亦是如此。比丘國唯一不同的風物特點是「只見家家門口一個鵝籠」，裏面裝的都是五至七歲的小男孩。唐僧問了驛丞才知，原來是當今國主無道，因貪歡弄壞了身子，國丈妖精進海外秘方，要一千一百一十一個小兒的心肝做藥引，服後有千年不老之功。敘述者突出這個特點，構成取經人必須解難的情節。

又如「金平府」爲「天竺國外郡」，已鄰近靈山地界。然《西遊記》對它的描寫仍如中華之地，他們也過元宵佳節，不同的是有個「金燈橋」，是上古留傳，至今豐盛。所謂「金燈橋」，原來是三盞金燈，每缸要五百觔的酥合香油，共費四萬八千兩，卻只點得三夜，因爲佛爺會下降「金燈橋」，連香油都收去了。唐僧觀燈時，果見風中現出三位佛身，就跑上橋頂，倒身下拜，於是被妖精攝走。可見，敘述者特別突出「金鐙橋」，作爲金府地方特色的描寫，而此一特點卻作爲災難情節而存在。由此可見，《西遊記》對環境描寫具類型化的特徵，並不重視地方性特徵的描寫，有時突出某個地方性特徵，亦往往與魔難情節密切關聯。

六、妖精形象空間描寫

有時《西遊記》裏的異境空間的描寫，是用爲妖精形象的隱喻，如「地湧夫人」（第八十四回），她是一隻老鼠精，又號「半截觀音」，所以唐僧在黑松林看到她時，她將自己下半身埋在土地喊救命。後來這隻老鼠精將唐僧攝進洞裏，她的洞穴也是在地下的深洞裏，叫做「陷空山無底洞」，意謂女色的誘惑就像個無底洞的陷阱，千萬不可陷入，因爲那妖精爲的是要唐僧的元陽，配合以成仙體。又曾三戲唐三藏的「屍魔」，她雖然化身爲美女，但她所住的地方，卻叫做「蛇回獸怕的白虎嶺」，聽之令人毛骨悚然，而她便是這山潛靈作怪的僵屍，叫做「白骨夫人」，而這個白骨妖精，住在白虎嶺，他的形象可能來自《詩話》中第六則的白虎精，及明皇太子的換骨處，有「白色枯骨一具如雪」。

又被觀音收爲守山大神的黑熊怪，他住的地方，即叫做「黑風山」「黑風洞」，稱名爲「黑風大王」，全與黑的人物形象特質結合，令人印象深刻。孫悟空變做金池長老，進入妖精洞裏，卻是個「洞天之處」，門上一對聯子寫著：「靜隱深山無俗慮，幽居仙洞樂天眞」，可見此妖怪是個「脫垢離塵，知命的怪物」，寫妖怪所居的環境，就是在寫妖怪其人，後來果然有登仙之分，被觀

音收為守山的落伽仙神。黑風怪的黑的特點，可能來自《雜劇》中的「黑豬精」豬八戒（第十三到十六齣），這個黑豬精也是住在「黑風洞」，自稱「黑風大王」，也是一身黑的打扮，只是由黑「豬」精，變成《西遊記》的黑「熊」精。

　　《雜劇》裏，並未對黑豬精所居住的環境有任何細節描寫，只提是一座黑沈沈的「大林」，幾乎都是這類概念或抽象的描寫，所以《西遊記》對空間的細膩描寫，算是一個突出的特色，仍以「黑熊精」為例，以見其對空間詳盡細膩的描繪：

> 行者進了前門，但見那天井中，松篁交翠，桃李爭妍，叢叢花發，簇簇蘭香，……入門裏，往前又進，到於三層門裏，都是些畫棟雕梁，明窗彩戶。（第十七回）

後來孫悟空請來觀音菩薩幫忙，來到妖精的洞口看時：

> 崖深岫險，雲生嶺上；柏蒼松翠，風颯林間。崖深岫險，果是妖邪出沒人煙少；柏蒼松翠，也可仙真修隱道情多。山有澗，澗有泉，潺潺流水咽鳴琴，便堪洗耳；崖有鹿，林有鶴，幽幽仙籟動間岑，亦可賞心。這是妖仙有分降菩提，弘誓無邊垂惻隱。（第十七回）

菩薩看時，心中暗喜道，這妖精也「有些道分」，所以才有後來的收歸己用之舉。（把景緻人格化）

七、情節構成空間描寫

　　有些人物的行動，必須在某個環境地理下才會發生。譬如孫悟空象徵人心，而此「靈根孕育」之所，乃花果山山頂最接近天的地方，其地理環境的描寫，便於讓它吸收日月精華，而具靈通之意，可見他的靈通是由天地之氣所賦予的。大自然是他的父母，與一般胎生是不同的，這在說明英雄的奇生，定立全書敘述基調。

　　孫悟空第一度西遊，得遇明師指點長生之法，這位祖師住在「西牛賀洲」的「靈臺方寸山」之「斜月三星洞」，孫悟空這個名字就是須菩提祖師送他的，孫悟空本來是天地間一石猴，無名無姓。「西方」是象徵真理所在地，這位祖師所居之地卻是象徵「心」的「靈臺方寸山」之「斜月三星洞」。可見像敘述者所說的「明心見性」，應是孫悟空追求不朽真理的目標，然孫悟空在這裏只學到神通及長生之道，並未真正學到「明心見性」之真理，故須菩提祖師預

言他,「此去定生不良」,後來他果然不能安靜寧神,闖下大禍,大鬧了天宮兩次,預伏了他的第二度西遊之行。

孫悟空之大鬧天宮事件,敘述者早有預伏,透露孫悟空心性修煉的缺乏或不足,敘述者安排孫悟空去管「蟠桃園」,恰如使貓管魚,安保不會出事,孫悟空原本猴子,最喜吃桃,又兼是天上可與天地齊壽,誘惑更大,故孫悟空忍不住要嘗新,頗不知節制地將九千年的熟桃盡行偷吃了。所以敘述者將最喜吃桃的猴王孫悟空,安排去管蟠桃園,正可測驗出及表明其心性修煉不足之意,若不是安排在這個場景,恐怕還得大費周章,才能表現此意。因為有偷吃蟠桃事件,讓他原本要去探問為何蟠桃會不請他之緣由,中途變成孫悟空因不敵酒香,而將蟠桃會待用之御酒、御餚,一氣通吃了,醉酒撞入老君丹房,又將老君五瓶金丹全偷吃了,因為有偷吃蟠桃之先例,讓後來的事件發生變得更水道渠成。

第五節　結　語

《西遊記》有一個作為人物活動背景的「橫向空間」,一個標誌人物成長發展的「縱向空間」,及一個保留無限可能的「天意空間」,三者一起構成《西遊記》極其遼闊深邃的宇宙空間圖式。《西遊記》以傳奇或神話世界為主,而傳奇或神話的世界要在怎樣的空間中實現,它正需要這樣一個遼闊深邃的宇宙空間,讓主人公在其中得以充分開展及成長。《西遊記》的空間表現顯然比其他長篇章回,也比各本西遊故事更遼闊深邃、更多元有變化。

《西遊記》重視空間的等級分別,所以《西遊記》的空間描寫會刻意表現各境或各界的差異性,如「東土」與「西土」、「東天」與「西天」、「上界」與「下界」、「天上」與「地上」、「凡境」與「異境」等空間差異,又對各種空間差異做對比襯托及溯源式的描寫手法。所以本章有「個別空間」及「空間刻劃」的分析。

《西遊記》的空間描寫,不重視異己性的呈現,這點與《詩話》的異域風情的描寫不同;也不重視地方性特質,有時突出一、二地方性特點,然亦往往與險情緊密相關,本文稱為「災難空間」的描寫,亦即對空間描寫強調其險情特質。另外,本文在「個別空間分析」中,也提出了為何這部小說叫做「西遊記」問題,並嘗試作了回答。

第八章　結　論

　　《西遊記》主題思想在後世學者心目中，有許多的見仁見智的爭議，本文從敘事角度尋繹其主題思想，包括三大重點：由結構角度，尋繹出主人公們追求不朽之「重要或必經歷程」主題重點，此一歷程包含整體結構之「求道返聖」歷程，及個別結構之八十一難的「定型化循環」歷程；由語意統一性角度，尋繹出主人公們追求不朽之「心性修鍊」主題重點；由人物刻劃角度，尋繹出主人公們在此一歷程中性格之「成長發展」主題重點，綜合言之，孫悟空或取經五聖追求不朽生命的「重要或必經歷程」，以及他們在此一歷程中的「心性修煉」與性格的「成長發展」。此三大主題重點貫串整個小說的內容，可見《西遊記》在主題思想上的貫串用力甚深，遠遠超過前此西遊故事諸本。

　　目前學界對《西遊記》的研究，主要關注點仍集中於人物及結構的探討，藉由敘事角度的研究，或西方敘事理論的視野，幫助擴展《西遊記》原有的研究視野，關注到以前的研究沒有注意或很少注意到的敘事要素，如聚焦、時間及空間等要素，皆是中國古代敘事思想曾經關注過，藉由敘事角度發掘，重新又回到小說研究視野，且由於西方敘事觀念或看法的衝擊，勢必幫助本文更豐富多元地認識《西遊記》敘事現象。

　　傳統敘事思想對「敘事聚焦」認識，僅止於人物局限聚焦（影灯漏月）手法，而且是針對《水滸傳》所提出的，藉由西方敘事理論發現《西遊記》觀點運用，遠比西遊故事各本靈活多變，而且豐富充實許多；藉由與前此西遊故事各本比較，及《西遊記》各種聚焦手法分析，掌握西遊故事聚焦運用的演變，確實是由簡單到複雜的發展模式；《西遊記》採用了第三人稱說書人聚焦者，故本文設計以「全知聚焦者之運用」及「限制全知聚焦者之運用」模式，並藉由

里蒙凱南聚焦理論，來分析《西遊記》聚焦運用各種手法及現象。

由「全知聚焦」分析模式，可以幫肋本文掌握構成說書人聚焦模式的主導模式，或構成特色的主要聚焦手法運用，其中「鳥瞰觀點」及「無所不知觀察」手法，對應說書人盡量提供大量訊息給聽眾與鉅細靡遺說故事的特點；「權威觀察」手法，對應說書人介入說明評論提供可靠訊息，及幫助聽眾準確掌握所傳達訊息的特色。由「限制全知聚焦者之運用」模式分析，可以幫助認識「主導聚焦模式」之外的其他聚焦手法運用，以見《西遊記》聚焦運用的豐富多變。

這樣一個包含眾多事物與主題思想的故事情節，自然需要一個能統攝全局的敘述者，《西遊記》採用「第三人稱說書人聚焦者」為主導模式，敘述一群與他不相干的人物的故事，讀者隨著這種敘述眼光，自然保持一種中立超然立場，配合「未來時聚焦」（即「預敘」的寫法），敘述者隨時預告事件的結局，讀者自然轉移對「後事如何」的關注，而能以冷靜清醒態度，觀省事件的前因後果；加上「現在時聚焦」（即「現時敘述」的寫法），敘述者運用大量的對話與動作的細節性描寫，讓讀者掌握人物每個當下的現實生命處境，原來是這麼一回事，是呈現生命真相或實況的一種很好的方式，也甚符合《西遊記》生命真理探求的主題。

人物描寫是《西遊記》表現重點之一，藉由與西遊故事各本的比較，人物描寫由簡單趨向複雜，及人物性格的成長發展，皆為《西遊記》人物的重要特色，尤其是人物性格的成長發展，衡諸明代其他長篇章回，《西遊記》仍允稱獨步。故本文從人物刻劃來論「人物類型」問題，另外也探討人物刻劃手法的表現，這也是學者較少注意到層面。

人物類型方面，本文討論了「性格發展軸線」、「性格複雜軸線」及「兩條軸線關係」三項。性格發展軸線部分，本文分別討論了主要人物及次要人物的性格發展，各有其不同程度及層次的轉變，並依戲分及轉變深度為標準，分析並排列其發展軸線之高下，依序為孫悟空、唐三藏、沙和尚、豬八戒、牛魔王、鐵扇公主、紅孩兒、黑風怪、滅法國國王；性格複雜軸線部分，本文亦分別討論了主要人物及次要人物的性格豐滿程度，並以孫悟空為標準，來分析及排列其複雜軸線之高下，依序為孫悟空、豬八戒、唐三藏、沙和尚、神佛妖精及凡人，最後較論兩條軸線之關係。

「人物刻劃」方面，主要探討《西遊記》作者如何在現有的基礎上，利

用怎樣的描寫手法來重塑故事中人物，而有嶄新高明的處理，而表現出不同以往的人物特色。本章比較《西遊記》與前此西遊故事各本，找出以下幾種刻劃人物的嶄新手法，包括「區隔化與個性化」、「非絕對化」、「一體與分身」、「五行相生相剋關係」、「對話動作與敘述者現身說法」、「對比法」、「類比法」、「反常法」等性格描寫法。

　　藉由敘事角度詮釋《西遊記》結構問題，發現前輩學者一般的關注焦點在於《西遊記》的「綴段結構」上，經由分析，《西遊記》的綴段問題出在八十一難間缺乏緊密的內在關聯，這是確實存在的現象，但是要了解中國小說的敘事方法，不能按照西方的看法和觀點，而要用中國的標準來衡量，《西遊記》是「世代累積型」小說，所以小說表現的重點在於：如何以嶄新、巧妙的方式來改寫前人作品，就這點來說，《西遊記》無疑是相當精彩。如此也才能說明《西遊記》何以列名「四大奇書」而歷久不衰的原因。

　　本文設計以「整體結構」與「個別結構」兩部分，並藉由中西敘事觀念，來分析《西遊記》貫串內部的結構形式，及不同以往西遊各本的新的結構方式。整體結構方面，藉由西方理論將《西遊記》全文結構界定爲「聯綴式結構」，包括兩部分的「主要角色故事」及一個部分的「次要角色故事」；藉由西方語意統一性觀念，分析「心性修鍊」爲《西遊記》貫串全文的語意基礎；藉由傳統仙傳小說模式，尋繹出一個貫串全文「求道返聖」內在結構。個別結構方面，前七回的齊天大聖故事，藉由西方結構理論界定爲「單一情節結構」，皆由主角故事所貫串，敘述者以「主角易位」及「增添英雄情節」來重塑孫悟空故事；第八至十二回的取經因緣及取經人故事，敘述者爲延緩情節的發展，拼湊了許多的不相干的民間故事，形成「拼湊型故事模式」；敘述者又新添入「次要人物串線」及「單線順序形式」來銜接及編排故事；第十三回到一百回的八十一難故事，敘述者以「八十一難之框架結構」、不斷迴旋「定型化循環結構」、最後「垂直超升模式」來重塑西遊的歷難情節，而此一結構型式實可溯源於「善財童子信心求法」佛教故事，兩者在同中有異，童財童子的故事側重「修鍊內容及次第」呈現，而《西遊記》側重「修鍊歷程」展現。

　　傳統敘事思想對時間處理，僅止於「傳記時間」的提出，而且是針對《金瓶梅》的，但《西遊記》時間形式的靈活多變，是有目共睹的事實。本文借由西方理論架構，分出「故事時間」與「敘述時間」兩層，更充分地理解《西遊記》的時間運用及組合成分。「故事時間」層，本文發現《西遊記》八十一

難，是以傳奇或神話時間為主調，敷演非常事件及非常境遇；並加入多元時間形式來豐富八十一難的時間表現模式，包含了歷難的「圓形循環時間」、「垂直超升的時間」、「傳記成長時間」、「循環的自然時間」、「水平的歷史時間」，這些時間要素都圍繞傳奇或神話時間，共同組成一個多元且深具特色的時間模式。「敘述時間」層，本文藉用西方敘事理論來意識《西遊記》在時間刻度、跨度、速度、頻率及次序上的時間形式表現。

傳統敘事思想對空間的認識，僅止於「大間架法」及「襯染法」提出，然《西遊記》的空間之遼闊及變化之靈活，是很引人注目的，故本文設計「整體空間」、「個別空間」及「空間刻劃」三項來分析《西遊記》的空間特色及表現手法。在整體空間方面，《西遊記》傳奇或神話的世界，要在怎樣的空間中實現，它需要很多的空間，《西遊記》故事背景即建立在前所未有遼闊空間上，本文探討了作為《西遊記》故事背景的「橫向空間」的宇宙圖式；另外，《西遊記》人物的成長發展是主題重點之一，人物的成長歷程的空間圖式表現為「縱向空間」的宇宙圖式。

個別空間方面，由於《西遊記》重視對比差異空間形式表現特色，所以具體表現在個別空間形式的安排上，包括主人公的「兩度西遊」、為什麼要「西遊」？敘述者「動態空間觀」表現、提出「人物與世間相互關係」問題，及「由東入西」超升模式等，可以反映敘述者對空間的獨特看法。「空間刻劃」方面，《西遊記》的表現手法很靈活多變，本文就空間與其他敘事要素關係，儘量意識其技巧的表現，發現「對比襯托」、「溯源式」、「道路相逢」、「災難性」、「妖精形象化」及「情節構成」等空間描寫，及「五行相剋」空間排列手法。

整個說來，西遊故事的描寫發展到《西遊記》已是一個巔峰，無論是結構、人物、時間、空間與聚焦等層面，《西遊記》都似乎已寫到一個極致，後來的續書，除非另出新意或另闢蹊徑，恐怕很難再能超越他；同時《西遊記》也是中國神魔小說中最上乘代表作品，雖是寫虛幻故事，然其豐富深刻的寓意，卻是隨宜挖掘，恐怕是一輩子也挖掘不完的寶藏。神魔小說這個文類，由魯迅先生所提出，卻並未作出明確的界定，至今仍有待界定，西方雖有「奇幻」（fantasy）文類的理論，然與中國以神魔題材寫成的小說，兩者之間似乎仍有段距離，所以若從文類的角度切入來研究《西遊記》，雖是未來一條可行研究途徑，但仍有待多方參酌。

參考書目

凡　例

一、除選錄所引述之資料外，其他資料於論文思考有啟發參考之功者，亦一
　　併收錄之。

二、分類標準大別爲「中文論著」與「英文論著」兩類，中文論著類又分爲
　　「專書」和「論文」兩類，專書類又依研究對象及研究取向分出四種，即
　　「西遊記論著」、「敘事論著」、「小說史論著」及「其他論著」等；其中工
　　具書和論文集歸入專書類別中。

三、每一類中的編次，依著者或編者姓氏之筆畫或字母爲序，同一著者或編
　　者之作則集中編列，再以出版年代先後爲次，年代不明者置後。

壹、中文論著

一、專　書

（一）西遊記論著

1. 人民文學出版社編輯部編，《明清小說研究論文集》（北京：人民文學出
　　版，1959 年）。

2. 孔另境編，《中國小說史料》（臺北：中華書局，1957 年）。

3. 王秋桂主編，《中國文學論著譯叢》（上）（臺北：臺灣學生書局，1985
　　年）。

4. 王國光，《西游記別論》（上海：學林出版社，1990 年）。

5. 王齊洲，《四大奇書與中國大眾文化》（武漢：湖北教育出版社，2000 年）。

6. 朱一玄編，《西游記資料彙編》（鄭州：中州古籍出版社，1983 年）。

7. 朱鼎臣，《唐三藏西游釋厄傳》，楊致和，《西游記傳》合刊（北京：人民文學出版社，1984 年）。

8. 江蘇省社會科學院文學研究所編，《西游記研究：首屆〈西游記〉學術討論會論文選》（南京：江蘇古籍出版社，1984 年）。

9. 江蘇省社會科學院文學研究所編，《明清小說研究》第三輯（北京：中國文聯出版公司，1986 年）。

10. 西游記文化學刊編委會編，《西游記文化學刊》（北京：東方出版社，1998 年 11 月）。

11. 老庵選編，《西游故事》（江西：江西教育出版社，1999 年）。

12. 作家出版社編輯部編，《西游記研究論文集》（北京：作家出版社，1957 年）。

13. 谷懷，《西遊記擷微及其故事》（臺北：菩提文藝出版社，1964 年）。

14. 吳承恩，《西游記》（香港：中華書局有限公司，1996 年）。

15. 吳承恩著，徐少知校，周中明、朱彤注，《西遊記校注》全三冊（臺北：里仁書局，1996 年）。

16. 吳璧雍，《西遊記研究》（臺北：國立臺灣師範大學國文研究所碩士論文，葉慶炳先生指導，1980 年 6 月）。

17. 吳雙翼，《明清小說講話》（臺北：木鐸出版社，1983 年）。。

18. 吳聖昔，《西游新解》（北京：中國文聯出版公司，1989 年）。

19. 余國藩著，李奭學譯，《余國藩西遊記論集》（臺北：聯經出版事業公司，1989 年）。

20. 李時人，《西游記考論》（杭州：浙江古籍出版社，1991 年）。

21. 李時人、蔡鏡浩校注，《大唐三藏取經詩話校注》（北京：中華書局，1997 年）。

22. 李辰冬，《三國水滸與西遊》（臺北：水牛出版社，1944 年）。

23. 李福清著，田大畏譯，《中國古典文學研究在蘇聯》（臺北：臺灣學生書局，1994 年）。

24. 李達三、羅綱主編，《中外比較文學的里程碑》（北京：人民文學出版社，1997 年）。

25. 汪憺漪評點，黃周星定本，黃永年、黃壽成點校，《西游證道書》（北京：中華書局，1998 年）。又見《古本小說集成》（上海：上海古籍版社，日本內閣文庫藏原刊本影印，1993 年）。

26. 何錫章，《解讀西遊記》（臺北：雲龍出版社，1999 年）。

27. 何錫章《幻象世界中的文化與人生——《西游記》》（雲南：雲南人民出

版社，1999 年）。

28. 周芬伶，《西遊記與鏡花緣之比較研究——兩本神怪小說的心理分析》（臺中：私立東海大學中文研究所碩士論文，趙滋蕃先生指導，1980 年 4 月）。

29. 林明德編，《晚清小說研究》（臺北：聯經出版事業公司，1988 年）。

30. 屈小強，《西游記中的懸案》（成都：四川人民出版社，1997 年）。

31. 胡適，《西遊記考證》，收在《胡適文存》第二集第四卷（臺北：遠流出版事業股份有限公司，1986 年）。

32. 胡光舟等著，《吳承恩與西遊記》（臺北：木鐸出版社，1983 年）。

33. 柳存仁，《倫敦所見中國小說書目提要》（臺北：鳳凰出版社，1974 年）。

34. 姚詠蓂，《笑談西遊記》（臺北：時報文化出版企業有限公司，1979 年）。

35. 徐貞姬，《西遊記八十一難研究》（臺北縣新莊市：私立輔仁大學中文研究所碩士論文，葉慶炳先生指導，1980 年 5 月）。

36. 孫楷第，《日本東京所見中國小說書目》（臺北：鳳凰出版社，1974 年）。

37. 孫楷第，《中國通俗小說書目》（臺北：木鐸出版社，1983 年）。。

38. 唐遨，《西遊話古今》（臺北：遠流出版事業股份有限公司，1992 年）。

39. 孫寶義，《讀西遊記話人才》（臺北：方智出版社，1997 年）。

40. 陳士斌批點，《西遊真詮》、劉一明評點，《西遊原旨》合刊（臺北：老古文化事業公司，1983 年）。又見《悟一子批西遊真詮》（上海：上海古籍版社，古本小說集成據上海古籍出版社所藏乾隆四十五年庚子刊本影印，1993 年）。

41. 陳敦甫，《西遊記釋義》（臺北：全真教出版社，1976 年）。

42. 張書紳評點，《新說西遊記》（上海：上海古籍版社，古本小說集成據上海古籍出版社藏本影印，1993 年）。

43. 老庵選編，《西游故事》（南昌：江西教育出版社，1999 年）。

44. 崔世珍譯注，《老乞大諺解、朴通事諺解》（臺北：聯經出版事業公司，1978 年 6 月，奎章閣叢書第八，京城帝國大學法文學部）。

45. 梁屏仙，《西遊記——自我修養的教義》（臺北：國立臺灣師範大學英文研究所碩士論文，陳祖文先生指導，1983 年 6 月）。

46. 張靜二，《西遊記人物研究》（臺北：臺灣學生書局，1984 年）。

47. 張易克，《西遊記研究》（高雄：撰者，1987 年）。

48. 張錦池，《中國四大古典小說》（北京：華藝出版社，1995 年）。

49. 張錦池，《西遊記考論》（哈爾濱：黑龍江教育出版社，1997 年）。

50. 許麗芳，《西遊記中韻文的運用》（臺北：國立臺灣大學中文研究所碩士論文，葉慶炳、張靜二先生指導，1993 年 5 月）。

51. 陸欽選編，《名家解讀《西游記》》（濟南：山東人民出版社，1998 年）。

52. 傅述先，《中國古典小說研究》（臺北：中華文化復興月刊社，1977 年）。

53. 彭錦華，《《西遊記》人物的文字與繡像造形》（臺北縣新莊市：私立輔仁大學中文研究所碩士論文，王三慶先生指導，1992 年 5 月）。

54. 辜美高、李金生主編，《新加坡國立大學中文圖書館藏中國明清通俗小書目提要》（新加坡：國立大學中文系漢學研究中心出版，1998 年）。

55. 楊景賢，《西游記雜劇》，見隋樹森編，《元曲選外編》第二冊（臺北：臺灣中華書局，1967 年）。

56. 楊憶慈，《西遊記詞彙研究：論擬聲詞、重疊詞和派生詞》（臺南：國立成功大學中文研究所碩士論文，竺家寧先生指導，1996 年 9 月）。

57. 新雁編著，《三十六計與西遊記》（高雄縣鳳山市：派色文化公司，1998 年）。

58. 葉立萱，《西遊記與哈克歷險記中人與自然的關係》（嘉義：國立中正大學外語研所碩士論文，傅述先先生指導，1999 年）。

59. 趙景深，《小說閒話》（上海：北新書局，1936 年）。

60. 趙聰，《中國五大小說之研究》（臺北：時報文化出版企業有限公司，1980 年）。

61. 趙天池，《西遊記探微》（臺北：巨流圖書公司，1983 年）。

62. 蔣瑞藻編輯，《小說考證》（臺北：萬年青書店，1971 年）。

63. 魯迅，《小說舊聞鈔》，見《魯迅全集》第四卷（臺北：唐山出版社，1989 年）。

64. 鄭明娳，《西遊記探源》上下冊（臺北：文開出版事業股份有限公司，1982 年）。

65. 劉脩業，《古典小說戲曲叢考》（北京：作家出版社，1958 年）。

66. 劉脩業輯校，劉懷玉箋校，《吳承恩詩文集箋校》（上海：上海古籍出版社，1991 年）。

67. 劉勇強，《西游記論要》（臺北：文津出版社，1991 年）。

68. 劉蔭柏編，《西游記研究資料》（上海：上海古籍出版社，1990 年）。

69. 劉蔭柏編，《西游記發微》（臺北：文津出版社，1995 年）。

70. 劉耿大，《西游記迷境探幽》（上海：學林出版社，1998 年）。

71. 歐陽健，《明清小說采正》（臺北：貫雅文化事業公司，1992 年）。

72. 編輯部，《中國古典小說研究資料彙編》（臺北：天一出版社，1991 年）。

73. 編輯部，《古典文學知識：《西遊記》專號》（南京：江蘇古籍出版社），第 4 期，1999 年。

74. 翰丁・迪尼、劉介民主編,《現代中西比較文學研究》(成都:四川人民出版社,1988年)。

75. 靜宜文理學院中國古典小說研究中心編,《中國古典小說研究專集1》(臺北:聯經出版事業公司,1979年)。

76. 靜宜文理學院中國古典小說研究中心編,《中國古典小說研究專集3》(臺北:聯經出版事業公司,1981年)。

77. 靜宜文理學院中國古典小說研究中心編,《中國古典小說研究專集6》(臺北:聯經出版事業公司,1983年)。

78. 鍾嬰,《西游記新話》(瀋陽:遼寧教育出版社,1992年)。

79. 謝玉冰,《西遊記在泰國的研究》(臺北:中國文化大學中文研究所碩士論文,金榮華先生指導,1995年12月)。

80. 薩孟武,《西遊記與中國古代政治》(臺北:三民書局,三民文庫,1969年)增訂版。

81. 顏崑陽主編,《西遊記取經圖》(臺北:故鄉出版社,1981年)。

82. 羅盤,《四說論叢——三國演義、水滸傳、西遊記、紅樓夢》(臺北:東大圖書有限公司,1986年)。

(二)敘事論著

1. 丁乃通著,陳建憲、黃永林、李揚、余惠先譯,《中西敘事比較文學研究》(武漢:華中師範大學出版社,1994年)。

2. 王孝廉,《神話與小說》(臺北:時報文化出版企業有限公司,1986年)。

3. 王泰來編譯,《敘事美學》(重慶:重慶出版社,1987年)。

4. 王靖宇,《中國早期敘事文論集》(臺北南港:中央研究院中國文哲研究所,1999年)。

5. 中國社會科學院外國文學研究所《世界文論》編輯委員會編,《小說的藝術——小說創作論述》(北京:社會科學文獻出版社,1995年)。

6. 巴赫金著,白春仁、曉河譯,《巴赫金全集》全六卷(石家庄:河北教育出版社,1998年)。

7. 白以文著,《《北遊記》敘事結構與主題意涵之研究》(臺北:國立臺灣師範大學國文研究所碩士論文,李豐楙先生指導,1996年)。

8. 史蒂文・科恩、琳達・夏爾著,張方譯,《講故事——對敘事虛構作品的理論分析》(臺北:駱駝出版社,1997年)。

9. 申丹,《敘述學與小說文體學研究》(北京:北京大學出版社,1998年)。

10. 布羅凱特(Oscar G. Brockett,1923～)著,胡耀恆譯,《世界戲劇藝術欣賞》(臺北:志文出版社,1999年)再版。

11. 米列娜(Milena Dolezelavá-Velingerová)編,伍曉明譯,《從傳統到現代

──世紀轉折時期的中國小說》（北京：北京大學出版社，1991 年）。

12. 米克‧巴爾（Mieke Bal）著，譚君強譯，萬千校，《敘事學：敘事理論導論》（北京：中國社會科學出版社，1995 年）。

13. 伊恩‧P‧瓦特著，高原、董紅鈞譯，《小說的興起──笛福、理查遜、菲爾丁研究》（北京：三聯書店，1992 年）。

14. 利昂‧塞米利安著，宋協立譯，《現代小說美學》（陝西：陝西人民出版社，1987 年）。

15. 里蒙米絲‧雷蒙‧凱南（Shlomith Rimmon-Kenan）著，賴干堅譯，《敘事虛構作品：當代詩學》（廈門：廈門大學出版社，1991 年）。

16. 何杏楓，《論沈從文短篇小說的敘事手法》（香港：香港中文大學研究院中國語言及文學部哲學碩士論文，1992 年）。

17. 汪蕙如，《《二拍》敘事技巧之研究》（臺中：私立東海大學中國文學研究所碩士論文，胡萬川先生指導，1995 年 12 月）。

18. 佛斯特（Edward Morgan Forster）著，李文彬譯，《小說面面觀》（臺北：志文出版社，1995 年），修訂版。

19. 李慶信，《跨時代的超越──紅樓夢敘事藝術新論》（四川：巴蜀書社，1995 年）。

20. 李志宏著，《《儒林外史》敘事藝術研究》（臺北：國立臺灣師範大學國文研究所碩士論文，胡萬川先生指導，1996 年）。

21. 李潔非，《小說學引論》（廣西：廣西教育出版社，1995 年）。

22. 吳儀鳳，《詠物與敘事──漢唐禽鳥賦研究》（臺北縣新莊：私立輔仁大學中國文學研究所博士論文，簡宗梧先生指導，2000 年 9 月）。

23. 波利亞科夫編，佟景韓譯，《結構──符號學文藝學：方法論體系和論爭》（北京：文化藝術出版社，1994 年）。

24. 李福清（B. Riftin）著，尹錫康、田大畏譯，《三國演義與民間文學傳統》（上海：上海古籍出版社，1997 年）。

25. 金聖歎評點，林乾主編，《金聖歎評點才子全集》（北京：光明日報出版社，1997 年）。

26. 林琇寬，《《世說新語》敘事結構之研究》（臺中：國立中興大學中國文學研究所碩士論文，尤雅姿先生指導，1998 年）。

27. 林景隆，《西遊記續書審美敘事藝術研究》（高雄：國立中山大學中國語文學研究所碩士論文，龔顯宗先生指導，2000 年 8 月）。

28. 侯健，《中國小說比較研究》（臺北：東大圖書有限公司，1983 年）。

29. 侯雲舒，《古典劇論中敘事理論研究》（新竹：國立清華大學中國文學研究所博士論文，王安祈先生指導，2001 年）。

30. 姚紅等著，《敘述與描寫的技巧》（福建：福建教育出版社，1989 年）。

31. 珀‧盧伯克、愛‧福斯特、愛‧繆爾著，方土人、羅婉華等譯，《小說美學經典三種》（上海：上海文藝出版社，1990 年）。

32. 胡亞敏，《敘事學》，附錄《金聖歎的敘事理論》（武漢：華中師範大學出版社，1994 年）。

33. 胡平，《敘事文學感染力研究》（理論卷）（河北：百花洲文藝出版社，1995 年）。

34. 翁開明（Wong Kam Ming）著，黎登鑫譯，《紅樓夢的敘述藝術》（臺北：成文出版社，1977 年）。

35. 高辛勇，《形名學與敘事理論──結構主義的小說分析法》（臺北：聯經出版事業公司，1987 年）。

36. 特倫斯‧霍克斯著，瞿鐵鳴譯，《結構主義和符號學》（上海：上海譯文出版社，1987 年）。

37. 徐岱，《小說敘事學》（北京：中國社會科學出版社，1992 年）。

38. 浦安迪（Andrew H. Plaks）講演，《中國敘事學》（北京：北京大學出版社，1996 年）。

39. 秦修容整理，《金瓶梅會評會校本》上下冊（北京：中華書局，1998 年）。

40. 格雷馬斯（A.J. Greimas），吳泓緲譯，《結構語義學》（北京：三聯書店，1999 年）。

41. 夏康達、王曉平主編，《二十世紀國外中國文學研究》（天津：天津人民出版社，2000 年）。

42. 陳萬益，《金聖歎的文學批評考述》（臺北：國立臺灣大學文學院，國立臺灣大學文史叢刊，1976 年）。

13. 陳慶浩編著，《新編石頭記脂硯齋評語輯校》（臺北：聯經出版事業公司，1986 年），增訂本。

44. 陳順馨，《中國當代文學的敘事與性別》（北京：北京大學出版社，1995 年）。

45. 陳智聰，《從公案到偵探：晚清公案小說敘事模事的轉變》（臺北縣：私立淡江大學中國文學研究所碩士論文，林保淳先生指導，1996 年）。

46. 陳曦鍾、宋祥瑞、魯玉川等輯校，《三國演義會評本》上下冊（北京：北京大學出版社，1998 年）。

47. 陳曦鍾、侯忠義、魯玉川輯校，《水滸傳會評本》上下冊（北京：北京大學出版社，1998 年）。

48. 陳潔儀，《閱讀肥土鎮──論西西的小說敘事》（香港：牛津大學出版社，1998 年）。

49. 張寅德編選,《敘述學研究》(北京:中國社會科學出版社,1989 年)。

50. 華萊士・馬丁(Wallace Martin)著,伍曉明譯,《當代敘事學》(北京:北京大學出版社,1990 年)。

51. 陸志平、吳功正著,《小說美學》(臺北:五南圖書出版有限公司,1993 年)。

52. 許彙敏著,《金庸武俠小說敘事模式研究》(嘉義縣:國立中正大學中國文學研究所碩士論文,龔鵬程先生指導,1997 年)。

53. 康來新,《晚清小說理論研究》(臺北:大安出版社,1999 年)第二版。

54. 郭蕙嵐,《《聊齋誌異》的敘事技巧研究》(臺中縣:私立靜宜大學中國文學研究所碩士論文,胡萬川先生指導,2001 年)。

55. 喬納森・卡勒(Jonathan Culler)著,盛寧譯,《結構主義詩學》(北京:中國社會科學出版社,1991 年)。

56. 傅修延,《講故事的奧秘──文學敘述論》(江西:百花洲文藝出版社,1993 年)。

57. 黃淑偵,《鏡花緣神話原型與敘事技巧研究》(臺中:私立東海大學中國文學研究所碩士論文,許建崑先生指導,1998 年)。

58. 馮光廉主編,《中國近百年文學體式流變史》上下冊(北京:人民文學出版社,1999 年)。

59. 賈文昭、徐召勛,《中國古典小說藝術欣賞》(臺北:里仁書局,1984 年)。

60. 董小英,《再登巴比倫塔──巴赫金對話理論》(北京:三聯書店,1994 年)。

61. 董小英,《敘事藝術邏輯引論》(北京:社會科學文獻出版社,1997 年 5 月)。

62. 董小英,《敘述學》(北京:社會科學文獻出版社,2001 年 6 月)。

63. 雷內・韋勒克(René Wellek)著,張今言譯,《批評的概念》(杭州:中國美術學院出版社,1999 年 12 月)。

64. 趙毅衡,《苦惱的敘述者──中國小說的敘述形式與中國文化》(北京:北京十月文藝出版社,1994 年)。

65. 趙毅衡,《必要的孤獨──文學形式文化學研究》(香港:天地圖書有限公司,1995 年)。

66. 趙毅衡,《當說者被說的時候》(北京:中國人民大學出版社,1998 年)。

67. 維克托・什克洛夫斯基等著,方珊等譯,《俄國形式主義文論選》(北京:三聯書店,1989 年)。

68. 維克托・什克洛夫斯基等著,劉宗次譯,《散文理論》(南昌:百花洲文藝出版社,1997 年)。

69. 廖星橋,《荒誕與神奇——法國著名作家訪談錄》（深圳：海天出版社，1998 年）。

70. 廖卓成,《敘事論集——傳記、故事與兒童文學》（臺北：大安出版社，2000 年）。

71. 樂蘅軍,《古典小說散論》（臺北：純文學出版社，1976 年）。

72. 樂黛云、陳珏編選,《北美中國古典文學研究名家十年文選》（南京：江蘇人民出版社，1996 年）。

73. 歐陽子,《王謝堂前的燕子》（臺北：爾雅出版社，1976 年）。

74. 劉中欣,《金聖歎的小說理論》（北京：人民出版社，1986 年）。

75. 劉恆興,《話本小說敘事技巧析論》（高雄：國立中山大學中國文學研究所碩士論文，龔顯宗先生指導，1994 年）。

76. 熱拉爾•熱奈特（Gérard Genette）著，王文融譯,《敘事話語・新敘事話語》（北京：中國社會科學出版社，1990 年）。

77. 韓南（Patrick Hanan）著，王青平、曾虹譯,《中國短篇小說》（臺北：國立編譯館，1997 年）。

78. 羅杰・福勒著，於寧、徐平昌譯,《語言與小說》（重慶：重慶出版社，1991 年）。

79. 羅蘭・巴特（Roland Barthes）著，李幼蒸譯,《寫作的零度——結構主義文學理論文選》（臺北：久大文化股份有限公司，1991 年）。

80. 羅鋼,《敘事學導論》（昆明：雲南人民出版社，1994 年）。

81. 饒芃子等著,《中西小說比較》（合肥：安徽教育出版社，1994 年）。

（三）小說史論著

1. 孟瑤,《中國小說史》（臺北：傳記文學出版社，1986 年）。

2. 夏志清著，胡益民等譯,《中國古典小說導論》（合肥：安徽文藝出版社，1988 年）。

3. 特里・伊格頓（Terry Eagleton）著，鍾嘉文譯,《當代文學理論》（臺北：南方叢書出版社，1989 年）。

4. 陳平原,《中國小說敘事模式的轉變》（上海：上海人民出版社，1988 年）。

5. 陳洪,《中國小說理論史》（合肥：安徽文藝出版社，1992 年）。

6. 楊義,《中國敘事學》（北京：人民出版社，1997 年）。

7. 楊義,《中國古典小說史論》（北京：人民出版社，1998 年）。

8. 寧宗一主編,《中國小說學通論》（合肥：安徽教育出版社，1995 年）。

9. 劉良明,《中國小說理論批評史》（臺北：洪葉文化事業有限公司，1997 年）。

10. 魯迅，《中國小說史略》，見《魯迅全集》第三卷（臺北：唐山出版社，1989 年）。

11. 歐陽健，《中國神怪小說通史》（江蘇：江蘇教育出版社，1997 年）。

（四）其他論著

1. 王陽明，《王陽明全書·傳習錄》（臺北：正中書局，1976 年，臺五版）。

2. 王國良，《六朝志怪小說考論》（臺北：文史哲出版社，1988 年 11 月）。

3. 王叔岷，《列仙傳校箋》（臺北：中央研究院中國文哲研究所，中國文哲專刊 7，1995 年）。

4. 丹津嘉措，《慈悲與智見——第十四世達賴剌嘛北美行開示錄》（臺北：羅桑嘉措，1990 年）。

5. 天花才子評點，《後西遊記》（臺北：老古文化事業股份有限公司，1996 年，臺灣三版）。

6. 列維·施特勞斯著，王維蘭譯，《神話與意義》（臺北：時報文化出版企業有限公司，1983 年）。

7. 安·杰斐遜等著，陳昭全等譯，《西方現代文學理論概述與比較》（湖南文藝出版社，1986 年）。

8. 朱熹集註，《四書集註》（臺北：世界書局，1985 年，甲種本）。

9. 江蘇省社會科學院編，《中國通俗小說總目提要》（北京：中國文聯出版公司，1990 年）。

10. 吳元泰著，《新刊八仙出處東遊記》，見國立政治大學古典小說研究中心主編，《明清善本小說叢刊初編》（臺北：天一出版社，1985 年）。

11. 余象斗編，《華光天王南遊志傳》，見國立政治大學古典小說研究中心主編，《明清善本小說叢刊初編》（臺北：天一出版社，1985 年）。

12. 余象斗編，《北遊記玄帝出身傳》，見國立政治大學古典小說研究中心主編，《明清善本小說叢刊初編》（臺北：天一出版社，1985 年）。

13. 佛克馬（Douwe Fokkema）、蟻布思（Elrud Ibsch）著，袁鶴翔等譯，《二十世紀文學理論》（香港：香港中文大學出版社，1988 年）。

14. 宋克夫，《宋明理學與章回小說》（武漢：武漢出版社，1995 年）。

15. 李福清（B. Riftin）著，田大畏譯，《中國古典文學研究在蘇聯（小說、戲曲)》（臺北：臺灣學生書局，1991 年）。

16. 李福清（B. Riftin）著，《關公傳說與三國演義》（臺北：漢忠文化事業股份有限公司，1997 年）。

17. 李豐楙，《誤入與謫降：六朝隋唐道教文學論集》（臺北：臺灣學生書局，1996 年）。

18. 施叔青，《西方人看中國戲劇》（臺北：聯經出版事業公司，1976 年）。

19. 姜亮夫，《歷代人物年里碑傳綜表》（臺北：華世出版社，1976 年）。

20. 胡士瑩，《話本小說概論》（臺北：坊間翻印本，1979 年）。

21. 胡孚琛、呂錫琛合著，《道學通論——道家、道教、仙學》（北京：社會科學文獻出版社，1999 年）。

22. 茅盾，《神話研究》（天津：百花文藝出版社，1981 年）。

23. 柳存仁，《和風堂文集》（上海：上海古籍出版社，1991 年）。

24. 柳存仁講演，《道教史探源——湯用彤學術講座演講辭及其他》（北京：北京大學出版社，2000 年）。

25. 苟波，《道教與神魔小說》（成都：巴蜀書社，1999 年）。

26. 柯慶明，《中國文學的美感》（臺北：麥田出版公司，2000 年）。

27. 耶律亞德（Mircea Eliade）著，楊儒賓譯，《宇宙與歷史》（臺北：聯經出版事業公司，2000 年）。

28. 許仲琳，《封神傳》全四冊（臺北：世界書局，1984 年）。

29. 許麗芳，《古典短篇小說之韻文》（臺北：里仁書局，2001 年 3 月）。

30. 郭玉雯，《聊齋誌異的幻夢世界》（臺北：臺灣學生書局，1985 年）。

31. 曹淑娟，《晚明性靈小品研究》（臺北：文津出版社，1988 年）。

32. 張愛玲，《紅樓夢魘》（臺北：皇冠文化出版有限公司，1991 年）。

33. 張新科，《唐前史傳文學研究》（西安：西北大學出版社，2000 年 9 月）。

34. 梅新林，《仙話——神人之間的魔幻世界》（上海：上海三聯書店，1992 年 6 月）。

35. 新興書局有限公司編，《筆記小說大觀》（臺北：新興書局有限公司，1981 年 12 月）。

36. 曾上炎編著，《西游記辭典》（鄭州：河南人民出版社，1994 年）。

37. 喬瑟夫·坎伯（Joseph Campbell）著，朱侃如譯，《千面英雄》（臺北縣新店：立緒文化事業有限公司，1997 年）。

38. 彭克巽主編，《蘇聯文藝學學派》（北京：北京大學出版社，1999 年）。

39. 董說，《西遊補》（臺北：世界書局，1983 年，崇禎原刊本影印）。

40. 楊爾曾，《韓湘子全傳》全三冊，見國立政治大學古典小說研究中心主編，《明清善本小說叢刊初編》（臺北：天一出版社，1985 年）。

41. 編輯部，《華嚴經·入不思議解脫境界普賢行願品》，見《大藏經》第十冊下部卷第廿一起（臺北：新文豐出版公司，1983 年）。

42. 鄭樵，《通志》（臺北：新興書局，1965 年，新一版）。

43. 劉勰著，范文瀾注，《文心雕龍注》（臺北：臺灣開明書店，1985 年，十六版）。

44. 劉仲宇，《中國精怪文化》（上海：上海人人出版社，1997 年 6 月）。

45. 鄧志謨，《飛劍記》，見國立政治大學古典小說研究中心主編，《明清善本小說叢刊初編》（臺北：天一出版社，1985 年）。

46. 鄧志謨，《咒棗記》，見國立政治大學古典小說研究中心主編，《明清善本小說叢刊初編》（臺北：天一出版社，1985 年）。

47. 鄧志謨，《鐵樹記》，見國立政治大學古典小說研究中心主編，《明清善本小說叢刊初編》（臺北：天一出版社，1985 年）。

48. 慧能著，楊曾文校寫，《六祖壇經》（上海：上海古籍出版社，1993 年，敦煌新本）。

49. 羅貫中原撰，馮夢龍增補，《平妖傳》（臺北：世界書局，1982 年）。

50. （宋）賾藏主編集，《古尊宿語錄》全二冊（北京：中華書局，1994 年）。

51. 關永中，《神話與時間》（臺北：臺灣書店，1997 年 3 月，中華民國中山學術文化基金會中山文庫）。

二、論　文

1. 方瑜，〈論西遊記——一個智慧的喜劇（上下）〉，《中外文學》（臺北：中外文學月刊社），6 卷 5 期及 7 期，1977 年 10～12 月。

2. 王建元，〈臺灣二、三十年文學批評的理論與方法〉，見賴澤涵主編，《三十年來我國人文及社會科學之回顧與展望》（臺北：東大圖書有限公司，1875 年）。

3. 白先勇，〈與白先勇論小說藝術——胡菊人白先勇談話錄〉，《驀然回首》（臺北：爾雅出版社，1978 年）。

4. 李辰冬，〈西游記的人物分析〉，《暢流》（臺北：暢流半月刊社），6 卷 10 期，1953 年 1 月 1 日。

5. 李辰冬，〈西游記與明代社會〉，《暢流》（臺北：暢流半月刊社），6 卷 11 期，1953 年 1 月 16 日。

6. 李福清，〈《西遊記》與民間傳說〉，《歷史月刊》（臺北：歷史月刊社），103 卷，1996 年 8 月。

7. 杜德橋（Glen Dudbridge），〈西遊記祖本考的再商榷〉，《新亞學報》，6 卷 2 期，1964 年 8 月。

8. 杜德橋（Glen Dudbridge），張靜二譯，〈「西遊記」的譬喻手法〉，見侯健編輯，《國外學者看中國文學》（臺北：中華文化復興運動推行委員會，1982 年）。

9. 呂健忠，〈花燈與禪性——論西遊記的一則主題寓言〉，《中外文學》（臺北：中外文學月刊社），14 卷 5 期，1985 年 10 月。

10. 吳達芸，〈天地不全——西遊記主題試探〉，《女性閱讀與小說評論》（臺

南：臺南市立文化中心，1996 年）。

11. 林保淳，〈後西遊記略論〉，《中外文學》（臺北：中外文學月刊社），14 卷 5 期，1985 年 10 月。

12. 宗白華，〈中國詩畫中所表現的空間意識〉，《美從何處尋》（板橋：蒲公英出版社，1986 年）。

13. 洪文珍，〈現行改寫本西遊記之比較分析〉，《臺東師專學報》，9 期，1981 年 4 月。

14. 柳存仁，〈全眞教和小説西遊記〉，《和風堂文集》（上海：上海古籍出版社，1991 年）。參李奭學譯，〈源流、版本、史詩與寓言〉，見《余國藩西遊記論集》

15. 浦安迪，〈談中國長篇小説的結構問題〉，《文學評論》（臺北：巨流圖書公司，1976 年），第三集。

16. 高辛勇，〈「西遊補」與敘述理論〉，《中外文學》（臺北：中外文學月刊社），12 卷 8 期，1984 年 1 月。

17. 徐傳武，〈《西遊記》中的五行思想〉，《歷史月刊》（臺北：歷史月刊社），103 卷，1996 年 8 月。

18. 陳寅恪，〈西遊記玄奘弟子故事之演變〉，《歷史語言研究所集刊》，第二本二份，1930 年 8 月。

19. 陳炳良，〈中國的水神傳説與〔西遊記〕〉，《神話、禮儀、文學》（臺北：聯經出版事業公司，1985 年）。

20. 張漢良，〈「楊林」故事系列的原型結構〉，《中外文學》（臺北：中外文學月刊社），3 卷 11 期，1975 年 4 月。

21. 張漢良，〈唐傳奇「南陽士人」的結構分析〉，《中外文學》（臺北：中外文學月刊社），7 卷 6 期，1978 年 11 月。

22. 張靜二，〈論西遊記的結構與主題〉，《中華文化復興月刊》，13 卷 3 期，1980 年 3 月。

23. 張靜二，〈國外學者看西遊記〉，《中外文學》（臺北：中外文學月刊社），14 卷 5 期，1985 年 10 月。

24. 張靜二，〈《西遊記》質疑〉，《中外文學》（臺北：中外文學月刊社），21 卷 12 期，1993 年 5 月。

25. 張英進，〈福克納小説的敘事模式〉，《美國研究》，20 卷 2 期，1990 年 1 月。

26. 曹仕邦，〈西遊記若干情節的本源再探〉，《幼獅月刊》，41 卷 3 期，1975 年 3 月。

27. 曹仕邦，〈西遊記若干情節的本源三探〉，《幼獅學誌》，16 卷 2 期，1980 年 12 月。

28. 梅家玲，〈「世說新語」的敘事藝術──兼論其對中國敘事傳統的傳承與創變〉，Proceedings of the National Science Council （Part C），4 卷 1 期，1994 年 1 月。

29. 郭丹，〈史傳文學中的美學特徵〉，《中山人文學報》，第 7 期，1998 年 8 月。

30. 梁淑媛，〈「賦」的敘事對話設計〉，《輔大中研所學刊》，第 8 期，1998 年 9 月。

31. 黃慶萱，〈西遊記的象徵世界〉，《幼獅月刊》，46 卷 3 期，1977 年 9 月。

32. 曾麗玲，〈《西遊記》──一個「奇幻文類」的個案研究〉，《中外文學》（臺北：中外文學月刊社），19 卷 3 期，1990 年 8 月。

33. 楊昌年，〈《西遊記》的時代背景與意識指向〉，《歷史月刊》（臺北：歷史月刊社），103 卷，1996 年 8 月。

34. 趙相元，〈淺說西遊記與天路歷程〉，《高雄師院學報》，6 期，1997 年 11 月。

35. 臺靜農，〈關於西游記江流僧本事〉，《文史雜誌》，1 卷 6 期，1947 年 6 月。

36. 鄭樹森，〈法國敘述學的方法──以白先勇「遊園驚夢」為例〉，《文學因緣》（臺北：東大圖書有限公司，1987 年）。

37. 糜文開，〈羅摩耶那在中國〉，《印度兩大史詩》人人文庫（臺北：臺灣商務印書館，1967 年）。

38. 謝明勳，〈百回本「西遊記」之「敘事矛盾」──孫悟空到底贏了誰的「瞌睡蟲」〉，《東華人文學報》，2000 年 7 月。

39. 羅錦堂，〈西遊記本事考〉，《學粹》（臺北：學粹雜誌社），2 卷 3 期，1960 年 4 月。

40. 羅錦堂，〈西遊記平話的發現〉，《文藝復興》月刊，1 卷 13 期，1970 年 3 月。

41. 羅龍治，〈「西遊記」的寓言和戲謔特質〉，《書評書目》（臺北：洪建全教育文化基金會），52 期，1977 年 8 月。

42. 蘇其康，〈「西遊記」韻文部份的修辭手用法〉，見鄭樹森、周英雄、袁鶴翔合編，《中西比較文學論集》（臺北：時報文化出版企業有限公司，1980 年）。

貳、英文論著

1. Chatman , Seymour , *Story and Discourse：Narrative Structure In Fiction and Film*（New York： Cornell University Press , 1978）

2. Forster , Edward Morgan , *Aspects of the Novel*（London：Penguin , 1988）Books. First published in 1927..

3. L.Bishop , John（ed.）, "Some limitations of Chinese Fiction" , pp.237～245 , *Studies in Chinese Literature*（Cambridge：Harvard University press , 1965）.

4. Lattimore , Richmond （ed.）, "Introduction" , pp.1～60 , *The Journey to The West*（Chicago ＆ London：The University of Chicago Press，1977）. 臺灣版（臺北：敦煌書局公司，1978）。

5. Martin , Wallace , *Recent Theories of Narrative* （Ithaca ＆ London： Cornell University Press , 1987）.

6. Rimmon-Kenan , Shlomith , *Narrative Fiction：Contemporary Poetics* （London and New York：Methuen，1983）.